Die Spur der Rose

Barbara Michaels

Die Spur der Rose

Roman

Aus dem Englischen
von Gerhard Beckmann

Scherz

Die Originalausgabe erschien unter dem Titel
«Vanish with the Rose» bei Simon & Schuster, New York
Einzig berechtigte Übersetzung aus dem Englischen
von Gerhard Beckmann

1. Auflage 1996

Schutzumschlag von Erich Gebhardt
unter Verwendung eines Fotos von Ilse Hartig-Ziemer

I

Der nahende Sturm warf einen dunklen Schatten über die Landschaft. Die tiefhängenden Wolken schimmerten grünlichgrau. Diana hielt das Lenkrad fest umklammert. Dennoch wurde sie vom Holpern des Wagens auf der zerfurchten Straße durchgeschüttelt. Es regnete bereits seit drei Tagen.

Diana trat auf die Bremse. Der Wagen schleuderte lebensgefährlich. Sie hielt leise fluchend an. So was Dummes! Auf der Straße war doch nirgends ein Hindernis zu sehen.

Die Kurve nahm sie dann langsamer als beabsichtigt. Das Wasser war über das Bachbett getreten und lag wie ein brauner See über der Straße. Und neben der Straße, halb unter Wasser...

Der Fahrer hatte die Kurve offensichtlich zu schnell genommen. Der Wagen war in den Graben gerutscht und auf die Seite gekippt. Die Tür auf der Fahrerseite lag unter Wasser. Es gab kein Lebenszeichen.

Diana hielt ihr Auto einige Meter vor dem Rand des Wassers an und stieg vorsichtig aus. Ein Blitz zerriß die Wolken. Donnerkrachen ließ sie zusammenzucken. Sie fühlte sich wie benommen. Wieso hatte sie vorhin eigentlich gebremst – den umgestürzten Wagen hatte sie doch erst Sekunden später bemerkt? Als ob sie geahnt hätte, daß sie anhalten müßte. Ein seltsames Gefühl von déjà-vu beschlich sie.

Ist ja egal, dachte Diana. Für solche Gedanken war jetzt keine Zeit. Der Fahrer könnte das Bewußtsein verloren haben. Sie watete ins Wasser hinein; es war tiefer, als sie gedacht hatte, und reichte ihr bis an die Waden, als sie auf Zehenspitzen nach dem Türgriff suchte. Die ungewöhnliche Wagenform fiel ihr erst auf, als ihre Finger den Türgriff fanden – runde Kotflügel vorn, lang ausgezogene Flossen hinten. Mein Gott, ein Oldtimer! Alte Wagen waren viel schwerer, massiver gebaut, sie würde die Tür wahrscheinlich nie aufkriegen, nicht in ihrer momentanen verkrampften Stellung.

Während sie verzweifelt an der Tür hantierte, öffnete sich diese urplötzlich, und zwar mit solcher Wucht, daß sie zurücktaumelte und – sie wußte nicht, wie ihr geschah – auf dem Hintern landete. Eine schlammige Fontäne schoß in die Höhe, während ein großer *grüner* Hund aus dem Wagenfond krabbelte. Diana konnte nichts mehr überraschen, und als sie die Stimme hörte, fand sie es ganz natürlich, daß der Hund sprach.

«Beweg deinen Arsch, du dummes Stück! Los! Mach, daß du rauskommst!»

Der Hund war weiß – nicht grün. Sein Fell hatte nur im fahlen Licht des Gewitters grün gewirkt. Er starrte sie neugierig an. Durch die Türöffnung drängten sich Kopf und Schultern eines Mannes.

Wäre er verletzt oder wenigstens durchnäßt gewesen, hätte Diana sich bestimmt beherrscht. Aber außer daß sein Haar zerzaust war und die Brille schief auf der Nase saß – nichts. Das Hemd schien absolut trocken! Und er nahm sie zunächst nicht einmal wahr. Er schaute am Hund vorbei zum Vorderteil seines Wagens und sagte: «Verdammt, hätt'ste denn nicht wenigstens noch einen halben Kilometer halten können?»

Ein greller Blitz und Donnerkrachen ließen Diana erneut zusammenzucken. Der Hund jaulte und versuchte, in den Wagen zurückzuklettern, aber sein Herrchen hielt ihn fest.

«Wenn Sie mit dem Hund ausgespielt haben», bemerkte sie eisig, «könnten Sie vielleicht *mir* helfen.»

«Ach, du meine Güte», sagte der Mann und fixierte Diana. «Wer zum Teufel... Wie haben Sie... Wie lange sitzen Sie da schon?»

Er zog sich an der Wagenseite hoch. Er trug Jeans, die verwaschen und modisch zerrissen waren. «Sind Sie verletzt?» fragte er und streckte ihr die Hand entgegen.

«Nein; aber allein schaff ich's nicht aufzustehen... Der Boden ist zu glitschig.» Als sie nach der Hand des Mannes faßte, machte der verängstigte Hund plötzlich einen Luftsprung und klatschte in den hoch aufspritzenden Schlamm.

Diana beobachtete nicht ohne gewisse Schadenfreude, wie ihr glückloser Retter alsbald neben ihr auf der Erde saß – er war noch nasser als sie, und schmutziges Wasser strömte ihm über das Gesicht. Er saß mucksmäuschenstill da. Dann fragte er sie: «Wollen wir es noch einmal versuchen?»

Diana hatte wirklich nicht lachen wollen. Aber seine heitere Stimme stand in so krassem Widerspruch zu seiner äußeren Erscheinung – und ihrer eigenen vermutlich ebenfalls –, daß sie einfach nicht anders konnte. Er stand auf und musterte sie. «Sie haben Humor, meine Dame. Falls wir nicht ertrinken oder erfrieren, werden wir wahrscheinlich von einem Blitz erschlagen. Ist das dort Ihr Wagen?»

«Ja. Ich habe gesehen, daß Ihrer...»

«Und Sie sind herbeigestürzt, um uns zu retten?» Er faßte sie an den Handgelenken und zog sie hoch. «Sie hätten besser etwas weiter hinten angehalten. Das Wasser steigt rasch. Um da jetzt noch durchzukommen, muß man mit vollem Tempo durch.»

«Sie haben Glück gehabt, daß ich überhaupt anhalten konnte! Wer im Glashaus sitzt...»

«Da ist was dran. Sogar in zweierlei Hinsicht.» Er zog sich am umgekippten Wagen hoch und tauchte den Kopf durch die offene Tür ins Innere.

«Sind Sie verrückt?» schrie Diana. «Wir müssen weg, bevor...»

Ihre Stimme wurde von einem Donnerschlag übertönt. Die langen Beine des Unbekannten fuchtelten in der Luft herum, bevor der Rest seines Körpers wieder zum Vorschein kam. Der Mann hielt etwas in der Hand und rief ihr zu: «Hier. Halten Sie mal!»

Sie konnte den Blumentopf an dem Draht auffangen, der aus dem oberen Teil herausschaute. Eine zweite Pflanze folgte. Sie war noch größer und noch stacheliger – Kakteen!

«Okay, das wär's. Komm, Fifi. Und Sie auch – äh – Miss.»

Fifi weigerte sich, bei den Kakteen im Fond zu sitzen. Als Diana sah, daß der Hund sich hinten wie ein Wilder wälzte und den schönen, sauberen Bezug verschmutzte, kochte sie vor Wut. Aber sie schwieg – bis zu dem Moment, als der Mann ihr vorschlug, mit Fifi im Fond zu sitzen. «Fifi möchte ihren Kopf auf einen Schoß legen», erklärte er ruhig. «Gewitter machen sie nämlich nervös.»

«Dann kann sie den Kopf ja auf Ihren Schoß legen», erklärte Diana.

«Mitnichten. Ich fahre.»

«O nein. Kommt überhaupt nicht in Frage. Ich hab doch gesehen, wie Sie Auto fahren.»

«Das war nicht meine Schuld! Die Bremsen haben versagt, sie brauchen neue Beläge. Ich hatte gedacht, sie würden noch...»

«Setzen Sie sich nach hinten!»

«Sie brauchen mich doch deswegen nicht anzuschreien», meinte er beleidigt.

Das Gewitter machte auch Diana nervös. Ein besonders lang anhaltendes Donnergrollen erschreckte sie dermaßen, daß sie unwillkürlich fester aufs Gaspedal drückte und auf die Brücke zuraste. Zu beiden Seiten schwoll das Wasser an, und Diana hätte schwören können, daß alle vier Räder bei der Fahrt über die Brücke für einen Augenblick ohne Bodenkontakt waren. Dann hatten sie es geschafft und fuhren über relativ trockenen Boden.

«Herrgott, bloß nicht anhalten!» rief eine erschrockene Stimme von hinten. «Nur ein kleines Stückchen geradeaus –»

«Ruhe!» schrie Diana.

Der Regen peitschte auf den Wagen, und jedem Donnerschlag folgte als Echo Fifis Gejaule. Das Haus konnten sie erst sehen, als verschwommen die hell erleuchteten Fenster sichtbar wurden. Diana nahm den Fuß vom Gaspedal und brachte den Wagen zum Stehen.

«Wie ich sehe, haben Sie meinen Sohn bereits kennengelernt», sagte Mrs. Nicholson.

Es war eine Feststellung, und Diana antwortete mit einem Lächeln, während sie schlückchenweise heißen Tee trank. Sie war in einen großen Bademantel gehüllt, der über ihre nackten Füße fiel und auf dem Boden Falten warf. Es war der Bademantel des Gastgebers; Mrs. Nicholsons hätte Diana nicht gepaßt, denn sie war nur ein Meter fünfzig groß, eine zierliche kleine Dame mit hochgestecktem silbergrauen Haar im Stil der Jahrhundertwende.

In ihrer Bemerkung hatte feiner Sarkasmus mitgeschwungen, aber der Blick, den sie ihrem Sohn zuwarf, verriet abgöttische Liebe. Er erwiderte das Lächeln und hob seine Tasse zum Gruß.

Als die drei klatschnaß hereingeplatzt waren, hatte Mrs. Nicholson keine Zeit mit gegenseitigem Bekanntmachen und bei solchen Gelegenheiten üblicher Konversation verloren, sondern ihre triefenden Gäste sofort zu einem warmen Bad nach oben geschickt und Fifi ihrem Mann überlassen. Mr. Nicholson, groß und hager mit dichtem, ergrautem Haar, hatte klare blaue Augen, die den jungen Mann gar nicht abgöttisch, sondern ganz unverhohlen kritisch musterten.

«Wir sind einander allesamt nicht richtig vorgestellt worden», bemerkte er trocken. «Ich darf aber wohl mit einiger Sicherheit davon ausgehen, daß Sie die Miss Diana Reed sind, die wir für heute abend erwartet haben. Was mich betrifft, so müßten Sie eigentlich schon darauf gekommen sein, daß ich Charles Nicholson bin. Gestatten Sie, daß ich Ihnen meine Frau Emily und ihren Sohn Andrew Davis vorstelle.»

«Angenehm», sagte Diana.

«Beachten Sie ihn nicht», sagte Mrs. Nicholson mit mädchenhaftem Kichern. «Er hat sein Leben lang nur viktorianische Schriftsteller gelesen und doziert; jetzt spricht er genauso wie sie. Solche Förmlichkeiten sind doch völlig überflüssig. Ich hoffe, wir werden für längere Zeit zusammenarbeiten. Ich bin Emily. Meinen Mann dürfen Sie Charles nennen. Ich selbst nenne ihn auch Charlie Liebling oder –»

«Emily, bitte!»

«In Ordnung, lieber Charles. Ich schweife ab. Das kommt bei mir häufig vor», erklärte sie mit einem Kopfnicken zu Diana. «Ich sollte lernen, mich an das Wesentliche zu halten. Ist Ihnen auch warm genug, mein Kind? Trinken Sie noch eine Tasse Tee. Und nehmen Sie sich ein Biskuit.»

«Nein, danke, wirklich ... Ich muß mich entschuldigen, daß ich in so einem Zustand angekommen bin und so viel Dreck ins Haus gebracht habe und –»

«Oh! Ich weiß doch, wessen Schuld das ist», sagte Emily Nicholson. «Wenn Sie sich nur um sich selbst hätten kümmern müssen, wären Sie bestimmt ganz trocken, perfekt angezogen und mit einem klaren Kopf hier eingetroffen.»

Bis dahin hatte Andrew Davis kein Wort gesagt und hauptsächlich Plätzchen gegessen. Doch jetzt setzte er sich zur Wehr.

«Du gibst immer nur mir die Schuld! Dabei –»

«Ich will es gar nicht hören», unterbrach ihn seine Mutter.

«Ich will es aber hören», sagte ihr Mann. «Ich finde Andrews Geschichten immer schrecklich faszinierend. Daß sie meistens auch noch wahr sind, erhöht nur ihren Reiz. Das jüngste Abenteuer ist in groben Umrissen leicht zu erraten. Daß ihr zusammen in Miss Reeds Wagen hier eingetroffen seid, läßt darauf schließen, daß Andrews Fahrzeug unterwegs eine Panne hatte – ein keineswegs außergewöhnliches Phänomen – und daß sie so freundlich war, ihn mitzunehmen. Die Anwesenheit dieses neurotischen Hundes – den mitzubringen, wenn meine Erinnerung mich nicht trügt, ihm seine Mutter strikt verboten hatte, – führt mich zu der Annahme, daß er mit einem Fahrzeug angereist ist, das sie ihm ebenfalls verboten hatte. Er hat also wieder einmal einen Ausflug in einem von diesen Oldtimern gemacht, die –»

«Entschuldigen Sie, mein Herr, Sie wissen ja gar nicht, wie wertvoll diese –»

«Andrew, das weiß ich sehr wohl. Mir ist auch der Unterschied bekannt zwischen einem alten Vehikel, das man reparieren kann, und einem Schrotthaufen – ein Unterschied, der dir bislang verborgen geblieben ist. Das einzige offene Rätsel betrifft die Tatsache, daß ihr beide so verschlammt und durchnäßt worden seid. Da die Witterung gegenwärtig für Schwimmübungen im Freien ungeeignet ist, bleibt mir nur die Vermutung, daß ihr an einem bestimmten Punkt des Geschehens beide im Wasser auf den – äh – die Nase gefallen seid. Dabei könnte der Hund selbstverständlich auch eine gewisse Rolle gespielt haben.»

Während Diana zuhörte, verfolgte sie mit wachsender Faszination das unablässig wechselnde Mienenspiel auf Andrews Gesicht. Er hatte ebenmäßige Züge – braune Augen, eine breite gerade Nase und einen anziehenden Mund.

Andrew lächelte, als sein Stiefvater zu Ende gesprochen hatte. «Gar nicht schlecht», räumte er ein.

«Ich habe ja schon immer gesagt, du solltest Krimis schreiben, Charles Liebling», zwitscherte Mrs. Nicholson. «Du bist ein brillanter analytischer Denker.»

«Emily, bitte!»

«Na schön, vergiß es.»

«Vergiß es? Das ist jetzt schon der vierte Hund, den er uns aufhalst, die sechs Katzen gar nicht erst zu erwähnen.»

«Du mußt es einmal von der angenehmen Seite sehen, Charles. Er hätte den Wagen ja auch zu Schrott fahren können.

Und, ehrlich gesagt, gegen die Tiere habe ich nichts. Wir haben hier genug Platz. Ich wünschte mir nur eins, Andy, mein Lieber: Du solltest unser Haus nicht mehr als Heim für verlassene Kakteen benützen. Ich hasse Kakteen.»

«Es handelt sich um ein seltenes Exemplar von *Echinopsis eyriesii*», warf der Sohn beleidigt ein.

«Aber ich mag nun einmal keine stacheligen Pflanzen, mein Lieber. Warum bringst du mir keine Rosen?»

«Rosen sind *ihre* Leidenschaft», sagte Andy.

Diana sah plötzlich drei Augenpaare auf sich gerichtet.

Sie hatte gewußt, daß der Augenblick kommen würde. Sie hatte geglaubt, auf ihn vorbereitet zu sein. Sie hatte sich Namen, Daten und Fakten eingeprägt, nämlich:

Charles Nicholson, sechzig Jahre alt, ehemaliger Professor der Geschichtswissenschaft. Seine Frau Emily, siebenundfünfzig Jahre alt, ehemalige Lateinlehrerin. So zumindest sah Dianas Vater seine Klienten – nicht als individuelle Persönlichkeiten, sondern als Fälle, als Herausforderung für seine Aufgabe, die komplexe Struktur des Gesetzes zu ihrem oder seinem eigenen Vorteil zu deuten. Die Methode hatte einiges für sich, denn es war schwierig, professionelle Distanz zu wahren, wenn man mit Klienten persönlich zu tun hatte. Das hatte sie zu Beginn ihrer praktischen Arbeit als Juristin selbst erleben müssen; aber zwei Jahre waren offenbar nicht genug zur Abhärtung.

Die Nicholsons waren keine «Fälle» oder Abstraktionen. Ihr Humor, ihre Freundlichkeit und das Vertrauen, das sie ihr entgegenbrachten, hatten die Barrieren durchbrochen, die Diana unbewußt gegen eine persönliche Anteilnahme errichtet hatte.

Andy hatte kurz die Augen zusammengekniffen – oder bildete sie sich nur ein, daß er ihr einen mißtrauischen Blick zuwarf? «Rosen», fuhr er fort, «sind doch genauso stachelig. Sogar die alten, nehm ich an. Was soll das überhaupt heißen – alte Rosen? Wer will denn eine müde alte Blume, wenn er eine schöne junge haben kann?»

«Nimm das arme Mädchen nicht auf den Arm, Andy», sagte Emily. «Falls du tatsächlich so unwissend bist, wie du tust – was ich bezweifle –, dann geh in die Bibliothek und lies ein paar von meinen Büchern. Ich werde dir jedenfalls nicht erlauben, ein Überschwemmungsopfer ins Verhör zu nehmen, das Charles' Bademantel tragen muß, weil sie deinetwegen beinah ertrunken wäre. Jedenfalls nicht vor dem Abendessen.»

«Es macht mir nichts aus», sagte Diana. Dank Emilys Unterbrechung hatte sie sich innerlich fassen können; wenn sie eine Prüfung über sich ergehen lassen müßte, so war dies wohl der richtige Zeitpunkt, sie erfolgreich hinter sich zu bringen. «Hinsichtlich der Definition einer alten oder Erbgut-Rose herrscht ja beträchtliche Uneinigkeit. Die meisten Leute sind der Meinung, daß dazu jede Rosenart zählt, die bereits vor der Einführung der ersten Teehybride, der La France, im Jahre 1867 existierte. Gegenüber den älteren Rosen haben Teehybriden einen großen Vorteil: Sie blühen ununterbrochen den ganzen Sommer über bis weit in den Herbst hinein. Die meisten alten Rosenarten blühen nur einmal.»

«Mir hat immer die Definition von Trevor Griffiths gefallen», zwitscherte Emily. «‹Eine alte Rose ist jede Rose, die nicht modern ist.›»

Diana konnte den Namen gleich richtig einordnen. Griffiths war eine Autorität aus Neuseeland; sie hatte mehrere Bücher von ihm studiert. Sie deutete durch ein Lächeln an, daß sie Bescheid wußte. Emily fuhr fort: «Die Teehybriden sind ja sehr schön, aber so schrecklich langweilig! Immer die gleiche Form! Von den alten Rosen haben einige einfache Blüten, andere große, dicke Puffs aus Blütenblättern. Und dann erst die Farben! Herrlich subtile Töne in Malvenfarbe, Violett und Pflaumenblau, wie in alten Wandteppichen. Ich bin ja so froh, daß sie wieder erhältlich sind – und ich möchte sie alle haben!»

«Aber wie...» hob Andy an.

«Schluß jetzt», sagte seine Mutter entschieden. «Das Fachsimpeln können wir nach dem Abendessen fortsetzen. Deck den Tisch, Andy. Ich werf einen Blick in die Kasserolle.»

Sie lehnte Dianas Angebot zu helfen mit einem humorvollen Hinweis auf ihre unpraktische Kleidung ab. «Mit Ihrer Schleppe können Sie ja nicht mal richtig laufen, und die Ärmel rutschen Ihnen ja ständig über die Hände. Bleiben Sie sitzen, Sie Schmuckstück! Mit Ihren großen, hellbraunen Augen und den wunderschönen Locken sehen Sie jetzt aus wie ein kleines Mädchen, das Papas Sachen anhat und...»

«Du bringst Miss Reed in Verlegenheit, Emily», sagte Charles. «Sie ist doch kein kleines Mädchen. Sie ist eine erwachsene Frau und ein Profi.»

«Hat sie etwa keine schönen Haare? Haselnußbraun die Locken, mit goldenem Glanz... Kommt das aus einem Gedicht, oder habe ich's gerade erfunden?»

«Jetzt hör auf, Ma», sagte ihr Sohn. «Du hast die furchtbare Angewohnheit, mit Menschen so zu reden, als ob sie drei Jahre alt wären. Mit mir machst du das ständig.»

Die Bemerkung löste eine Diskussion aus, welche die Aufmerksamkeit von Diana ablenkte – was Diana mit unendlicher Erleichterung zur Kenntnis nahm. Sie hatte die Prüfung also allem Anschein nach bestanden. Im Verlauf des weiteren Gesprächs wurde ihr allerdings klar, daß der Themenwechsel weder auf Taktgefühl noch darauf zurückzuführen war, daß man sie akzeptiert hatte; die Nicholsons redeten einfach so, wie es ihnen gerade in den Sinn kam. Diana hätte kein einziges Wort unterbringen können. Sie hatte ihr Gewissen rasch wieder beruhigt und überlegte, daß die Redseligkeit der Familie Nicholson nur von Vorteil sein konnte. Je mehr die Nicholsons redeten, desto weniger müßte sie selbst reden, und je weniger sie sagte, desto geringer war die Chance, daß sie Fehler machte.

Das Abendessen bestand aus einer Huhn-Champignon-Kasserolle und einem Salat. Andy vertilgte auch noch den letzten Rest und anschließend genüßlich zwei Stück Apfelkuchen. Er zählte offenbar zu den beneidenswerten Menschen, die nie zunehmen.

Zum Kaffee begab man sich in die Bibliothek, und bis alle Platz genommen hatten, war Diana innerlich gewappnet. Eine Zeitlang konnte sie das Unvermeidliche noch abwehren, indem sie die schönen Proportionen und Gestaltungsmöglichkeiten der Bibliothek bewunderte. Da ließ sich noch so manches verbessern. Die Möbel waren auf eine gemütliche Art schäbig, die Regale ein buntes Durcheinander, die Wände zwar neu verputzt, aber bis auf die Grundierung noch nicht neu gestrichen. Der viktorianische Kamin war durchaus schön in seiner neugotischen Linienführung – falls einem so etwas gefiel –, paßte eigentlich aber nicht in ein Haus vom Ende des achtzehnten Jahrhunderts.

«Er muß weg», verkündete Emily. «Auf einer Auktion haben wir eine herrliche Marmor-Kaminverkleidung entdeckt. Und sobald wir uns darüber im klaren sind, was wir mit den Wänden machen wollen, werden wir auch Bücherregale anfertigen lassen. Wir sind noch unschlüssig, ob wir die Wände einfach streichen oder eine stilechte Tapete wählen sollten oder vielleicht eine alte Täfelung ...»

Das löste natürlich sofort eine neue Diskussion aus. Charles empfahl einen schlichten Anstrich, Andy bestand auf Wandtäfelung – am besten eine Täfelung aus einem vornehmen alten «Landsitz» –, bis Emily der Debatte schließlich ein Ende machte, indem sie resolut verkündete: «Aber das interessiert doch Diana gar nicht. Sie ist Landschaftsarchitektin und keine ...»

«Es interessiert mich sogar sehr. Ich liebe alte Häuser», sagte Diana.

Trotzdem gelang es ihr nicht, die Familie weiter abzulenken.

«Diana ist hier, um etwas aus unserem Garten zu machen», betonte Emily. «Ich hoffe nur, daß der Regen bald aufhört, Diana. Ich kann es gar nicht abwarten, Ihnen die Gartenanlage zu zeigen. Sie werden bestimmt einen Schrecken bekommen.

Da gibt es ja so viel zu tun. Wir haben aber den ganzen Winter über Bücher gewälzt und uns schon Gedanken gemacht – wir haben eine Menge Ideen.»

Charles warf seiner Frau einen vielsagenden Blick zu, bevor er seine klaren Augen auf Diana richtete. «Ihr fachkundiges Wissen über Rosen hat uns überzeugt, daß Sie genau die richtige Person für uns sind. Zwar werden alte Rosen immer beliebter, aber es gibt nur wenige Gärtner, die sich mit ihrer Pflege und Züchtung auskennen.»

«Wir wissen das aus bitterer Erfahrung», ergänzte Emily. «Wir haben bei mehreren Firmen vergeblich nachgefragt. Bis wir Walter fanden. Er war der einzige, der so ehrlich war zuzugeben, daß er vom Restaurieren eines Gartens aus der Kolonialzeit nichts versteht. Bei konventioneller Gartengestaltung weiß er hervorragend Bescheid, für unsere Pläne ist er jedoch nach eigener Aussage auf einen Spezialisten angewiesen.»

«Ich bin ihm dankbar, daß er mich empfohlen hat», sagte Diana. «Ich hoffe nur, daß Ihre Erwartungen nicht zu hoch sind. Die alten Rosensorten sind nämlich gar nicht so leicht zu finden. Es gibt noch immer nur wenige Pflanzenschulen, die sie führen.»

«Das ist uns durchaus bekannt», sagte Charles.

Damit hatte Diana natürlich gerechnet. Charles war vielleicht kein Fachmann für alte Rosen, doch als Gelehrter wußte er, wie man einer Sache systematisch nachgeht, und er war genau der Typ von Mann, der sich im Zweifelsfall persönlich sachkundig macht. Charles Nicholson würde bestimmt selbst ein Problem werden.

«Mit den Vorbereitungsarbeiten, Roden und Terrassieren, hat Walter schon begonnen», erläuterte seine Frau. «Von unseren bisherigen Plänen bin ich allerdings nicht restlos überzeugt.»

«Bis du mit neuen Veränderungen angefangen hast, waren sie ganz in Ordnung», murmelte der Sohn.

«Mein Horizont erweitert sich eben ständig, Liebling. Ich möchte einen Rosengarten, einen Lilienteich, einen weißen Garten, einen Nachtgarten, eine Pergola, einen versenkten Grenzzaun ...»

«Vorausgesetzt, das Gelände fällt steil genug ab», warf Diana ein, erfreut, endlich einmal ihr Wissen zeigen zu können. «Ohne einen steilen Hang können wir keine Stützmauer bauen.»

«Wir besitzen über vierzig Hektare Land», sagte die Hausherrin strahlend. «Ich kann's gar nicht abwarten, Ihnen alles zu zeigen und Ihre Vorschläge zur Gestaltung zu hören, besonders was die Rosen betrifft. Ich möchte zusätzlich Stöcke bestellen. Es scheint mir jedoch wichtig, daß wir die schon vorhandenen Pflanzen behalten. Sie werden es nicht glauben, bis Sie es mit eigenen Augen gesehen haben. Es ist wirklich erstaunlich, *wie lange* so ein Garten mitten in der Wildnis überlebt. Beim ersten Besuch im vergangenen September hat er keinen überwältigenden Eindruck gemacht. Die Rosenblätter waren schwarz gefleckt, verdorrt und von Käfern zerfressen – Blüten hat es da kaum gegeben. Ich habe ja noch nicht gewußt, daß die meisten alten Rosen nur einmal im Frühsommer blühen. Aber dann habe ich die abgefallenen Blütenblätter der Herbst-Damaszener-Rose entdeckt und die elementare Duftessenz der Rose gerochen, und mir sind Vergils Rosen mit ihrem zweimaligen Frühling eingefallen.»

Ihre Wangen hatten sich gerötet. Die Augen strahlten. Bei Diana regte sich das lästige schlechte Gewissen. Wenn sie die Expertin gewesen wäre, die sie zu sein vorgab, hätte sie die Freude der älteren Frau geteilt. So aber sagte sie rasch: «Richtig, Sie sind ja Lateinlehrerin gewesen, nicht wahr?»

«Über dreißig qualvolle Jahre lang, meine Liebe. Und wenn wir nicht plötzlich zum großen Geld gekommen wären, würde ich der widerstrebenden Jugend noch immer das Plusquamperfekt eintrichtern müssen. Aber ich rede viel zuviel. Es ist spät. Sie müssen müde sein.»

Den Vorwand ließ Diana sich nicht entgehen. «Ich sollte jetzt wirklich zum Motel fahren. Meine Sachen müßten inzwischen wieder trocken sein.»

«Ausgeschlossen, mein liebes Kind! Heute abend dürfen Sie nicht mehr weg!» rief die Gastgeberin. «Es gießt ja noch immer. Die Brücke ist wahrscheinlich überflutet. In welchem Motel wohnen Sie denn?»

«Ich habe mich noch nirgends angemeldet», gestand Diana. Das war einer ihrer (allzuvielen!) Schwachpunkte, und deshalb fuhr sie rasch fort: «Im April sind Motels gewöhnlich nicht überlaufen, so daß ich –»

«Wunderbar! Wenn Sie Ihren Koffer dabeihaben, ist auch das letzte Problem gelöst», erklärte Emily fröhlich. «Charles' Pyjamas wären nämlich für Sie viel zu groß, und Andy trägt nie Pyjamas – früher jedenfalls nicht, weshalb ich all die hübschen gestreiften Pyjamas, die ihm seine Tante Katy jeweils zu Weihnachten schenkte, weggegeben habe. Sie hat ihm jedes Jahr einen neuen geschickt, ich kann gar nicht verstehen, warum ...»

«Mutter, meine Garderobe und meine Lebensgewohnheiten sind hier völlig uninteressant», unterbrach Andy sie. «Ich hole Ihren Koffer, Miss Reed.»

«Ich nehme an, daß du ebenfalls über Nacht bleibst?» bemerkte sein Stiefvater trocken.

«Aber Charles – was sollte er denn sonst machen? Du wirst ihn doch nicht nach Hause fahren wollen!?»

«Nach Hause», wiederholte Charles. Sein Tonfall ließ darauf schließen, daß es vieles gab, was er vorsichtshalber nicht offen aussprach. Diana gewann den Eindruck, daß Andy häufiger auf Besuch kam, als seinem Stiefvater lieb war, der jetzt erklärte: «Nein, ich bin keineswegs darauf erpicht, bei diesem Regenwetter hundert Kilometer im Dunkeln zu fahren. Aber ich muß ihm wenigstens nicht meine Pyjamas ausborgen», schloß er mit einem Lächeln, das seine Frau mit offenkundiger Erleichterung erwiderte.

Diana erhob aus Höflichkeit einige Einwände, ließ sich jedoch gern zum Bleiben überreden. Sie wünschte Charles gute Nacht, und als sie Emily auf der gewundenen Treppe mit hochgerafftem Bademantel nach oben folgte, empfand sie von neuem kurz ein Gefühl von déjà-vu oder was immer: Wahrscheinlich irgendwelche Erinnerungen an den Geschichtsunterricht und an historische Romane. Die schöne Treppe stammte, wie der ganze Mittelteil des Hauses, aus dem achtzehnten Jahrhundert; die Frauen, die damals die niedrigen Stufen auf- und abgestiegen waren, hatten wallende Roben und gekräuselte Unterröcke getragen – Töchter, Ehefrauen und Schwestern der noblen Besitzer, die Dienstmädchen ... Nein, die Hausangestellten würden die Hintertreppe benützt haben. Als Diana auf halber Höhe trotz aller Vorsicht ins Stolpern kam, drehte die Gastgeberin sich rasch um und stützte sie mit einer kleinen, aber überraschend kräftigen Hand.

«Ich bin die ersten paar Monate auf genau der gleichen Stufe gestolpert», sagte Emily freundlich. «Sie muß etwas uneben sein. Wir werden einen Schreiner kommen lassen müssen. Es gibt noch soviel zu tun! Wir sind ja erst vor kurzem eingezogen; die frühere Besitzerin, Matilda Musser, hat das Haus schrecklich herunterkommen lassen. Die Arme war über neunzig, als sie starb, und schon etwas wirr im Kopf.»

«Und sie hat hier ganz allein gelebt?» fragte Diana.

«Die meiste Zeit über.» Bevor Diana das Thema weiter verfolgen konnte, sagte Emily: «Warten Sie einen Augenblick, ich werde Licht machen. Ich möchte nicht, daß Sie fallen.»

An einer Wand auf dem Etagenabsatz, der so groß war wie ein kleines Zimmer und von dem ein Gang nach rechts und einer nach links führte, erstrahlte eine Reihe von Leuchtern. Emily ging links voraus.

«Ich hoffe, Sie entschuldigen die spartanische Schlichtheit Ihres Zimmers, meine Liebe. Aber das Bett ist immerhin bequem und das Badezimmer praktisch und gleich nebenan. Wir wollen das ganze Haus mit Antiquitäten einrichten und stehen damit erst am Anfang. Das Suchen nach alten Möbeln ist der halbe Spaß, meinen Sie nicht auch? Charles und ich sind richtig auktionssüchtig geworden.»

Sie öffnete eine Tür und knipste einen Schalter an. Das Zimmer mit der hohen Decke der herrschaftlichen Häuser war tatsächlich nur sehr sparsam möbliert – ein hübsches Himmelbett aus Walnußholz und ein Schaukelstuhl waren die einzigen Gegenstände. Die Fenster waren ohne Vorhänge.

«Außer Kaninchen, Rotwild und Füchsen ist da draußen niemand», sagte Emily. «Sie können also ganz ruhig schlafen.»

«Ich werde mir in diesem Bett vorkommen wie Marie-Antoinette», meinte Diana.

«Es soll echt sein, wirklich – ein Himmelbett aus dem achtzehnten Jahrhundert!» Emily betrachtete es mit einem Ausdruck von Skepsis. «Aber Charles und ich wissen es natürlich nicht ganz genau, wir laufen vergnügt herum und jauchzen vor Freude, wenn wir glauben, etwas günstig bekommen zu haben. Wenn das Bett echt ist, war es ein Schnäppchen. Wenn nicht, sind wir übers Ohr gehauen worden. Ich glaube schon, daß der Auktionator ehrlich war, aber es laufen eine Menge Betrüger herum, nicht wahr?»

Eine Antwort blieb Diana erspart, weil Andy mit dem Koffer eintraf. Emily eilte geschäftig hin und her und versorgte sie mit Handtüchern, Bettlaken und Decken. Als sie endlich ging, kniete Diana nieder, um den Koffer zu öffnen. Sie suchte das wärmste Nachthemd heraus. Die Luft schien feucht und kühl. Der Regen peitschte noch immer gegen die Scheiben.

Dianas Hände begannen auf einmal völlig unkontrollierbar zu zittern. Sie setzte sich auf die Fersen, beugte den Kopf vor und atmete tief durch. Es war viel besser verlaufen, als sie zu hoffen gewagt hatte. Sie hatte sich nicht verraten. Man hatte sie akzeptiert. Sie befand sich sogar tatsächlich in diesem Haus. Jetzt mußte sie nur noch einen Weg finden, damit sie hier bleiben konnte.

2

Frühlingssonnenschein ist etwas so Wundervolles, daß er selbst abgefeimteste Pessimisten aufmuntert; Diana reagierte jedoch mit einem leisen Fluch auf die Sonnenstrahlen, die durch das vorhanglose Fenster ins Zimmer fielen. Sie hatte auf anhaltendes schlechtes Wetter gehofft. Durch kurzfristiges, hochkonzentriertes Lernen – eine Fähigkeit, die sie während ihres Jurastudiums angewandt hatte – hatte sie sich eine große Menge Wissen über Gärten im allgemeinen und alte Rosen im besonderen angeeignet; für eine angebliche Spezialistin war das zwar immer noch relativ wenig, doch sie würde diese Tatsache mit viel Glück durch schnelles Reden verdecken können – solange sie nichts Konkretes *tun* müßte. Bei strömendem Regen hätten die netten, rücksichtsvollen Nicholsons von ihr bestimmt nicht erwartet, mit dem Messen und Vermessen anzufangen. Jetzt aber würde sie sich von Fall zu Fall wenig überzeugende Entschuldigungen ausdenken müssen, um zu erklären, warum sie die Instrumente und Methoden ihres vorgeblichen Berufs nicht benutzte. Aber praktische Kenntnisse lassen sich nun einmal nicht in wenigen Wochen einpauken. Sie hatte es nicht einmal versucht.

Ein Geräusch im Flur schreckte sie auf. Sie stellte sich schlafend. Die Tür wurde kurz geöffnet und gleich wieder zugemacht. Jemand entfernte sich draußen auf Zehenspitzen.

Diana zog die Bettdecke über den Kopf. Sie war ja so müde ... selbst nach acht Stunden traumlosen Schlafs. Es war keine physische Müdigkeit, sondern rührte von der Anstrengung des Abends, als sie unentwegt vor möglichen Fallen auf der Hut sein mußte.

Diana wußte nur zu gut, wie schwer es ist, sich eine lange, komplizierte Lüge auszudenken und ohne Fehler und Versprecher durchzuhalten. Es sind ja häufig nicht Details der Lüge selbst, über die man stolpert, sondern eine winzige Lappalie, an die man überhaupt nicht gedacht hat. Wie zum Beispiel sich umdrehen, wenn einem jemand zuruft, aber mit einem Namen, der nicht der echte ist. Dieses Problem hatte sie zu umgehen versucht, indem sie ihren Vornamen beibehalten und sich einen Familiennamen mit den gleichen Anfangsbuchstaben wie ihrem richtigen zugelegt hatte. Sie hakte ihre Merkliste zum x-tenmal Punkt für Punkt ab, dachte nach, ob sie irgend etwas übersehen haben könnte. Aber sie wußte, falls sie sich am Ende verraten würde, dann am ehesten durch die mangelhafte Kenntnis ihres angeblichen Berufs.

Auf dem Boden neben der Zimmertür stand ein Tablett mit einer Thermosflasche mit Kaffee, einer Tasse, einem Sahnekrug und einem gefalteten Zettel mit der Nachricht: «Ich habe ganz vergessen zu fragen, ob Sie zu den vernünftigen Menschen gehören, die der Welt erst ins Auge sehen wollen, nachdem sie einen Kaffee getrunken haben. Wenn nein, lassen Sie ihn einfach stehen.»

Diana runzelte die Stirn – die Aufgabe wäre ihr sehr viel leichter gefallen, wenn Emily nicht so verflixt nett gewesen wäre. Dann mußte sie lächeln – auf dem Tablett entdeckte sie weder Zucker noch Serviette, auf der Sahne jedoch Katzenhaare, die sie mit einem Papiertaschentuch herausfischte.

Für die Arbeit zog sie abgetragene Cordhosen und eine langärmlige Hemdbluse an, zum Schutz gegen die Brombeeren, den Efeu, der sogar in halber Winterruhe giftig war, und natürlich gegen die Dornen der Rosen. Die Vermessungsinstrumente – die ihr am meisten Angst einjagten –, würde sie heute noch nicht hervorholen müssen; sie konnte mit einigem Recht anführen, sich zunächst einmal einen Überblick vom Gelände verschaffen und erste Aufzeichnungen machen zu müssen.

Beim Öffnen der Zimmertür sah sie sich einer Phalanx von Katzen gegenüber; eine getigerte, eine Kattun, eine schwarze, eine weiße, eine graue und eine vornehme Siamkatze. Drei Katzen – darunter die Siam – schlichen zwischen ihren Beinen durch und steuerten zielstrebig auf das Bett zu; einige schauten sie erwartungsvoll an; eine kleine, flauschige mit blauen Augen sprang an ihr hoch, klammerte sich am Hosenbein fest, und als Diana das Kätzchen herunternehmen wollte, kletterte es ihr vom Arm auf die Schulter.

Eine unerwartet schmerzliche Erinnerung stieg in Diana hoch. Ihr geliebter, schon seit langem toter Fuzzy hatte ihr besonders gern auf der Schulter gesessen. Nach Fuzzy hatte sie nie mehr eine Katze gehabt. Ihr Vater mochte Katzen nicht.

Die drei Eindringlinge hatten sich im Zimmer auf ihrem Bett niedergelassen und machten ganz den Eindruck, als ob sie ein Recht hätten, dort zu liegen. Auf dem Weg zur Treppe begleitete sie dann ein miauendes Gefolge, das ein genaues Ziel zu haben schien – vermutlich die Küche, dachte Diana und ging nun ihrerseits den Katzen nach.

Die Treppe führte in einem schwungvollen Bogen zu einem Absatz mit einem hohen, hellen Fenster auf halber Höhe und weiter nach unten zu einer Diele, die zu den beiden einander gegenüberliegenden Haupträumen führte; durch die offenen Türbögen zur Rechten und Linken fiel weiter hinten Sonnenlicht auf Zimmer, die nachts zuvor im Dunkel nicht sichtbar gewesen waren. Alle Wände waren frisch tapeziert oder gestrichen worden. Als Diana die Küche erreichte, stellte sie erleichtert fest, daß Emily allein war. Sie saß in einem Schaukelstuhl am riesigen Kamin und wippte, während sie ihren Kaffee nippte und die Zeitung las, die sie sofort zur Seite legte, als Diana eintrat.

«Guten Morgen, guten Morgen! Sie sind gar nicht spät dran, die andern waren nur früh. Zumindest Charles, der ist sowieso ein Frühaufsteher und bereits in seinem Arbeitszimmer. Andy schläft noch. Er ist die halbe Nacht aufgeblieben, wie immer. Ein Jammer, daß er keine Nachtarbeit findet.»

«Wie verdient er denn seinen Lebensunterhalt?» fragte Diana und ging zu dem Stuhl am Tisch, den Emily ihr anwies.

«Mal hier, mal da, alles mögliche. Zur Zeit arbeitet er bei einer Versicherungsgesellschaft, davor war er Zeitungsreporter, Vertreter, Immobilienmakler und Bauarbeiter. Nicht wahr, die jungen Männer von heute sind fürchterlich unbeständig.»

Sie hatte sich zum Kühlschrank umgedreht, so daß Diana Zeit hatte, ihre Miene zu beherrschen, bevor Emily sich ihr mit einem Glas Orangensaft und einer Schachtel Eier in der Hand wieder zuwandte.

«Bitte, machen Sie sich keine Mühe», sagte Diana und nahm dankbar den Orangensaft. «Ich esse nie etwas zum Frühstück.»

«Wenigstens einen Toast oder ein Brötchen», beharrte Emily. «Sie können doch nicht den ganzen Tag mit leerem Magen herumlaufen. Meine Liebe – ist Ihnen eigentlich bewußt, daß Miss Matildas Schwanz fast in Ihrem Orangensaft hängt?»

«Sie will nicht von der Schulter herunter», sagte Diana. «Aber wieso heißt sie Matilda?»

«*Miss* Matilda. Sieht sie nicht ganz so aus wie eine Matilda?» Emily löste die Katze von Diana und setzte sie auf den Boden. «Sie hat der alten Dame gehört, von der wir dieses Haus gekauft haben. Ihren Namen hat niemand gewußt, da haben wir ihr den Vornamen von Miss Musser gegeben. Sie ist taub, das arme Ding. Ich meine die Katze. Die alte Dame war aber auch taub, wenn ich es mir überlege.»

«Taub?» Diana musterte die Katze, die sich empört die Schwanzspitze leckte. «Besonders alt kommt sie mir nicht vor.»

«Katzen mit blauen Augen sind oft taub. Es hat etwas mit den Genen zu tun», meinte Emily. «Aber Matilda ist älter, als sie scheint. Vier oder fünf Jahre, meint der Arzt. Sie ist nur so klein, weil sie als Kätzchen schlecht ernährt wurde.»

«Ich kann mir nicht vorstellen, daß …» Diana hielt kurz inne, «ein anständiger Mensch ein Tier nicht richtig versorgt.»

«Wie ich schon sagte: Die alte Dame war zuletzt recht wirr im Kopf. Aber Miss Matilda – die Katze, meine ich – hat wahrscheinlich gestreunt. Das war nicht die Schuld der alten Dame. Also, da haben Sie Ihren Toast. Nun setzen Sie sich doch!»

Emily war praktisch gekleidet. Sie trug eine schmuddelige Hose und ein Wollhemd, das sie offenbar Charles entwendet hatte. Als Diana zu verstehen gab, daß sie ihr Frühstück beendet hatte, zog Emily kniehohe Stiefel an und band sich einen Schal um den Kopf.

«Sie haben Stiefel mit, oder …?» fragte sie. «Die Wiese ist noch matschig.»

«Die Stiefel sind im Auto.»

Sie gingen durch den Vordereingang ins Freie, und Diana sah zum erstenmal die Fassade des Hauses: rote Backsteinmauern, über die sich ein Flechtwerk wilden Weins hochrankte. Der Mittelteil war … 18. Jahrhundert? Sie mußte sich glücklicherweise nicht auch noch mit der Architektur von Häusern auskennen! Das Haus hatte drei Stockwerke, eine Dachgaube und eine klassisch strenge Fassade: zwei Fenster auf beiden Seiten des Haupteingangs, über dem sich ein fächerförmiges Balkenfenster befand. In späterer Zeit war beidseitig ein zweistöckiger Flügel angebaut worden, der mit dem Haupttrakt durch einen niedrigen, geschlossenen Durchgang verbunden war. Die Dachlinie war durch hohe Schornsteine unterbrochen. Die kürzliche (teure) Restaurierung war unübersehbar – das glänzende Glas, das frische Weiß der Türen und Fensterrahmen und die Ausfugung, die allerdings so geschickt getönt war, daß sie sich den verblaßten Backsteinen anpaßte.

«Sie haben in der kurzen Zeit erstaunlich viel geschafft!» rief Diana aus. «Es ist ... Ich meine ... Ich habe im vergangenen Herbst doch die alten Fotos in den Zeitungen gesehen.»

«Ja, die Zeitungen haben ausführlich genug über uns berichtet», sagte Emily lachend. «Soviel Interesse hätten die Reporter kaum aufgebracht, wenn ich einen Bestseller geschrieben oder eine alte Tante beerbt hätte. Aber ein älteres Akademikerehepaar, das in der Lotterie gewinnt, hat wahrscheinlich Seltenheitswert. Normalerweise ziehen ehrbare Hausfrauen oder Arbeiter das große Los. Denken Sie nur – vor der Heirat hat keiner von uns je ein Los gekauft!» Sie lachte. Die Augen leuchteten bei der Erinnerung. «Ach, Charles und ich – wir haben ja so viel gemacht, was wir vorher noch nie getan hatten. Seine ehemalige Frau ist genauso langweilig wie mein Ex-Mann.»

«Sie genießen das Leben, nicht wahr?»

«Schwer zu glauben, daß alte Leute das Leben genießen, nicht wahr? Aber Sie dürfen mir glauben. Wir hatten vor, uns in ein paar Jahren pensionieren zu lassen und in einem Vorort zur Ruhe zu setzen – und dann dieses Glück! Wir haben unsere neue Situation durchdiskutiert und beschlossen, sie voll zu nützen – das zu tun, was wir schon immer gern getan hätten –, ohne Rücksicht auf Alter oder gesunden Menschenverstand. Daß wir dieses Haus gefunden haben, war natürlich nochmals pures Glück. So sieht Charles es jedenfalls; ich bin mir da nicht so sicher ... Wir hatten Andy besucht, der damals gerade für ein Maklerbüro arbeitete und sich nicht davon abbringen lassen wollte, uns dieses Haus zu zeigen. Er war fest davon überzeugt, daß es uns gefallen würde. Es war Liebe auf den ersten Blick. Erklären kann ich's nicht, möglicherweise hing es mit den Rosen zusammen ... o je, ich rede schon wieder zuviel. Holen Sie Ihre Stiefel. Beginnen wir unseren Rundgang!»

Sie hörte jedoch bis zum Auto keineswegs mit Reden auf. Da tauchte am Ende der gewundenen Auffahrt, bei den Steinhaufen, welche die Stelle der verschwundenen Tore markierten, ein

Kleintransporter auf. Emily hielt spähend die Hand an die Augen.

«Das ist Walters Laster!» rief sie. «Was mag er jetzt hier wollen? Er kann doch nicht arbeiten wollen, dafür ist der Boden zu naß.»

Diana wußte genau, was er hier wollte. Sie versuchte sich zu sammeln, bis der Laster anhielt und der Fahrer ausstieg – ein großer Mann mit breiten Schultern und widerspenstigem Haar. Er hat Katzenaugen, dachte Diana, als sie das seltsame Graugrün sah; es war jedoch nicht die Farbe, die sie an Katzen denken ließ; es war der unverwandte, kühl abschätzende, fordernde Blick ... er forderte etwas, das sie weder geben konnte noch wollte.

«Ich muß Sie ja wohl nicht vorstellen», sagte Emily unschuldig.

«Ich glaube, ich kann mir denken, wer sie ist», entgegnete der Mann und streckte Diana eine rauhe Hand entgegen.

«Sie kennen sich nicht persönlich?» fragte Emily erstaunt.

«Ich kenne sie durch Telefonate, Briefe», erwiderte Walter, «vor allem aber durch ihre eindrucksvollen Referenzen.»

«Wir wollten gerade einen ersten Rundgang machen», erklärte Emily. «Die arme Diana ist gestern nacht mitten im Sturm hier angekommen und hat noch gar nichts gesehen. Warum begleiten Sie uns nicht, Walter? Sie wollen heute doch wohl nicht arbeiten?»

«Nein, Madam. Dafür ist es zu matschig. Vielleicht morgen, bei solchem Wetter wird alles rasch wieder trocken. Ich bin bloß vorbeigekommen, um nachzusehen, ob der Sturm Schaden angerichtet hat, und mir einen Scheck zu holen – wenn Sie nichts dagegen haben. Ich möchte einen Speziallaster mieten und bin wie gewöhnlich knapp bei Kasse.»

«Aber selbstverständlich. Ich hole das Scheckheft.» Emily lief zurück ins Haus.

Diana wappnete sich. Die Bitte um den Scheck war nur ein Vorwand gewesen, um Emily loszuwerden.

«Hallo, Mata Hari», sagte Walter Slade mit breitem Grinsen. «Sie sehen ganz anders aus, als ich Sie mir vorgestellt hatte.»

Er musterte sie von Kopf bis Fuß. Diana kniff die Lippen zusammen. Im Umgang mit Klienten – und auch bei einigen Anwaltskollegen – war ihr jugendliches Aussehen stets ein Handikap gewesen. Walters amüsierter prüfender Blick ließ klar erkennen, welchen Eindruck sie auf ihn machte – mit Strähnen, die sich aus dem lockeren Pferdeschwanz gelöst hatten, in Jeans und Hemd, die durch häufiges Waschen eingegangen und verblichen waren. Und in den Schuhen mit flachen Absätzen war sie gut fünfundzwanzig Zentimeter kleiner als er.

«Was haben Sie denn erwartet?» Sie fragte es in einem absichtlich aggressiven Ton. Walter ließ das Grinsen sein.

«Irgendwie ... furchterregender.»

«Ich kann ganz schön furchterregend sein.»

«Als ob ich das nicht wüßte.»

Wortwahl und Akzent waren nicht die eines Arbeiters, dachte sie. Doch obwohl er sich verständnisvoll und kooperativ gezeigt hatte, hieß das noch lange nicht, daß sie ihm gegenüber ihre Tarnung aufgeben durfte. Sie wußte schließlich aus Erfahrung, daß Freundlichkeit auch als Schwäche interpretiert werden konnte – und als Ausdruck einer Bereitschaft, sich dominieren zu lassen.

«Es hat Sie niemand gezwungen zu tun, worum ich Sie bat», sagte sie kurz angebunden. «Schließlich sind Sie es gewesen, der darauf hingewiesen hat, daß die Nicholsons einen Fachmann für alte Rosen suchten.»

«Ich sollte wissen, daß man sich nicht mit einer Anwältin anlegt», bemerkte Walter nun ebenso kühl. «Ich hatte nur gedacht ... Aber das interessiert Sie wahrscheinlich sowieso nicht.»

«Haben Sie sich's anders überlegt?»

«Wie könnte ich denn jetzt noch? Sie haben mich ganz schön in die Ecke gedrängt. Macht nichts. Sie haben mich überzeugt, daß Sie triftige Gründe haben, und ich bin nicht... Vorsicht, sie kommt zurück. Wo werden Sie wohnen?»

«Das steht noch nicht fest.»

Seine Augenbrauen zogen sich zusammen. «Ich muß wissen, wo ich Sie erreichen kann. Wir haben miteinander zu reden.»

«Ich weiß, wie ich *Sie* erreiche», sagte Diana und erwiderte seinen finsteren Blick.

Für mehr blieb keine Zeit. Emily schwenkte Füllhalter und Scheckbuch und fragte Walter nach dem gewünschten Betrag. Ist sie immer so gutgläubig? fragte sich Diana erstaunt.

Nach Erhalt des Schecks verabschiedete Walter sich sofort. «Bis bald, Diana», sagte er. «Wir werden uns bestimmt öfters sehen.»

«Ein äußerst netter junger Mann», erklärte Emily, als der Laster losratterte. «Man muß ihm gegenüber nur fest bleiben. Er hat nämlich über alles eine sehr entschiedene Meinung, manchmal sind seine Ideen aber recht gut. Also – die Stiefel.»

Diana hatte die Stiefel vorsorglich auf den Betonstufen ihres Wohnblocks verkratzt und mit Matsch und trockenem Rasen gerieben, damit sie nicht verräterisch neu wirkten. Offenbar mit Erfolg – Emily ließ keine Bemerkung fallen. Diana holte das Klemmbrett aus ihrer Tasche und erklärte sich bereit anzufangen.

Und einmal mehr rettete Diana Emilys Redseligkeit; Emily fragte sie zwar häufig nach ihrer Meinung, ließ sie aber selten auch nur einen Satz aussprechen. Diana nickte. Sie lächelte. Zur Abwechslung zog sie die Stirn manchmal nachdenklich in Falten. Sie merkte rasch, daß Emily genau wußte, was sie wollte. Hinter den Plänen für die Einfahrt standen monatelange Gespräche mit Charles und Landschaftsarchitekten, welche die beiden zu Rate gezogen hatten. Das Terrain zwischen Haus und Torpfosten war ziemlich eben. Da mußte nichts neu gestaltet werden, man mußte nur Markierungen setzen für die Blumenbeete und die Bäume. Das schaffe ich, dachte Diana mit wachsendem Optimismus, das ist schließlich alles weitgehend eine Frage des persönlichen Geschmacks. Was ich vorschlagen werde, mag den beiden vielleicht nicht gefallen, aber sie werden nicht beweisen können, daß mein Vorschlag falsch ist.

Sie folgten einem mit Platten ausgelegten Weg um den linken Flügel herum, in dem sich die Küche befand – und Dianas Optimismus sank, als sie das Terrain hinter dem Haus sah.

Dort war eine sehr große, quadratische Fläche gerodet und mit Rosen und Sträuchern bepflanzt worden. Sie wurde von einer Steinmauer umgrenzt, von der eine breite Steintreppe in Wildnis führte, die sich bis in eine unendliche Ferne zu erstrecken schien – teils Weideland, teils Waldung. Am Fuß eines Hangs im Norden konnte Diana einen Baumgürtel erkennen, und in den kurzen Pausen, wenn Emily einmal nicht redete, das Tosen eines Gewässers hören – ein Stück des Flüßchens, das Diana auf ihrer Anreise überquert hatte, wie Emily erläuterte. «Es gibt hier ja so viele Möglichkeiten», fügte sie mit leuchtenden Augen hinzu, was Diana bereits kennen und fürchten gelernt hatte. «Zwischen den Bäumen soll ein Weg führen, mit Stufen in gewissen Abständen – das Ufer fällt recht steil zum Fluß ab – und am Wegrand überall Wildblumen, und in den kleinen Mulden rustikale Bänke und Tische ...»

«Haben Sie dafür zufällig schon Pläne gezeichnet?» fragte Diana.

«Dutzende!» Emily lachte fröhlich auf. «Ich werde sie Ihnen zeigen. Aber Sie werden alle verwerfen und uns etwas viel Brillanteres vorschlagen. Die bepflanzte Fläche drüben war Miss Mussers Hinterhof. Ursprünglich hat sich dort – man kann's noch erkennen – die erste und höchste Stufe einer absteigenden Terrassenfolge befunden. Ich bin mir noch nicht im klaren, ob ich die Terrassen wiederherstellen oder etwas anlegen möchte, das architektonisch weniger streng ist – einen Hang mit gewundenen Wegen mit immergrünen Rändern ... Sie werden uns sicherlich schöne Vorschläge machen!»

Diana nickte. «Bestimmt», bestätigte sie. «Diesen Bereich –

den hinteren Garten – hat aber jemand unterhalten. War Miss Musser für solche Arbeit nicht zu alt?»

Auf ihre Frage bekam sie leider nicht die erhoffte Antwort. «Ich habe gejätet, ausgeputzt, so gut ich eben konnte. Das Arbeiten mit Blumen macht Charles und mir Spaß. Aber die Bäume und Sträucher werden hier wohl verschwinden müssen, nicht wahr?»

«Mhm ... ja.» Diana hielt den Zeitpunkt für gekommen, sich einmal definitiv zu äußern. «Es ist leichter, alles zu roden, als zu versuchen von vorhandenem Pflanzenmaterial auszugehen; von dem hier würde nichts in einen architektonisch gestalteten Garten passen.»

Das hatte Emily offenbar auch schon überlegt. «Ich hasse es, Bäume zu fällen», sagte sie. «Könnten wir den Apfelbaum nicht doch retten?»

«Er ist schrecklich alt!» entgegnete Diana. «Er würde wahrscheinlich sowieso nicht mehr lange leben.» Man mußte kein Fachmann sein, um zu sehen, daß der Apfelbaum an Altersschwäche litt.

Sie gingen weiter zur Wiese. Sie war im Herbst gemäht, aber nicht abgeharkt worden. Das liegengebliebene, gelblich verfärbte Gras war noch ganz naß vom Regen und glitschig. «Ich hätte gedacht, daß so mancher Bauer das Heu gern verfüttert hätte», sagte Diana.

«Kühe haben vermutlich einen empfindlicheren Magen, als man meint. Disteln bekommen ihnen besonders schlecht – und davon gab es im letzten Jahr eine Rekordernte.»

«Natürlich.»

«Gar nicht ‹natürlich›», wandte Emily ruhig ein. «Von Kühen und ihren Freßgewohnheiten versteht eine Gartenarchitektin nichts. In solchen Dingen sind Einheimische wie Walter nützlich. Es war ein Glück, daß wir ihn gefunden haben. Aber eigentlich hat er uns gefunden. Er tauchte kurz nach unserem Einzug einfach vor der Haustür auf – er hätte sich gedacht, daß wir jemand wie ihn brauchen könnten, sagte er. Er war übrigens nicht der einzige, der uns seine Dienste anbot. Die Leute in der Umgebung sind natürlich alle furchtbar neugierig gewesen, das verrückte Paar kennenzulernen, welches das alte Musser-Haus gekauft hatte.»

Sie blieb stehen und hielt sich eine Hand an die Seite. Der Hang war steiler, als er aussah. «Also. Was ich mir vorgestellt habe...»

Was Emily sich vorstellte, war so etwas Ähnliches wie die Gärten von Versailles, nur größer. Diana begann sich der Kopf zu drehen, als sie auf die unebene Fläche rauhen Weidelands hinunterblickte. «Das wird aber eine Riesenarbeit», sagte sie, als Emily schwieg, um Atem zu holen.

«Deshalb sollten wir so rasch wie möglich anfangen. Ach ja – und ein Belvedere möchte ich auch. Dafür schien mir die Stelle hier oben auf dem Hügel ideal – welch herrlicher Ausblick –, aber Charles hätte ihn gern unten am Hang, damit wir den Wasserfall und den Lilienteich sehen können.»

«Den Wasserfall», wiederholte Diana wie betäubt.

«Und einen riesigen Teich. Über den natürlich eine Brücke führt.»

«Natürlich.»

«Und jetzt», sagte Emily eifrig, «jetzt kommt der Teil, den ich Ihnen unbedingt zeigen wollte. Wir haben noch nicht herausbekommen, was hier in der Kolonialzeit gestanden hat; seit langem, wahrscheinlich seit Hunderten von Jahren ist hier alles wildes Weideland, da ist von einer früheren Bepflanzung nichts mehr zu sehen. Doch auf der anderen Seite, zum Fluß hin...»

Emily lief den Hang hinunter. Diana sah kaum einen Unterschied zwischen der unebenen Oberfläche hier und dem höheren Weideland; Emily besaß entweder einen erfahrenen Blick oder aber mehr Phantasie.

«... eine Baumallee... Blumenbeete... Die Mulde dort könnte ein Teich gewesen sein...»

Plötzlich versperrte ihnen eine grüne Wand den Weg. Sie hob sich hoch über Dianas Kopf und war so dicht, daß sie dahinter überhaupt nichts sah. Vor nicht allzu langer Zeit war sie oben und seitlich einmal grob beschnitten worden, inzwischen waren die Äste jedoch nachgewachsen.

Emily deutete Dianas benommenes Schweigen als Bewunderung. Sie strahlte. «Haben Sie schon einmal einen so alten Buchsbaum gesehen? Entschuldigung – was für eine dumme Frage! Aber für Charles und mich waren Parks und Gärten etwas völlig Neues. Der Buchsbaum hier ist bestimmt zweihundert Jahre alt. Er war ursprünglich keine Barriere, sondern eine niedrige Einfassung, und es hat mehrere Eingänge gegeben, die bis auf einen alle zugewachsen sind. Das ist ein richtiger Geheimgarten, nicht wahr?»

Emily zwängte sich durch eine Lücke im Laub, die selbst ihre schlanke Figur kaum durchließ. Diana kam nach, indem sie sich mit größter Behutsamkeit seitlich hindurchschob. Was sie dann sah, war so außergewöhnlich, daß sie nur staunen konnte.

Das umhegte Gebiet war auf allen Seiten etwa zehn Meter lang. Überall wucherte Unkraut und bedeckte den Boden mit einem grünen Teppich, der hier und da von bunten Blüten durchsetzt war.

«Die ursprüngliche Form ist heute schwer auszumachen», sagte Emily. «Von den Seiten her haben vermutlich Kieswege zur Mitte geführt, wo möglicherweise ein Springbrunnen oder eine Bank gestanden hat. Für einen Garten des achtzehnten Jahrhunderts wäre das charakteristisch.»

«Sie meinen, diese Rosensträucher könnten zum Teil zweihundert Jahre alt sein?» rief Diana aus.

Sie war in ihrem Staunen kopfüber in eine der Fallen gestürzt, vor denen sie sich so gefürchtet hatte – ein unverzeihlicher Fehler, denn durch ihre Lektüre von Fachliteratur wußte sie ja, daß so etwas gar nicht selten vorkam. Solche Fälle pflanzlichen Überlebens beantworteten ja auch die Frage, die Andy am Vorabend gestellt hatte: Wie konnten die alten Rosen wiederentdeckt werden, nachdem sie aus den Katalogen und dem Angebot der Rosenschulen praktisch verschwunden waren?

Emily bewahrte Diana zum Glück vor den Folgen ihrer Unachtsamkeit. «Es ist vorgekommen. Denken Sie doch nur an die Abigail-Adams-Rosen und an die wundervollen Rosen in Neuseeland – Anaïs Ségales, so hießen sie doch? –, die Nancy Steen auf den Gräbern verwahrloster Friedhöfe entdeckt hat. Manche von ihnen müssen über hundert Jahre alt gewesen sein.» Sie seufzte sehnsüchtig. «Ich würde so gern glauben, daß manche der Sträucher hier so alt sind wie unser Haus. Aber Sie haben ja vorhin gesehen, daß der Garten nicht sich selbst überlassen blieb. Sonst wäre alles völlig überwuchert. Die ursprünglichen Rosen sind wahrscheinlich abgestorben und im Laufe der Jahre ersetzt worden. Daß sich hier zumindest eine klassische Rosenart befindet, weiß ich aber genau – die Herbst-Damaszener. Schauen Sie, das hier ist die Rose, die Herbst-Damaszener, die ich im vergangenen Herbst in ihrer Blüte gesehen habe. Ich habe doch recht mit der Bestimmung, nicht? Schauen Sie – die typische Neigung zum freien Wuchs.»

«Könnte sein», sagte Diana vorsichtig.

Emily lachte. «Sehr taktvoll, meine Liebe. Ich weiß ja, daß es völlig aussichtslos ist, vor der Blüte auch nur eine einzige dieser Rosen zu bestimmen. Aber ich werde jedesmal richtig aufgeregt bei dem Gedanken, hier eines Morgens vielleicht einen Strauch mit großen doppelten rosa und weiß gestreiften Blüten anzutreffen – eine Lancaster-und-York eventuell. Und wenn ich mir vorstelle, daß dieser Strauch noch älter ist als ich! Also, die Frage ist die: Was können wir hier machen? Selbstverständlich will ich möglichst viele alte Rosensträucher hier erhalten und notfalls durch neue alte Sorten ersetzen.»

Sie strahlte Diana erwartungsvoll an, die ihre fünf Sinne zusammennahm und sich ganz darauf konzentrierte, fachmännisch zu klingen. «Also, mir wäre lieber, wir würden die Rosenblüte abwarten. Ihnen ist doch gewiß auch bekannt, wie schwer manche Sorten sich selbst während der Blüte bestimmen lassen. Ich möchte die Sträucher hier noch nicht zurückschneiden.»

Emily machte ein langes Gesicht. «Ich wußte, daß Sie das sagen würden. Und Sie haben natürlich recht. Ich kann es nur nicht erwarten, hier mit den Arbeiten zu beginnen... Wir könnten wenigstens Unkraut jäten, nicht wahr?»

«Ganz bestimmt.» So etwas schien ungefährlich.

«Und die Rosen düngen?»

«Mhm – warum nicht?»

«Wunderbar! Ich habe eine Liste mit den Sorten, die ich mir wünsche. Dafür ist übrigens genau der richtige Zeitpunkt; einige Rosenschulen versenden im Herbst. Bis dahin wissen wir bereits, was wir schon haben und was wir noch brauchen. Stimmt's?»

«O ja!»

«Und wir können natürlich auch an anderen Stellen Rosen pflanzen. Ich hätte gern eine Sorte beim Belvedere, eine andere oberhalb des Teiches. Es gibt in dem Buch von Graham Thomas ein Bild...»

Sie gingen auf dem gleichen Weg zurück, machten sich klein und gelangten durch die Lücke in der Hecke wieder ins Freie. «All das war einmal Garten», sagte Emily mit einer weit ausholenden Geste. «Wir entdecken ständig neue Spuren von Böschungen und Terrassen. Ein sachkundiger Mensch wie Sie kann bestimmt noch mehr finden. Was meinen Sie – sollten wir einen Helikopter chartern?»

In diesem Moment stolperte Diana und Emily streckte rasch die Hand aus, um sie zu stützen.

«Ich hätte Sie warnen sollen. Hier im Gras liegen Steine versteckt. Aber mit dem Helikopter werden wir wohl bis Sommerende warten müssen. Angeblich sind die Umrisse von tiefer liegenden Strukturen am besten in heißer, trockener Witterung erkennbar.»

Diana überlegte angestrengt, wovon Emily da bloß sprach. «Oh, Sie denken an Luftaufnahmen.»

«Genau. Wenn ich es recht verstehe, verändert sich an Stellen, wo die Erdschicht gestört wurde, die Grasnarbe. Man kann deshalb sogar nach langer Zeit noch feststellen, wo es Blumenbeete, angehobene Terrassen und so weiter gegeben hat. Faszinierend! Ich habe Fotos gesehen – wie eine Landkarte. Vorsicht – da ist noch so ein Stein! Wir haben alle unverändert liegen lassen, weil ich vermute, daß sie zu einer eingestürzten Mauer gehören.»

Diana stieß mit der Zehe gegen die Steine, die rauh und unbehauen, aber relativ flach waren. «Möglich. Sie hätten gern alles wieder so, wie es früher war?»

«Ja. Ich wünschte, wir könnten die ursprünglichen Pläne aufspüren. Wenn es doch nur Tagebücher oder Briefe von den Fairweathers gäbe – von den Leuten, die das Haus erbaut haben. Die Familie ist leider vor langer Zeit ausgestorben. Meines Wissens gibt es jedenfalls keine Nachfahren. Das Haus ist inzwischen durch viele Hände gegangen.»

Der Weg führte wieder bergauf, vom Fluß fort. Emily ging forsch voran und plapperte von Kräutergärten, Moorgärten und dem Anbau von Spalierobst. Plötzlich schrie sie auf und stürzte sich in ein Gewirr von Geißblatt. «George!» rief sie. «Er ist hingefallen! Oh, ich habe ja gewußt, daß er nicht stabil ist.»

Diana rannte ein wenig alarmiert hinter ihr her. Doch Emily versuchte nur, eine graue, von Menschenhand geformte Steinplatte aufzurichten.

Ein Grabstein. Emily saß in der Hocke und wollte ihn heben. «Warten Sie!» rief Diana. «Lassen Sie mich helfen!»

Gemeinsam hoben sie den Stein an und lehnten ihn gegen einen Baum. Emily war sichtlich bestürzt. «Er scheint wenigstens nicht beschädigt worden zu sein. Ich fände es furchtbar, wenn George etwas zustoßen würde – nach meinem Gefühl ist er es nämlich gewesen, der die Gärten angelegt hat. Da, schauen Sie, seine Lebensdaten – 1744 geboren, 1806 gestorben.»

Daneben lehnte ein weiterer Grabstein. «Seine Frau», erklärte Emily. «Amaranth. Ist das nicht ein hübscher Name? Die Steine müssen von einem Familienfriedhof stammen. Wir haben allerdings bloß diese drei gefunden.»

Den dritten Stein – kleiner und weiter abseits – hatte Diana noch gar nicht bemerkt. Irgendwann hatte sich die Ranke eines Geißblatts in die Oberfläche gefressen, und die ebenso zarte wie zerstörerische Pflanze hatte die Inschrift teilweise unleserlich gemacht. Diana versuchte neugierig, sie zu entziffern, konnte aber bloß die Daten ausmachen: «Gestorben am 24. April 1789. Im Alter von neunzehn Jahren, drei Monaten und siebzehn Tagen ...»

Emilys kräftige kleine Hände bohrten sich Diana schmerzhaft in die Arme. «Diana! Alles in Ordnung? Was ist geschehen?»

Das Grün-Golden-Schattenhafte der Landschaft hörte auf, sich zu drehen, und Diana sah wieder die klaren Umrisse von Blattwerk und Sonnenlicht. Sie stand noch auf den Beinen. Emily schaute ihr besorgt ins Gesicht.

«Nichts», antwortete Diana. «Es ist alles in Ordnung.»

«Sie haben einen ganz komischen Laut von sich gegeben! Wie ... Entschuldigen Sie. Ich hätte Sie aufklären sollen. Hier gibt es keine Gräber, meine Liebe – nur die Steine. Die sind vor langer Zeit hergeschafft worden, als eine neue Straße gebaut und der alte Familienfriedhof zerstört wurde.»

Diana wollte nicht zugeben, daß sie sich nicht daran erinnern konnte, einen Laut ausgestoßen zu haben. «Ich habe mir auf die Zunge gebissen», sagte sie kurz. «Entschuldigen Sie, wenn ich Sie erschreckt habe.»

«Ach so.» Emily ließ sie los. «Manche Menschen sind abergläubisch, was Gräber betrifft.»

«Ich nicht.» Diana kniete vorsichtig nieder und schaute sich die Vorderseite des Steins von nahem an. «Wie faszinierend! Finden Sie nicht auch, daß wir für die Steine ein angemessenes Umfeld einrichten sollten?»

«Ich würde sie am liebsten an ihren alten Platz zurückstellen, wenn das möglich wäre», meinte Emily abweisend. «Aber ich weiß nicht einmal genau, wo der Friedhof lag. Kommen Sie, wir wollen ins Haus zurückgehen. Für heute morgen haben wir genug gesehen.»

Dann blieb Emily eine Weile schweigsam, was gar nicht ihre Art war; vielleicht kam sie wegen des steilen Abhangs außer Atem. Als die beiden durch die Wiese schritten, raschelte es plötzlich im Gras. Emily rief verärgert: «Verflixt! Nein, William! Bring's nicht her. Ich will das nicht!»

Aus dem Gras tauchte mit erhobenem Schwanz ein großer getigerter Kater auf – zweifellos William, mit einer Maus im Maul. Er folgte seiner Herrin, die zurückwich, und ließ das kleine reglose Bündel zu ihren Füßen fallen.

«Na, wenigstens ist sie tot», meinte Emily resigniert. «Gut so. Braver Kater. Vielen, vielen Dank!»

Nachdem er seine Aufwartung gemacht und Anerkennung bekommen hatte, holte William sich die Beute zurück und lief davon.

«Soll ich sie ihm nicht wegnehmen?» fragte Diana. «Mäuse haben Parasiten...»

«Es lohnt sich nicht, meine Liebe. Wir müßten querfeldein hinter ihm herjagen, und er würde anschließend gleich wieder eine fangen. Ich entwurme alle meine Katzen grundsätzlich mehrmals im Jahr, und mir scheint... Du meine Güte, dieses Thema ist ja noch ekelhafter als das vorige! Ihre Idee von einem kleinen Schutz für die Grabsteine gefällt mir. Es sollte aber nichts Sentimentales sein, bitte.»

«Oh? Ich hatte vorhin an eine Grotte gedacht – wie die in Lourdes.»

Emily brach in lautes Lachen aus. «Das ist der erste Witz, den ich von Ihnen höre, Diana. Aber – wenn ich es mir recht überlege, lustig wäre eine Grotte schon...»

«Was den dritten Grabstein betrifft», sagte Diana, als Emily nachdachte, «gehörte er, oder sie, zur Familie? Ich habe den Namen nicht lesen können.»

«Ich auch nicht. Aber die Daten belegen, daß er oder sie ein Kind von Amaranth und George gewesen ist. Lassen Sie Ihre Stiefel hier bei den Stufen zurück. Was uns noch fehlt, ist ein Abstellraum für schmutzige Schuhe und so. Und ein kleines Treibhaus, wo ich Samen setzen und Pflänzchen umtopfen kann. Aber ein Nebengebäude will ich dafür nicht bauen lassen. Bauarbeiter verursachen immer soviel Dreck.»

«Und wenn man von den Gebäuden dort drüben eins zum Gartenhaus umfunktionieren würde?»

Diana deutete auf die Dächer und zerfallenden Mauern einer Gebäudegruppe, die hinter den Fliederbüschen sichtbar wurden. Der größten Scheune fehlte ein Teil des Dachs; die geschwärzten Balken ließen einen Brand vermuten.

«Die Gebäude werden allesamt abgerissen», sagte Emily. «Das sind bloß Schuppen und Scheunen. Nur einer ist ausgebaut worden. Dort hat die Haushälterin von Miss Musser gewohnt, die sich auch im Alter um sie gekümmert hat. Inzwischen ist er aber verfault und voller Termiten. Die abgebrannte Scheune ist ein recht schönes Gebäude gewesen.»

«Ein Blitz?»

«Nein, der Feuerteufel», antwortete Emily und lachte, als sie Dianas Miene bemerkte. «Er hat keine Häuser in Brand gesteckt, nur Scheunen – sogar verlassene Scheunen. Menschen sind dabei nie zu Schaden gekommen.»

Die Sonne fiel auf die Hintertreppe. Auf dem warmen Holz lagen mehrere Katzen. Ein kleiner brauner und ein weißer langhaariger Hund sausten den beiden Frauen entgegen. Emily schob rasch Diana vor sich her und warf die Tür vor zwei enttäuschten, verschlammten Hundegesichtern ins Schloß.

Sie fanden Andy mit zwei Hunden und drei Katzen in der Küche. Er kochte. Die Tiere schnappten nach den Brocken, die er ihnen vom Herd über die Schulter zuwarf.

«Hinaus! Hinaus!» rief Emily und schüttelte die Kittelenden gegen sie. Die Hunde suchten Deckung. Die Katzen verschwanden unter dem Tisch. «Ich habe dich doch gebeten, sie nicht auf solche Weise zu füttern, Andy. Du kochst ja ein gräßliches Zeug!»

«Das ist kein gräßliches Zeug, sondern mein Spezial-Western-Omelett. Keine Sorge, Mama, ich mach hinterher sauber. Mach ich doch immer. Oder?»

«Nein», sagte Emily und hielt ihm das Gesicht für ein Küßchen hin, als sie auf dem Weg zur Kaffeemaschine an ihm vorbeiging. «Sag Diana guten Tag.»

«Einen guten Morgen, Diana. Hat es Spaß gemacht, im Schlamm und Unkraut herumzustapfen?»

«Die Anlage ist faszinierend», erwiderte Diana.

Andy drehte das Omelett mit viel Schwung. «Wo ist Charles? Ich habe genug für alle gemacht.»

«Du weißt doch, wie sich Charles anstellt wegen dem Cholesterin – und was er von deinen improvisierten Mahlzeiten hält, weißt du auch. Mein Gott, es ist ja fast Mittag!»

Sie nahm eine Lade mit Gemüse aus dem Kühlschrank und schnitt es in eine Schüssel. Andy murrte. «Warum läßt du ihn seinen Salat nicht selber machen, wenn er sich so anstellt?»

«Weil ich ihm gern Salat mache», entgegnete Emily gelassen. «Herrje, bist du heute knurrig. Hast du etwa schlecht geschlafen?»

«Ja. So viele Geräusche wie in diesem Haus habe ich noch nirgends erlebt. Knarren, Stoßen, rätselhafte Nachtlaute...» Er schnitt das Omelett in zwei Teile und legte eine Hälfte auf einen Teller, den er Diana vorsetzte.

Es sah gar nicht schlecht aus und roch köstlich. Diana merkte auf einmal, daß sie von der ungewohnten frischen Luft und körperlichen Bewegung einen Riesenhunger bekommen hatte. Andy suchte aus einer Schublade zwei Gabeln, reichte ihr eine, schob sich die zweite Omelethälfte auf den eigenen Teller und ließ sich neben Diana am Tisch nieder.

«Vielen Dank. Das sieht köstlich aus», sagte Diana.

Seine Stirn glättete sich, und er fragte sie mit einem fröhlichen Lächeln: «Hat der Hausgeist Sie auch wachgehalten?»

«Ich habe geschlafen wie ein Murmeltier. Gibt es hier echt ...»

«Muß es ja wohl. Es spukt doch in allen alten Häusern.»

Sein Stiefvater trat gerade rechtzeitig ein, um die Bemerkung noch zu hören. «Das einzige, was in diesem Haus herumspukt, ist eine Menagerie von unruhigen Tieren», sagte er streng. «Am schlimmsten sind die Katzen; sie sind Nachttiere und schwer zu lokalisieren. Verflixt noch einmal, Andy», sagte er, als eine Katze unter dem Tisch hervorkam und sich um seine Knöchel schmiegte, «ich habe dir doch gesagt, ich will sie nicht in der Küche haben. Guten Morgen, Miss Reed. Ich hoffe, Sie hatten eine gute Nacht.»

Ohne ihre Antwort abzuwarten, schwenkte Charles die Zeitung in seiner Hand und fragte Emily: «Hast du schon die neueste Nummer der *Antique News* gelesen?»

«Durchgeblättert. Hast du etwas entdeckt, was ich übersehen habe?»

Charles richtete sich auf und rief: «Tore!»

«Nein! Wirklich? Liebling, du bist phantastisch. Wo? Wann?»

«Am Samstag in Mount Pleasant. Ich dachte, wir könnten sie uns am Freitag abend auf dem Weg zur Auktion in Lynchburg anschauen. Wenn sie unseren Vorstellungen entsprechen, können wir ja ein Angebot hinterlassen und bleiben ...»

Diana fing Andys Blick auf. Er zuckte die Achseln, verdrehte die Augen und widmete sich wieder seinem Omelett. «Tore?» fragte sie vorsichtig.

«Jawohl, für die Einfahrt», erläuterte Emily. «Sie erinnern sich, wir haben schon davon gesprochen. Wir hätten gern alte, herrschaftliche Tore. Bringt die Zeitung eine Beschreibung?»

«‹Schön verziert› heißt es hier.» Er schenkte ihr ein liebevolles Lächeln. «Was meinst du, Emily? Wir werden früher losfahren müssen als geplant.»

«Kein Problem, Liebster. Andy hat versprochen, an diesem Wochenende das Haus zu hüten ... Andy?»

Ihr Sohn starrte sie an und räusperte sich dann. «Ach, Ma –»

«Du hast es mir versprochen!»

«Ich hab gesagt, ich würd mein Bestes tun. Mir ist etwas dazwischengekommen.»

«Bestimmt etwas, das einen Rock trägt», sagte Charles.

«Heute tragen sie meist Jeans», murmelte Emily. «Kannst du sie denn nicht mitbringen, Andy?»

«Verflixt, Ma, es geht um etwas Geschäftliches! Ich muß nach Richmond. Warum fragst du nicht Mary Jo?»

«Natürlich können wir das versuchen. Aber es kommt sehr plötzlich, und sie bleibt in diesem Haus nicht gern allein.»

«Du bist rücksichtslos, Andrew», tadelte Charles. «Die Tiere können nicht drei Tage lang unbeaufsichtigt hierbleiben, selbst wenn wir bereit wären, das Haus so lang zu verlassen.»

Diana räusperte sich. «Ich wäre nur zu glücklich zu bleiben. Natürlich, Sie kennen mich nicht ...»

«Inzwischen schon», sagte Emily lächelnd. «Es wäre eine ideale Lösung. Tagsüber sind Sie sowieso hier, und es wäre dumm, wenn Sie jeden Tag hin- und herfahren und die Abende allein in einem Motel verbringen müßten. Werden Sie aber auch bestimmt nicht nervös? Den Feuerteufel hat man letztes Jahr erwischt – eine äußerst peinliche Sache, es war nämlich, wie sich herausstellte, der Sohn eines hier ansässigen Pfarrers –, aber das Haus ist sehr abgelegen, und ...»

«Und hier spukt's», fügte Andy mit Grabesstimme hinzu.

«Andrew!»

«Laß das, Andy!»

«Oh, mir machen solche dummen Witze nichts aus», sagte Diana mit einem Ausdruck liebenswürdiger Duldung, bei dem das Lächeln auf Andys Gesicht verschwand. «Und ich habe keine Angst vor Brandstiftern. Oder vor Geistern.»

Bis auf einen – den flüchtigen jungen Geist, um dessentwillen sie überhaupt hier war.

3

Sie stand am Fenster, schaute in die Nacht hinaus und strengte sich an zu sehen, was gar nicht da war – den winzigen Nadelstrich von Licht, der sein Kommen ankündigen und sie zu ihm rufen würde. Hatte er ihre Nachricht erhalten? Solche Gelegenheiten boten sich allzu selten. Sie hatte Krankheit geltend gemacht, um nicht an dem Ball teilzunehmen; es war eine Entschuldigung, die sie so bald nicht wieder verwenden könnte, und es kam nicht oft vor, daß man sie im Hause allein ließ... War das dort ein Licht oder nur ein Leuchtkäfer, der vor der Zeit geboren und in der kühlen Nachtluft des Frühlings zu frühem Tod verdammt wäre? Von dem langen, angestrengten Spähen taten ihr die Augen weh.

Diana stand an der hohen Fenstertür der Bibliothek, blinzelte und schüttelte den Kopf. Sie hatte schon wieder Einbildungen. Für Leuchtkäfer war es zu früh, und eine andere Lichtquelle gab es nicht – ringsum erstreckten sich nur Wälder und Weiden. Sie hatte bestimmt durch eine Baumlücke ganz kurz einen tief am Himmel stehenden Stern gesehen.

Sie hatte bisher immer nur in Großstädten gelebt und gar nicht gewußt, wie vollkommen finster es nachts auf dem Lande sein konnte. Sie war glücklicherweise kein ängstlicher Typ; sonst hätte die Phantasie solch unheimliche Konturen möglicherweise zum furchigen Rücken eines lauernden Ungeheuers verwandelt und die dunklen Wälder mit Dämonen bevölkert.

Sie war allein im Haus – endlich. Den ganzen langen Tag über waren Leute gekommen und gegangen. Und die Nicholsons hatten ihre geplante Abreise um mehrere Stunden verschoben, weil Charles Bedenken bekommen hatte, ob man Diana die Verantwortung für das Haus überlassen konnte, und einen Einwand nach dem anderen gefunden hatte – wobei es Diana am Ende unklar blieb, ob er nun um *ihre* Sicherheit oder die des Hauses besorgt war. Die Liste mit den Notruf-Nummern, die er neben jeden Telefonapparat deponiert hatte, reichte von Staats- und Bezirkspolizei bis zum Klempner und Heizöllieferanten. Er hatte ihr nicht nur einmal, sondern dreimal gezeigt, wie man das Wasser abdrehte und die Brunnenpumpe wieder in Gang setzte; er hatte ihr gezeigt, wie die Sicherheitsschlösser der Fenster und Türen funktionierten, und in allen Einzelheiten erklärt, wie die Waschmaschine, der Trockner, der Geschirrspüler und der Müllschlucker zu bedienen waren.

Und als er sich in all diesen und weiteren Punkten vergewissert hatte, hatte er zu guter Letzt noch ihre Fähigkeit in Frage gestellt, mit der Katzenmenagerie fertig zu werden. Emily, die amüsiert zugeschaut hatte, zwitscherte: «Sie weiß schon, daß sie keine Mäuse und Maulwürfe fressen sollen, Charles.»

Charles warf die Arme in die Höhe. «Meine liebe Emily, du hast eine echte Begabung dafür, Irrelevantes zur Sprache zu bringen. Die Katzen fressen ununterbrochen Mäuse, Maulwürfe und noch viel ekelhafteres Zeug; daran kann Miss Reed sie genausowenig hindern wie wir. Ist sie aber erfahren genug, um größere Probleme zu meistern?»

Emily zwinkerte ihr hinter seinem Rücken zu, und Diana antwortete ihm im gleichen förmlichen Ton: «Es ist zwar lange her, daß ich selbst eine Katze gehabt habe, denn mein Vater hat lieber Hunde, reinrassige, große Hunde, um die ich mich regelmäßig gekümmert habe. Und wenn man einmal gelernt hat, einem Dobermann Pillen in den Rachen zu drücken und einem deutschen Schäferhund die Schnauze zuzuhalten, wenn er eine Spritze kriegt, kommt man mit allem klar.»

Diana schaute zu Emily hinüber und bemerkte enttäuscht, daß das Lächeln auf ihrem Gesicht verschwunden war und ... Hatte sie etwas Falsches gesagt?

Charles hatte die Antwort dafür zufriedengestellt. Sein Gesicht entspannte sich. «Sehr gut, Miss Reed. Solange Sie nur wissen, auf was Sie sich einlassen ... Andrews streunende Katzen brauchen immer irgendwelche Pflege und Medikamente. Am besten, du machst eine Liste, Emily.»

«Längst geschehen, Liebling.»

Andy war früher als geplant mit einem Freund fortgefahren, der ihm beim Flottmachen seines Wagens helfen sollte. Vorher hatte er sie noch auf die Seite genommen, um ihr dafür zu danken, daß sie ihn «freigepaukt» hatte, wie er sagte, und dann gab er ihr seine Telefonnummer – für alle Fälle.

«Ich dachte, Sie wollten nach Richmond fahren», sagte Diana etwas mißtrauisch.

«Ich werde kommen und gehen», hatte Andy daraufhin unverbindlich erwidert. «Hinterlassen Sie eine Mitteilung, wenn ich gerade nicht da bin.»

Und nun waren endlich alle fort, und sie war allein. Sie saß am Küchentisch, blickte zur Uhr und hielt es für vernünftig, ein Weilchen zu warten – schließlich könnte Charles auf die Idee kommen, noch einmal umzukehren, um ihr zu zeigen, wie der Ofen angemacht wurde oder etwas ähnlich Absurdes. Oder war er gar nicht um sie besorgt? Hatte er nur aus Argwohn gezögert, sie mit dem Haus allein zu lassen? Unsinn, dachte sie. Sie hatte nichts getan, um Verdacht zu erregen, und falls er plante, sie zu demaskieren, hätte er seine Bedenken nicht so offen gezeigt.

Der Minutenzeiger der Uhr war um mehr als zwanzig Striche vorgerückt, als sie endlich zur Küchentür schritt. Vor dem

Entdecktwerden hatte sie keine Angst; sie hatte sich für ihr Vorhaben eine zwar verlogene, aber plausible Erklärung zurechtgelegt. Es war die Angst vor der Tat selber, die ihr zu schaffen machte – Angst vor dem, was sie finden oder vielleicht nicht finden würde.

Die Nebengebäude sollten in der nächsten Woche dem Erdboden gleichgemacht werden. Sie standen halb versteckt hinter Büschen und Bäumen ungefähr neunzig Meter vom Haus entfernt. Aus der Nähe begann Diana zu begreifen, warum die Nicholsons alles abreißen lassen wollten.

Auch die Scheune schien auf den ersten Blick eine Ruine; der Brand hatte aber, wie Diana beim Herumgehen feststellte, nur die eine Seite völlig zerstört.

Für Menschen und Tiere nutzbar war nur noch das dem Wohnhaus nächstgelegene Gebäude mit intaktem Dach und unversehrten Fenstern, wo sich gleich neben dem Eingang ein schmales Blumenbeet befand. Der verrostete Griff ließ sich nur mit Mühe drehen; die Tür hing in den Angeln durch; sie kratzte über den Boden, als Diana sie aufschob.

Die Fenster – ohne Läden, ohne Vorhänge – waren von Spinnennetzen verhangen und so schmutzig, daß das Tageslicht nur als blasser Schimmer einfiel. Außer einem Wohnraum gab es noch ein kleines Badezimmer und eine kleine Küche, gerade groß genug für eine Spüle mit einem Becken, einen winzigen Kühlschrank und einen Gasherd. Es war alles staubig, aber sauber. Der Kühlschrank war leer.

Bewohnt, mit Büchern und den Regalen, Gardinen an den Fenstern und Kleidern auf den Bügeln hinter dem Vorhang in der Ecke konnte es hier so trübselig und kalt nicht ausgesehen haben... Aber das Bild, das Diana suchte, wollte sich nicht einstellen. Die Realität war zu bedrückend. Ich muß hier weg, überlegte sie in wilder Panik, ich vergeude nur meine Zeit. Das ist ja noch viel schlimmer, als ich es mir vorgestellt habe; tot, modernd, genau wie...

Sie zwang sich, in die Küche zurückzukehren, zwang sich,

sie gründlich zu durchsuchen, weil sie genau wußte, daß sie nicht den Mut zu einem zweiten Besuch aufbringen würde, öffnete eine Schranktür nach der andern, kletterte auf einen Stuhl, um einen Blick in die hintersten Ecken werfen zu können – nichts. Nicht einmal eine leere Streichholzschachtel.

Sie kroch auf allen vieren und schaute eben unter das Bett, als sie ein Geräusch hörte. Vor Schuldgefühl und panischem Schrecken gefror ihr das Blut in den Adern. Wie eine in die Ecke getriebene Maus kam sie sich vor, als sie rückwärts wieder unter dem Bett hervorkrabbelte. Sie wandte den Kopf und wußte nicht – sollte sie mit Erleichterung oder mit Panik reagieren?

«Sie!»

«Sie haben verdammt Glück, daß ich's bin. Jeder andere würde sich fragen, was Sie da unter dem Bett zu suchen haben.»

Diana stand auf und strich sich die Locken aus dem Gesicht. Walter blieb mit verschränkten Armen im Türrahmen stehen.

«Ich habe niemand erwartet.» Es kostete sie Mühe, ihrer Stimme einen festen Klang zu geben, doch es gelang. «Und was haben *Sie* hier zu suchen?»

«Ich suche Sie. Warum haben Sie mir nicht gesagt, daß Sie bei den Nicholsons wohnen würden? Ich hab's erst gestern abend erfahren.»

«Von wem?»

«In einer Kleinstadt gibt es nicht viel Gesprächsstoff – und sehr wenig, was geheim bleibt. Übrigens, ich hätte Ihnen sagen können, daß Sie da nur Ihre Zeit verschwenden», sagte er. «Wir – Mary Jo und ich – haben die Wohnung im vergangenen Herbst geputzt. Nicht, daß es da viel aufzuräumen gegeben hätte...»

«Sie haben nicht zufällig...»

«Nicht einmal einen Zettel unterm Kopfkissen. Das habe ich Ihnen doch bereits gesagt.» Er trat von einem Fuß auf den andern und einen Schritt zurück. «Sind Sie nun zufrieden? Wir sollten jetzt gehn. Gleich kommt Mary Jo. Heute ist Reinigungstag. Hat man Ihnen das nicht mitgeteilt?»

«Sie kommt immer nur nachmittags, soweit ich weiß.»

«Manchmal auch früher.» Er winkte ungeduldig, und sie drängte an ihm vorbei ins Freie. Er hob die Tür mit einem kräftigen Ruck an und schlug sie zu.

Diana war sich seiner Größe und Kraft unangenehm bewußt; er überragte sie; unter seiner abgetragenen Windjacke stand der Hemdkragen offen; eine Halsader pulsierte stark und gleichmäßig.

«Es wäre gar nicht schlimm gewesen, wenn mich jemand hier entdeckt hätte», wehrte sie sich. «Ich bin schließlich da, um als Landschaftsarchitektin zu arbeiten...»

«In der Kate?»

«Neugierde...»

«Hören Sie, ich kriege einen Haufen Ärger, wenn herauskommt, daß Sie gar nicht sind, was Sie zu sein behaupten. Verraten Sie sich bitte nicht, solange es nicht unbedingt sein muß, okay?»

«Es gab für Sie keinen Anlaß, an meinen Referenzen zu zweifeln...»

«Mag ja sein. Aber ich müßte schon ein verdammter Trottel sein, wenn ich Ihre mangelnde Erfahrung nicht bemerkt hätte.»

«Würden Sie bitte die Güte haben, mich ausreden zu lassen?» Diana war ebenso zornig auf sich selbst wie auf Walter; ihm war das keineswegs entgangen, und sein Lächeln versetzte sie endgültig in Rage. «Bis jetzt hab ich's geschafft. Eine Woche lang oder mehr kann ich noch durchhalten. Die Nicholsons können nicht Ihnen die Schuld geben. Sie haben mich nicht nach Referenzen oder einem Diplom gefragt.»

«So etwas würden sie nie tun.» Walters Gesicht wurde hart. «Sie vertrauen den Menschen. Menschen wie mir.»

Er sagte es ganz ruhig, doch in einem Ton, der Diana einen Schritt zurückweichen ließ. In seinem Blick leuchtete etwas auf; es hätte ein Funke von Humor sein können; er unternahm aber nichts, um ihr Selbstvertrauen wieder zu stärken, wie es ein anderer Mann bestimmt getan hätte.

«Okay, das ist Ihre Angelegenheit», sagte er kühl. «Ich werde Sie decken, solang ich eben kann. Wenn Sie jedoch meinen Ruf wirklich schützen wollen, dann sollten Sie das, was Sie hier erledigen wollen, so rasch wie möglich abschließen. Je länger Sie bleiben, desto größer ist das Risiko – für uns beide.»

«Ich weiß.»

«Was haben Sie vor?»

«Mit den Leuten reden ...»

Ihre Stimme verlor sich. Walter fuhr Diana aufgebracht an: «Wie können Sie denn vernünftige Fragen stellen, ohne den Leuten mitzuteilen, wer Sie sind und warum Sie die Sache interessiert? Es ist alles oder nichts. Wenn Sie es auch nur einem einzigen Ortsansässigen unter dem Siegel der Verschwiegenheit sagen würden, wüßte es innerhalb von vierundzwanzig Stunden die ganze Stadt.»

«Ich habe es *Ihnen* gesagt.»

«Ich bin die Ausnahme, die die Regel bestätigt. Außerdem haben Sie mich ja zu ihrem Komplizen gemacht. Zu einem Begünstigten – oder wie nennt man das bei euch Rechtsverdrehern? Der Punkt ist der: Mir liegt genausowenig daran wie Ihnen, daß Charles und Emily entdecken, daß ich sie belogen habe. Sie haben keine große Ahnung von Kleinstädten, nicht wahr?»

Wohl wahr – sie war sich noch nicht einmal im klaren darüber, wie sie eigentlich vorgehen sollte. Sie war einfach in der Hoffnung hergekommen, einen «Schlüssel» zu finden, etwas Einfaches und Naheliegendes, das alle anderen übersehen hatten und die offenen Fragen beantworten würde. Wie hatte sie nur so naiv sein können?

Walter musterte Diana amüsiert. Er sah ihr an, wie schwer es ihr fiel, die Selbstbeherrschung zu wahren. «Wissen Sie was

– wenn Sie sich dazu überwinden könnten, für ein paar Stunden meine Gesellschaft zu ertragen, führe ich Sie heute abend aus. In die *Fox Den*. Das ist der richtige Ort, wenn Sie mit Menschen reden wollen.»

Sie kannte den Namen, hatte sich bereits vorgenommen, dort hinzugehen; doch bevor sie antworten konnte, fuhr er fort: «Allein können Sie nicht hin. Da könnten Sie Probleme kriegen. Es wäre aber nur natürlich, daß ich Sie zu einem Drink einlade – in Anbetracht unserer beruflichen Beziehung und Ihrer ... äh ... persönlichen Reize.»

Bei den letzten Worten wanderte sein Blick mit einem anzüglichen Grinsen von ihrem Gesicht zum Halsausschnitt der Bluse. Er wollte sie offensichtlich ärgern – aber, verdammt noch mal, sie wollte es sich nicht anmerken lassen, daß es ihm auch gelungen war. Andererseits konnte sie es sich nicht leisten, ihn gegen sich aufzubringen. Er konnte sie bloßstellen, wann immer es ihm beliebte; und er war der einzige, mit dem sie offen reden konnte, der einzige, der ... einen Teil der Wahrheit wußte.

«Ich weiß Ihr Angebot zu schätzen», sagte sie. «Und ich nehme es an. Aber nicht für heute abend. Ich bin noch nicht soweit.»

Walter zuckte mit den Achseln. «Okay. Vielleicht ist es dafür wirklich ein wenig früh. Ich bin in der Gegend für schnelle Eroberungen bekannt, aber für *so* schnelle nun auch wieder nicht.»

Diana wechselte das Thema. «Die Scheune wird also abgerissen», sagte sie. «Wann?»

«Ich hatte gehofft, am Montag damit beginnen zu können.»

«So bald?»

«Da ist ohnehin nichts zu finden. Wie Sie selbst gesehen haben.»

«Ja.» In dem kleinen Blumenbeet hatten sich Narzissen und vereinzelte rote Tulpen durch das dichte Unkraut gekämpft. Auf einen ihr selbst unerklärlichen Impuls hin kniete Diana nieder und rupfte eine Handvoll Unkraut; darunter kam ein Büschel leuchtendgrüner Blätter zum Vorschein.

«Was ist das denn?» fragte sie.

Ihr Begleiter stöhnte auf. «Mit solch dummen Fragen werden Sie sich nur selbst entlarven. Sie können nicht mal eine Malve erkennen, wenn Sie eine vor der Nase haben?»

«Ich habe noch nie eine Malve im Embryonalzustand gesehen», gab Diana zu. Sie rupfte noch mehr Unkraut und empfand die Tätigkeit als eigenartig beruhigend.

«Haben Sie die Malven gepflanzt?»

«Nein.» Das Wort fiel wie ein Stein. Diana zog die Schultern hoch, ohne aufzuschauen. Nach längerem Schweigen riet Walter: «Wenn Sie weitermachen wollen, sollten Sie sich eine Jäte holen. Es wäre allerdings Zeitverschwendung – die Blumen kommen am Montag ebenfalls weg.»

Dann ging er davon. Diana riß weiter Unkraut aus, bis sie den Motor des Kleintransporters anspringen hörte, und als er in der Ferne verklang, begab sie sich wieder ins Haus der Nicholsons.

Die Aufwartefrau war noch nicht da. Und wenngleich Diana darauf brannte, Mary Jo kennenzulernen, hielt sie es doch für besser, sich erst mal zurückzuziehen. Der desolate Zustand der verlassenen Kate und ... und andere Dinge mehr ... hatten sie aufgewühlt.

Die Papiere auf dem Küchentisch lieferten ihr einen Vorwand spazierenzugehen. Es waren erste Pläne zur Gestaltung der umliegenden Landschaft, gezeichnet von den Nicholsons und den Leuten, die sie während der letzten Monate zu Rate gezogen hatten. Diana suchte den Plan heraus, der ihr der neueste schien, und ging hinaus auf die Weide.

Sie folgte einem Pfad zum Bach und entdeckte unterwegs unerwartete Schätze – einen Veilchenteppich an einer Böschung, eine teichähnliche Mulde voll rosaroter Blumen – und am Bachufer eine schlichte Bank, die zum Verweilen einlud. Das Fließen des sonnengefleckten Wassers über eingetauchte

Steine und Äste wirkte leicht hypnotisierend; Diana entspannte sich. Solche innere Ruhe hatte sie schon seit Tagen nicht mehr erlebt.

Ein Jaulen und Planschen ließ sie aufschrecken. Einer der Hunde mußte ihr gefolgt sein und beschlossen haben, rasch einmal schwimmen zu gehen. Diana warf einen Blick auf die Armbanduhr und war überrascht, daß es schon fast vier Uhr war. Wie lange hatte sie hier im Halbschlaf gesessen? Es war aber keine vertane Zeit gewesen. Die friedliche Pause hatte ihre Nerven beruhigt. Sie war sich nun im klaren, was zu tun war.

Als sie aufstand, kletterte der Hund ans Ufer und trabte tropfnaß auf sie zu. Diana begann zu laufen. Sie wußte genau, was der Hund vorhatte, und er ließ in der Tat nicht von ihr ab, bis er sie von oben bis unten vollgespritzt hatte.

Abwechselnd fluchend und lachend kehrte Diana zum Haus zurück und hörte beim Öffnen des Hintereingangs gleich das Brummen des Staubsaugers. Sie folgte dem Geräusch ins Eßzimmer.

Die Frau hatte sie offensichtlich nicht kommen gehört; sie drehte sich nicht einmal um. Ihr verblichenes rosa T-Shirt gab dünne, drahtige Arme frei, mit denen sie den Staubsauger energisch hin und her schob.

Als sie sich entsprechend forsch umdrehte, schreckte Diana auf; Mary Jos Reaktion war allerdings noch extremer. Sie riß die Augen weit auf und stieß einen Schrei aus. «O mein Gott!»

Gleich darauf wurden beide sehr verlegen und wechselten ein befangenes Lächeln. Mary Jo schaltete den Staubsauger ab.

«Entschuldigung», sagte sie spröde. «Ich hab nicht fluchen wollen. Ich bin bloß ... furchtbar erschrocken.»

«Sie haben mich genauso erschreckt», erwiderte Diana. «Aber Sie haben gewußt, daß ich dasein würde, oder?»

«Klar, die Nicholsons haben's mir ja gesagt. Als ich heute kam, waren Sie aber nicht da, also hab ich angenommen, daß Sie draußen mit Gartengestaltung beschäftigt wären. Ich bin Mary Jo Heiser.»

Sie streckte Diana die Hand entgegen. Der Händedruck war fest und kräftig. «Diana Reed», sagte sie. «Ich habe tatsächlich im Freien gearbeitet, oder es zumindest versucht. Einer der Hunde ist mir gefolgt und hat sich nach einem Bad im Flüßchen über mich ausgeschüttelt. Tut mir leid, wenn ich den Boden wieder schmutzig gemacht habe.»

«Es ist hier sowieso hoffnungslos», klagte Mary Jo. «Die verdammten – Entschuldigung – die Hunde tragen ständig Dreck ins Haus, und die Katzen haaren wie verrückt.»

Ihre Hand tastete vorsichtig nach dem Staubsaugerschalter. «Ich störe Sie bei der Arbeit», sagte Diana. «Ich will mich rasch umziehen und dann einen Imbiß machen. Ich habe das Mittagessen vergessen.»

Aus Mary Jos Lächeln wurde ein breites Grinsen, das die schmalen Backen ein wenig runder machte und ihren kühlen grauen Augen einen herzlicheren Ausdruck verlieh. «Es ist wirklich nicht nötig, daß Sie mir immer erklären, was Sie vorhaben. Ich werd nicht jedesmal laut aufschreien, wenn ich Sie seh.»

«Ich wollte ja bloß fragen, ob Sie etwas zu Mittag gegessen haben. Kann ich Ihnen ein Sandwich oder irgendwas anderes machen?»

«Danke, aber ich hab keine Zeit. Ich hab noch 'n Nachtjob. Muß um sechs hier mit allem fertig sein.»

«Wie finden Sie bei dem allem nur auch noch Zeit zum Lernen?»

Mary Jo starrte sie an. «Woher wissen Sie, daß ich ... O natürlich – Mrs. Nicholson. Sie ist ziemlich redselig. Was hat sie Ihnen denn sonst noch alles erzählt?»

Diana wußte nicht durch Emily von Mary Jos Weiterbildung; sie verfluchte ihr loses Mundwerk. «Sie bewundert Sie sehr. Es ist für Sie bestimmt nicht leicht durchzukommen – bei den teuren Studiengebühren heutzutage.»

«Sie hat mich sehr unterstützt», meinte Mary Jo. «Und Mr. Nicholson auch. Sie haben angeboten, mir das Geld zu leihen.

Das könnte ich natürlich nie annehmen.» Ihr von Natur aus energisches Kinn schob sich noch resoluter vor.

«Kann ich wirklich kein Sandwich für Sie machen?»

Mary Jo lachte. «Na ja ... ich glaube, fünf Minuten werd ich mir wohl noch leisten können.»

Nach dem Waschen und Umziehen kam Diana in die Küche mit einem Gefolge erwartungsvoller Katzen, die sich mit verlangendem Miauen vor dem Kühlschrank postierten; die dreisteren sprangen auf die Arbeitsplatte und versuchten sogar, ihr Stücke von Hähnchenbrust, die sie zwischen zwei Scheiben Brot legte, aus der Hand zu ziehen. «Mayonnaise oder Senf?» fragte Diana, als Mary Jo eintrat.

«Mayonnaise bitte. Behaltet eure Haare für euch.» Mary Jo fegte die Katzen mit einer Handbewegung von der Arbeitsfläche, schubste sie aus der Küche und knallte die Tür zu.

«Wie haben Sie das nur geschafft?» fragte Diana mit belustigter Hochachtung.

«Übung. Und eine feste Hand. Ich mag Katzen gern, aber nicht im Essen.» Sie holte sich mit der gleichen Resolutheit Milch aus dem Kühlschrank – wie jemand, der keine Zeit zu verschwenden hat. Hat sie ja auch nicht, überlegte Diana. Wenn sie weiß Gott wie viele Jobs hat und ihre Hausaufgaben erledigen will ...

Diana hatte eine Idee und sprach sie laut aus. «Ich hoffe, ich habe Ihnen keinen Job weggenommen, wenn ich am Wochenende das Haus hüte.»

Mary Jo antwortete unverblümt: «Das Geld könnt ich wohl brauchen, klar. Aber hier über Nacht bleiben? Nicht für ... na ja, für die Studienkosten eines Semesters würd ich mich schon breitschlagen lassen.»

«Was ist denn los? Sie machen mir eigentlich nicht den Eindruck einer ängstlichen Frau.»

Mary Jo kaute ein Weilchen nachdenklich an ihrem Sandwich, dann erklärte sie: «Das läßt sich in Worten schwer ausdrücken. Sie würden mich für verrückt halten. Ich konnte nicht schlafen. Ich habe irgendwie ständig wie mit halbem Auge Dinge gesehen und ... Dinge gehört, aber nie so ganz richtig, wenn das einen Sinn macht.»

«Es macht vielleicht keinen Sinn, aber jedenfalls einen starken Eindruck.»

Mary Jo preßte die Lippen zusammen. «Jetzt werden Sie glauben, daß ich Ihnen Angst einjagen will.»

«Nein. Wenn Sie mir Angst einjagen wollten, würden Sie konkreter werden. Schwebende Möbelstücke, Spukgestalten ...»

«... Kettenklirren und Gestöhn in der Nacht», fuhr Mary Jo fort. Sie lächelte. «Nichts der Art. Mit herkömmlichen Gespenstern hätte ich viel leichter fertig werden können als mit ... Zum Teufel, jetzt fang ich schon wieder damit an. Hören Sie einfach nicht hin! Es liegt mir wirklich fern, Ihnen Angst einjagen zu wollen. Ohne Sie hätte ich das Wochenende in diesem Haus am Hals. Ich kann den Nicholsons nichts abschlagen. Sie sind so gut zu mir gewesen. Den Nicholsons hab ich übrigens nichts von dem gesagt, was ich Ihnen grad erzählt hab. Ich versteh gar nicht, warum ich es Ihnen erzählt hab. Sie müssen mich ja für eine neurotische dumme Ziege halten.»

«Für das, was Sie hier erlebt haben, gibt es durchaus rationale Erklärungen», sagte Diana.

«Ja, ja, ich weiß.» Mary Jo warf einen Blick auf die Uhr und sprang auf. «Ich muß mich ranhalten. Vergessen Sie, was ich gesagt habe, okay?»

Diana konnte es weder vergessen noch glauben, daß Mary Jo die Geschichte erfunden hatte. Gerade die Vagheit bezeugte, daß es eine wirklich beunruhigende, persönliche Erfahrung jener Art gewesen war, die sich nicht mit Worten vermitteln läßt. Als Diana Mary Jo anschließend aus diskretem Abstand beim Arbeiten beobachtete, spürte sie, daß sie sich hier auch bei Tageslicht nicht so recht wohl fühlte.

Während Diana zum Verschließen von Türen und Fenstern durchs Haus ging und die Tiere fütterte, brach draußen die Dunkelheit herein. Sie wartete mit fast schon nüchterner Neugier auf das Auftreten eines Spuksyndroms; sie hatte von dem Phänomen gehört, das sich bei Medizinstudenten einstellte, die plötzlich alle Symptome der Krankheit entwickelten, mit der sie sich eben beschäftigt hatten. Trotzdem empfand sie nicht die leiseste Spur von Unbehagen.

Sie schloß die letzten Fenster und legte die schweren Riegel vor, zog aber die Vorhänge nicht zu. Als sie sich abwandte, stolperte sie über ein felliges Etwas und mußte sich an einer Stuhllehne festhalten, um nicht hinzufallen. Der Hund – bestimmt einer von Andys Streunern – stieß ein mitleiderregendes Fiepen aus. «Entschuldigung», sagte Diana automatisch.

Auf ihrem Gang durch das Haus wurde sich Diana bewußt, daß sie eigentlich gar nicht allein war. Überall waren Tiere – auf dem Boden, auf der Couch, auf Stühlen; ja sogar auf dem Küchentisch, wo sie wirklich nicht hingehörten. William war so anständig, bei ihrem Erscheinen sofort herunterzuspringen; die Siamkatze gähnte bloß unverschämt. Diana hob sie hoch und setzte sie auf einem Stuhl ab, bevor sie sich einen einfachen Salat und Rühreier machte.

Sie kochte sich Kaffee und ließ sich mit einem Stoß Gartenbücher in einem bequemen Stuhl in der Bibliothek nieder.

Drei Tassen Kaffee später gähnte sie und blickte zufrieden auf den Bücherstapel; alle Bücher waren mit kleinen Papierstreifen gespickt, zum Kennzeichnen der Seiten mit Vorschlägen, die sie mit den Nicholsons diskutieren wollte; weiteres Ablenkungsmaterial... Sie schaute auf die Uhr. Es war schon spät.

Ein merkwürdiger Schauer lief ihr über den Rücken. Auf ein sonderbares Knacken hin drehte sie sich gelassen um. Ein Hund winselte im Schlaf. Seltsam, daß eine so vernünftige, intelligente Frau wie Mary Jo hier die Nerven verlor. Diana lehnte sich in ihrem Sessel zurück.

Außer im hellen Schein der Lampe neben ihr war der Raum

düster. Es gab tatsächlich kaum hörbare Geräusche, ganz wie Mary Jo es beschrieben hatte. Aber das gab es in alten Häusern immer. Wind im Geäst draußen, das Surren des Ofens im Keller, ein schwaches, melodisches *Peng*, wahrscheinlich weil eine Katze ein Kristallstück streifte.

Der Kokon des Wohlbehagens hatte nun doch einen Riß bekommen – der Grund war nichts Übernatürliches, sondern nur die Wahrheit, der sie nicht ins Gesicht blicken wollte. Die Merkzettel in den Büchern würden den Nicholsons beweisen, daß sie fleißig gewesen war; aber der Abend war vergeudet; das Lesen war nur ein Vorwand gewesen, etwas Wichtigeres hinauszuschieben.

Sie hätte Walters Einladung annehmen sollen. Die *Fox Den* schien ein typisches Kleinstadtlokal zu sein. Nächstes Mal würde sie mitgehen. Seufzend sammelte Diana ihre Bücher ein und begann mit der Versorgung der Tiere vorm Schlafengehen. Morgen würde sie sich ihrer eigentlichen Aufgabe zuwenden.

Als sie die Treppe hochstieg, murmelte es im Haus wie von unzähligen Stimmen. Die Stufen knarrten unter ihrem Schritt. Äste klopften gegen die Fensterscheiben wie knöchrige Finger. Das leise Stapfen über dem Boden kündigte eine Katze an – eine kleine braungestreifte mit einem riesigen, bauschigen Schwanz –, die sich Diana anschließen wollte.

Diana las noch ein wenig, bevor sie in ihrem Schlafzimmer das Licht löschte. Sie wälzte sich im Bett hin und her, um zwischen den vielen Katzen Platz für sich zu schaffen. Sie war schon ganz schläfrig, als sie noch einmal an Charles dachte und an die «Liste der Dinge, die vor dem Zubettgehen zu tun sind»: Geräte abschalten, Licht ausmachen, Türen und Fenster absperren, die Hunde in den Nebenraum der Küche, die Katzen in... Und war fast eingeschlafen, als ein dumpfes Geräusch und ein Geheul aus dem Erdgeschoß sie aufschreckten.

Es wäre nicht das erstemal, daß ein Kater aus Langeweile zum Spaß einen Kampf anfinge. Die Katzen, die auf Dianas

Bett geschlafen hatten, rannten zur Tür, und Diana folgte ihnen bis zum Treppenabsatz. «Aufhören, ihr Mistviecher!» schrie sie.

Da wäre sie beinah tot umgefallen – sie bekam Antwort! Von einer *menschlichen* Stimme.

4

«Mistviech», korrigierte die Stimme. «Nicht Mistviech*er*. Ich bin's. Bedaure. Hoffentlich habe ich Ihnen keine Angst eingejagt.»

Diana erkannte die Stimme. Doch statt erleichtert zu sein, wurde sie so wütend, daß sie kein einziges Wort herausbrachte. Sie ging wieder auf ihr Zimmer zurück, um sich den Morgenmantel anzuziehen. Als sie zum oberen Treppenabsatz zurückkehrte, sah sie Andy unten auf dem Boden der Diele sitzen.

«Verdammt noch mal, es ist doch nicht *meine* Schuld», rief er.

Diana lag schon eine bissige Antwort auf der Zunge, als ihr klar wurde, daß er gar nicht mit ihr sprach, sondern mit der Katze unter einem Stuhl in der Nähe, die ihn finster ansah. «Ich habe dich, oder deinen Schwanz, nicht gesehen», fügte er hinzu. «Warum könnt ihr nicht auf einem Bett oder einer Couch herumliegen?»

Andy stand auf. Es knirschte unter seinem Fuß. Er bückte sich und hob seine kaputte Brille auf. «Verdammt», sagte er leise. «Macht nichts. Ich brauche sie sowieso nicht.»

«Wenn Sie sie nicht brauchen, warum ...» Diana brach ab. Sie hatte sich bereits von der Gewohnheit der Nicholsons anstecken lassen, sich in alles einzumischen. «Aber was machen Sie hier eigentlich?»

«Dies hier ist das Haus meiner Mutter...»

«Aber nicht *Ihr* Haus.»

«Nach dem Buchstaben des Gesetzes haben Sie recht, aber daheim ist, wo –»

«... man den Hut aufhängt.»

Andys Augen leuchteten interessiert auf.

Ich muß damit aufhören, dachte Diana, sonst wird er mir noch erklären, daß er gar keinen Hut hat, und dann werde ich ihm etwas von stehenden Redewendungen erzählen, und dann... «Sie hatten doch gesagt, daß Sie in Richmond bleiben würden», fuhr sie ihn an.

«Richtig. Ich bin auch in Richmond gewesen. Aber man hat mich versetzt... Ich meine, meine Pläne sind ins Wasser gefallen.»

«Und warum sind Sie dann nicht nach Hause gefahren? Ich meine, in *Ihre* Wohnung?»

Andy seufzte dramatisch. «Ich sehnte mich nach dem Trost von Freunden. Ich habe in dieser Gegend gearbeitet, als ich Makler war, ich habe mich hier mit Kumpels getroffen, die alte *Fox Den* war eine meiner...»

«Sie sind ja betrunken.»

«Ich bin *nicht* betrunken. Aber nach Warrenton ist's ein langer Weg, und die offizielle Interpretation von beeinträchtigter Fahrtauglichkeit ist nicht sehr großzügig. Ich dachte, daß ich mich hier ein- und wieder wegschleichen könnte, ohne Sie zu stören.»

«Von all Ihren dummen, rücksichtslosen...»

«Ich konnte doch nicht wissen, daß Sie schon schliefen», meinte Andy, seine Verteidigungstaktik plötzlich ändernd. «Es ist ja noch nicht einmal Mitternacht.»

«Ich habe gearbeitet», sagte Diana kühl. «Ich habe... Um Gottes willen, warum soll ich mit einem Mann reden, der sich mit Tieren unterhält und in Häuser einbricht?»

«Ich bin hier nicht eingebrochen. Ich habe meine eigenen Schlüssel.»

«Gute Nacht.»

«Trinken Sie eine Tasse Kaffee mit mir? Es ist nur...»

Diana drehte sich auf der Ferse um und stolzierte davon.

Sie wollte ihre Schlafzimmertür hinter sich zuknallen, hielt es dann aber für besser, sie einen Spalt offenzulassen. Die kleine taube Katze hatte von dem Lärm draußen nichts gehört und lag noch immer friedlich zusammengerollt auf dem Bett, würde aber höchstwahrscheinlich vor dem Morgen hinauswollen – oder eine andere Katze würde hereinkommen wollen.

Diana war jetzt hellwach, scheute sich aber, Licht zu machen – Andy könnte es als Einladung für ein Plauderstündchen verstehen. Sie lag verkrampft im Bett. Wie konnte er nur so unvorsichtig sein? Er kannte sie kaum; sie hätte ja einen Revolver haben können; viele Frauen haben immer einen Revolver bei sich; eine Frau, die in einem mutmaßlich leeren Haus Schritte hörte, würde völlig zu Recht mit der nächstbesten Waffe zum Angriff übergehen.

War er wirklich so naiv? Oder wollte er sie überprüfen? Hatte er gehofft, sie beim Stehlen von Silber oder beim Gespräch mit einem Komplizen in flagranti zu ertappen?

Es gab noch eine andere Möglichkeit. Im vergangenen Jahr hatte Andy in Faberville gewohnt und dort für einen Makler gearbeitet. Er hatte seine Mutter auf das Haus aufmerksam gemacht. Kannte er vielleicht ihre wahre Identität und den Grund ihres Hierseins?

Er gab sich jedenfalls überhaupt keine Mühe, leise zu sein. Sie hörte, wie er die Hunde begrüßte und wie sie ihm laut bellend antworteten; von der Küche drang das Klappern von Töpfen und Pfannen herüber; dann, endlich, nach einer Weile, die ihr wie Stunden vorkam, hörte sie die Schritte auf der Treppe, mit denen sie gerechnet hatte. Dianas Muskeln spannten sich. Aber die Schritte im Flur kamen nicht auf ihr Zimmer zu; sie entfernten sich in entgegengesetzter Richtung. Eine Tür wurde geöffnet. Sie wurde nicht wieder zugemacht.

Endlich schlossen sich Dianas Augen.

Als nächstes hörte sie ein Geräusch, das weder laut noch beunruhigend klang. Es schmeichelte sich auf zarte Weise in ihren Traum ein. Diana öffnete die Augen – oder war es nur ein Traum, daß sie die Augen geöffnet hatte? Der Klang hatte nicht nachgelassen, ein lieblicher, melodischer, silberheller Klang. Musik zum Tanzen, dachte sie verschlafen...

Sie spürte ein Kitzeln in ihrer Nase; sie nieste heftig und schob die Katze von ihrem Gesicht. Die Musik wurde lauter, und Diana war endgültig wach. Sie sprang aus dem Bett. Sie nahm sich nicht die Zeit, ihren Morgenmantel überzuwerfen oder Pantoffeln anzuziehen. Andy hatte das Licht am oberen Absatz angelassen, und so hatte sie keine Mühe, sich zurechtzufinden.

Auf der andern Seite des Korridors stand nur eine Tür offen. In dem Zimmer war es finster. Das machte Diana nur noch wütender. Auch wenn man es ihm nicht angemerkt hatte – er mußte völlig betrunken sein, sonst hätte er bei diesem Lärm nicht schlafen können. Er mußte vor dem Einschlafen das Radio oder den CD-Player eingeschalten haben; und irgendwann war mit der Lautstärke etwas schiefgegangen. Die Musik war nun so laut, daß Diana sie in ihrem Kopf nachhallen hörte. Sie tastete nach dem Lichtschalter. Eine antike Deckenbeleuchtung erstrahlte mit unzähligen Birnen. Hände tasteten blind nach einem Kissen und legten es sich über den Kopf.

«Aufwachen!» brüllte Diana. «Wie können Sie es wagen! Schalten Sie das sofort...»

Ihre Stimme erstarb. Die Musik war schlagartig weg, wie wenn eine Hand einen Schalter gedrückt hätte.

Aus dem Bett tauchte ein Arm auf und hob das Kissen in die Höhe, über den Kopf, um die Augen gegen das Licht zu schützen. Andy blinzelte. «Mein Gott!» sagte er mit einer Stimme, die eher Scheu verriet als Ärger. «Sie sind wirklich nachtragend! Ich habe mich doch bei Ihnen entschuldigt! Da müssen Sie doch nicht... Was soll ich abschalten?»

Dianas Augen wanderten durchs Zimmer, in dem genauso

wenig Möbel standen wie in ihrem, bevor Charles es um Stücke aus anderen Räumen bereichert hatte. Ihre Kommode war aus diesem Zimmer gekommen, in dem nichts geblieben war außer dem Bett und einem einfachen Stuhl, der jetzt mit Kleidungsstücken überhäuft war. Nirgends ein Radioapparat. Kein Tonbandgerät. Keine Hi-Fi-Anlage.

Diana ging auf die Knie und schaute unter dem Bett nach. Nicht mal Staub! Sie stand wieder auf. Andy wich erschrocken zurück, als sie nach seiner Bettdecke griff. «He! Was haben Sie vor?»

«Es muß hier irgendwo sein», murmelte sie.

«Außer mir ist hier gar nichts!» rief Andy und zerrte ihr lachend die Decke aus der Hand.

Diana atmete einmal tief durch und versuchte, ruhig nachzudenken. Sofern er nicht direkt draufsaß, gab es unter der Decke kein musikerzeugendes Gerät. Und im übrigen war die Musik, die sie gehört hatte, ganz klar gewesen, ohne jede Verzerrung – ein Klang, wie ihn ein billiges Transistor-Radio oder Tonbandgerät gar nicht hervorbringen könnte, sondern nur ein CD-Gerät wie das in der Bibliothek unten im Erdgeschoß.

Andy lachte nicht mehr. Er beobachtete sie, wie eine Katze einen Fremden beobachtet – allzeit bereit zum Sprung, zum Rückzug oder auch zum Schnurren, je nachdem. Diana machte kehrt und lief zur Treppe.

Mond- und Sternenlicht füllte die Bibliothek mit schwachem Schein. Und da war noch etwas, etwas ganz anderes – ein leichter, schwer faßbarer Duft, der nach dem ersten Einatmen sofort verschwunden war.

Das Fehlen der roten, orangenen, grünen Lichtpunkte hatte ihr bereits klargemacht, daß das Hi-Fi-Gerät gar nicht eingeschaltet war. Sie ließ ihre Finger über die Oberfläche gleiten: Sie war kalt. Und die Fenstertüren, die sich zur Terrasse hin öffneten, waren verschlossen und verriegelt – wie am Abend, nachdem sie sie noch einmal überprüft hatte.

Inzwischen hatte sie aber Publikum – mehrere Katzen und

Andy, der in der Tür stand und sie mißtrauisch musterte. Er hatte seine Jeans angezogen; seine Füße und der Rest seines Körpers waren nackt. Er sprang nervös zur Seite, als sie vorbeistampfte, und folgte ihr zur Haustür. Sie drehte den Griff und riß die Tür auf.

«Sie ist nicht abgeschlossen!» rief sie.

«Sieht ganz so aus», gab Andy in besänftigendem Ton zu.

«Haben *Sie* vergessen, die Tür wieder abzuschließen?»

«Nein! Na ja...»

«Sie sind ganz schön leichtsinnig, nicht wahr?»

«Ich wurde abgelenkt! Zuerst bin ich über die Katze gestolpert, und dann haben Sie mich angeschrien! Aber das ist doch nicht weiter wichtig!»

«Da hätte aber jeder ins Haus kommen können!»

«Ist aber niemand.» Plötzlich änderte sich seine Miene. «Oder doch? Ist jemand in diesem Raum gewesen? Ich war's nicht – ich kann's beschwören. Sie haben ja selber gesehen – ich war wie tot.»

Oder er hatte sich schlafend gestellt. Dazu wäre keine besonders große schauspielerische Begabung erforderlich. Daß er die Tür nicht abgeschlossen hatte, könnte Nachlässigkeit gewesen sein; aber auch ein genau überlegter Schachzug, damit sie gar nicht auf die Idee käme, daß nur er diese laute Musik verursacht haben könnte – also ein Alibi: Bis sie unten auftauchte, hätte ein Eindringling genug Zeit gehabt, sich mit seinem Gerät wieder davonzustehlen.

Diana machte die Tür wieder zu und schloß sie ab. Sie hatte sich inzwischen hinreichend gefaßt, um zu erkennen, daß sie nahe daran gewesen war, einen Riesenfehler zu begehen – sogar gleich mehrere Fehler. Falls Andy der Täter war, würde er es nicht zugeben; und solange sie ihm nicht nachweisen konnte, mit welchem Trick er es bewerkstelligt hatte, durfte sie ihn nicht beschuldigen. Zum Glück hatte sie nicht angefangen, etwas von Tanzmusik und zarten, geheimnisvollen Düften zu erzählen. (Was konnte das nur gewesen sein? Süß, aber nicht unangenehm, fremd, und trotzdem hatte es in ihr Erinnerungen wachgerufen …)

Sie drehte sich um. Andys Augen wanderten jetzt interessiert über ihren Körper, vom Gesicht zu den Füßen und wieder zurück. Sie zog die Träger ihres Nachthemds zurecht und gab sich Mühe, ruhig und zurückhaltend zu wirken. «Ich muß geträumt haben», sagte sie. «Bitte, sagen Sie Ihrer Mutter nichts davon; sie würde nur meinen, ich hätte Angst, allein im Haus zu bleiben. Ich habe keine Angst.»

«Das ist offensichtlich. Eine frauliche Frau hätte sich die Bettdecke über den Kopf gezogen und um Hilfe geschrien, statt dem Alptraum in der Diele nachzujagen.» Andy lächelte. «Ich wollte eigentlich meiner Mutter erzählen, daß Sie in mein Zimmer eingebrochen sind und versucht haben, mich zu verführen. Sie würde dann allerdings eher annehmen, daß es umgekehrt gewesen sein muß.»

«Ich werde ihr nichts sagen, wenn Sie ihr auch nichts sagen.»

«Abgemacht.» Er schlug sich die Arme um den nackten Brustkorb. «Mann, ist das kalt. Hätten Sie gerne eine Tasse …?»

«Nein danke. Gut Nacht.»

Es war absolut unmöglich, die Treppe hinaufzugehen, ohne daß das Licht durch den dünnen Stoff ihres Nachthemdes schien. Sie bewegte sich schnell und möglichst würdevoll, denn sie wußte genau, daß Andys Blicke ihr Schritt für Schritt folgten.

Als Diana nach einem erholsamen traumlosen Schlaf am Morgen aufstand, war er fort. In der Küche duftete es nach Speck, Kaffee und verbranntem Toast. Unter der Zuckerdose auf dem Tisch lag eine Notiz. «Ich werde nichts sagen, wenn Sie auch nichts sagen.»

Die Hunde waren schon draußen. Die Katzen erweckten hartnäckig den Eindruck, nicht gefüttert worden zu sein, und Diana wollte sich lieber nicht mit ihnen streiten – also füllte sie die Behälter für Trockennahrung nach. Sie trank ihren Kaffee und putzte gerade den Herd, als das Telefon läutete.

«Oh, Sie sind da!» rief Emily aus.

«Sicher. Und wo sind Sie?»

«In Lynchburg. Die Auktionsvorschau war so vielversprechend. Es gibt einen Haufen Orientteppiche – ein Perser mit Seide würde wunderbar in unser Wohnzimmer passen – und einen Bibliothekstisch und einen Schreibtisch aus dem achtzehnten Jahrhundert und – Charles Schatz, ich kann dir nicht zuhören und gleichzeitig mit Diana sprechen ...» Sie kicherte. «Charles meint, das sei genau der springende Punkt. Ist bei Ihnen alles in Ordnung?»

«Klar. Mary Jo war gestern zum Putzen da, und Walter kam vorbei, um – äh – sich die alten Schuppen anzusehen.» Diana zögerte. Sollte sie Andys Besuch erwähnen? Ich werde nichts sagen, wenn Sie auch nichts... Sie fuhr fort: «Er will am Montag mit dem Abreißen beginnen. Wenn es nicht regnet.»

«Prima. Fühlen Sie sich wohl? Schlafen Sie gut?»

«Ja, bis auf die vielen Katzen auf meinem Bett.»

Sie hörte einen Seufzer der Erleichterung. «Da bin ich aber froh. Es würde Ihnen also nichts ausmachen, wenn wir bis Montag blieben? Die Auktion wird lange dauern, und die Rückfahrt ist weit.»

«Überhaupt nicht. Soll ich Walter etwas ausrichten?»

«Nein. Er weiß, was zu tun ist – und Sie auch. Also bis Montag. Ich kann Ihnen gar nicht genug dafür danken, daß –»

Ein heftiges Knacken, und das Gespräch war unterbrochen. Charles hatte vermutlich seiner Frau den Hörer aus der Hand genommen und aufgelegt. Diana lächelte, während sie weiterputzte. Was für einen Spaß die beiden zusammen hatten! Das Alter war vielleicht gar nicht so schlimm, wenn man sich wie diese beiden Menschen die Fähigkeit bewahrte, das Leben zu genießen.

Als der Herd glänzte, prüfte Diana, ob alle Türen abgesperrt und verriegelt waren, bevor sie mit der Arbeit begann, die, wie so manches, was Diana vorhatte, einem unerwarteten Beobachter nicht leicht zu erklären sein würde.

Das Schlafzimmer von Charles und Emily zuerst; das war der gefährlichste Teil, und außerdem der unangenehmste. Es lag am Ende des südlichen Korridors und gehörte nicht zum ursprünglichen mittleren Block des Hauses, sondern nahm das ganze erste Geschoß des angebauten Flügels ein. Die Vorhänge waren zurückgezogen worden; die Üppigkeit des Brokats blendete Diana fast. Das große Bett paßte überhaupt nicht zum Stil des Hauses und des Zimmers, doch es schien genau das Richtige für Emily zu sein. Diana war es indessen ein Rätsel, wie Emily Charles überredet haben mochte, in diesem Bett zu schlafen – bis sie sich an die Blicke erinnerte, die Charles seiner Frau zuwarf, wenn er sich unbeobachtet glaubte.

Diana begann ihre Suche mit dem lästigen Gefühl, sowohl Voyeurin wie hinterhältig zu sein. Im Schreibtisch und in den eingebauten Kommoden des Ankleidezimmers war keine einzige Schublade abgeschlossen. Beim Öffnen des Schreibtisch-Sekretärs fielen Zettel auf den Boden, die Diana hastig überflog und wieder zurücklegte: Rechnungen, Quittungen, persönliche Briefe... Emily würde es wohl kaum bemerken, daß jemand sie durcheinandergebracht hatte. Die Schreibtisch-Schubladen waren genauso unordentlich.

Diana brachte es nicht über sich, die akkurat gefalteten Kleiderstapel in Charles' Kommode und den Inhalt von Emilys Kommode zu berühren. Im Spiegel über der Frisierkommode erhaschte sie einen Blick von sich, und es fiel ihr auf, daß die Nasenflügel zusammengedrückt waren und die Mundwinkel nach unten zeigten. Sie überprüfte rasch den Arzneischrank, der aber nichts Ungewöhnliches enthielt, und flüchtete dann aus dem Zimmer.

Die Durchsuchung der übrigen Schlafzimmer fiel ihr leichter; sie waren nicht nur weniger persönlich, sondern auch praktisch leer.

Eine der Türen im Nordkorridor führte allerdings nicht zu einem Schlafzimmer, sondern zu Stufen, wo die Luft staubig und abgestanden war; während Diana noch zögerte, hörte sie über sich ein erregtes Kratzen. Mäuse? Oder etwas Schlimmeres – wenn eine Fledermaus sie anflöge, würde sie vor Angst sterben. Diana suchte nach einem Lichtschalter; in der staubigen Dunkelheit wollte sie diese Treppe nicht hinaufgehen.

Als sie den Schalter endlich fand, wußte sie nicht, ob sie nun erleichtert sein sollte oder nicht. Sie stieg die schmalen, steilen Stufen ganz langsam nach oben.

Dort befand sich ein großer Raum, der sich über den gesamten Mittelbau erstreckte. Diana, die einen typischen Dachboden mit geheimnisvollen Kisten und unbrauchbaren Möbeln erwartet hatte, sah sich zu ihrer Verblüffung einem fast leeren Raum gegenüber. Miss Mussers Testamentsvollstrecker mußte ihn ausgeräumt haben; es war schier unvorstellbar, daß ein Mensch neunzig Jahre lang in einem Haus lebt, ohne daß sich Berge von Gegenständen ansammeln, die zu gut sind, um weggeworfen, aber nicht gut genug, um noch gebraucht zu werden.

Eine flüchtige Untersuchung zeigte, daß die Sachen auf dem Dachboden den Nicholsons oder Andy gehörten – leere Koffer, einige Kartons mit Porzellan und Glas und Ähnliches mehr.

Die Durchsuchung erforderte viel weniger Zeit als das Fortjagen der Katzen, die Diana nach oben gefolgt waren und den Dachboden nicht wieder verlassen wollten. Es waren drei, die Diana nach unten jagte; sie konnte sich aber des Gefühls nicht erwehren, daß sie andere übersehen hatte. Beim Hinuntergehen bemerkte sie die Spuren der Katzenpfoten und ihre eigenen Fußabdrücke, ließ aber den Gedanken, den Boden zu kehren, gleich wieder fallen – ein sauberer Dachboden wäre nicht minder verräterisch. Falls es jemand auffallen sollte, würde sie ihren Besuch auf dem Dachboden zugeben. Neugier ist unverschämt, aber kein Verbrechen.

Den Staub wurde sie unter der Dusche rasch los; das Gefühl innerer Verdorbenheit mitnichten.

Später wurde sie richtig wütend, als sie vor dem Haus einen Wagen stehen sah. Als sie bemerkte, daß es ein dunkelblauer Mercedes war, schlug ihr das Herz bis zum Hals – wie hatte er sie nur so schnell aufspüren können? Beim Näherkommen erkannte sie aber, daß der Mercedes ein Nummernschild des Staates Virginia hatte; da wurde ihr vor Erleichterung und Selbstverachtung leicht übel.

Sie ging zu dem Wagen und empfand einen Heidenzorn. Die Nicholsons hätten sie bestimmt vorgewarnt, wenn sie mit Besuch gerechnet hätten. Und Andy konnte es diesmal nicht sein; der Wagen war neu und blitzblank.

Und es war auch nicht Andy, sondern ein kleiner, untersetzter Mann, der forsch entschlossen um die Ecke des Hauses kam. Er war so förmlich gekleidet, wie sie es in dieser Gegend bisher kaum gesehen hatte – mit Jackett und Krawatte – und er trug sogar eine Weste.

Er winkte ihr schon von weitem zu. «Miss Reed? Da sind Sie ja. Ich habe schon ein Weilchen auf Sie gewartet.»

Diana wartete mit einer Antwort, bis er in normale Hörweite gekommen war; seine Taktik war ihr zu vertraut, als daß sie sich dadurch hätte einschüchtern lassen. «Da ich keinen Besuch erwartet habe, werde ich mich auch nicht entschuldigen», gab sie kühl zurück. «Wer sind Sie?»

«Frank Sweet.» Er sagte es so, als müßte ihr sein Name bekannt sein. Als sie darauf nicht reagierte, zog er eine Visitenkarte hervor. Diana nahm sie mit Fingerspitzen entgegen.

«Rechtsanwalt», las sie laut. «Die Nicholsons sind nicht zu Hause. Sie hätten vor Ihrer Anreise anrufen sollen.»

«Ich habe den Nicholsons mitgeteilt, daß ich möglicherweise heute vorbeischauen würde. Hat man Sie davon nicht in Kenntnis gesetzt?»

«Nein. Hat man Sie nicht in Kenntnis gesetzt, daß man heute verreist sein würde?»

Seine schmalen Lippen teilten sich in einem plötzlichen, ganz unerwarteten Lächeln. «Eins zu null für Sie, Miss Reed. Auf solche Situationen verstehen Sie sich, ja?»

Das Lächeln bekam seiner äußeren Erscheinung gut. Diana korrigierte den ersten Eindruck von seinem Alter: Er war wohl nur Ende Dreißig. Er trug das blonde Haar etwas zu lang, und den Schnurrbart hätte er sich wirklich nicht wachsen lassen sollen, überlegte sie kritisch; der war zu hell und zu schmal, um Eindruck zu machen.

«Ich weiß nicht, wie Sie das meinen, Mr....» Sie schaute demonstrativ auf die Visitenkarte. «Sweet. Sie werden mich jetzt entschuldigen müssen. Da ich in keiner Weise ermächtigt bin, für die Nicholsons zu handeln, ist ein Gespräch mit mir völlig sinnlos.»

Er zog die Augen zusammen. «Sie unterliegen da einem Mißverständnis, Miss Reed. Ich bin nicht der Anwalt von Mr. und Mrs. Nicholson – so bedauerlich das auch ist. Ich vertrete die verstorbene Miss Musser.»

«Ich verstehe.» Sie musterte ihn mit neuem Interesse, bis ihr einfiel, daß überhaupt kein Anlaß bestand, für Miss Mussers Anwalt Interesse zu zeigen. «Vielmehr – ich verstehe noch immer nicht. Was wollen Sie?»

«Darf ich einen Moment hereinkommen?»

«Nein.» Sie fügte in einem weniger feindseligen Ton hinzu: «Die Nicholsons haben mir die Verantwortung für das Haus übertragen, Mr. Sweet, und, ganz offen gesagt, ich kenne Sie überhaupt nicht. Da wäre es doch ziemlich blöd von mir, Sie hineinzubitten, oder?»

Er stieß ein bellendes Lachen aus. «Nun ja. Ich bezweifle allerdings, Miss Reed, daß jemand Sie für blöd halten würde. Lassen Sie mich die Angelegenheit erläutern.»

«Bitte.» Diana verschränkte die Arme.

«Die Nicholsons haben mich um gewisse Stücke aus dem Eigentum von Miss Musser gebeten», erklärte Sweet gelassen. «Sie hat den gesamten Nachlaß verschiedenen wohltätigen Organisationen hinterlassen, und deshalb war es erforderlich, den Vorstand dieser Organisationen zu konsultieren, bevor ich über die einzelnen Dinge verfügen konnte.»

«Was für Dinge?»

Die Antwort überraschte Diana. «Fotos. Die Nicholsons

hätten gern Bilder von den früheren Besitzern und vom Haus in den verschiedenen Phasen seiner Entwicklung. Ich habe sie erst in dieser Woche bekommen können. Ich fürchte, mit der Andeutung einer konkreten Verabredung mit den Nicholsons habe ich Sie unabsichtlich irregeführt; in solchen Dingen verhalten wir Menschen vom Lande uns recht zwanglos. Wir schauen ohne große Voranmeldung einfach vorbei.»

Er ist so zwanglos wie ein Barrakuda, dachte Diana – und sein Anzug stammt mit Sicherheit nicht aus einem Geschäft auf dem Lande. «Nett von Ihnen, die Bilder vorbeizubringen», sagte sie. «Sie können sie mir geben – es sei denn, Sie möchten sich lieber ganz vorschriftsmäßig verhalten.»

«Kein Problem», meinte Sweet. Er öffnete eine Wagentür und nahm ein dickes braunes Kuvert heraus. «Hier. Wenn Sie so freundlich wären, mir den Empfang zu bestätigen...»

«Gewiß.» Sie kritzelte ihren Namen auf das Blatt Papier, das er ihr reichte. «Danke. Nett, Sie kennengelernt zu haben.»

«Ganz meinerseits.» Statt ihr die Hand zu schütteln, nickte er nur einmal kurz, stieg in seinen Mercedes und fuhr davon.

Diana seufzte erleichtert auf, als sie die Haustür hinter sich zumachte. Sie hätte zu gern gewußt, was der Anwalt wirklich gewollt hatte. Er hätte auf keinen Fall einfach um das Haus herumstreifen dürfen; im übrigen hatte er nicht einmal eine vordergründige Entschuldigung geliefert, was er im Hinterhof zu suchen gehabt hatte.

Die Katzen versammelten sich vorwurfsvoll um Diana, weil sie solange auf das Fressen hatten warten müssen. Diana ging in die Küche, öffnete Dosen und setzte die Tellerchen genau an die Stellen, die Charles ihr gezeigt hatte; sie durften nicht zu dicht stehen, sonst gäbe es häßliche Streitereien. Die Hundenäpfe standen auf der Stufe des Hintereingangs in einer Reihe; wie die Hunde selbst, die immer pünktlich zur Fressenszeit auftauchten, ganz egal wie weit sie dazu über die Felder laufen mußten.

Diana schenkte sich ein Glas Wein ein und blieb an der

hinteren Tür stehen, um das warme Licht und die weichen Schatten über der Weide zu bewundern. Katzen und Hunde kamen und gingen; manche wollten hinaus, andere hinein. Plötzlich fiel Diana ein, daß sie Miss Matilda gar nicht gesehen hatte. Die kleine weiße Katze verließ das Haus nur selten, aber eine Mahlzeit verpaßte sie nie.

Sie war weder in der Bibliothek noch auf Dianas Bett. Mit wachsender Beklommenheit suchte Diana in den übrigen Schlafzimmern nach ihr. Emily würde es ihr nie verzeihen, wenn Miss Matilda etwas zustieße, sie hatte Diana ganz besonders davor gewarnt, Matilda unbeaufsichtigt nach draußen zu lassen.

Das Geräusch war so schwach, daß Diana sich zuerst gar nicht sicher war, es auch wirklich gehört zu haben. Sie horchte genau. Der Dachboden! Sie rannte zur Tür und stieß sie auf. Mit einem durchdringenden Miauen sprang Miss Matilda heraus. Sie mußte mit den Vorderpfoten an der Tür gestanden haben.

Böse schien sie ihr nicht zu sein, denn als Diana sie an sich drückte, begann sie zu schnurren. «Unartiges Kätzchen», sagte Diana. «Dummes Kätzchen. Möchtest du jetzt dein Abendessen?»

Miss Matilda quiekste, und Diana lächelte befangen. Als sie Miss Matildas Fressen überwacht und dann selber gegessen hatte, war es beinah dunkel. Zu spät, um draußen noch etwas zu tun, dachte Diana schuldbewußt. Mit Miss Matilda auf der Schulter und der übrigen Menagerie im Gefolge ging sie in die Bibliothek, um zu lesen und Recherchen anzustellen.

Einige Stunden später hatte sie die kleinen rosaroten Blumen identifiziert – *Claytonia virginica* – und auch andere Namen nachgeschlagen, die sie sich auf dem Rundgang im Rosengarten eingeprägt hatte: Abigail Adams' Rosen, die Rose aus Neuseeland ... Wie hieß sie doch? Anaïs Nin? So ähnlich. Zum Glück schienen die Nicholsons alle einschlägigen Bücher zu besitzen.

Sie lagen im Zimmer verstreut, einige auf den Tischen, andere standen in den Regalen; Diana suchte sich alles zusammen, was sie über Rosen finden konnte. Von diesen Büchern hatte sie früher bereits verschiedene konsultiert, aber sie war anscheinend nicht weit genug gekommen; sonst hätten Abigail und Anaïs ihr bekannt sein müssen. Emily hatte einen Namen erwähnt, der sich für Diana jetzt als nützlicher Hinweis erwies; Nancy Steen war nicht der Name einer Rose, sondern eine Autorin, deren Buch Emily selbstverständlich besaß, und in diesem Buch entdeckte Diana gleich auf der ersten Seite auch Anaïs – Segalès, nicht Nin: Sie wuchs wild entlang der Straßen Neuseelands, wo sie die Gräber der frühen Siedler bedeckte.

Rosen waren ursprünglich weder in Neuseeland noch, mit wenigen Ausnahmen, in Amerika heimisch gewesen. Das hatte Diana bereits gewußt; was sie bei ihrem hastigen Auswendiglernen aber nicht berücksichtigt hatte, war der Reiz, den diese Blumen auf die Siedler ausübten, die auf der Suche nach einer besseren Welt der Wildnis entlegener Kolonien getrotzt hatten. An Besitz konnten sie nur das Allernotwendigste mitnehmen; für ein paar kostbare Stecklinge von Blumen ihrer alten Heimat hatten dennoch viele von ihnen Platz gefunden.

Als der «grüne Hund», wie sie ihn noch immer nannte, sich erhob und streckte, merkte Diana, daß es beinah Mitternacht geworden war.

William, die aufdringlichste aller Katzen hier, grub ihr die Vorderkrallen ins Bein, um sie an ihre Pflichten zu erinnern. Es war Zeit für das Ritual vor dem Zubettgehen, Zeit, die Hunde hinauszulassen und den Tieren die Medikamente zu geben. Entwurmungstabletten für alle Hunde, zur Vorbeugung; Augentropfen für eine Katze, Antibiotika für eine andere ... Sie machen mehr Mühe als Babys, dachte Diana, als sie Emilys Liste durchging und die Siamkatze in die Enge trieb, die es gar nicht mochte, daß man ihr Pillen in den Hals schob. Danach ging Diana durch das ganze Haus und prüfte alle Türen und Fenster. Anschließend begab sie sich mit Thomas Christophers Rosen-Buch – ein weiteres anekdotenreiches Werk, das zu lesen sie sich zuvor nicht die Mühe gemacht hatte – unter dem Arm die Treppe hoch. Ihr Zimmer war kühl und ruhig. Umgeben von schlafenden Katzen, stützte sie sich im Bett auf Kissen und las noch ein Weilchen weiter. Dann drehte sie das Licht ab und schlief sofort ein.

Sie wachte mitten in der Nacht schwitzend und mit einem Schütteln auf. Sie mußte im Schlaf laut geschrieen haben; die Katzen regten sich gereizt; Miss Matilda kauerte sich in das Kissen und steckte Diana die kalte Nase ins Gesicht. An Einzelheiten des Alptraums konnte sie sich noch lebhaft erinnern.

Der Traum hatte ganz harmlos angefangen mit einer Rückblende dessen, was sich am Nachmittag tatsächlich ereignet hatte – sie sah den blauen Mercedes wieder vor dem Haus parken und empfand das gleiche Gefühl von Panik ... Nur saß diesmal jemand im Wagen, stieg aus und wartete auf sie. Aufgrund eines inneren Drangs, gegen den sie sich nicht zu wehren vermochte, folgte sie seinem Beispiel; und als sie näher kam, verschwammen die Umrisse der untersetzten, blonden Gestalt. Die Konturen änderten sich und verfestigten sich erneut. Er war angezogen, wie sie ihn so oft gesehen hatte – im Anzug von Brooks Brothers, mit der unauffälligen dunklen Krawatte. Das Gesicht war ihr gleichermaßen vertraut. Und in dem Moment, als sie den Mann erkannte, hatte sie zu schreien begonnen.

5

Der Bach glitzerte im Sonnenlicht. Wie Smaragde glänzten die jungen Blätter. Kurz vor der Brücke nahm Diana das Gas weg. Sie hatte zwar früher aufbrechen wollen, war aber trotzdem nicht in Eile.

Die bedrückende Erinnerung an den Alptraum war erst nach stundenlangem Lesen verblaßt. Sie hatte diesen Traum schon oft geträumt, in unterschiedlichen Varianten, nur das Ende war immer gleich – Schock und Entsetzen, wenn sie das Gesicht ihres Vaters erkannte. Daß die Beziehung zu ihm nicht ideal war, wußte sie; ein Psychiater hätte sie jedoch zweifellos darauf hingewiesen, daß der Alptraum verriet, daß sich da im Gebälk ihres Unterbewußtseins etwas besonders Schlimmes eingenistet hatte.

Diana wollte den Tag mit etwas Angenehmem beginnen; sie setzte sich ins Auto und erkundigte sich an einer Tankstelle nach dem Weg zum Trödlerladen von Pearl. Andrew hatte ihr davon erzählt. Der junge Mann bestand darauf, ihr beim Auftanken zu helfen, und grinste breit, als sie ihn nach dem Weg «zu den kostbaren Perlen» fragte. «Den Weg zur teuren Perle?»

Diana lachte. «Der Spitzname ist wohl unvermeidlich.»

«Unvermeidlich? Ich weiß nicht. Treffend wär das richtige Wort. War früher als Joes Schrottplatz bekannt, dann hat'n die olle Pearl übernommen und ihm 'n Phantasie-Namen angehängt. Is' immer noch derselbe alte Krempel wie vorher, aber sie schröpft die feinen Pinkel aus 'er Stadt. Passen Sie bloß auf, mit der müssen Sie feilschen, Ma'am. Kaufen Sie für sich selber oder für die Nicholsons?»

Walter hatte keineswegs übertrieben; es war anscheinend schon überall bekannt, wer sie (angeblich) war und was sie (angeblich) bei den Nicholsons machte. Diana wehrte weitere neugierige Fragen höflich ab, bis es ihr endlich gelang, die erwünschte Auskunft zu erhalten. Sie fuhr gleich los.

Auf den ersten Blick erschien «Schrottplatz» eine adäquatere Bezeichnung als «Kostbare Perlen». Was nicht verrostet war, war beschädigt – meist beides. Bruchstücke von einem Zaun mit Zierwerk lehnten an der Mauer des scheunenartigen Gebäudes, in dem die wertvolleren Objekte untergebracht waren – alte Beleuchtungskörper, Buntglasscheiben, Türen, Fenster, Formen in Gußeisen und zahlloses andere mehr.

Die Inhaberin paßte genausowenig zum Namen des Geschäfts wie die Ware – eine unübersehbar große, stämmige Frau mit einem spektakulären Busen. Sie warf Diana einen scharf musternden Blick zu und setzte ihr Gespräch mit einem jungen Ehepaar fort, das – weiß Gott warum – ein brillenloses Klo mit Kettenspülung zu erwerben wünschte.

Diana hatte keine Mühe, das Vogelbad zu finden; genau die Art von barocker Monstrosität, die Emily begeisterte. Der Sockel war ein grobes Schnitzwerk mit ineinander verflochtenen Weinranken und großen, klumpigen Blumen. Auf dem Rand des Beckens, das angeschlagene Stellen und Sprünge aufwies, saßen in willkürlicher Reihung häßliche Vögel. Sie lachte laut auf. Kein Wunder, daß Charles dieses Vogelbad haßte! Andererseits hatte es aber durchaus einen gewissen primitiven Charme. Und im Vergleich mit dem Himmelbett der Nicholsons war es geradezu schlicht.

Sie entdeckte noch ein paar Sachen, die Emily ihrer Meinung nach gefallen könnten, darunter einen Wasserspeier und eine schöne geschnitzte Säule, die eventuell als Stand für eine Sonnenuhr brauchbar sein könnte – falls sich eine Sonnenuhr finden ließ. Diana wollte eben einen Haufen von Buntglaspaneelen aussortieren, als eine Stimme donnerte. «He, Sie dort! Willkommen bei Pearl!»

Diana richtete sich auf. Als sie sich umdrehte, sah sie vor sich Pearls Busen. Die Frau war immens, und sie war ihr bedrohlich nahe gerückt – mit Absicht, wie Diana vermutete.

«Suchen Sie Buntglas? Da hätt' ich ein paar phantastische Stücke. Aus einer Villa in der Nähe von Richmond, die abgerissen wurde.»

«Schön sind sie. Ich bin aber nicht an Buntglas interessiert.»

Pearl nickte. «Die falsche Epoche. Aber bei Mrs. Nicholson kann man nie wissen. Elektrisch – sie ist absolut elektrisch.»

Das war ein Begriff, der durchaus auf Emily paßte, aber Diana war überzeugt, daß Pearl etwas ganz anderes meinte. «Mrs. Nicholsons Geschmack ist gewiß eklekt... äh... ja, sie hat einen breiten Geschmack», pflichtete Diana bei und verkniff es sich, Pearl zu korrigieren. Daß Pearl sie, wie vermutlich jeder hier in der Gegend, bereits kannte, nahm sie als gegeben an.

«Sie woll'n das Vogelbad abholen? Ich hab's für Mrs. Nicholson reserviert, wie gewünscht.»

Diana durchschaute den plumpen Trick und ging gar nicht erst darauf ein. «Aber nein, ich bin nicht hier, um es zu holen. Ich hatte Mrs. Nicholson nur versprochen, daß ich es mir anschaue und ihr dann sage, was ich davon halte. Was verlangen Sie für diesen geschnitzten Sockel?»

Pearl nannte einen Preis. Diana zog die Augenbrauen hoch und verzog die Lippen. Pearl senkte den Preis. Und so ging es eine Weile lang; die Prozedur wiederholte sich für den Wasserspeier und ein paar andere Stücke, bis Diana erklärte: «Vielen Dank. Ich werde Mrs. Nicholson informieren.»

«Ich könnte eventuell noch zehn Prozent nachlassen, wenn Sie die Sachen heute mitnehmen», meinte Pearl. «Für den Sockel interessiert sich ein Richter aus Washington.»

«Das Risiko müssen wir eingehen», sagte Diana lächelnd. «Ich bin nicht befugt, für Mrs. Nicholson zu kaufen. Ich berate sie nur.»

Pearl nahm ihre Niederlage anstandslos hin und begleitete Diana zu ihrem Wagen. «Kommen Sie doch mal bei meinem guten Laden vorbei. Er liegt an der Router's Mill Road, ein paar Kilometer nördlich – ein zünftiges Antiquitätengeschäft. Ich hab da ein paar recht hübsche Sachen. Möbel, Prozellan, Glas...»

«Danke. Ich werde gelegentlich vorbeischauen.» Sie mußte noch einen zermalmenden Händedruck hinnehmen, bevor sie aufbrechen konnte.

Auf dem Heimweg hielt sie bei einem Lebensmittelgeschäft, um Milch und Nescafé zu kaufen, fühlte sich auf einmal hungrig und packte ein fertiges Sandwich und einen Beutel Schokoladendrops dazu. Die Lebensmittel, die ihr die Nicholsons dagelassen hatten, gebrauchte sie nur ungern – vielleicht wegen des alten Aberglaubens, daß man nicht das Brot und das Salz von Menschen essen sollte, die man betrügen will?

Es war noch früh, als sie das Haus erreichte; da blieb ihr viel Zeit, um beide Aufgaben zu erledigen, die sie sich vorgenommen hatte. Sie aß ihr Sandwich – es schmeckte genauso fad, wie es aussah – und lief dann über den Hof zu den Nebengebäuden, die am nächsten Tag abgerissen werden sollten. Es war für sie die letzte Chance, die Untersuchung zu Ende zu bringen, bei der sie von Walter gestört worden war.

Sie inspizierte jeden Quadratzentimeter der Hütte; sie rückte sogar den Kühlschrank beiseite, um nachzuschauen, ob etwas dahintergefallen war. Aber Marie Jo war, wie sich hier zeigte, eine überaus gründliche Reinmachefrau; der Staub und der Mäusekot hatten sich offensichtlich erst nach letztem Herbst angesammelt. Diana zog die schleifende Tür mit einem Gefühl der Erleichterung wieder hinter sich zu. Sie hatte nicht damit gerechnet, hier etwas zu finden. Aber jetzt war sie fest davon überzeugt.

Sie hatte ihre Pflicht getan. Nun lief sie über die Weide, sie hatte einige Bücher über alte Rosen bei sich, in der schwachen Hoffnung, etwas – irgend etwas – identifizieren zu können, um Emily zu beeindrucken; doch statt direkt auf den Rosengarten zuzusteuern, bog sie ab und folgte dem Weg zur Lichtung mit den Grabsteinen.

Nur zwei standen aufrecht. «George» war wieder umgefallen. Sein Stein lag mit dem Gesicht nach unten auf dem braunen Kiefernadelteppich.

Diana stellte ihn wieder auf und war froh, daß er keinen Schaden genommen hatte; der Sturz war von den Kiefernadeln auf dem Boden abgedämpft worden. Aber die Sache kam ihr doch merkwürdig vor – sie hätte schwören können, daß Emily und sie den Stein fest an den Baumstamm gelehnt hatten. Da mußte der Erdboden wohl durch Tunnels von Mäusen und Maulwürfen unterhöhlt worden sein.

Ein Sonnenstrahl fiel auf den beschädigten Grabstein, der abseits der beiden andern stand, und warf einen Schrägschatten, der wie mit dem Strich einer schwarzen Feder das Wort «neunzehn» hervorhob. Dann setzte sie sich mit gekreuzten Beinen auf den Boden und schlug ein Buch auf. Wenn alle Rosen dieses Gartens vom achtzehnten und Anfang des neunzehnten Jahrhunderts datierten – was eher unwahrscheinlich war –, so hatte es schon damals eine überraschende Vielzahl von Arten gegeben. Jefferson und Lady Skipwith hatten Damaszener-Rosen, Moschusrosen und Centifolia gezüchtet. Sie hatten sicherlich auch die gewöhnlichen Moosrosen angepflanzt: «... wenig junge Triebe, ein dick überkrusteter Stamm mit kleinen Dornen oder Stacheln, ein moosartiger Wuchs an manchen Blättern ...» Diana unterzog einen nah gelegenen Strauch einem skeptischen Blick – er hatte wenig junge Triebe, weiß Gott, und viele Dornen hatte er auch. Aber was war ein «moosartiger Wuchs»?

Zum Teufel mit den Fachleuten, dachte Diana. Sie hätte gewettet, daß ohne eine einzige Blüte auch von ihnen keiner eine Rose zu bestimmen vermochte. Das Ganze war reine Zeitverschwendung. Doch die Sonne schien ihr warm auf den unbedeckten Kopf, und so las sie weiter, vertiefte sich in die Schönheiten der Rose und ihren Artenreichtum. «Mit dem schweren Duft», hieß es bei einer Autorität, «des überwältigenden, einfachen Parfums der Rose...»

Das Buch schlug zu, als Dianas Griff sich lockerte. Es war dieser flüchtige Duft gewesen, den sie beim Suchen nach der Quelle der Musik in der dunklen Bibliothek erhascht hatte: das einfache Parfum der Rose.

«Ich bin am Samstag...», schrie Diana.

Sie mußte brüllen, um gehört zu werden. Das Donnern schwerer Maschinen und das Einstürzen der Mauern übertönten selbst bei geschlossenen Türen und Fenstern jedes normale Gespräch.

«Was?» Emily hielt sich mit beiden Händen die Ohren zu und schüttelte den Kopf. «Das ist mir zuviel», kreischte sie. «Gehn wir in die Bibliothek!»

Sie saßen in der Küche beim Mittagessen. Die Nicholsons waren vor kurzem mit glänzenden Augen von erfolgreichen Einkäufen zurückgekehrt. Die Arbeiter hatten ihre Mittagspause eben hinter sich; der Lärm begann von neuem.

Er hatte Diana begleitet seit sieben Uhr früh, als die Maschinen eintrafen und in ihren Schlaf hineinratterten. Diana mochte den Krach nicht – wem würde er schon gefallen? –, doch Emily schien er geradezu physisch anzugreifen und weh zu tun. Sie flüchtete aus der Küche.

Die anderen folgten ihr in die Bibliothek. Charles schaute seine Frau besorgt an und schloß dann die Fenster. Wenig später öffnete Walter die Tür und trat ein – wie immer, wenn Emily anwesend war, mit der Kappe in der Hand.

«Ich habe gar nicht gewußt, daß Sie zurück sind», sagte er. «Ich hatte Sie mit einem Mietlaster voller Trödel erwartet – und der Bitte, daß Ihnen die Jungs beim Abladen helfen.»

«Der Trödel ist hierher unterwegs.» Emilys Gesicht hellte sich auf. Der Krach hatte sich gelegt. Nur das Brummen eines Bulldozers war noch zu hören. «Wir haben die Tore, Walter! Wunderschöne Tore – Sie werden sehen! Jetzt können Diana und Sie die Steinmauer in Angriff nehmen.»

Walter drehte die Kappe in seinen Händen. «Soll das heißen, daß ich aufhören soll, was ich –»

«O nein. Bestimmt nicht! Walter, das haben wir doch schon zehnmal besprochen.»

«Ich weiß, Madam», sagte Walter. «Aber Sie ändern ständig Ihre Meinung.»

«Diesmal wird sie ihre Meinung nicht ändern», erklärte Charles. «Wir werden an den Plänen festhalten, die wir im vergangenen Monat entworfen haben – hinten die Terrassen, der Teich und der Wasserfall, die Pergola und das Belvedere. Jetzt kommt es nur noch auf Ihr Arbeitstempo an, junger Mann. Verschieben Sie die Arbeit für Ihre anderen Klienten, stellen Sie so viele Männer ein, wie Sie benötigen, nur sorgen Sie bitte dafür, daß diese Arbeit sofort erledigt wird!»

«So viel Klienten hab ich gar nicht», bekannte Walter. «Es sind harte Zeiten mit viel Arbeitslosen ... okay, Charles, ich stelle ein zweites Team ein. Das wird aber teuer.»

«Das ist in Ordnung. Also dann. Sind Sie hier, um uns etwas zu fragen oder nur zum Plaudern?»

Walter ließ sich durch den brüsken Ton nicht einschüchtern. «Bis auf die Scheune sind alle Nebengebäude abgerissen. Sie müssen sich nun entscheiden, ob die auch weg oder wieder instandgesetzt werden soll.»

«Ich komme», sagte Charles. «Diana?»

Es war, trotz der heller klingenden Stimme, keine Frage, sondern ein Befehl. Diana folgte.

Die vier Stunden hatten drastische Veränderungen gebracht. Die alten Schuppen waren zu unförmigen Schrotthaufen geworden; die Bulldozer hatten im Hof große Bahnen geschneist.

«Also, was meinen Sie?» fragte Walter, als sie die Trümmerhaufen begutachteten.

Walter vermied es, Diana anzuschauen. Charles hatte keinen Grund anzunehmen, daß Diana ohne eine durchdachte Meinung wäre; er wollte sie sofort hören. Also umriß sie eine Idee, die sie in einem Buch der Bibliothek entdeckt hatte und die Charles, wie erhofft, aufgriff und – typisch Charles – gleich übernahm. «Sie haben völlig recht. Es ist einfacher zu reparieren, was von der Scheune übriggeblieben ist, als sie komplett zu ersetzen. Sie ist grundsolide gebaut. Takeln Sie sie ein bißchen mit Wetterhähnen und all den Sperenzchen auf, so wie meine Frau es leider gern hat, und dann werden wir sie als Geräteschuppen benützen. Und von der Terrasse zum Schuppen dann ein überdachter Fußweg – Emilys Pergola vielleicht? Mit Rosen oder Glyzinien ... Hmmm. Ja. Schön. Fertigen Sie uns einen Entwurf an, Diana. Entwerfen Sie etwas unglaublich Malerisches», fügte er mit einem freundlichen Lächeln hinzu.

Walters Lächeln drückte etwas völlig anderes aus.

Auf dem Rückweg blieb Charles vor dem Haus plötzlich stehen. «Ich muß Sie sprechen, Diana. Privat.»

Diana krampfte sich der Magen zusammen. «Aber gern. Wo?»

«Dort. Das genügt.» Charles deutete zur Treppe des Vordereingangs. «Ich möchte nur nicht, daß Emily uns hört. Sie haben ihre Erregung vorhin sicher bemerkt.»

Diana vergaß ihr Schuldgefühl. «Geht es ihr nicht gut?»

«Doch, doch. Gesundheitlich geht's ihr gut. Aber wir sind beide nicht mehr die Jüngsten. Wir möchten unsere letzten schönen Jahre damit verbringen, den Duft von Rosen, aber doch nicht Auspuffgase von Lastwagen und Bulldozern zu atmen. Lärm und Durcheinander verträgt Emily nämlich nicht; zunächst litt sie wohl nur psychisch, aber inzwischen schadet es ihr physisch. Sie sollte fort von hier.»

«Ich verstehe.» Mit einem Gefühl der Erleichterung hob Diana vorsichtig den Kopf. War es denn möglich ...

«Sie haben sich vielleicht gewundert, warum wir für diese Arbeit gerade Sie gewählt haben und nicht jemand mit mehr Erfahrung.»

«Ich hatte gemeint, daß Walter...»

«Seine Empfehlung war für uns selbstverständlich wichtig. Doch was ich in Wirklichkeit suchte, das war – wenn ich es einmal unverblümt aussprechen darf – einen jungen Menschen, ohne sonstige Aufträge. Ich hatte mir überlegt, daß Sie mit ungeteilter Aufmerksamkeit für uns arbeiten könnten, statt uns nur zwischen anderen Verpflichtungen einzuschieben.»

«Ich habe bereits... andere Verpflichtungen.»

«Ich möchte Sie ja nur um ein paar Wochen bitten», sagte Charles. «Wenn ich Ihnen nicht nur die Verantwortung für die Gartengestaltung, sondern auch für das Haus übertragen dürfte – da müssen noch Anschlüsse, der Kamin und viele andere, kleinere Sachen installiert werden –, dann könnte ich mit Emily verreisen.»

«Ich weiß nicht...» hob Diana an.

«Ich bin mir bewußt, daß ich Sie damit jetzt irgendwie überfalle», fügte Charles lächelnd hinzu. «Aber ich wollte mich nicht festlegen, bevor ich mich nicht überzeugt hatte, daß Sie für diese Aufgabe die richtige Person sind. Ich sah es so, daß meine Frau und ich in diesem Punkt genauso auf Probe waren wie Sie, und ich kann nur hoffen, daß wir den Test bestanden haben.»

Seine Art und sein Ton gaben Diana zu verstehen, daß *sie* den Test bestanden hatte. Sie hatte Charles zuerst für steif und recht barsch gehalten; jetzt strahlte sein ganzes Gesicht Liebenswürdigkeit aus.

So eine Gelegenheit hätte sie nicht einmal im Traum für möglich gehalten. Wenn sie sich jetzt bloß nicht so gemein vorkäme!

«Bis Samstag nächster Woche hätte ich Zeit», sagte sie. «Sie müssen schon verstehen, daß ich noch eine andere Arbeit habe.»

Er wirkte enttäuscht, reagierte aber höflich. «Das ist mehr, als ich erwarten durfte. Ich danke Ihnen.»

Emily nahm die Nachricht mit einem Ausbruch von Dankbarkeit und Freude auf, so daß Diana sich noch gemeiner vorkam. Die Aussicht auf Flucht machte es Emily möglich, den momentanen Lärm mit relativer Gelassenheit hinzunehmen; und Diana blieb dank Charles' Entschluß, bereits am Mittwochmorgen abzureisen, keine Zeit, sich durch Unkenntnis in den praktischen Aspekten ihres angeblichen Berufs zu verraten. Es könnte gar nicht besser laufen, dachte sie – es war, als ob eine heimliche Kraft für sie tätig war und alles zu ihren Gunsten wendete. Zwei Wochen waren sowieso das Äußerste, das sie sich erlaubt hatte. Länger hätte sie ihren Urlaub gar nicht ausdehnen können.

Und länger würde sie auch ihren Betrug nicht hinziehen können. Anderes vermochte sie eventuell vorzutäuschen, wenn Charles von ihr aber auch nur eine maßstabgerechte Zeichnung von der Gartenplanung erwartete, die sie selber angeregt hatte, so überstieg das absolut ihre Fähigkeiten; und selbst wenn Walter dazu imstande wäre, durfte sie ihn nicht bitten, ihr den Gefallen zu tun, und es gab außerdem auch keinen Grund, warum er ihr einen solchen Gefallen tun sollte.

Charles hielt sie für den Rest des Tages und einen Großteil des nächsten beschäftigt, so daß sie Walter aus dem Weg gehen konnte. Er hatte nicht versucht, mit ihr unter vier Augen zu reden. Nach der Abreise der Nicholsons würde er jedoch bestimmt eine Gelegenheit finden, um ihr seine Meinung zu sagen.

Charles hatte für Diana eine lange Liste zusammengestellt, aus der klar ersichtlich war, welche Arbeiten wann ausgeführt werden sollten: Am Mittwoch sollte der Elektriker kommen und die Kronleuchter im Eßzimmer und in der Bibliothek aufhängen; sollte er sich bis Mittag nicht blicken lassen, müßte sie bei ihm anrufen. Die Möbel, die Emily und Charles am Wochenende gekauft hatten, sollten Mittwoch oder Donnerstag eintreffen; Charles hatte sogar Grundrisse mit Markierungen gezeichnet, wo die Möbel hingestellt werden sollten. Die Einfassung für den Kamin der Bibliothek war für Montag zugesagt. Das hieß, so erklärte ihr Charles, daß der alte Kamin bis Ende der Woche entfernt sein mußte.

«Ist er denn nicht in Ordnung?» fragte Diana.

«Wie können Sie nur so etwas fragen?» Charles hatte für den Kamin nur Spott übrig. «Er verkörpert die schlimmsten Exzesse des viktorianischen Geschmacks – aber ohne seinen Charme. Dagegen ist die Kaminfassung, die wir im letzten Winter auf einer Auktion entdeckt haben, ein wundervolles Exemplar der richtigen Stilepoche. Sie werden schon sehen. Zudem ist die jetzige Kamineinfassung für den Raum auch zu klein. Die Wandöffnung wird für die neue Fassung verbreitert werden müssen. Gott sei Dank braucht man aber nur die Verkleidung abzunehmen, die für den Einbau der gegenwärtigen Abscheulichkeit angebracht wurde. Sie brauchen sich wegen der Details keine Sorgen zu machen. In diesen Dingen ist Mr. Plankenhorn Fachmann. Er weiß genau, was es zu tun gibt. Ihre Aufgabe besteht nur darin, dafür zu sorgen, daß er den Plan auch einhält.»

«Gut.» Diana gab sich Mühe, Zuversicht auszustrahlen. «Muß in diesem Raum sonst noch etwas gemacht werden?»

«Lediglich die Vorhänge.»

«Wie bitte?»

«Die Vorhänge für die Bibliothek», sagte Charles. Er blickte auf seine Liste. «Jenkins kommt morgen in einer Woche. Er weiß genau Bescheid. Ihre einzige Aufgabe besteht darin ...»

«Gut.»

«Ich glaube, das wäre alles.» Charles ließ den Blick durch das Zimmer wandern. «Hier ... Was ist denn das?»

Es war Diana unerklärlich, wie er den Umschlag bemerkt hatte; sie hatte ihn völlig vergessen; er lag unter der Ansammlung von Büchern und Papier begraben, die die Nicholsons von einem Zimmer ins nächste mit sich herumtrugen.

«Das hat Mr. Sweet für Sie hinterlegt. Er kam am Samstagnachmittag. Es tut mir leid – ich hatte vergessen, es Ihnen zu sagen.»

Charles lächelte. «Kein Wunder. Seit unserer Rückkehr habe ich Sie nicht einen Satz beenden oder ein Gespräch anfangen lassen. Was wollte er?»

Diana hatte kaum zu reden begonnen, als Emily hereinspazierte, doch Charles brachte seine Frau mit einer gebieterischen Geste zum Schweigen und bat Diana fortzufahren; die Nicholsons unterbrachen sie ausnahmsweise nicht – nicht ein einziges Mal.

«Ha!» rief Charles anschließend. «Welche Unverschämtheit... Sie haben ihn hoffentlich nicht ins Haus gelassen?»

«Nein, habe ich nicht.»

«Sehr gut! Der Bursche verfolgt uns seit Monaten. Hofft wahrscheinlich, daß er uns als Klienten bekommt.»

Emily griff nach dem Umschlag. «Das müssen die Fotos sein, die er uns versprochen hat. Es war nett von ihm, sie vorbeizubringen.»

«Mitnichten», widersprach Charles. «Und wenn Sie ihn hier noch einmal beim Herumschnüffeln erwischen, rufen Sie die Polizei, Diana.»

«Das erscheint mir doch ein wenig übertrieben», meinte Diana lächelnd. «Seien Sie unbesorgt, mit Mr. Sweet werde ich schon fertig.»

«Der Kerl ist 'n Schuft», murmelte Charles.

«Er hat uns beschafft, worum wir gebeten hatten», sagte Emily. «Aber sieh nur, Charles. Ist sie nicht göttlich?»

Diana hätte das Wort «göttlich» in diesem Zusammenhang wohl kaum verwendet; nicht einmal die blütenreichen Zweige, welche die Gestalt der alten Frau rahmten, konnten ihre Gesichtszüge weicher machen oder den grimmig ernsten Ausdruck in ein vorteilhafteres Licht rücken. Miss Musser mußte eine hochgewachsene Frau gewesen sein, bevor das Alter ihr die Schultern beugte und den Rücken krümmte. Sie stützte sich auf einen Stock und schaute böse in die Kamera hinein, als ob sie den Apparat oder den Fotografen haßte.

«Ihr fehlt nur die schwarze Katze und der spitze Hut», brummte Charles. «Und der Besen am Ende des Stocks.»

«Sei nicht so unfreundlich, Charles. Sie war eine alte Frau.»

«Das hat nichts mit Alter zu tun, eher mit einer griesgrämigen Lebenseinstellung. So wirst du mit neunzig nicht aussehen.»

«Das hoffe ich sehr. Armes Ding... Die Schnappschüsse vom Haus sind interessant. Schau mal, Charles.»

«Später, meine Liebe. Ich will meine Listen abschließen. Könntest du dich vielleicht um deine kümmern? Es gibt vor der Abreise noch viel zu erledigen.»

Er verließ das Zimmer, während Emily weiterhin seelenruhig die Fotos betrachtete.

«Kann ich Ihnen irgendwie helfen?» fragte Diana.

«Nur ruhig Blut, meine Liebe. Lassen Sie sich nicht von Charles anstecken; er liebt das Organisieren. Und machen Sie sich wegen seiner dummen Listen keine Gedanken. Ich tu's auch nicht. Wissen Sie, Charles und ich, wir sind ein vollkommenes Paar. Ich entwickle eine brillante Idee, dann kommt er und behauptet, das sei nicht zu machen, aber dann führt er sie aus. Hab ich nicht Glück gehabt, ihn zu finden?»

«Mit Glück hatte das wenig zu tun», sagte Diana lächelnd.

«Meine Liebe – welch ein freundliches Kompliment! Aber es ist pures Glück, daß wir Sie gefunden haben – wir sind ja so dankbar! Was Sie hier alles für uns tun, das geht weit über Ihre Pflicht hinaus. Ich kann Ihnen gar nicht sagen, wie dankbar ich Ihnen für Ihre Güte bin.»

Diana schlich sich davon. Ihr Schuldgefühl wurde noch größer, als ein Lieferant nach dem andern mit den Gegenständen eintraf, die das extravagante Ehepaar auf Auktionen und unterwegs in Geschäften erworben hatte – und die alle für «Dianas Zimmer» bestimmt waren. Charles hängte die Gardinen auf; Emily drapierte das Bett mit bestickten Laken; es kamen Tische und Lampen, ein Mahagoni-Kleiderschrank, ein mit Litzen besetzter Bettvorleger. Am Ende trat Emily zurück und musterte das Zimmer: «Es ist nicht zu plüschig, oder?»

Plüschig, dachte Diana bei sich, wäre dafür wohl ein zu milder Ausdruck; aber laut sagte sie: «Sie haben sich viel zuviel Mühe gemacht. Ich bin doch nur noch zehn Tage hier.»

«Aber Sie werden doch wiederkommen», meinte Emily vertrauensvoll. «Außerdem bin ich keineswegs so optimistisch, anzunehmen, daß wir die Terrassen und den Lilienteich in weniger als zwei Wochen schaffen können. Und die Pläne für den Rosengarten müssen unbedingt vor dem Herbst entworfen werden. Der Herbst ist auch die beste Jahreszeit für das Pflanzen von Rosen, und wir müssen unsere Bestellungen –»

«Laß nur, Emily», unterbrach Charles. «Diana ist doch ein Profi. Warum macht ihr zwei nicht einen Spaziergang? Unterdessen bring ich meine Listen zu Ende.»

Sie verließen das Haus durch den Vordereingang. Emily wollte sich nicht ansehen, was hinter dem Haus geschah, und war untröstlich, daß der alte Apfelbaum gefällt worden war.

Sie wurde erst wieder fröhlicher, als sie von der Reise zu sprechen begann, die Charles geplant hatte – beim Gedanken an die Besichtigung der vielen berühmten Gärten des amerikanischen Südens, wo alles schon in Blüte stand. Emily begeisterte sich ganz besonders für eine Privatsammlung alter Rosen. «Von Mrs. Bachelder haben Sie sicherlich schon gehört; ich habe sie bisher nicht persönlich kennengelernt, habe aber mit ihr korrespondiert. Es ist ja so schade, daß Sie nicht mitkommen können.»

«Sehr schade», sagte Diana.

Dank Charles' unermüdlichem Eifer waren die Nicholsons am nächsten Morgen fast reisefertig, als Walter mit seinem Team eintraf. Auf der Suche nach Dingen, die man ihrer Meinung nach unbedingt noch brauchte, schoß Emily immer wieder ins Haus zurück; Charles rief ein ums andere Mal: «Emily, es gibt überall Tausende von Läden mit Millionen von Sachen und sogar Aspirin. Nun steig ein!»

Walter schenkte Charles ein mitfühlendes Grinsen von Mann zu Mann. Da packte Charles seine Frau am Arm, aber sie befreite sich wieder, und bevor Diana verstand, was Emily vorhatte, warf die ältere Frau ihr beide Arme um den Hals, um sie herzlich zu umarmen.

«Wir werden jeden zweiten Tag anrufen. Und Walter, passen Sie mir auf Diana auf, daß sie sich nicht überarbeitet.»

«Machen Sie sich keine Sorgen», versprach Walter und setzte sein strahlendstes Lächeln auf.

Emily winkte ihnen kräftig nach, bis der Wagen außer Sichtweite war. Walter wandte sich Diana zu: «Wirklich, mein Kompliment. Das haben Sie ja fein hingekriegt.»

«Ich hab überhaupt nichts hingekriegt. Es hat sich einfach so ergeben.» Er zog verärgert die Stirn in Falten, und Diana beschloß, in die Offensive zu gehen. «Warum sind Sie denn so verärgert? Sie haben genau gewußt –»

«Ich hatte angenommen, Sie würden kommen und wieder gehen und Distanz wahren. Und jetzt haben die Nicholsons ... sie haben Sie liebgewonnen!»

«Ich konnte es nicht verhindern.»

«Ach nein?» Er ging in die Küche, warf seine Mütze auf den Tisch und ließ sich auf einen Stuhl fallen. «Es ist vermutlich nicht nur Ihre Schuld. Die Nicholsons sind einfach so. Charles spielt sich als harter und schroffer Typ auf, dabei ist er genauso gutmütig wie Emily. Und was nun? Werden Sie ihnen zum Abschied eine Nachricht aufs Kopfkissen legen oder einfach verschwinden?» Er sah Diana zusammenzucken und fügte zufrieden hinzu: «Sie sind nicht gerade zufrieden mit sich selber, stimmt's? Prima.»

«Mir blieb keine andere Wahl.»

«Weiß der Teufel, warum nicht. Ich hab geglaubt, ich wüßte, worum's ging, als ich mich von Ihnen in diese dämliche Sache hineinziehen ließ. Ich hab's für so eine Wallfahrt aus Verzweiflung gehalten und gemeint, daß Sie aufgeben würden, sobald Sie die Sinnlosigkeit Ihres Plans einsähen. Aber ... Sie wissen mehr, als Sie mir damals gesagt haben, sonst könnten Sie nicht so hartnäckig sein. Sie verheimlichen mir doch etwas. Stimmt's?»

Sie hatte nicht die Absicht, auf die Frage zu antworten, begriff dann jedoch angesichts des anhaltenden Schweigens, daß die Verweigerung einer Antwort ein Eingeständnis bedeutet hätte. Sie senkte den Blick.

«Ich bin überhaupt nicht zufrieden mit mir», gab sie zu. «Ich tu, was ich tun muß. Die Gründe, warum ich es tun muß, gehen Sie nichts an. Und nun kommen Sie mir bitte nicht damit, das sei nicht fair. Das *Leben* ist nicht fair. In zwei Wochen bin ich fort, und Sie werden mich nie wiedersehen und nie mehr von mir hören. Vorher will ich soweit wie eben möglich kommen, und wenn ich verschwinde, werde ich ... ich werde versuchen, es ihnen schonend beizubringen. Ich kann irgendeine durchaus plausible Erklärung erfinden, warum ich die Stelle hier aufgeben muß.»

«Okay», sagte Walter. «Ich werde Sie decken, so gut ich kann. Ich wäre aber froh, wenn Sie bis zur Rückkehr der Nicholsons wenigstens eine Skizze für den Fußweg zur Scheune fertig hätten. Die beiden sind nämlich ganz begeistert von der Idee.»

«Dazu fehlen mir die technischen Kenntnisse.»

«Dann finden Sie jemand, der dazu in der Lage ist. Im übrigen müssen Sie sich damit abfinden, daß ich Ihnen eine – sagen wir: unprofessionelle? – Art von Aufmerksamkeit widme. Sie wird es später mindestens verständlich erscheinen lassen, daß ich Sie nicht als Betrügerin durchschaut habe. Ich nehme Sie am Freitag mit ins *Fox Den* und werde Sie dort mit den richtigen Leuten bekannt machen. Entweder spielen wir dieses Spiel auch nach meinen Regeln, oder ich spiele nicht mit. Wenn Sie dagegen was einzuwenden haben, müssen Sie es jetzt tun.»

Er war aufgestanden. Ein langer Schritt, und sie standen einander gegenüber, so dicht, daß sein Atem die Ringellocken auf ihrer Stirn bewegte. Diana bekämpfte den Impuls zurückzuweichen und brachte genug Selbstbeherrschung auf, um kühl zu erwidern: «Das kommt ganz darauf an, wie weit Sie mit Ihrem unprofessionellen Verhalten gehen wollen.»

Walter griff nach seiner Mütze und drückte sie sich auf den Kopf. «Nicht weiter als absolut nötig, Lady. Sie sind nicht mein Typ. Wir Machos mögen die Frauen gern niedlich und mollig und ungebildet – haben Sie das etwa nicht gewußt?»

Eine schlagfertige Antwort fiel ihr erst hinterher ein. Walter schaute sie an. Seine Lippen verzogen sich fast zu einem Lächeln. «Dann wäre ja alles klar. Ich werde versuchen, das Unmögliche zu vollbringen und drüben alles fertig zu haben, bis Charles und Emily zurückkommen.»

Beim Abwaschen des Frühstücksgeschirrs fielen Diana scharfe sarkastische Bemerkungen ein, mit denen sie hätte kontern können, aber sie war doch froh, daß sie es ihm nicht mit gleicher Münze heimgezahlt hatte. Die Worte, mit denen er sich selbst bezeichnet hatte – Macho, ungebildet –, verrieten große Verletzlichkeit. Und Walter war weder ein Macho noch ungebildet; mit dem, was er *ihr* vorwarf, hatte er dagegen völlig recht. War es möglich, daß seine Gründe wirklich so einfach und ehrenwert waren, wie es schien? Sie war ihm fremd, aber er kannte die Nicholsons; außerdem mochte er die Nicholsons gern.

Das Eintreffen des Lastwagens mit den hochgelobten Toren machte dem Herumtrödeln im Haushalt ein Ende. Diana gab dem Fahrer ein Zeichen, den Laster hinter dem Haus zu parken, straffte die Schultern und begab sich nach draußen.

Eine Gruppe von Männern – darunter auch Walter – stand ungläubig vor den beiden Torflügeln auf dem Wagen – sie waren je zwei Meter breit, gut eineinhalb Meter hoch, schweres Eisenwerk, gekrönt von einem Aufsatz mit Löwen, Einhörnern und anderem heraldischen Zierwerk, aber extrem rostig.

Walter drehte sich zu Diana um und fragte grinsend: «Haben Sie so was schon mal gesehen?» Er gab sich Mühe, seinen Teil der Abmachung zu erfüllen; sie verhielt sich entsprechend und gab lachend zurück: «Die sehen ja aus, als ob sie aus dem Buckingham Palast kämen.»

«Vorläufig werden wir sie in der Scheune abstellen», meinte Walter und kratzte sich am Kopf.

Die Männer zerstreuten sich mit einem Kopfschütteln über den neuesten Beweis des merkwürdigen Geschmacks der Nicholsons. Walter sagte freundlich zu Diana: «Wollen Sie mitkommen, um sicher zu sein, daß ich fürs Belvedere auch die richtige Stelle ausgesucht habe?»

Sie verbrachte den restlichen Morgen in seiner Gesellschaft; er hielt sich selbst dann ganz an die vereinbarte Rolle, wenn sie miteinander allein waren. Als Diana wieder ins Haus ging, begab Walter sich zu den Männern, die im Schatten Mittagspause machten. Im Haus spielte der Anrufbeantworter verrückt. Diana drückte den Knopf und hörte die hinterlassenen Mitteilungen ab.

Mary Jo fragte an, ob sie statt heute erst morgen kommen könnte. Der Elektriker meldete, daß er es an diesem Nachmittag nicht schaffen würde, aber auf jeden Fall morgen früh eintreffen werde. Andy hatte angerufen und gab sich gegenüber dem Anrufbeantworter genauso gesprächig wie mit Menschen. «Ma? Bist du da? Ich nehme an, ihr seid schon weg. Ich wollte euch nur viel Vergnügen wünschen. Na ja, ihr seid anscheinend nicht mehr zu Hause. Diana? Sind Sie auch nicht da? Gut. Ich wollte Sie nur vorwarnen, daß ich heute abend vorbeikomme – nein, ich werde nicht bleiben –, ich will nur meinen Hund abholen, ich werde ja oft genug beschimpft, weil ich bei manchen Leuten Tiere ablade. Es wird sehr wahrscheinlich spät am Abend, aber nicht zu spät.»

Andys langer Monolog entlockte Diana ein Lächeln: Er war eindeutig in seine eigene Stimme verliebt! Sie wußte am Ende nicht, welchen Hund er abholen wollte oder ob das Ganze nur eine Ausrede war und er für den Besuch noch andere Gründe hatte.

Da der Elektriker abgesagt hatte und sonst keine Arbeiter angemeldet waren, war der Nachmittag frei. Sie wollte vom Haus fortkommen und gleichzeitig den Eindruck beruflichen Eifers vermitteln. Walters Nähe machte sie nervös; sie war ehrlich genug, sich einzugestehen, daß seine Verachtung, die sie verdient hatte, nicht der einzige Grund für ihr Unbehagen war.

Sie ging mit Klemmbrett und Meßband nach draußen. Eine Kettensäge summte – ein Mann schnitt die letzten Reste des Apfelbaums. Sie blieb stehen und sah zu, wie er die verdorrten Äste auf den Laster warf: «Was werden Sie mit dem Holz machen?» fragte sie, weil sie es an der Zeit fand, Autorität zu demonstrieren.

Neben ihr tauchte Walter auf. «Zu Brennholz schneiden, soweit es nicht verrottet ist. Apfelbaumholz macht ein schönes Feuer.»

Diana nickte. «Darf ich mir eine Schaufel borgen?»

«Bitte.»

Er fragte nicht, wozu sie eine Schaufel brauchte oder wohin sie damit wollte. Sie nahm sich den leichtesten Spaten, legte ihn über die Schulter und marschierte los.

Es dauerte ein Weilchen, bis sie die Steine in der Wiese wiederfand, die ihr Emily gezeigt hatte. Sie lagen so verstreut und versteckt, daß Diana Zweifel kamen, ob Emily recht hatte mit ihrer Annahme, daß sie aus einer früheren Gartenmauer stammten; doch wenn ja, würde sie, falls sie die Linie dieser Einfassungsmauer aufzeichnen könnte, den Nicholsons bei ihrer Rückkehr etwas vorzuweisen haben. Mit Lineal und Millimeterpapier würde sie vielleicht sogar eine fachmännisch anmutende Skizze zustande bringen.

Daß sie graben mußte, um die behauenen Steine zu finden, hatte sie gewußt; mit der Anstrengung, die sie das kostete, hatte sie allerdings nicht gerechnet. Das Gras und Wurzeln von

Geißblatt und Brombeersträuchern hatten sich um die Steine verknotet. Am Ende entdeckte sie jedoch eine der Ecken und empfand das wohltuende Gefühl, wirklich etwas geleistet zu haben.

Die Sonne stand bereits tief am Himmel, als sie zum Haus zurückkehrte. Walter war nirgends zu sehen. Die Männer grüßten mit Winken und Lächeln und ein paar scherzhaften Bemerkungen über ihr verschwitztes Aussehen. Doch in den Stimmen klang auch Respekt mit; zumindest könnte keiner von ihnen – später einmal – behaupten, sie hätte sich vor harter Arbeit gescheut.

Muskelschmerzen warnten, daß sie ohne ein heißes Bad am nächsten Tag steif sein würde; sie entschied sich trotzdem für eine rasche Dusche, weil sie sich auf gar keinen Fall von Walter im Déshabillé überraschen lassen wollte. Er suchte sie jedoch nicht. Bei Anbruch der Dunkelheit machte der Arbeitertrupp Feierabend und fuhr im Lastwagen davon.

Diana trat durch den vorderen Eingang ins Freie, ließ sich auf den Stufen nieder und schaute empor zu den Sternen. Sie genoß das Schweigen: Wie furchtbar der Lärm war, merkte man erst richtig, wenn er aufgehört hatte.

Die Stille wurde durch einen scharfen, widerhallenden Knall zerrissen. Diana sprang auf und spähte die Auffahrt hinunter. Nach einigen langen Sekunden ging ihr die Wahrheit auf: Da mußte jemand mit einer Flinte geschossen haben. Sie hatte keine Ahnung, ob in dieser Jahreszeit das Jagen gesetzlich erlaubt war. Aber sie wäre jede Wette eingegangen, daß die Nicholsons es auf ihrem Besitz zu keiner Jahreszeit erlaubt hätten.

Sie wartete, lauschte – dem ersten Knall folgte aber kein zweiter. Vielleicht war es nur die Fehlzündung eines Autos gewesen?

Jetzt wäre endlich Zeit für ein herrliches, heißes Bad! Gleich darauf besann sie sich auf Andys Mitteilung. Bei seinem Talent, zur falschen Zeit am falschen Ort aufzutauchen, würde er bestimmt eintreffen, wenn sie gerade nackt in der Wanne lag.

Um zehn war Andy noch immer nicht aufgetaucht. Diana begann das Geld leid zu tun, das sie für den Fitneß-Kurs gezahlt hatte – warum hatte ihr eigentlich niemand etwas von dem Muskel am Oberschenkel erzählt?

Sie hinkte die Treppe hoch und ließ das Badewasser einlaufen, als sie plötzlich aufgeregtes Hundegebell hörte. Sie drehte den Hahn ab und lauschte. Kein Zweifel – das war das Rasseln der Türkette, die sie unten vorgelegt hatte. Eine fröhliche Stimme rief laut ihren Namen.

Mit dem Anziehen ließ sie sich Zeit. Sollte er doch warten! Etwaige Zweifel hinsichtlich der Identität des Besuchers hatte das freudige Bellen des grünen Hundes ausgeräumt, und als Diana nach unten ging, sah sie, wie der Hund die Schnauze durch den Türspalt schob, der gerade so breit war, wie es die Kette erlaubte, und wie eine Hand von draußen den Hund tätschelte und kraulte.

Diana hätte die Tür am liebsten kräftig zugestoßen, aber sie nahm sich zusammen. «Ziehen Sie die Hand zurück», rief sie. «Ich kann die Kette nur bei geschlossener Tür aushängen.»

Dann blieb sie wie angewurzelt stehen. Nicht wegen Andys Aussehen – wenngleich sie ihn mit Anzug und Krawatte fast nicht erkannt hätte – nein, hinter ihm stand ... Ein Bär konnte das nicht sein, dafür hatte er die falsche Farbe.

«Haben Sie vergessen, daß ich kommen wollte?» fragte Andy. «Ich hatte angekündigt, daß es spät werden würde.»

Der Hund war ein Bernhardiner. Oder vielleicht auch ein Pyrenäen-Berghund; auf jeden Fall ein «großer Hund».

«Ich dachte, Sie wollten einen Hund *abholen*», sagte Diana.

«Will ich ja auch. Dürfen wir eintreten?»

«Ich wüßte nicht, wie ich Sie davon abhalten könnte!»

Der Bernhardiner blieb schläfrig blinzelnd stehen, bis Andy ihn am Halsband packte und ins Haus zerrte.

«Den da werde ich wieder mitnehmen», erklärte Andy und zeigte auf den «grünen» Hund, der mit ungläubigem Staunen vor dem riesigen Neuankömmling zurückgewichen war.

«Und den da vermutlich hierlassen. Ihre Mutter wird –»

«Baby macht keine Probleme. Sie rührt sich nie, außer...»

«Baby?»

Der Bernhardiner öffnete die riesige Schnauze und bellte im tiefsten Baßton.

«Sehen Sie – sie kennt ihren Namen», sagte Andy stolz. «Sie gehörte der Freundin einer Freundin, und die Sache ist die: Baby ist an Frauen gewöhnt. Sie liebt Frauen. Sie ist darauf abgerichtet, das schwächere Geschlecht zu beschützen... Verzeihung: das stärkere Geschlecht zu beschützen. Und weil Babys Besitzerin den Hund nicht länger in der Wohnung behalten darf, hab ich mir gedacht: Diana ist draußen auf dem Land ganz allein, und Baby braucht ein gutes Zuhause – ist das nicht eine ideale Kombination?»

Diana warf dem Hund einen abschätzenden Blick zu, bevor sie Andy anschaute. Sie war gespannt, welche Entschuldigung er finden würde, um zu bleiben; daß er bleiben wollte, war ihr völlig klar. Er sagte schließlich bescheiden: «Dürfte ich mir eine Tasse Kaffee machen, bevor ich gehe? Ich habe letzte Nacht nicht viel geschlafen und möchte nicht –»

«Bitte, bedienen Sie sich.»

Sie räumte eiligst das Feld, bevor er sie bitten konnte, ihm beim Kaffee Gesellschaft zu leisten. Sie ging jedoch nicht nach oben – es schien ihr keine gute Idee, das unterbrochene Bad wiederaufzunehmen –, sondern in die Bibliothek, wo sie aufs Geratewohl ein Buch aus dem Regal nahm und sich zum Lesen niederließ. Vielleicht würde er ja wieder abfahren, wenn sie ihn ignorierte und Arbeit vortäuschte.

Die Katzen wurden unruhig. Als Diana den Kopf hob, sah sie den großen Hund langsam ins Zimmer und direkt zu ihr kommen. Er legte sich ihr schwer auf die Füße. Diana mußte sich eigentlich geschmeichelt fühlen; die meisten Hunde wären zu der Person gelaufen, die sie fütterte. Trotzdem, von seinen Qualitäten als Wachhund war Diana nicht überzeugt.

Die Katzen beruhigten sich wieder, ließen den Hund aber

nicht aus den Augen. Diana blickte sich nervös im Zimmer um, statt weiterzulesen. Es war ... irgendwie anders. Als ob mit dem Hund jemand gekommen wäre – eine Präsenz, auf die sie mit katzenartiger Neugier reagierte. Sie schaute, wartete ab ...

Wie Wassertropfen fielen die Töne in die Stille, mit leisen, glasklaren Echos, zuerst kaum hörbar, dann allmählich heller und immer deutlicher, obwohl Diana auch jetzt noch angestrengt horchen mußte, um sie überhaupt wahrzunehmen – um die Melodie wahrzunehmen und den Takt, der nach und nach stärker hervortrat, bis alles Musik wurde ... eine leichte, fröhliche Musik, die zum Tanzen einlud.

Diana fühlte sich beobachtet. In der Tür stand Andy mit einer Tasse in jeder Hand. Den Mantel hatte er ausgezogen. Der weiße Hemdstoff wirkte im trüben Licht leicht lumineszierend. Seine Augen lagen im Schatten.

6

Die Musik hatte aufgehört – nicht plötzlich wie beim letztenmal, nein, sie war einfach in den gewohnten Hintergrundgeräuschen, die wieder hörbar wurden, untergegangen und verklungen. Diana saß wie versteinert da. Ihr Blick lag auf Andys Gesicht, wartend, daß er sich äußerte. Falls er leugnen würde, die Musik gehört zu haben...

«Hübsch», sagte er lässig. «Was...»

Er hielt inne. Sein gewinnendes Lächeln machte einem Ausdruck der Verwirrung Platz. Er betrachtete die hochmoderne Hi-Fi-Anlage, und so ausdrucksvoll wie seine Miene, so rasch reagierte auch sein Verstand. Während sein Blick auf der Suche nach der Quelle der Musik vom abgeschalteten Gerät weg durch das Zimmer wanderte, konnte Diana ihm die Anstrengung des Nachdenkens beinahe ansehen.

Nach einer Weile sagte er: «Ich habe Ihnen Kaffee gebracht. Hoffentlich mögen Sie ihn schwarz.» Er stellte die zwei Tassen auf den Tisch neben ihr, ließ sich auf einem Stuhl nieder und schaute sie erwartungsvoll an. «War das wieder einer von Ihren Scherzen? Okay, ich gebe auf. Wie haben Sie das angestellt?»

«Ich habe nichts angestellt», sagte sie leise.

«Das kann doch nicht Ihr Ernst sein! Aber nein – wenn Sie lügen würden, sprächen Sie viel lauter und voller Empörung. Ich versteh nur nicht, wie... Es sei denn, Sie sitzen auf... He,

Moment mal! Am anderen Abend – was haben Sie da gesucht? Haben Sie's da auch gehört?»

«Es kam mir so vor.»

«Und heute abend glauben wir beide, es gehört zu haben. Na so was.» Andy ging zur Stereoanlage und tastete die Oberfläche ab.

«Das habe ich neulich auch gemacht», sagte Diana. «Da war sie aber genauso kalt.»

«Und es war die gleiche Melodie?»

«Ich denke schon. Auf jeden Fall ziemlich ähnlich. Erkannt habe ich sie nicht.»

«Den Namen wüßte ich auch nicht. Die Melodie kommt mir aber vertraut vor.» Andy trat ans Klavier. Zuerst suchten seine Finger bloß in den Tasten; doch allmählich löste sich aus den willkürlich angeschlagenen Tönen eine Melodie. «Etwa so?»

«Ja, so ungefähr.»

Er suchte mit der linken Hand vorsichtig nach Begleitakkorden. «Was wir gehört haben, war natürlich kein Klavier. Die Saiten wurden gezupft, nicht angeschlagen. Ein Clavichord, ein Harpsichord... möglicherweise auch eine Gitarre.»

«Es muß eine Aufnahme gewesen sein», erklärte Diana.

Andy setzte sein Klavierspiel fort. «Die Melodie habe ich mehr oder weniger gefunden. Aber die Begleitung stimmt nicht. Es war Musik aus der Zeit nach Johann Sebastian Bach, aber vor der Romantik. Oder?»

«Ich weiß nicht. Ich verstehe nicht viel von Musik.»

«Ich will mal sehen, ob ich die Melodie zuordnen kann.» Andy schloß den Klavierdeckel.

«Wieso bemühen Sie sich um die Melodie?» fragte Diana. «Mich interessiert viel mehr, woher die Musik gekommen ist.»

«Da gibt's mehrere Möglichkeiten.»

«Zum Beispiel?» Doch bevor er antworten konnte, warnte sie: «Falls Sie das Wort ‹Spuk› aussprechen, werf ich Ihnen einen Gegenstand an den Kopf.»

«Die erste Möglichkeit haben Sie damit schon genannt.» Er

warf die Arme hoch und duckte sich in gespielter Panik. «Nicht schlagen, Lady, bitte lassen Sie mich ausreden. Diese Hypothese hat nur das Problem, daß ihr die Basis eines Beweises fehlt. Oder haben Sie etwas Außergewöhnliches gesehen beziehungsweise gehört? Ist im Dunkeln etwas auf Sie zugekrochen? Sind Möbel durch die Luft geflogen wie bei Poltergeistern? Sparen Sie sich die Antwort – Ihr spöttisches Lächeln sagt alles. Und die Atmosphäre ist völlig falsch – kein eiskalter Windstoß, kein Gefühl unaussprechlichen Entsetzens. Und schauen Sie die Tiere an, die ja angeblich auf Besucher aus dem Jenseits empfindlich reagieren.»

Baby atmete nicht; sie schnarchte. Die Katzen lagen zufrieden zusammengekugelt da.

Andy schüttelte den Kopf. «Wieder nichts», sagte er traurig. «Wie schade. Ich habe mir immer gewünscht, mal ein Gespenst zu sehen. Mir fallen auf Anhieb nur zwei weitere Erklärungsmöglichkeiten ein. Erstens, es handelt sich um irgendein ungewöhnliches akustisches Phänomen – eine externe Sendung, die von den Lautsprechern hier im Zimmer empfangen wird.»

«Aber wie denn?»

«Weiß der Teufel. Ich werde mal bei Kumpeln von mir nachfragen, die Elektronik-Freaks sind.»

«Und wie lautet Ihre zweite Hypothese?»

«Die ist weniger harmlos.»

«An die hatte ich natürlich auch schon gedacht.»

«Und sofort *mich* verdächtigt.»

«Ich habe den Verdacht noch nicht völlig aufgegeben.»

Andy legte die Hände aufs Klavier und streckte die Beine aus. «Dann durchsuchen Sie mich doch.»

«Sie sind unverbesserlich!» schimpfte Diana empört. «Nein danke. Ein so kleines Ding, das an Ihrer umwerfend reizvollen Figur versteckt werden könnte, wäre gar nicht imstande, einen Klang von der Qualität hervorzubringen.»

«Es könnte ja auch woanders versteckt sein. Haben Sie schon gesucht?»

«Nein. Ich habe mich inzwischen davon überzeugt, daß ich wohl geträumt haben muß.»

«*Die* Hypothese ist absolut ausgeschlossen. Wir werden jetzt einmal nachsehen.»

Nach einer gründlichen Durchsuchung der Bibliothek ließ sich Diana schließlich auf einen Stuhl fallen und trank einen Schluck Kaffee.

«Es bringt nichts», meinte sie dann. «Hier gibt es nichts zu finden. Aber was machen Sie denn da?»

«Wahrscheinlich nur Zeit verschwenden.» Andy stand vor dem Kamin. «Ich dachte nur, daß hier eventuell eine falsche Wand... In Häusern jener Zeit waren Geheimkammern keine Seltenheit.»

«Der Klang kam aber nicht hinter einer Holztäfelung hervor, sonst hätte er gedämpft und hallend geklungen.»

«Jaa.»

«Es ist bereits nach Mitternacht», betonte Diana. «Ich bin müde.»

«Ist das etwa als Hinweis zu verstehen?» Andy musterte sein vordem weißes Hemd. Sein Kopf war mit Spinngewebe bedeckt; über seinen Nasenrücken zog sich ein Rußstreifen. «Das Haus ist verdreckt», monierte er. «Hat Mary Jo heute nicht geputzt?»

«Nein, sie kommt morgen. Und ich muß früh aufstehen...»

«Dann gehen Sie doch schlafen.»

«Ich muß aber noch das Haus zuschließen, *nachdem* Sie abgefahren sein werden.»

«Ach so! Sind Sie sicher, daß ich nicht besser bleiben sollte?»

«Ich fürcht mich nicht davor, im Haus allein zu sein.»

Andy strich sich das Haar zurück und blickte Diana ganz traurig an: «Das ist das Problem mit der skeptischen Zeit von heute. Keiner glaubt mehr an Gespenster.»

Nachdem er mit dem «grünen» Hund weggefahren war, schloß Diana ab und schleppte sich nach oben. Der Bernhardiner folgte ihr ins Zimmer und legte sich auf den Teppich vor dem Bett. Sie ließ den Hund dort schlafen – sie hätte auch gar nicht gewußt, wie sie ihn zum Weggehen hätte bewegen können.

Miauend machte Miss Matilda auf sich aufmerksam. Sie war anscheinend die einzige Katze, die sich vom Bernhardiner nicht einschüchtern ließ; die andern Katzen blieben weg. Sie sprang aufs Bett, und ihr Schnurren vereinte sich mit dem Schnarchen des Hundes. Das ergab ein beruhigendes Duett, aber Diana vermochte trotz ihrer Müdigkeit nicht sofort einzuschlafen.

Sie überlegte, daß ihre kleinen Déjà-vu-Erlebnisse schließlich keineswegs paranormal waren; so etwas hatten viele Menschen erlebt, dafür gab es verschiedene, wissenschaftlich anerkannte Erklärungen. Diana hatte die Erlebnisse keineswegs als furchterregend empfunden, und auch die Tiere hatten nicht ungewöhnlich reagiert. Es gab innerhalb und außerhalb des Hauses nichts, was sie in Schrecken versetzen könnte – bis auf die Angst, hier das zu finden, was sie suchte und um alles in der Welt *nicht* zu finden hoffte.

Da hätte sie lieber ein Haus in Kauf genommen, in dem vom Keller bis zum Dachboden böse Geister herumspukten.

Sie wurde vom Rumpeln näher kommender Lastwagen geweckt, blieb aber noch einige Minuten ruhig liegen, um sich an den Traum zu erinnern, aus dem sie herausgerissen worden war – er hatte von Rosen gehandelt, und der finstere, stürmische Himmel war von Blitzen erhellt worden.

Schließlich stand sie widerwillig mit schmerzenden Gliedern auf. Sie schenkte weder dem Miauen der Katzen noch dem Hundegebell und den Rufen von draußen vor dem Haus Beachtung, sondern konzentrierte sich aufs Kaffeemachen. Sie fühlte sich gerädert. Zwischen Andy, der sie bis tief in die Nacht hinein am Zubettgehen gehindert, und Walter, der sie beim Morgengrauen geweckt hatte, war sie kaum zu fünf Stunden Schlaf gekommen.

Sie ging mit der Tasse in der Hand zur Tür, wo seit geraumer Zeit jemand klopfte.

Es war natürlich Walter. «Morgen», sagte er mit einer abscheulich guten Laune. «Wir haben Sie hoffentlich nicht gestört.»

Ihr war nicht nach einer versöhnlichen Geste zumute. «Die Sonne ist eben erst aufgegangen. Was tun Sie hier so früh?»

«Ich hab Ihnen doch gesagt, daß ich ganze Arbeit leisten will. Außerdem», fügte er mit einem Blick zum strahlend blauen Himmel hinzu, «könnte es bald ein Gewitter geben.»

«Laut Wettervorhersage sind keine Niederschläge zu erwarten.» Diana gähnte.

«Was wissen die Meteorologen schon? Ich will das Teichbett ausgegraben haben, bevor es zu regnen beginnt. Ich hab daher 'n zweites Team herbestellt. Möchten Sie einen letzten Blick drauf werfen, bevor die Männer anfangen? Um ganz sicherzugehen, daß die Abmessung stimmt?»

«Wenn ich meinen Kaffee ausgetrunken habe», sagte sie.

Als sie dann nach draußen ging, mußte sie auf der oberen Terrasse einem Bulldozer ausweichen und um einen Kipper herumgehen. Sie fand Walter unten im Garten, wo der Teich ausgehoben werden sollte.

Dort stand mit puckerndem Motor bereits ein gewaltiger Bagger einsatzbereit. Walter unterhielt sich mit dem Fahrer. «Da ist sie», sagte er. «Miss Reed, darf ich Ihnen Joe White vorstellen. Er kann sofort anfangen, wenn Sie ihm sagen, was er zu tun hat.»

«Heißt das, daß Sie es ihm noch nicht gesagt haben?»

White, der an dem riesigen Rad lehnte, ließ ein lautes anerkennendes Lachen hören, steckte sich eine Zigarette an und zeigte offen Interesse an einem Schwätzchen. «Ich seh schon, Sie haben 'n durchschaut, Ma'am. Der sagt einem sogar, wie man sich die Zähn putzen muß, wenn man 'n läßt.»

«So war das nicht gemeint», erwiderte Diana, die Walter gern ein bißchen geärgert hätte, es aber nicht riskieren durfte, ihn gegen sich aufzubringen oder seine Autorität unnötig zu untergraben. «Es ist nur so, daß dieser Teil der Planung vor meiner Ankunft abgeschlossen war. Sie können also gleich loslegen, Mr. White.»

«In Ordnung», sagte Mr. White, machte aber keine Anstalten, die Arbeit aufzunehmen. «Das wird 'n Ding werden, was? Die arme, alte Tante Matilda würd ihren Garten nich' wiedererkennen. Aber freu'n tät' sie's doch, mein' ich. Hat ja an ihr'm Garten gehang'n.»

«Miss Musser war Ihre Tante?» fragte Diana. «Ich dachte, sie hätte keine Geschwister gehabt.»

«Da hab'n Sie ganz recht. Sie war so was wie 'ne Kusine. Durch meine Mutter. 'ne Nenntante, könnt' man sagen. Hat sie aber gar nich' gern gehört, wenn man sie Tante nannte. Hat gemeint, daß die Verwandten alle bloß drauf warten, daß sie stirbt und ihnen ...» Er brach ab und glotzte. «Donnerlittchen! Was is' 'nn das nu wieder?»

Baby kam mit offenem Maul und hechelnder Zunge herangeschossen; so schnell hatte Diana sie noch nicht erlebt, und die beiden Männer wichen zur Seite, als sie zielstrebig auf ihre neue Herrin zusteuerte.

«Ein Bernhardiner, du Blödmann», sagte Walter. «Wo kommt denn der... Oh, alles klar. Andy. Wann? Gestern abend?»

Er sagte es keineswegs in einem Ton, als ob er da etwas unterstellen wollte, doch in Anbetracht des Blickes, den Mr. White Diana zuwarf, hielt sie es für geraten, Spekulationen gleich im Keim zu ersticken. «Er hat nur ganz kurz hereingeschaut, weil er einen Hund abholen wollte», sagte sie.

«Und einen andern Hund daließ.» Walter schüttelte grinsend den Kopf. «Charles wird toben, wenn er das Ungeheuer sieht.»

«Sie ist sehr lieb», sagte Diana und legte ihre Hand auf den riesigen Kopf. Baby hechelte dankbar.

«Jaaa?» White trat noch einen Schritt zurück. «Na ja, mag

sein. Solang der Hund hier rumläuft, wird Ihnen jedenfalls keiner zu nah treten.»

«Ganz richtig», sagte Walter nachdenklich. «Okay, packen wir es an. Aber paß auf die verdammten Hunde auf, Joe.»

Walter wollte Dianas Arm nehmen, ließ es aber bleiben, als er Babys abschätzenden Blick auffing. Der Bagger setzte sich dröhnend in Gang. Walter und Diana gingen davon. «Wir hätten für die verdammten Hunde ein Gehege bauen sollen», murmelte Walter. «Sie kommen einem dauernd in die Quere.»

Diana betrat das Haus durch den Vordereingang und kam gerade rechtzeitig zur Begrüßung des Elektrikers, der nicht einen, sondern drei Kronleuchter installieren mußte, und von dem Augenblick an hatte sie keine Zeit mehr, um die Gartenarbeiter zu überwachen. Er war nämlich kaum fort, als die Männer eintrafen, welche die alte Kamineinfassung entfernen sollten. Diana hoffte inständig, daß der Polier wußte, was er zu tun hatte; sie wußte es nämlich nicht; und die Folge von laut widerhallendem Krachen aus der Bibliothek erhöhte ihr Vertrauen keineswegs.

Das Leeregefühl im Magen erinnerte sie daran, daß sie zum Frühstück nur Kaffee getrunken hatte; wie spät es war, merkte sie erst, als sie in der Küche auf die Uhr schaute. Bereits nach zwei. Wo blieb nur Mary Jo?

Der Anrufbeantworter hatte mehrere Nachrichten gespeichert, darunter eine von Andy, der wortreich darüber informierte, daß er seine Brille nicht finden könne, und Diana um Mitteilung bat, falls sie sie zufällig fände. Aber kein Zeichen von Mary Jo. Diana aß das letzte Stück ihres Sandwiches, als sie das Bremsen eines Wagens auf dem Kies vor dem Haus hörte.

Mary Jo kam nicht in die Küche. Diana fand sie in dem großen Schlafzimmer, wo sie das Bett abzog. Sie sah flüchtig zu Diana hinüber, ohne ihre Arbeit zu unterbrechen. «Ich bin heute zu spät. Tut mir leid.»

«Das macht nichts.»

Mary Jo entfaltete schwungvoll ein sauberes Bettuch, und

Diana ging um das Bett herum und steckte eine Ecke des Lakens fest.

«Sie müssen das nicht tun!» sagte Mary Jo, während sie die andere Seite straffte.

«Ich werde deshalb nicht verlangen, daß Sie Ihren Lohn mit mir teilen», bemerkte Diana trocken. «Geben Sie mir bitte das Kopfkissen herüber!»

Mary Jo zeigte ein schwaches, verlegenes Lächeln: «Ich wollte nicht grob sein. Ich bin nur so schrecklich müde vom ewigen Herumhetzen. Ich hätte heut eine Arbeit abliefern müssen – alles war tipptopp, ich wollte es ausdrucken, und dann stürzt in der Schule das ganze verdammte Computersystem ab. Ich mußte zwei Stunden warten, bis sie es repariert hatten.»

«Zum Verrücktwerden», sagte Diana und bückte sich, um die schmutzige Bettwäsche aufzuheben, doch Mary Jo wies sie zurecht: «Bitte, lassen Sie das. Das ist mein Job.» Sie machte ein verschlossenes Gesicht.

«In Ordnung», sagte Diana. «Ich sollte sowieso mal nachschauen, was für ein Chaos die Arbeiter in der Bibliothek angerichtet haben.»

Der Anblick war noch schlimmer als erwartet. Die Möbel waren zwar zugedeckt worden, doch überall lagen Schutt und Trümmer verstreut.

Auf ihren bestürzten Aufschrei reagierte der Meister in einer Art von mürrischem Triumph. «Ich hab den Nicholsons gesagt, es würd nicht so einfach, wie sie sich das dachten. 's hat Probleme gegeben...»

«Ich habe noch nie erlebt, daß es bei einer Arbeit keine Probleme gibt», fuhr Diana ihn an. «Was ist es diesmal?»

«Der Kamin...»

«Nun erzählen Sie mir bloß nicht, der Kamin müßte repariert werden. Mr. Nicholson hat nämlich erst im letzten Jahr alles instand setzen lassen.»

«Aber das wollt ich ja grad sagen.» Der Polier zeigte sich

beleidigt. «Der Kamin scheint okay. Wir haben die Einfassung weggekriegt. Mußten sie zerschlagen. War sowieso nicht viel wert. Aber da, seh'n Sie selber – die Öffnung des neuen Kamins is'n halben Meter breiter. Ich hatt gemeint, wir könnten die alten Backsteine rausreißen, aber...»

Diana verlor die Geduld: «Ich will gar nicht wissen, was da nicht stimmt, ich möchte von Ihnen nur hören, wie Sie das Problem lösen.»

Seine Lösung bestand darin, erst am nächsten Tag weiterzumachen; denn seine Männer hatten nicht das richtige Werkzeug dabei.

In der Diele begegnete Diana Mary Jo, die mit dem Staubsauger die Treppe herunterkam. «Völlig sinnlos, in der Bibliothek sauberzumachen», erklärte Diana. «Da herrscht ein furchtbares Durcheinander, und die Männer werden nicht vor morgen fertig.»

«Fein.» Mary Jo ging weiter zur Küche.

Diana folgte ihr. Vielleicht würde Mary Jo ihre Hilfe jetzt akzeptieren. Allein konnte sie bis Anbruch der Dunkelheit bestimmt nicht alles schaffen.

Mary Jo beugte sich über Baby, die wie gewöhnlich flach auf dem Boden lag.

Da sagte Mary Jo zu Diana: «Würden Sie bitte die Tür aufmachen? Ich glaub, da will eine Katze rein.»

Ohne Zweifel – das Kratzen an der Tür stammte von Katzenkrallen; und dann erhob sich über einem anderen Geräusch, das sich wie das Rummeln eines schweren Motors anhörte, ein klägliches Miauen.

Als Diana die Tür öffnete, fegte ein vibrierender Kaliko-Streif an ihr vorbei. Sie blieb wie angewurzelt stehen. Der tiefe Himmel über den Wiesen war wie der Himmel in ihrem Traum – von Blitzen durchzuckte schmutzigbraun-schwarz-fahlgraue Wolken. In der Ferne grummelte Donner. Dann kam ein weiteres Geräusch auf... Was war das? Zwischen Alptraum und Wirklichkeit blieb die Erinnerung unklar.

Die Männer bestiegen die Lastwagen. Als Walter Diana im Eingang stehen sah, kam er gelaufen. «Wir sausen los. Gleich geht ein Unwetter los. Sehen Sie nach, ob alle Fenster fest geschlossen sind.»

Mary Jo stellte sich hinter Diana und sagte: «Er hat recht. Diesmal sieht's wirklich bös aus. Ich schau rasch nach, daß auch alle Fenster zu sind. Versuchen Sie, die Tiere ins Haus zu holen.»

Diana versuchte, sich zu fassen. Um die Hunde mußte sie sich nicht kümmern; die waren, was Gewitter betraf, vernünftiger als Katzen, und beim nächsten Donnergrollen kamen auch die letzten ins Haus gestürmt. Sie begann, die Katzen zu zählen. Es war hoffnungslos. Ihr fiel aber ein, daß sie Miss Matilda nicht gesehen hatte...

Ein Windstoß fuhr ihr ins Haar. Der immer finsterer werdende Himmel barst in grell aufleuchtenden Rissen. Traum oder Realität? Diana wußte es nicht – aber jetzt hörte sie es von neuem – ein hoher, schriller Schrei, der nur von einem Lebewesen stammen konnte: Es war der Laut eines Geschöpfes in Schmerz oder Furcht.

Es war kein Traum. Sie war hellwach. Der kalte feuchte Wind peitschte ihr ins Gesicht. Sie spähte ins Dunkel; sie horchte. Von wo war das Geräusch gekommen? Ganz aus der Nähe... Ihr fiel auf einmal die Scheune ein. Trotz Walters Vorkehrungen strichen die Katzen ständig auf Mäusejagd in der Scheune herum. Außerdem hätte Miss Matilda den Donner ja gar nicht hören können. Wenn Miss Matilda nun unter einem heruntergefallenen Holzstück eingeklemmt säße, oder... Ein Blitz durchzuckte den Himmel. Diana begann automatisch zu zählen... Eintausend, zweitausend... Das Gewitter war immer noch ziemlich weit entfernt. Als der Donner verhallte, meinte sie, noch einmal den gleichen jammervollen Schrei vernommen zu haben.

Diana stürzte durch die Tür nach draußen. Mary Jo rief ihren Namen. Sie rief zurück: «Ich bin gleich wieder da.»

Die wachsende Dunkelheit war kein reines Abenddunkel, sondern ein fahles Braun-Grün; selbst die Luft war schlammfarben. Am offenen Ende der Scheune blieb Diana stehen, um hineinzuspähen. Sie duckte sich unwillkürlich, als der Donner krachte – näher jetzt, lauter, und als er erstarb, vernahm sie leise hallende Echos: War das Metall, das auf Luftschwingungen reagierte? Und jetzt das – ein Ton von Metall oder ein schwacher Schrei? Diana ging hinein.

Eine Hand spannte sich um ihren Arm. Die Hand war warm und fest und packte Diana mit solcher Kraft, daß sie abrupt stillstand. Aus dem Dunkel rechts von ihr kam ein Ächzen, ein Stöhnen, eine Bewegung, kam etwas mit voller Wucht, es war wie eine schwarze Lawine. Die Finger, die sie am Arm festhielten, zerrten heftig. Diana verlor das Gleichgewicht und fiel auf den Rücken, und das große, schwere Eisentor streifte Dianas Turnschuhsohlen, bevor es krachend am Boden der Scheune aufschlug.

Als Diana die Augen öffnete, sah sie über sich ein Gesicht; es schien vier Augen und zwei Münder zu haben. Diana blinzelte. Da wurde das Gesicht normal.

«Alles in Ordnung?» Mary Jo... so lautete doch ihr Name?... Mary Jo berührte Dianas Gesicht. Mary Jo hatte eiskalte Finger. «O mein Gott! Keine zwei Zentimeter, und das verdammte Torgitter hätte Sie erwischt! Ich hab das Krachen gehört und bin sofort gerannt... Sie hätten nicht versuchen dürfen, es zu bewegen. Wonach haben Sie denn gesucht?»

«Ich dachte...» Diana hob zitternd die Hand zum Kopf. «Ich hatte eine Katze gehört... eine weinende Katze.»

«Die Katzen sind alle im Haus. Können Sie gehen?»

«Ja...»

Doch als Diana aufstand, gaben ihre Knie nach, und Mary Jo mußte sie stützen. Ohne ihre Hilfe hätte Diana es nie geschafft. Unter den grellen, schrecklichen Blitzen stolperten die zwei Frauen voran, so rasch sie konnten. Die Bäume bogen sich im peitschenden Wind. Das Gewitter stand fast direkt über ihnen. Als der Donner einmal sekundenlang nachließ, murmelte Diana: «Danke.»

«Mit dem Dank sollten Sie besser warten», kam es verbissen zurück. «Ich weiß nicht, ob ich das Richtige getan habe. Die Bewegung könnte Verletzungen verschlimmern, die Sie ... Vorsicht!»

Diana konnte dem Ast gerade noch ausweichen, der ihr entgegenschlug. Dann sagte sie: «Nein, ich meine ... dafür, daß Sie mich in der Scheune zurückgehalten haben. Wenn Sie mich nicht am Arm gepackt hätten, wäre ich genau unter dem stürzenden Tor gewesen.»

«Ich weiß nicht, wovon Sie reden.»

«Sie haben mich am Arm gepackt ...»

«Als ich kam, haben Sie auf dem Rücken flach gelegen. So ein Mist – jetzt geht's los. Laufen Sie, wenn Sie können!»

«Wie viele Finger?» Mary Jo hob die Hand.

«Drei. Glauben Sie mir, es geht schon wieder besser. Ich will nicht im Bett bleiben ...»

«O doch. Sie bleiben im Bett.» Mary Jo drückte Diana in die Kissen zurück. «Sie haben nämlich am Hinterkopf eine Beule von der Größe eines Gänseeis, und Ihr Rücken läuft schon ganz violett an.»

Mary Jo mußte es wissen. Sie waren etwa einen Meter vom Haus entfernt gewesen, als der Regen losprasselte, und schon pitschnaß, bevor sie die Tür erreicht hatten, so daß Mary Jo Diana resolut den ganzen Körper trockengerubbelt hatte. Jetzt zog sie die Schublade einer Kommode auf und begann drin herumzuwühlen. «Haben Sie kein Flanell-Nachthemd? Es ist kalt geworden, und falls der Strom ausfällt ...»

Das Licht flackerte. «Hör'n Sie auf, mich zu bemuttern! Jetzt zieh'n Sie sich erst mal die nassen Sachen aus!» befahl Diana. «Schlüpfen Sie in den Morgenmantel, der dort über der Stuhllehne liegt.»

Diana sah, wie Mary Jo förmlich erstarrte. Hatte sie sie beleidigt? Oder war Mary Jo nur überrascht, weil sich jemand um ihr Wohlbefinden kümmerte? «Nun tun Sie doch bitte, was ich sage», betonte Diana. «Sie zittern am ganzen Körper. Ihnen *tropft* das Wasser richtiggehend aus den Kleidern.»

Mary Jo drehte sich um, warf Diana ein Nachthemd zu, nahm den roten Morgenrock und verschwand ins Badezimmer. Als sie wieder herauskam, saß Diana auf dem Bettrand und knöpfte sich das Nachthemd zu.

«Zurück ins Bett!»

Diana unterdrückte ein Lächeln und sagte munter: «Sie sollten öfter Rot tragen. Die Farbe steht Ihnen. Wenn Ihre Kleider getrocknet sind, ist der Sturm wahrscheinlich vorbei. Falls Sie es eilig haben und gleich wegmüssen, können Sie sich aber auch meinen Regenmantel borgen.»

«Ich lasse Sie auf keinen Fall allein – möglicherweise mit einer Gehirnerschütterung. Und falls das Telefon ausfällt, auch noch ohne Möglichkeit, Hilfe zu rufen. Legen Sie sich hin!»

«Aber Sie ...»

«Ins Bett!»

«Die Runde hab ich verloren», meldete Diana den Katzen, die auf dem Bett lagen.

Die Katzen hatten dazu nichts zu sagen. Diana schob eine fort – die kleine weiche weiße – und schlüpfte ins Bett. Sie hatte rasendes Kopfweh und fühlte sich schwach und konfus. Das Schwächegefühl war eher psychisch als körperlich bedingt. Es gab keinen Grund, warum Mary Jo nicht die Wahrheit gesagt haben sollte, als sie beteuerte, die Scheune erst nach Dianas Sturz erreicht zu haben – aber wessen Hand hatte Diana dann zurückgehalten und vor einem schlimmen, möglicherweise sogar tödlichen Unfall bewahrt?

Es konnte keine Einbildung gewesen sein. Es war auch völlig unmöglich, daß etwas anderes sie berührt haben könnte – etwas, das sie irrtümlich für Finger und Hand gehalten hatte.

Genausowenig wie der plötzlich überwältigende Rosenduft eine Täuschung gewesen sein konnte.

In dem Augenblick ging das Licht aus. Es wurde so finster, daß Diana das Dunkel mit Händen greifen zu können meinte – wie staubiger, schwarzer Samt schob es sich ans Gesicht. Dann hob sich die Matratze unter ihr, und das schwere Bettgestell wurde wie von einem Erdbeben erschüttert.

Alles, was sie je über Gespenster gelesen hatte, drängte sich unwillkürlich in Dianas Bewußtsein. Es gab ja Unmengen von Berichten über Poltergeister, die gegen Wände klopfen, Möbel verrücken und Schlafenden die Decken wegziehen... Sie tastete hektisch nach dem Nachttischchen und zog die Schublade auf. Ihre Finger schlossen sich um einen kalten Metallzylinder, und sie dankte Gott, daß die fürsorgliche Emily an wirklich alles gedacht hatte. Nach einigem Suchen fand sie den Knipskontakt.

Den Schein der Taschenlampe reflektierten die Katzenaugen in unheimlichen Rot- und Grünkreisen. Außerhalb des schmalen Lichtstrahls lauerte Finsternis. Die Matratze erbebte erneut. Diana beschloß, sich durch nichts in der Welt zum Verlassen ihres Bettes bewegen zu lassen; sie lehnte sich in einem gefährlichen Winkel hinaus und leuchtete den Fußboden unter ihrem Bett ab.

Baby, der große Bernhardiner, schaute sie mit Entsetzen in den Augen an. Die Schnauze öffnete sich. Sie begann, heftig zu hecheln. «Ist ja gut», sagte Diana mit einem Seufzer der Erleichterung. «Ich bin hier. Neiiin – nein, Baby! Sitz!»

Es war ein Befehl, dem Baby bisher stets gefolgt war; nun aber siegte das Trostbedürfnis. Baby kroch unter dem Bett hervor und war mit einem Satz neben ihr.

Die Katzen stoben schimpfend in allen Richtungen davon. Diana brauchte alle Kraft, um den Hund wegzudrängen, und konnte sich kaum mehr halten vor Lachen, als Baby zu guter Letzt bequem neben ihr ruhte. Gnade Gott dem armen Poltergeist, der in diesem Haus Unterschlupf suchte!

Ein hin und her schwankendes Licht kündigte Mary Jo an; in der einen Hand hielt sie eine Taschenlampe, auf der anderen balancierte sie ein Tablett. Den Morgenmantel hatte sie mit einem Schal um die Taille zugebunden.

«Der Hund sollte nicht auf dem Bett liegen», bemerkte sie mißbilligend.

«Dann holen Sie ihn runter. Ich hab's nicht geschafft.»

Mit gekonnter Eleganz stellte Mary Jo das Tablett auf einen Tisch. «Er wird vorm Donner Angst haben. Wir hatten zu Hause mal einen Hund, der wollte sich bei Gewitter immer unter die Couch verkriechen. Aber der Spalt war nur fünf Zentimeter hoch und das Tier ein Schäferhund.»

Wir sind wieder versöhnt, dachte Diana. Jedenfalls fürs erste. Mary Jo kniete vor dem Kamin, der bereits angerichtet war – eine weitere Liebenswürdigkeit seitens der Nicholsons. Die Flammen, die nach wenigen Minuten aufflackerten, spendeten nicht bloß Licht und Wärme, sondern auch ein Gefühl tröstender Gemütlichkeit.

«Ich hab eine Suppe aufgewärmt und Kaffeewasser aufgesetzt», sagte Mary Jo. «Irgendwie hab ich den Stromausfall kommen sehen. So was ist hier bei heftigen Gewittern ganz normal.» Sie reichte Diana einen Teller.

Diana winkte ab. «Ich stehe jetzt auf. Ich kann nicht im Bett essen.»

Sie folgte Mary Jo in die Küche und setzte sich zu ihr an den Tisch. Eine Weile aßen sie, ohne ein Wort zu sagen. Mary Jo wartete, bis Diana mit der Suppe fertig war, dann sagte sie ganz ruhig: «Sie sind Brads Schwester, nicht wahr?»

7

Diana hatte das Gefühl, daß ihr eine unsichtbare Last von den Schultern genommen worden war. «Wie sind Sie drauf gekommen?»

Mary Jo lehnte sich zurück. Im Schein des Feuers wurden ihre kantigen Züge weicher, und ihr Haar leuchtete mit einem goldenen Glanz. «Er hat mir mal ein Foto gezeigt. Sie sind mir gleich irgendwie bekannt vorgekommen; ich hab nur nicht gewußt wieso. Und dann hab ich beim Suchen nach Ihrem Nachthemd das hier gefunden.»

Mary Jo zog ein Kuvert aus der Tasche, das sie Diana überreichte.

«Wie komisch – ich kann mich nicht erinnern, daß ich den Brief dort hingelegt hatte», sagte Diana. «Solch ein augenfälliges Versteck. Es ist ja fast, als ob ich –»

«Die Nicholsons schnüffeln nicht in den Schubladen ihrer Gäste herum», bemerkte Mary Jo spitz. «Ich übrigens auch nicht. Ich hab ihn ganz zufällig entdeckt.»

«Ich wollte damit nicht sagen –»

«Ich hab Brads Namen gelesen und den Absender gesehen und mich plötzlich wieder an das Foto erinnert. Aber ich hatte kein Recht, den Brief an mich zu nehmen. Ich bitte um Entschuldigung.»

«Ich bin froh, daß Sie's getan haben. Sie ahnen ja nicht, wie oft ich versucht war, Ihnen alles zu bekennen. Nachdem Sie den Brief gelesen haben, können Sie bestimmt begreifen, warum ...»

«Ich lese nicht andrer Leute Post.»

«Soll das heißen, daß Sie den Brief nicht gelesen haben?»

«Das hab ich Ihnen doch bereits gesagt. Ich war im ersten Augenblick nur so überrascht, daß ich den Brief, ohne zu überlegen, einfach einsteckte. Die Namen waren ja so ähnlich – Diana Reed, Diana Randall. Brad hat mir viel von Ihnen erzählt.»

«Lesen Sie ihn! Ehrlich – ich möchte, daß Sie den Brief lesen.»

Als Mary Jo abwehrte, sagte Diana: «Ich lese ihn Ihnen vor.»

Liebes Schwesterherz,
ich spiele immer noch Zurück-zur-Natur. Ich fühle mich hier wohl, aber es ist mir zu muffig. Allerdings geht hier irgend etwas Komisches vor, und ich will die alte Dame nicht allein lassen, bevor ich nicht herausgefunden habe, was ich tun könnte. Sie ist sehr nett zu mir gewesen. Ich kann einfach nicht glauben, daß jemand sie auf gemeine Weise hereinlegen will. Vielleicht bilde ich mir ja das alles auch nur ein. Du hast schon immer behauptet, ich hätte zuviel Phantasie. Ich werde auf alle Fälle weiterziehen, sobald ich diese Geschichte geklärt habe, schreib mir also nicht hierher. Ich lasse von mir hören.

Tschüs, Brad

Eine Zeitlang war nur das Schnarchen von Baby, das Knistern des Feuers und von draußen das Trommeln des Regens zu hören.

«Irgend etwas Komisches», sagte Mary Jo endlich. «Was hat er damit gemeint?»

«Ich weiß es nicht. Es war der letzte Brief, den ich von ihm erhalten habe.»

«Er ist im August von hier fort. Das heißt, vor acht Monaten. Und seither haben Sie nicht von ihm gehört?»

«Eine einzige Postkarte noch, aus New York. Sie können sich ja wahrscheinlich denken, wie die Bullen in New York City auf eine Vermißtenanzeige reagieren.»

«Besonders, wenn es sich um einen wie Brad handelt.» Da lag in Mary Jos Stimme kein Ton von Kritik; sie hatte nur eine Tatsache ausgesprochen. «Als eifrigen Briefschreiber kann ich ihn mir nicht vorstellen.»

«Da irren Sie sich. Er schrieb mir mindestens zweimal im Monat. Keine langen Briefe. Aber er hat mich immer informiert, wo er sich gerade aufhielt und wo ich ihn notfalls erreichen könnte. Aber die Polizisten hat das leider nicht beeindruckt», sagte Diana bitter, «die haben das Schlimmste vermutet: daß er drogenabhängig, alkoholsüchtig und unter die Räder gekommen wäre – ein verantwortungsloser, lebensuntüchtiger Obdachloser.»

«Während der Zeit hier hat er weder getrunken noch Drogen genommen. Die Leute haben ihn sogar gefrotzelt, weil er so ein Gesundheitsfreak war.»

«Genau. Aber dazu heißt es bei den Behörden nur: Menschen sind immer unberechenbar und Neunzehnjährige sowieso. Ein labiles Alter, haben sie mir erklärt. Und, weiß der Himmel, sein früheres Verhalten war nicht dazu angetan, ihnen in dem Punkt zu widersprechen.» Diana zögerte. Sie wollte schon fragen, wieviel Mary Jo von Brads Eskapaden wüßte; Mary Jo machte ihr aber ganz den Eindruck, als ob sie bestreiten würde, Persönliches zu wissen.

«Also, ich will es dir erzählen, der Reihe nach. Brad war – ist – sechs Jahre jünger als ich. Den Tag seiner Geburt werde ich nie vergessen. Als mein Vater vom Krankenhaus zurückkam, holte er mich aus dem Bett, machte eine Flasche Champagner auf und ließ mich mit ihm anstoßen. Als ich niesen mußte, wegen der Bläschen, da hat er gelacht und mich umarmt. So hatte ich ihn noch nie erlebt. Ich war begeistert. In dem Moment habe ich nicht einmal registriert, daß er sagte: ‹Auf meinen Sohn› und nicht: ‹Auf deinen kleinen Bruder›.

Wenn er doch bloß einen zweiten Sohn gehabt hätte ... Aber es blieb bei dem einen. Brad war sein Einziger, und Vater nahm ihn hart ran. Ich selber habe meinen Bruder geliebt, aber ich weiß, daß ich ihm das Leben nicht gerade leichtergemacht habe. Ich war die Vollkommenheit in Person, ein Vorbild, das schwer zu erreichen war: Immer nur glatte Einser, untadeliges Benehmen, die beste Punktzahl bei den juristischen Examen im ganzen Staat ...»

«Da sind Sie also eine Rechtsanwältin? Sie haben den gleichen Beruf wie Ihr Vater?»

Das Kaminfeuer war heruntergebrannt. Diana hätte Mary Jos Gesicht gern deutlicher gesehen.

«Ja. Er hat selbstverständlich gewollt, daß Brad in seine Fußstapfen trat. Es war nicht Mangel an Intelligenz, der Brad zurückhielt. Brad ... ist ... brillant – viel brillanter als ich, er hat eine Originalität, die mir fehlt. Aber er ist so störrisch wie ein Maulesel, und Vater ebenfalls. Sie gerieten aneinander – die unwiderstehliche Kraft und der unbewegliche Gegenstand. Brad wollte nicht Jura studieren, er wollte Schriftsteller werden. Vater behauptete, das sei eine naive, unsinnige Idee. Den Lebensunterhalt mit Schreiben verdienen? Da müßte man schon sehr viel Talent haben. Womit er natürlich andeuten wollte, daß Brad kein Talent dazu hatte.

Brad kämpfte gegen Vater an, indem er so wurde, wie Vater ihn nicht haben wollte – ungepflegt, ungehobelt, lasterhaft, faul. Er kam dauernd in Schwierigkeiten. Wenn Vater ihm dann das Taschengeld kürzte, bettelte Brad Mutter um Geld an, und Mutter gab ihm alles, was er wollte – außer der Unterstützung, die er gebraucht hätte, um gegen Vater für sein Recht auf ein eigenes Leben zu kämpfen. Dazu hatte sie nicht den Mut. Und ich ... auch nicht.»

Mary Jo räusperte sich. Was sie dann aussprach, traf Diana gänzlich unerwartet.

«Er hat Sie sehr liebgehabt.»

Diana brauchte mehrere Sekunden, bevor sie ihre Stimme wieder unter Kontrolle hatte. «Nur weil er zu jung war, um zu begreifen, wie sehr ich ihm gegenüber versagt habe. Ich will mich gar nicht entschuldigen – ich hätte eingreifen müssen, hätte versuchen müssen, Brad gegen Vater zu verteidigen. Oberflächlich gesehen, hatte Vater mit seinen Forderungen an Brad ja gar nicht so unrecht», betonte Diana. «‹Nimm dich zusammen und studier› – ‹du mußt dich anstrengen ...› Er hat Brad ja auch geliebt. Nur, er hat es ihm nicht gezeigt.»

«Er sieht aus wie ein typischer alter puritanischer Richter», warf Mary Jo unerwartet ein. «Die Falten in seinem Gesicht kommen nur vom vielen Stirnrunzeln.»

«Sie sind ihm begegnet?» fragte Diana überrascht.

«Er war auf dem Schnappschuß, den Brad mir gezeigt hat – den er immer bei sich hatte, in der Brieftasche. Muß das Foto von Ihrer Abschlußfeier gewesen sein, Sie haben den akademischen Talar getragen und standen zwischen den Eltern. Ihre Ma lächelt, Sie lächeln – er nicht.»

«Ich kann mich an das Foto erinnern.» Diana sprach langsam. «Das hat Brad geknipst. Ich verstehe nicht, warum er sich ausgerechnet dieses Foto ausgesucht hat, aber Brad hat mir meine Leistungen nie übelgenommen, wie es viele Brüder getan hätten. Als er die Bombe platzen ließ, hat er darüber nur mit mir gesprochen. Ich war im letzten Studienjahr, und er war siebzehn – kurz vor dem Abschluß an der High-School. Den konnte er allerdings nur mit sehr guten Noten machen, und er lieferte eine Arbeit einfach nicht ab. Vater machte ihm ständig die Hölle heiß, und Brad zögerte es immer wieder hinaus, und ... Ich weiß nicht genau, was passiert ist. Es konnte aber gar nicht anders kommen, es hatte sich seit langem angestaut: die perfekte Strafe für einen Vater, der ständig nur Druck ausübte: sein Sohn ein Aussteiger ohne High-School-Abschluß ...

Er hat mir an jenem Abend versprochen, mit mir – und über

mich mit Mutter – stets in Kontakt zu bleiben. Und er hat sein Versprechen gehalten. Er hat sich von mir fünfzig Dollar geborgt – mehr besaß ich nicht. Drei Monate danach überwies mir Brad dreiundfünfzig Dollar. Die drei Dollar waren Zinsen, wie er schrieb. Ich hatte mittlerweile von ihm gehört. Er genoß das Leben, reiste, lernte Menschen kennen, fand neue Freunde. Er hat mich nie wieder um Geld gebeten. Und ich bin nie ohne Post von ihm geblieben.

Ich war auf Urlaub in Europa, als er mir den letzten Brief schrieb. Ich war ein bißchen überrascht, daß es nur ein Brief war – ich war immerhin drei Wochen lang verreist gewesen –, aber er erwähnte, daß er bald weiterziehen würde. Dann traf die Postkarte ein, und die kam mir doch etwas seltsam vor, weil sie maschinengeschrieben war und ungewöhnlich nichtssagend – nur: Mir geht's gut, dir hoffentlich auch. Aber ich war damals sehr beschäftigt, und ... Es war jedenfalls bereits November, als ich beschloß, nach New York zu fahren und Nachforschungen anzustellen, weil ich nach der unbefriedigenden Postkarte gar nichts mehr von Brad gehört hatte. Die Beamten dort haben sich Mühe gegeben, nett zu sein, aber für sie war es nur ein weiterer unmöglicher Fall; ich sah ihnen an, daß sie ihm von vornherein keine Chance gaben. Sie haben ein paar Leichen gefunden, auf die seine Beschreibung in etwa zutraf, und ich habe einige Male freigenommen, um sie mir anzusehen ...»

Sie wandte sich ab.

«Muß hart gewesen sein.»

«Es war gar nicht so sehr der Anblick der Leichen, der mir zu schaffen machte. Es waren jedesmal die Stunden vorher – das bange Warten, ob es diesmal wohl Brad sein würde.» Mary Jo stand auf, um Holz nachzulegen. Diana fuhr fort: «Im März ist es mir dann endlich gelungen, mit Walter Kontakt aufzunehmen. Ich wußte, daß Brad kurze Zeit für ihn gearbeitet hatte, bevor er als Faktotum und Hausmeister der alten Miss Musser in die Kate einzog. Bei meinem Versuch, die alte Dame anzurufen, informierte mich die Vermittlung, der Anschluß existiere nicht mehr. Walter war zunächst sehr entgegenkommend und verständnisvoll. So erfuhr ich, daß das Haus verkauft worden, Miss Musser in ein Pflegeheim gezogen und dort nach wenigen Monaten verstorben war. Als ich dann aber von meinem Vorhaben sprach, war es mit seinem Verständnis vorbei. Er versuchte, es mir auszureden. Doch ich habe den Stursinn der Randalls und war außerdem inzwischen fest davon überzeugt, daß ich hier oben Hinweise auf Brads Verschwinden aufspüren könnte. Hier war er zuletzt gesehen worden. Die Postkarte war überhaupt nicht sein Stil, sie war nicht handgeschrieben wie gewöhnlich und ohne Absender. Und dann gab es diesen letzten Brief – mit seinen Andeutungen von hinterhältigen Vorkommnissen. Wenn Brad den Verdacht gehabt hat, daß jemand Miss Musser ausnutzte, hätte er's zu verhindern versucht. Er kümmert sich mit Leidenschaft um Kinder, Tiere und alte oder behinderte Menschen – ‹die Wehrlosen›, wie er sie immer nannte.»

«Sie glauben, daß er tot ist, nicht wahr?» fragte Mary Jo. «Das ist der Grund, warum sie inkognito hergekommen sind. Sie denken... Sie sind überzeugt, daß jemand ihn ermordet hat. Einer von uns.»

Sie hatte Mary Jos Intelligenz nicht unterschätzt. Gewiß, dieser Schluß lag auf der Hand; aber die Folgerung hätte nicht jeder so rasch und mit solch zwingender Logik gezogen.

«Ich verdächtige nicht Sie.»

«Warum nicht?» Mary Jo legte weitere Scheite in den Kamin. Die Flammen loderten hell auf, und ihr Schein fiel auf ein Gesicht, das genauso beherrscht war wie die Stimme. «Ich habe Brad ziemlich gut gekannt. Wir haben eine Zeitlang miteinander geschlafen. Hat er Ihnen davon nichts gesagt?»

«Ich habe es vermutet. Aber erwähnt hat er's nie.»

«Er hätte es nie getan.» Das Zittern ihrer Lippen hätte auch ein Effekt der tanzenden Schatten sein können. «Nur ein paarmal. Ich brauchte... Geborgenheit. Trost. Er gab mir, was ich brauchte. Verliebt war er nicht in mich, und ich auch nicht in ihn. Aber Sie haben selbstverständlich keinen Grund, mir das zu glauben.»

«Aber auch keinen Grund, es in Frage zu stellen.»

Mary Jos Miene blieb unverändert – reserviert und nachdenklich, wie der Gesichtsausdruck eines Richters beim Abwägen von Beweisen. «Leidenschaft ist ein klassisches Mordmotiv. Brad ist noch mit ein paar andern Mädchen gegangen. Nichts Ernstes, soweit ich weiß. Aber verlassen können Sie sich auch darauf nicht. In seinem Brief hat er ein anderes mögliches Motiv angedeutet. Falls er wußte, oder auch nur ahnte, daß irgend jemand die alte Frau schröpfte... Er hätte ihn offen zur Rede gestellt, nicht wahr? Ihm die Chance gegeben, sich zu einem solchen Vorwurf zu äußern, bevor er etwas unternommen hätte?»

«Sie haben ihn wirklich gut gekannt», sagte Diana.

Mary Jo fuhr leise fort: «Die Möglichkeit, Miss Musser auszunützen, hatten viele. Mich eingeschlossen. Ich habe für sie gearbeitet, als ich wieder zur Schule ging. Bis sie senil und geizig wurde. Ich kam von Zeit zu Zeit, um nach ihr zu sehen oder um Brad zu besuchen. Ich hätte die Sachen mitgehen lassen können.»

«Besaß sie denn Sachen, die das Mitnehmen lohnten?»

«Es kommt ganz drauf an, was Sie unter ‹lohnen› verstehen», erwiderte Mary Jo kühl. «Wahrscheinlich würden Sie für weniger als ein Diamanten-Collier keine Versuchung spüren. Bei manchen Leuten reicht schon eine Armbanduhr, die sie für fünfzig Dollar versetzen könnten.»

«Aber – sicherlich – doch nicht für einen Mord.»

«Das kommt drauf an», wiederholte Mary Jo. «Miss Musser besaß vieles – Porzellan, Kristall, Steppdecken. In den letzten zwei Jahren hat sie darüber geklagt, bestohlen zu werden. Aber alte Leute werden manchmal paranoid. Die Klagen hat keiner ernst genommen.»

Diana fröstelte. «Ist das nicht furchtbar? Ängste und Klagen eines Menschen zu ignorieren, nur weil er alt ist? Vielleicht war sie gar nicht paranoid. Vielleicht hatte sie ja recht.»

«Vielleicht.» Mary Jos Stimme wurde heller. «Eigentlich muß ich Ihnen recht geben – geklauter Krimskrams ist kein Mordmotiv. Doch angenommen, sie besaß noch andere Dinge – Wertpapiere, Juwelen, Geld –, die sie irgendwo versteckt hatte. Den Banken hat sie nicht vertraut; das hat sie verschiedentlich deutlich gesagt.»

«Hat sie je erwähnt, daß ihr so etwas abhanden gekommen war?»

«Nicht mir gegenüber. Da müßte man ihren Anwalt fragen.»

«Er ist ein Hauptverdächtiger.»

Mary Jo prustete – es war ein zynisches Lachen. «Sie müssen ihn kennengelernt haben!»

«Der Anwalt ist *immer* ein Hauptverdächtiger», erklärte Diana mit entsprechend zynischem Ton. «Aber ich habe ihn tatsächlich kennengelernt. Er kam eines Tages vorbei – unter einem äußerst windigen Vorwand. Ich habe ihn bloß für neugierig gehalten.»

«Er ist ein ganz besonders aufdringlicher Mensch», sagte Mary Jo. «Dem würde ich Veruntreuungen ohne weiteres zutrauen. Aber wie hätte Brad so etwas entdecken können?»

«Dafür gibt's viele Möglichkeiten. Er hätte Anzeichen einer ungebührlichen Einflußnahme bemerken oder Sweet beim Herumschnüffeln ertappen können. Bedenken Sie, Brads Vater und Schwester sind Juristen. Es liegt deshalb auf der Hand, daß Brad irgendwelche ungewöhnlichen Vorgänge eher gemerkt hätte als andere.»

«Gut. Und deshalb gehört Sweet auf Ihre Liste von verdächtigen Personen. Außerdem alle Antiquitätenhändler in der Stadt.»

«Wie bitte?»

«Vor allem die gute alte Pearl», meinte Mary Jo nachdenklich. «Sie hat der alten Dame einiges abgekauft – zumindest behauptet sie, die Sachen gegen Bezahlung erhalten zu haben.

Sie ist dauernd uneingeladen hereinspaziert, mit Angeboten, die Miss Musser nicht ablehnen konnte. Ein paarmal sind auch noch andere Händler dagewesen, aber Pearl war die einzige, die klug genug war, etwas wirklich Wertvolles zu entdecken, und skrupellos genug, sich damit aus dem Staub zu machen.»

«Ich bin Pearl begegnet und hatte genau den Eindruck, den Sie eben geschildert haben.»

«Dann gibt es Walter», sagte Mary Jo. «Ihm haben Sie erzählt, wer Sie wirklich sind und warum Sie hergekommen ...»

«Ich mußte es ihm sagen. Ohne Empfehlung hätte ich diesen Job nie bekommen. Und einen echten Fachmann hätte ich nie so weit täuschen können, daß er mir Kenntnisse in Landschaftsarchitektur bescheinigt hätte.»

«Sind Sie aber ein gutgläubiges Wesen! Walter muß zu den Hauptverdächtigen zählen. Er hat sich mit Brad angefreundet, und er hatte auch beste Voraussetzungen, um die alte Dame zu berauben.»

«So gutgläubig bin ich auch wieder nicht. Ich habe ihm nämlich von dem Brief nichts gesagt. Von dem Brief weiß außer Ihnen niemand etwas.»

«O mein Gott.» Das war so leise gemurmelt, so gedämpft, daß Diana nicht sicher sein konnte, es wirklich gehört zu haben.

«Es tut mir leid», sagte Mary Jo. «Ich wünschte, ich könnte Ihnen helfen.»

«Das können Sie doch! Jetzt, da Sie die ganze Wahrheit kennen ...»

«Nein. Ich hab keine Ahnung, was Brad zugestoßen ist. Und – wenn Sie mir ein Klischee erlauben – ich will damit auch nichts zu tun haben. Ich habe so schon genug am Hals, ich kann mir nicht noch mehr Schwierigkeiten leisten.»

«Aber –»

«Es tut mir leid», wiederholte Mary Jo beherrscht.

Diana lag schlaflos und starrte in die Dunkelheit. Der Regen hatte aufgehört; es tropfte noch von den Ästen und Blättern der Bäume. Die Körperquetschungen schmerzten; das Aspirin hatte das Kopfweh kaum gelindert; und doch waren es nicht die physischen Schmerzen, die sie wach hielten.

Im Zimmer nebenan, wo Mary Jo sich zurückgezogen hatte, herrschte Stille. Diana konnte ihr keinen Vorwurf machen, daß sie sich nicht in diese Geschichte hineinziehen lassen wollte. Für ein Verbrechen gab es keinen Beweis; außerdem bestand wenig Hoffnung, je einen zu finden. Und für unklare, gefühlsmäßige Hypothesen hatte Mary Jo einfach keine Zeit. Brad hatte nicht viel über sie erzählt, jedoch eine schlimme Scheidung und eine nicht gerade hilfreiche Familie erwähnt. Sie hat im Leben viel Ärgeres durchgemacht als ich. Trotzdem haben wir vieles gemeinsam. So unterschiedlich unsere Probleme auch scheinen – sie gehen auf die gleiche Schwäche zurück.

Als der Klang einsetzte, wurde ihr bewußt, daß sie darauf gewartet hatte. Die kristallhellen Töne waren zunächst kaum vom Tropfen des Wassers zu unterscheiden. Dann gewannen sie an Stärke und nahmen Form an.

Diana blieb still liegen und horchte. Sie konnte den Klang nicht lokalisieren; er durchflutete den ganzen Raum. Die Tiere hatten sich nicht gerührt. Sie tastete nach der Taschenlampe und kroch vorsichtig aus dem Bett.

Ohne Licht zu machen, schlich sie vorsichtig tastend zur Tür und auf die Treppe zu. Der Rhythmus der Musik war lebhafter geworden, der Klang immer noch sanft und viel leiser als bei den vorigen Malen.

Sie tastete sich zur offenen Tür zum Nebenzimmer. Da fuhr ihr ein blendender Lichtstrahl mitten ins Gesicht. Sie legte die Hand vor die Augen.

«Tut mir leid.» Diana konnte Mary Jos Stimme kaum hören. «Ich wollte Sie nicht aufwecken.»

«Ich habe dasselbe gedacht.» Diana knipste die eigene Taschenlampe an.

Hell und melodiös fingen die Töne sie ein. Mary Jo neigte lauschend den Kopf: «Woher kommt das?»

«Ich weiß es nicht.» Diana wollte zum Treppenaufgang laufen.

«Moment mal!» Mary Jos Hand legte sich um Dianas Arm; und obwohl Diana in Gedanken mit ganz anderen Dingen beschäftigt war, registrierte sie den Unterschied zwischen diesem Griff auf ihrem Arm und dem andern Griff in der Scheune. Mary Jos Finger waren dünn, ihre Hand schwielig. Sie fuhr im gleichen Flüsterton fort: «In diese Richtung!»

Wenn sie sich von der Treppe entfernten, schien der Klang schwächer zu werden, beim Umkehren wieder lauter. Es ging ihnen wie in dem Kinderspiel – «Heißer, kälter, jetzt wärmer...» Wer war der Spieler auf der Gegenseite?

Sie standen oben an der Treppe. «Der Plattenspieler kann es nicht sein», flüsterte Mary Jo. «Wir haben ja immer noch keinen Strom.»

Sie gingen in den unteren Stock. Der Gegenspieler schien sich auf ihr Spiel einlassen zu wollen, denn als sie die Tür zur Bibliothek erreichten, hörte die Musik plötzlich auf.

«Nicht hineingehen!» warnte Diana. Mary Jo war barfuß wie sie. «Da liegen überall Gips und Splitter auf dem Boden.»

Beide Strahlen suchten den Raum ab, zeigten das gähnende Loch des Kamins, den Dreck am Boden, die abgedeckten Möbel. Mary Jos Taschenlampe ruhte kurz auf der Hi-Fi-Anlage, bevor der Schein weiterwanderte zum Klavier.

«Sehen Sie irgendwas?»

«Nein. Gesehen hab ich noch nie etwas.»

«Sie hören es also nicht zum erstenmal?»

«Es ist das drittemal.»

«Sie nehmen die Sache sehr gelassen.»

«So merkwürdig es klingt – ich habe mich nicht gefürchtet. Ich bin nur wütend geworden, weil ich glaubte, daß mir jemand einen Schrecken einjagen wollte. Das ja. Aber Angst habe ich beide Male nicht gehabt.»

«Da haben Sie also bereits alles getan, woran man gleich denkt – nach einem versteckten Lautsprecher, Draht und was noch gesucht? Na klar. Dann ist es völlig sinnlos, jetzt noch einmal zu suchen, bei diesem Durcheinander und ohne Licht. Ich komme morgen wieder her. Aber erst am späteren Abend; ich muß den ganzen Tag über arbeiten.»

Diana brauchte ein paar Sekunden, um zu verstehen. «Nein. Ich habe vorher wach gelegen und nachgedacht: Was bin ich doch für ein egoistisches Biest gewesen, als ich Sie um Hilfe bat. Ich werde nicht –»

«Kommt mir aber so vor, als könnten Sie Hilfe brauchen.»

«Nicht von Ihnen. Wir sollten uns lieber wieder schlafen legen; die Schau ist vorbei, würd ich meinen.»

«Ich habe auch wach gelegen», sagte Mary Jo. «Und ich hatte meinen Entschluß bereits gefaßt, bevor dies Konzert anfing. Ich glaube – ich hoffe –, daß Sie, was Brad betrifft, unrecht haben. Sie haben jedoch genügend Verdachtsmomente, die es rechtfertigen, der Sache nachzugehen. Ich würde an Ihrer Stelle genau gleich handeln. Die Wahrheit mag so schlimm sein, wie sie will, sie ist immer noch besser als Ungewißheit.»

«Nein», wiederholte Diana, die den Treppenfuß erreicht hatte und stehenblieb. «Ich hatte kein Recht, Sie zu bitten. Nicht nur, daß Sie genug eigene Probleme haben. Aber falls ich recht haben sollte – und auch ich hoffe, bei Gott, daß ich unrecht habe –, dann könnte es gefährlich werden.»

«Wirklich! Wann ist Ihnen denn das eingefallen?»

«Gleich nachdem mich das Tor fast erschlagen hat.»

«Ich weiß nicht, wie so etwas manipuliert werden könnte», murmelte Mary Jo. «Das *muß* ein Zufall gewesen sein.»

Der Spuk war zu Ende, zumindest für diese Nacht. Diana hätte nicht erklären können, wieso sie das wußte; doch sie ging in der Überzeugung schlafen, daß sie bis zum Morgen nicht mehr gestört werden würde. Das Einschlafen fiel ihr allerdings nicht leicht. Dabei hätte sie froh sein müssen, weil sie eine Vertraute und Verbündete gewonnen hatte, noch dazu eine so resolute, vernünftig denkende Person wie Mary Jo.

Die Hinweise häuften sich. Diese unheimlichen Augenblicke eines déjà vu ... nein, der Ausdruck traf den Sachverhalt nicht; es hatte sich da keineswegs um das klassische Gefühl des Vertrautseins mit einer Szene oder einem Gegenstand gehandelt, die man zum erstenmal sieht, sondern es war eher der Eindruck, eine fremde Welt mit den Augen eines Bewohners dieser Welt wahrzunehmen. Kam die Musik aus derselben fremden Welt? Der Duft der Rosen. Und die jüngste Manifestation, die sie, mit dem rationalen Verstand der geschulten Rechtsanwältin, fast an den Rand des Aberglaubens gebracht hätte: der warme, feste Griff einer unsichtbaren Hand.

Sie zog sich das Laken über den Kopf, als ob diese Geste sie vor den Gedanken schützen könnte, die das bedrohten, was sie immer als gesunden Geist definiert hatte. Wenn sie sich gestattete zu glauben, was zu glauben sie teils wünschte, teils fürchtete, würde sie in einen Abgrund stürzen.

Auf ihren geschlossenen Lidern ruhte die warme Sonne. Sie blieb eine Weile ganz still liegen und fragte sich, warum sie nur so glücklich war – wie ein Kind am Abend vor Weihnachten. Sie würde etwas Wunderschönes erleben. Oder hatte sie es bereits erlebt?

Gegen ihre Wangen stupste etwas Warmes, Feuchtes. Ihre Nase wurde vom weichen Fell der kleinen weißen Katze eingehüllt. Sie nieste und setzte sich auf.

«Du hast ja recht – Zeit zum Aufstehen», sagte Diana. Von draußen waren Lastwagen zu hören. Aber es war kein Wunder, daß sie verschlafen hatte; für sie und Mary Jo war es am Ende eine unruhige Nacht gewesen.

Mary Jo. Das war der Grund, warum sie sich so wohl fühlte. Es war nicht recht, daß sie sich darüber freute, die junge Frau hineingezogen zu haben, doch sie war dermaßen erleichtert über das offene Gespräch und den Gewinn einer Verbündeten

– vielleicht sogar einer Freundin –, daß ihr die rasenden Schmerzen, die sie beim Aufstehen verspürte, gar nichts ausmachten.

Gerade als sie sich den Kaffee einschenkte, den ihr rücksichtsvoller Gast für sie gekocht hatte, wurde die hintere Tür aufgerissen, und Walter stürmte ins Zimmer.

«Ich habe Ihnen doch gesagt, Sie sollen sich von der verdammten Scheune fernhalten!»

«Aber vielleicht nicht gerade in diesem Ton», stimmte Diana zu. Natürlich – das Tor. Es war wohl kaum zu übersehen, daß es nicht mehr an der gleichen Stelle stand wie gestern. «Ich dachte, ich hätte ein Tier schreien gehört und –»

«Und da haben Sie beschlossen, das Tor zu verrücken? Großer Gott! Sie hätten umkommen können!»

Sein Gesicht war rot angelaufen und er hatte die Hände zu Fäusten geballt. So zornig hatte sie ihn noch nie gesehen. Sie wich vor ihm zurück und stieß dabei mit dem Hinterkopf gegen die offene Schranktür.

Ihr Schmerzensschrei brachte Walter zur Besinnung. Er drückte ihre Hand vom Kopf weg und tastete die mehr als beachtliche Beule ab. Sein Gesicht verlor die Zornesröte. Er hielt ihren Kopf zwischen beiden Händen und fragte mit ruhiger Stimme: «Sind Sie schon beim Arzt gewesen?»

«Es ist doch nur eine Beule. Lassen Sie mich los. Bitte.»

«Ich werde Ihnen nicht weh tun.» Er spreizte die Finger. Sie glitten behutsam durchs Haar. Die Daumen, die an ihren Schläfen ruhten, übten gerade soviel Druck aus, daß ihr Kopf sich leicht nach hinten bog. Seine Augen waren so nah, daß sie sonst nichts sah; sie bemerkte in der grauen Iris kleine grüne Flecken.

Er ließ sie los und trat einige Schritte zurück. «Ihre Augen scheinen mir ganz normal zu sein. Wie viele Finger...?»

«Aufhören!!» Es war eine Überreaktion. Diana war sich dessen bewußt, aber das fachte ihre Wut nur noch mehr an. «Ich bin völlig in Ordnung. Mary Jo war da. Sie hat mich von Kopf bis Fuß überprüft.»

«Aha.» Das Nicken zeigte, daß er Mary Jos Kompetenz anerkannte.

«Und ich habe das verdammte Tor nicht einmal berührt!» fuhr Diana fort. «Es muß auf irgendeiner Stütze geruht haben, die eingestürzt ist. Der Donner hat alles durchgerüttelt...»

«Werfen Sie mir Nachlässigkeit vor?» Er wartete ihre Antwort gar nicht erst ab. «Bei potentiell so gefährlichen Dingen würde ich nie ein Risiko eingehen. Meine Männer gehen schließlich in der Scheune dauernd ein und aus. Die Tiere ebenfalls.»

«Jetzt bezichtigen Sie mich der Lüge!»

«Ich würde es Ihnen nicht zum Vorwurf machen, daß Sie eine Dummheit nur ungern zugeben.» Er musterte sie nachdenklich. «Es könnte natürlich sein, daß ein Tier das Tor umgeworfen hat – das müßte allerdings die Größe eines Bären gehabt haben.»

«Baby war's jedenfalls nicht. Sie lag unter meinem Bett.»

«Baby?» Er zog die Augenbrauen hoch. Um seine Lippen spielte ein zögerndes Lächeln. «Also gut. Vergessen Sie's. Zum Glück ist nichts passiert. Aber Sie meiden fortan die Scheune – bitte. Es wäre mir lieber, Sie befänden sich in guter Verfassung, wenn ich heut abend mit Ihnen ausgeh. Ich hole Sie um halb neun ab.»

Er war fort, bevor ihr eine angemessene sarkastische Entgegnung einfiel.

Als Diana sich für die Verabredung zurechtmachte – «Rendezvous» schien hier nicht ganz der passende Ausdruck –, war sie unschlüssig, was sie anziehen sollte. Am Ende entschied sie sich für einen Jeansrock und eine bedruckte Bluse. Da bemerkte sie plötzlich, daß das aufgedruckte Motiv ein Zweig mit Rosenknospen war und daß sie versuchte, die Sorte zu bestimmen. Sie warf die Bluse mit einem lauten Fluch aufs Bett und zog ein einfaches weißes Hemd an.

Der Kaminarbeiter-Trupp war heute nicht aufgetaucht.

Diana rief an – die ersten drei Male meldete sich der automatische Anrufbeantworter. Am späten Morgen rief der Bauunternehmer schließlich zurück, um sich – keineswegs übermäßig – zu entschuldigen. Ihm sei etwas dazwischengekommen, erklärte er, am Montag würden sie ganz bestimmt kommen, jawohl, meine Dame, gleich in der Frühe. Und mit allem erforderlichen Werkzeug, wetten?

«Höchstens fünf Cents», murmelte Diana, als sie den Hörer auflegte. Sie war wütend und machtlos. Da sie sich aber am allerliebsten in der Bibliothek aufhielt und keineswegs vorhatte, wegen eines nichtsnutzigen, verlogenen Bauunternehmers darauf zu verzichten, machte sie sich unverzüglich an die Arbeit. Nach einer Stunde war der Raum wieder bewohnbar; da störte nur noch das große Loch in der Wand, wo der alte Kamin gestanden hatte.

Da Diana nur zu einem Drink eingeladen war, machte sie sich etwas Leichtes zu essen. Sie mußte sich zwingen. Sie war nicht hungrig, und sie hatte nicht vor, mehr zu trinken, als unbedingt nötig war; sie wußte andererseits aber auch, daß schon ein paar Gläser Bier auf leeren Magen eine gefährlich enthemmende Wirkung haben können. Und an diesem Abend mußte sie sich noch mehr als sonst vor Versprechern hüten.

Mary Jo hatte ihr auf einem Zettel mitgeteilt, daß sie bis zehn arbeiten und erst spät kommen würde. Sie hatte vor, die Nacht hier zu verbringen.

Walter traf fünf Minuten zu früh ein und meldete sich mit lautem Hupen, während Diana noch nach ihren Sandalen suchte.

Walter machte sich nicht die Mühe, aus dem Lastwagen zu steigen. Er ließ sich huldvoll dazu herab, ihr die Tür zu öffnen, indem er sich seitlich über die Sitzbank lehnte, und reichte ihr die Hand, um ihr hineinzuhelfen. Als er den Arm ausstreckte, um die Wagentür zuzumachen, streifte er ihre Brust. Diana verlor kein Wort darüber. Es war alles dermaßen übertrieben – der klapprige, verrostete Lastwagen, der Mangel selbst elementarster Höflichkeitsformen –, daß Walter ihrer Meinung nach ganz bewußt eine Karikatur des Machos vom Lande lieferte, so wie ihn sich ein Großstädter vorstellte. Das galt selbst für die Kleidung – kariertes Hemd, saubere, aber ausgewaschene Jeans, die Mütze, die er nicht abnahm.

«Wie geht's Ihrem Kopf?» wollte er wissen.

«Gut.»

Er sprach erst wieder, als sie die Stadt erreichten. «Wie wär's mit einem Hinweis, was Sie sich vom heutigen Abend erhoffen?»

«Ich möchte mich gern mit Leuten über Brad unterhalten.»

«Es wird vielleicht gar nicht so leicht sein, dieses Thema anzuschneiden. Er ist nur kurze Zeit hier gewesen und bereits seit Monaten fort. Wenn ich den Leuten sagen dürfte, wer Sie wirklich sind –»

«Nein.»

Walter zuckte mit den Achseln.

Fox Den lag am Stadtrand zwischen einer Gebrauchtwagenhandlung und einer Tankstelle. Im Lokal hingen überall an den Wänden Poster und Werbeplakate. Und in einer Vitrine hinter der Bar stand ein ausgestopfter Fuchs, dem irgendein Witzbold ein Häubchen aufgesetzt hatte.

Walter bemerkte Dianas Gesichtsausdruck und führte sie lächelnd zu einer Sitznische, deren hohe Rückwand die Vitrine verdeckte.

Er winkte der Kellnerin und bestellte für beide ein Bier.

Die Kellnerin brachte schon kurz darauf die Getränke und säuberte den Tisch. «Lang nich' gesehn, Walter. Was treibst du denn so?» Sie lächelte Diana komplizenhaft zu.

«Viel zu tun. Ruby, das ist Diana.»

Vom allzu großzügig aufgetragenen Augen-Make-up abgesehen, machte Ruby ganz den Eindruck einer fürsorglichen Mutter. Bevor sie Diana begrüßte, wischte sie sich die nassen Hände an ihrem weiten Rock ab.

«Sie sin' die Frau, die'n Garten beim Musser-Haus macht?»

«Genau.» Diana verstand genug von Kleinstädten, um zu wissen, daß der alte Name dem Haus noch mindestens zehn Jahre lang anhaften würde.

«Ich weiß gar nich', wie Sie Ihre Hän' bei all 'em Graben so schön halten könn'», meinte Ruby unschuldig mit einem musternden Blick, bevor sie Dianas Hand wieder freigab. Walter hätte sich beinahe verschluckt.

«Ich trage bei der Arbeit häufig Handschuhe», sagte Diana.

«Also, das is' vernünftig.» Ruby nahm das Tablett vom Tisch, schien es aber nicht besonders eilig zu haben. «Sie bleib'n dort wohn', hab ich gehört, währen' die Nicholsons weg sin'. Alle Achtung, Schatz. In dem Haus würd ich nachts nie allein bleib'n – nich' mal für Gold.»

Walter runzelte die Stirn. «Nun fang bloß nicht damit an, Ruby. Das sind doch nur Gerüchte und Lügengeschichten.»

«*Was* für Geschichten?» fragte Diana.

«Aber Schatz, in dem Haus *spukt's* doch», sagte Ruby und fügte rasch noch hinzu: «Un' das sin' keine Lügen. Die alte Miss Musser hat sie immer die halbe Nacht sing'n und tanzen gehört.»

«Miss Musser war senil», schnappte Walter. «Sie hat auch Botschaften von ihrem lieben verstorbenen Vater und von Thomas Jefferson erhalten.»

«Un' was is' mit diesem Jungen passiert... wie hieß er noch...»

Dianas Puls setzte einen Schlag aus und beruhigte sich erst wieder, als Ruby weitererzählte: «Ein Sohn der Morgans – Billy Bob, glaub ich –, der hat 'ne weiße Frau gesehen, die is' in die Wälder gegangen un' hat die Händ' gerungen und gestöhnt wie 'ne verlorene Seel'.»

«Er war betrunken und hat gewildert», sagte Walter. «Halt den Mund, Ruby. Bring mir noch ein Bier.»

«Du bist aber wirklich 'n Miesepeter heut abend», meinte Ruby. «Wenn er Ihnen 's Leben schwermacht, brauch'n Sie nur zu schrei'n, Schatz, dann werd ich's ihm geb'n.»

«Sie kommt schon allein klar», sagte Walter und fügte, als Ruby abzog, in leiserem Ton hinzu: «Sie werden diesen Mist doch wohl nicht glauben, oder? Sie sehen plötzlich irgendwie ganz komisch aus.»

Die halbe Nacht singen und tanzen gehört... Diana mußte schlucken. «Nein, an solches Zeugs glaube ich nicht.»

«Es könnte übrigens durchaus sein, daß Billy Bob die alte Frau gesehen hat», sagte Walter. «Als sie nicht mehr ganz klar im Kopf war, ist sie nachts oft im Freien herumgewandert. Das war ein Problem, ich hatte dauernd Angst, daß sie sich ein Bein oder sonst was brechen könnte und an Unterkühlung stürbe, bevor man sie fände.»

«Brad hat berichtet, daß Sie oft vorbeigeschaut haben.»

Walter zuckte mit den Achseln. «Ich habe für sie Besorgungen gemacht und Arbeiten im Haus erledigt. Viel war's nicht, was ich für sie tun konnte. Sie war sehr geizig; weiß Gott, was sie Brad gezahlt hat, viel war es mit Sicherheit nicht – aber so hatte er wenigstens eine Bleibe. Für mich war es eine Erleichterung, daß er dort wohnte und ein Auge auf sie hielt. So habe ich nicht allzu oft hinausfahren müssen.»

Ruby kam mit Walters Bier, erfaßte mit geübtem Blick, daß Dianas Glas noch immer voll war, und trabte wieder davon. Inzwischen waren fast alle Tische besetzt. Auf dem kleinen Podium bereitete sich eine Musikergruppe zum Spielen vor.

Walter wechselte abrupt das Thema. «Mit wem würden Sie denn gern sprechen? Wir werden sie schon auffordern müssen, uns Gesellschaft zu leisten. Sie lassen uns nämlich taktvollerweise allein, damit ich meine neue Eroberung weichklopfen kann.»

Diana überging seine Bemerkung. Sie sah sich im Raum um. «Wen schlagen Sie vor?»

«Alle haben Brad gekannt. Er war ein... umgänglicher Kerl.»

An der Bar drehte sich ein muskulöser, großgewachsener Mann um – seine Nase sah so aus, als ob sie gebrochen und stümperhaft wieder zusammengesetzt worden wäre. Ihre Blicke begegneten sich; er ließ die Augen halb verwirrt, halb herausfordernd auf ihr ruhen, bis sie weiterwanderten zu Walter. Dann stieß er das Mädchen in seinem Arm plötzlich zur Seite und steuerte auf die beiden zu.

Walter knurrte etwas zwischen den Zähnen, was Diana nicht ganz mitbekam, als der Mann sich auch schon vor ihnen aufpflanzte. «Wo ist sie?» fragte er.

«Wer?» Walters Stimme blieb ruhig, doch seine Brauen hatten sich zusammengezogen.

«Du weißt genau, wen ich meine, verdammt! Jetzt versuch bloß nicht, mich zu verarschen, Walter!»

«Hüte deine Zunge. Du bist in Anwesenheit einer Dame.»

«Oha, hast noch eine, wie? Hältst dir Mary Jo warm, bis du diese wieder leid bist, diese ... Dame, sagst du? Dann ist sie nicht dein Typ, Walter. Hören Sie, Lady ...» Er schob das Gesicht vor. Diana wich zurück. Er hatte eine schreckliche Fahne.

Walters Arm machte eine Bewegung, die täuschend leicht wirkte. Der Hüne taumelte nach hinten. «Du sollst meine Freundin nicht anblasen, Larry. Warum gehst du nicht nach Hause? Du willst doch bestimmt keinen Stunk anfangen ...»

«Wer sagt das? Ich werde dieser ... Dame ... was erzählen. Lassen Sie die Finger von dem, Lady. Der macht nur Ärger. He ... Hör'n Sie mal, arbeiten Sie nicht bei den Nicholsons? Sie kennen Mary Jo! Wo zum Teufel –»

«Hast du nicht gehört, daß du deine Zunge hüten sollst!»

Im Lokal wurde es totenstill, bis der Barkeeper rief:

«He, Larry, nun komm schon her und trink dein Bier, bevor Misti es dir wegtrinkt!»

«Sobald der Bastard hier ausspuckt, was ich wissen will», entgegnete Larry. «Also, wo ist Mary Jo, Walter?»

«Na», sagte Walter. «Da bleibt mir wohl nichts anderes übrig ...»

Diesmal schleuderte seine Armbewegung Larry fort.

Diana hielt den Atem an.

«Schafft ihn raus!» rief Walter dem Barkeeper zu. «Packt ihn in die Kabine seines Trucks. Aber nehmt ihm die Schlüssel ab.»

«Danke, Walter», sagte der Barkeeper, «die nächste Runde geht an mich. Tut mir leid, Miss. Sie werden hoffentlich nicht glauben, daß so was hier oft vorkommt. Larry ist ein gemeiner Kerl.»

Walter wandte sich an Diana. «Sie wissen, wer das war?»

«Ich kann's mir denken. Mary Jos Ex-Mann?»

«Leider betrachtet er sich nicht als Ex. Er macht die arme Frau ganz verrückt. Wie oft die schon umziehen mußte! Er kriegt heraus, wo sie lebt, und sobald er wieder mal voll ist, zieht er los und macht ihr die Hölle heiß.»

«Kann sie denn kein Unterlassungsurteil gegen ihn erreichen?»

Walter warf ihr einen abschätzigen Blick zu. «Genau, was ich von einer Anwältin erwartet hätte! Und dann wird er geschnappt und eingebuchtet, und nach ein paar Tagen kommt er wieder heraus, und die Sache geht von neuem los.»

«Hat er sie je körperlich mißhandelt?»

Walter musterte sie mit sarkastisch hochgezogenen Brauen. «Warum gehen Sie denn wie die Katze um den heißen Brei? Seien Sie doch ehrlich! Mary Jo ist Ihnen gleichgültig. Sie wollen bloß herausbekommen, ob Larry zu einem Mord fähig wäre. Das sollte inzwischen eigentlich klar sein.»

«Ich habe nie ...»

«Ich bin nicht ganz so dumm, wie ich aussehe.» Walter sprach leise und beherrscht, und seine Lippen hatten sich zu einem Lächeln verzogen, doch seine Augen durchbohrten Diana förmlich. «Und ich hasse nichts mehr, als wenn mich jemand für dumm verkauft. Wenn Sie in der Hoffnung gekommen wären, hier jemand zu finden, dem Brad seine Pläne anvertraut hat, so hätten Sie das ganz offen und unter Ihrem richtigen Namen getan. Mit der Schwester eines Vermißten haben alle Verständnis und Mitgefühl. Mir fällt nur *ein* Grund ein, warum Sie anonym bleiben wollen. Nun, Lady, den Hauptverdächtigen haben Sie soeben kennengelernt. Larry hat Brad auf den Tod nicht leiden können. Zu blöd, daß ich ihm die Fresse polieren mußte, ehe Sie Zeit hatten, ihn zu verhören, nicht wahr?»

8

Es herrschte noch immer eine tolle Stimmung, als sie kurz vor Mitternacht die Kneipe verließen, begleitet von freundlichen Abschiedsrufen und (meist) gutmütigen Witzen über die mutmaßlichen Gründe für ihren frühzeitigen Aufbruch.

«Sie sind ein Volltreffer gewesen», sagte Walter, als er – ganz untypisch – Diana in den Truck half. «Ich hätte aber nie gedacht, daß ich mir den ganzen Abend lang Gespenstergeschichten anhören müßte», meinte er dann. «Warum haben Sie bloß immer wieder davon angefangen?»

«Können Sie sich's nicht denken?»

«Die andern haben es natürlich genossen.»

«Aber damit kam das Gespräch auf das Haus und auf Miss Musser... und auf Brad.»

Es war übrigens Walter gewesen, der ganz beiläufig gefragt hatte, ob jemand etwas von Brad gehört hatte. Alle verneinten.

«Eigentlich hätt'st doch du von ihm hören müssen, Walter», hatte ein Mann eingeworfen. «Du hast ihn schließlich am besten gekannt.»

«Außer Mary Jo», hatte ein anderer grinsend bemerkt, woraufhin Walter sofort das Thema gewechselt hatte.

«Wissen Sie», sagte Walter jetzt, «diese Geschichten über die Gespenster, die Brad gesehen haben soll – die waren purer

Blödsinn. Brad hat nie etwas Außergewöhnliches wahrgenommen.»

«Sie meinen – er hat Ihnen nie davon erzählt.»

«Eins zu null für Sie. Durchaus möglich, daß er's nicht getan hätte. Sehr eng befreundet waren wir nicht.»

Das entsprach vermutlich der Wahrheit: Die Art, wie Brad über ihn geschrieben hatte, ließ eher auf einen guten Bekannten als einen Intimfreund schließen. Weil Diana Walters Erklärung aber unnötig abweisend vorkam, ließ sie nicht locker.

«Sie sind sein Trink-Kumpan gewesen.»

«Ich hab viele Trink-Kumpane.»

«Larry hat angedeutet, daß Sie mit Mary Jo ...»

«Ach du großer Gott! Daß Larrys Ehe in die Brüche ging, hat nicht zuletzt an seiner krankhaften Eifersucht gelegen. Er hat Mary Jo praktisch vorgeworfen, mit jedem Kerl in der Stadt geschlafen zu haben.»

Mit Brad hatte sie aber geschlafen, diese Tatsache war unbestritten. Hatte Mary Jo Larry vielleicht so viel bedeutet, daß ihn mörderischer Zorn gepackt hatte, als er Mary Jo in den Armen eines andern fand?

«Lächerlich», murmelte Diana.

«Da haben Sie verdammt recht», sagte Walter. «So ist Mary Jo nämlich gar nicht. Außerdem hat sie mit Männern genug Mist erlebt, um uns alle zu hassen.»

«Was für Männer?»

«Zum Beispiel ihr Erzeuger. Hat jahrelang ihre Mutter geschlagen. Und Mary Jo meines Wissens auch. Sie ist mit Larry abgehauen, als sie siebzehn war. Da kam sie aber vom Regen in die Traufe, wie sich herausstellte, nur konnte sie das ja nicht wissen. Am Anfang war Larry gar nicht so übel. Es ging erst los, als sie mit der Weiterbildung begann. Zum Teufel, warum reden wir eigentlich über Mary Jo? Ihre Geschichte geht mich nichts an. Und Sie auch nicht.»

«Wir können uns ja wieder über Gespenster unterhalten», meinte Diana.

«Selbst das wär besser», meinte Walter, um gleich darauf nachdenklich zu bemerken: «Brad hat die Leute irgendwie animiert, ihm haarsträubende Geschichten zu erzählen. Sagte, er schriebe darüber ein Buch. Regionale Legenden und Sagen... oder so ähnlich. Von mir wollte er mal etwas über die Grabsteine wissen, die haben ihn fasziniert. Wer die Toten waren, hat er wissen wollen, und wo die Steine ursprünglich herkamen. Ich konnte es ihm nicht sagen. So was hat mich noch nie interessiert.»

Das glaubte Diana ihm aufs Wort.

«Er hat die Grabsteine überhaupt erst entdeckt», fuhr Walter fort. «Die alte Frau hat ihn nicht viel Zeit gekostet – er hat für sie Besorgungen gemacht und sie chauffiert. Sie sah es aber nicht gern, daß er im Haus herumlungerte, und deshalb verbrachte er die meiste Zeit auf dem Weideland und am Flußlauf. So ist er auch über die Grabsteine gestolpert. Er hat mich einmal mitgenommen, um sie mir zu zeigen. Er war ihretwegen richtig aufgeregt – hat sogar ein Gedicht zitiert.»

«Was für ein Gedicht?»

Walter zuckte mit den Achseln. «Gedichte sind nicht mein Fall. Irgendein fröhliches kleines Gedicht darüber, wie der Staub früher mal Lords und Ladies war.»

«Der stille Staub war einmal hohe Herrn und Damen.»

«Genau. Nicht sehr treffend», fügte Walter hinzu. «Dort befanden sich ja nur die Steine, und nicht die Gräber.»

«Was hat er sonst noch gesagt?»

«Ich kann mich nicht mehr erinnern.»

Vor dem Haus standen zwei Autos. Eins gehörte Mary Jo. Das andere kannte Diana nicht.

«*Hier* ist sie also!» sagte Walter. «Haben Sie gewußt, daß sie hier sein würde?»

«Selbstverständlich.»

«Verdammt.» Walter drehte die Zündung ab, ohne sich dann zu rühren.

«Wo ist das Problem? Ich bin froh, daß sie da ist. Nicht, daß ich nervös wäre...»

«O nein, zum Teufel, Sie und nervös! Sie hätten aber Grund zur Nervosität. Wenn Larry Mary Jo hier sucht... Sie könnte ihren Wagen wenigstens hinterm Haus parken. Ich werde mit ihr reden.»

«Nein! Sie wissen doch, wie rücksichtsvoll sie ist! Sie meint, mir einen Gefallen zu erweisen, wenn sie hierbleibt. Wenn sie zu dem Schluß käme, daß sie Unannehmlichkeiten verursachen könnte, würde sie sofort verschwinden!»

«Trotzdem, es war nicht sehr klug von ihr herzukommen. Larry weiß, daß sie für die Nicholsons arbeitet. Und wahrscheinlich weiß er auch, daß die Nicholsons verreist sind. Welch ein Pech, daß er uns beide heute abend zusammen gesehen hat.» Walter trommelte ungeduldig auf dem Lenkrad. «Dann wollen wir nur hoffen, daß er zu betrunken war, um sich hinterher noch zu erinnern. Ich werde Mary Jo nichts sagen. Gehe ich recht in der Annahme, daß es Ihnen lieber wäre, wenn ich nicht mit ins Haus komme?»

«Nur voran. Je größer die Party, desto lustiger wird's.»

Es war nicht schwer zu erraten, wer der andere Gast war. Dennoch blieb Diana nach dem Öffnen der Tür so abrupt stehen, daß Walter, der ihr unmittelbar folgte, in sie hineinlief und der Taumelnden um die Taille faßte.

Ihnen klang Musik entgegen. Tanzmusik. Fröhliche, melodiöse Musik, die Bilder heraufbeschwor von Damen in Reifröcken und Herren, die sich über den Händen ihrer Partnerinnen verbeugten... Es war allerdings nicht die Melodie, die sie zuvor gehört hatte; deren kristalline Zartheit ging den Tönen ab, die vom Klavier in der Bibliothek herüberdrangen.

«Lassen Sie mich los!» rief sie mit einem ängstlichen Blick auf Walters Finger.

«Ich will Ihnen wirklich nicht zu nahe kommen. Ich bin schließlich ein dufter Kerl, ich renne doch niemand über den Haufen. Was ist denn auf einmal mit Ihnen los!?»

«Nichts. Ich hatte nur nicht erwartet, daß ... Nichts.»

«Was haben Sie denn erwartet? Wenn ich hier einen fremden Wagen sehe», sagte Walter, der ihre Befreiungsversuche ignorierte, «dann weiß ich jedesmal: Das kann nur Andy sein. Er sammelt Autos und Hunde. Aber wenn man vom Teu ...» Walter ließ Diana los und wich vorsichtig einen Schritt zurück. Eine große, weiße Gestalt sprang ihnen tolpatschig entgegen.

Die Musik brach ab. Eine Stimme brüllte: «Wir sind hier.» Der Hund drängte sich an Diana heran, die zur Bibliothek ging. Walter folgte in taktvollem Abstand.

Andy grüßte sie beim Eintreten mit einigen Walzerklängen. «Hallo, Walter.»

«Andy! Hallo, Mary Jo.»

Mary Jo hatte ganz rote Backen; ihre Augen leuchteten. «Andy hat berühmte Musiker imitiert. Ihr müßt ihn mal erleben, wenn er Beethoven nachmacht.»

«Das vorhin war aber nicht Beethoven», sagte Walter. Andy blickte ihn kurz an, fuhr sich durch die Haare, schob die Unterlippe vor, runzelte unheilvoll die Stirn und hämmerte ein paar Akkorde herunter. «*Das* ist Beethoven. Aber genug davon. Ich habe Mary Jo nur Gesellschaft leisten wollen, bis ihr zurückkommt. Wie wär's mit 'ner Tasse Kaffee, Walter?»

«Nein, danke. Ich muß morgen schon früh mit der Arbeit beginnen.»

«Hier bei uns?»

«Wo sonst?»

«Wenn wir schon von morgigen Arbeiten sprechen», sagte Andy. «Da hat irgendso ein Typ angerufen und erklärt, er würde eine Einfassung liefern. Mit der mir eigenen Brillanz habe ich gleich gefolgert, daß es sich um die Einfassung für das Loch in der Wand handelt. Er hat wissen wollen, ob jemand da wäre. Ich habe ihm gesagt, ich würde herkommen, falls ...»

«Ich bin da», erklärte Diana kurz angebunden. «Ich weiß nur nicht, was er mit dem Ding genau machen soll. Er sollte nämlich erst am Montag kommen. Einbauen kann er sie morgen jedenfalls nicht. Die Öffnung in der Wand ist noch nicht fertig.»

«Was stimmt denn nicht?» Andy trat ans viereckige Loch in der Wand, steckte den Kopf hinein und sagte: «Dunkel hier drin» – seine Stimme hallte unheimlich wider.

Mary Jo lachte. «Sie sind so neugierig wie eine Katze, Andy.»

«Das Loch muß vergrößert werden», erklärte Diana. «Die Arbeiter sollten heute kommen, sind aber natürlich nicht aufgetaucht.»

«Das ist völlig normal», sagte Walter. «Aber deshalb müssen Sie sich keine Sorgen machen, Diana, ich werde veranlassen, daß die Jungs die neue Einfassung in die ... Es wird sich schon ein Plätzchen dafür finden lassen. Na ja, dann will ich mich mal auf den Weg machen. Damit ihr Mädchen – Entschuldigung, die Damen – endlich euren Schlaf kriegt.»

«War das ein Wink für mich?» erkundigte sich Andy.

«Ich muß morgen ebenfalls früh auf», sagte Mary Jo. «Danke für die Unterhaltung, Andy. Er ist nur vorbeigekommen, um seine Brille zu suchen», erklärte sie mit einem unsicheren Seitenblick zu Diana.

«Gefunden hat er sie offenbar nicht», meinte Diana, die auf Andys Nase bloß eine dicke Rußschicht entdeckte.

«Im Grunde brauche ich gar keine», sagte Andy ausweichend, «übrigens – hier an der linken Seite ist das Mauerwerk äußerst interessant. Haben Sie eine Taschenlampe zur Hand?»

«Nein», sagte Diana in einem Ton, auf den der große Hund zu ihren Füßen mit einem tiefen Knurren reagierte.

Andy lachte laut auf. «Okay, okay – ich geh ja schon. Sorgen Sie dafür, daß Ihr Hund mich nicht umbringt, Lady. Hab ich Ihnen nicht gesagt, daß Baby ein großartiger Wachhund ist?»

Er redete auch noch, als Diana die Tür hinter ihm und Walter zumachte. Sie schloß und verriegelte sie mit außergewöhnlicher Sorgfalt. Als sie danach ans Fenster trat, bemerkte sie die beiden Männer am Fuß der Eingangstreppe im ernsten Gespräch.

Im Korridor sah sie Mary Jo auf sich zukommen. «Ich hab das Licht in der Bibliothek ausgemacht», sagte sie. «Sie wollen doch nicht länger aufbleiben, oder?»

«Nein. Ich will nur noch rasch nachschauen, daß überall abgeschlossen ist.»

«Schon gemacht. Um die Tiere hab ich mich auch schon gekümmert.»

«Danke.»

«Sie haben doch wohl nicht geglaubt, daß ich hier bloß rumsitzen würde wie ein Gast? Außerdem bin ich Ihnen noch was schuldig für das Aufräumen in der Bibliothek. Das wäre eigentlich mein Job gewesen.»

Diana sah sie leicht entrüstet an. «Nun hören Sie mir mal gut zu, Mary Jo. Ich weiß, daß Sie mich für ein verwöhntes Kind aus besseren Kreisen halten. Aber sei'n Sie nicht so 'n Snob.»

Da verlor Mary Jos Gesicht plötzlich alles Kantige. «Ein Snob», wiederholte sie nachdenklich. «Komisch, von der Seite hab ich es noch nie betrachtet.»

Auf Dianas helles Auflachen hin zeigte Mary Jo ein zaghaftes Lächeln. Stachlig wie ein Igel und scheu wie ein Kaninchen, dachte Diana. Hoffentlich mach ich jetzt nichts falsch. Lieber Gott, hilf mir, daß ich's richtig mache!

Sie hatte schon mit schöneren Worten gebetet, aber selten mit solcher Inbrunst. Mary Jo bedeutete ihr viel. Das spürte sie, obwohl sie eigentlich gar nicht wußte, warum.

«Ich arbeite morgen bis mittags in der Bäckerei», fuhr Mary Jo fort. «Anschließend komm ich gleich her.»

«In Ordnung. Das ist zwar nicht nötig, aber ich freu mich auf Ihre Gesellschaft.»

«Sie müssen sich mir deshalb nicht verpflichtet fühlen. Die Sache ist die . . .» Mary Jo zögerte. «Also, die Sache ist die – ich brauche für ein paar Tage eine Bleibe. Mrs. Nicholson hab ich schon gefragt. Sie hat heut abend angerufen.»

Diana hütete sich zu fragen, aus welchem Grund Mary Jo eine Bleibe brauchte: Nach allem was Walter ihr berichtet hatte, glaubte sie den Grund sowieso zu kennen. Der Panzer, hinter dem Mary Jo sich versteckte, war über viele Jahre gewachsen; er würde nicht schlagartig, innerhalb eines Tages oder selbst binnen einer Woche von ihr abfallen.

«Oh, es tut mir leid, daß ich nicht da war und mit Mrs. Nicholson sprechen konnte. Alles in Ordnung?»

«Die beiden amüsieren sich prächtig», antwortete Mary Jo lächelnd. «Mrs. Nicholson hat von Gärten in South Carolina geschwärmt. Die müssen wunderschön sein. Irgendwann möchte ich sie auch mal sehen. Ach, es gibt ja so viel, was ich gern sehn möchte ...»

Doch über das Thema Gärten wollte Diana nun wirklich nicht reden. Sie deutete auf den großen Hund, der ihnen nach oben gefolgt war und jetzt hechelnd von einer zur anderen schaute.

«Sollen wir eine Münze werfen, um zu sehen, bei wem Baby schläft?»

«Baby gehört Ihnen», erwiderte Mary Jo. «Oh, das hätte ich beinah vergessen.» Sie griff in die Tasche und zog eine Handvoll weißen Flausch heraus.

«Möchten Sie etwas Watte?»

«Wozu?»

«Ich steck's mir in die Ohren. Wenn das National Symphony Orchestra heut nacht in der Bibliothek spielen will, kann's von mir aus ruhig spielen.»

«Gar keine schlechte Idee. Danke.» Diana lächelte. Sie war schon vielen hartgesottenen Verstandesmenschen begegnet, doch Mary Jo übertraf sie alle – Dianas Vater eingeschlossen. Mary Jos Methode zur Erklärung von Unerklärlichem bestand darin, sich ihm einfach zu verschließen. Das war vielleicht gar keine schlechte Idee.

Ob nun die Ohrstöpsel für Dianas tiefen, ungestörten Schlaf verantwortlich waren oder nicht – den Lärm der näher kommenden Fahrzeuge ersparten sie ihr trotzdem nicht. Als Diana in die Küche kam, waren die Hunde und Katzen bereits gefüttert und der Kaffee gemacht.

Nach dem Frühstück ging Diana ins Freie. Die Männer legten die Bausteine für die Mauer und die Anlage des Wasserfalls oberhalb des Teichs. Walter hatte einen verletzten Daumen und war nicht in der Stimmung für einen Schwatz. Auf Dianas höfliche Frage nach seiner Verletzung reagierte er mißmutig. Sie kam deshalb gleich forsch zur Sache: «Die Männer mit der neuen Kamineinfassung für die Bibliothek müßten bald dasein. Was soll ich ihnen sagen? Wo sollen sie sie abstellen?»

Als Walter daraufhin nur noch verdrießlicher dreinschaute, meinte Jack lachend: «Ich weiß schon, was er denen am liebsten sagen würde. Besser, ich rede mit ihnen.»

«Nur zu», brummte Walter, der zwei Männer seines Teams beobachtete, die gerade eine enorme Steinplatte legten. «Paß auf …»

«Ich weiß, ich weiß. Er glaubt, daß außer ihm keiner was richtig machen kann», bemerkte Jack, als er sich Diana zuwandte. «Was ist das überhaupt für eine Einfassung? Ich meine, kann sie unter freiem Himmel stehen oder braucht sie ein Dach?»

«Ich hab sie noch nicht gesehen. Ich nehme aber an, daß es sich um ein ziemlich ausgefallenes Stück handelt.»

Und so war es in der Tat. Der Marmor war gereinigt und poliert worden und glänzte cremefarbig; auf beiden Seiten beugten verhüllte Karyatiden anmutige Schultern unter Girlanden aus Blumen und Blättern, die die Kaminverkleidung rahmten.

Für so ein Prachtstück war die Scheune eindeutig nicht der richtige Ort zur Aufbewahrung. Als Diana, die seit dem Zwischenfall mit dem Tor nicht mehr dort gewesen war, den angerichteten Schaden sah, war sie entsetzt. Das Tor lag noch an der gleichen Stelle. Unter seinem Aufsatz klaffte ein wüstes Loch; drumherum lagen zersplitterte Bretter mit scharfen, spitzen Teilen.

So wären auch ihre Knochen zersplittert worden.

«Wie wär's da drüben?» Jack zeigte auf eine Stelle neben dem zweiten Torflügel, der unverändert an der Wand lehnte.

«Nein.» Sie sagte es in so barschem Ton, daß Jack sie erstaunt musterte. «Die Einfassung muß in die Bibliothek. Das hätte mir von vornherein klar sein müssen. Tut mir leid, Jack.»

Nachdem die Einfassung abgestellt worden und der Trupp abgefahren war, ging Diana wieder nach draußen. Baby wartete an der Hintertür schon auf sie und trottete auf der Weide ruhig neben ihr her. Vor nur wenigen Tagen war das Unkraut bloß ein paar Zentimeter hoch gestanden; jetzt streifte es bereits die Waden dank der längeren und wärmeren Tage und der ergiebigen Regenfälle. Das Geißblatt streckte sich nach den verwitterten Grabsteinen.

George war wieder einmal vornübergefallen. Zum Teufel mit ihm, dachte Diana.

Es war also Brad gewesen, der die Grabsteine entdeckt hatte. Merkwürdig, daß er den Fund in seinen Briefen nie erwähnt hatte; derartige Entdeckungen hatten seine Phantasie sonst immer beflügelt. Außer... Sie suchte sich zu erinnern. In einem Brief hatte er davon gesprochen, daß er Archäologe spiele; daß er beim Mähen der Wiese auf die Überreste von alten Bauwerken gestoßen sei – ja, doch, das Wort «Steine» war in dem Brief vorgekommen. Falls sie der Sache damals überhaupt Aufmerksamkeit geschenkt hatte, mußte sie wohl vermutet haben, daß er Bausteine gemeint hatte.

Sie hätte nicht nur den letzten, sondern sämtliche Briefe von Brad mitnehmen sollen. Ihr war damals kein Vorwand eingefallen, unter dem sie ihre Mutter arglos hätte um die Briefe bitten können.

Ihre Mutter, Ann, war überzeugt, daß Dianas Bruder tot war. Das kleine Bündel Briefe mit dem blauen Band war ihr heilig, sie bewahrte es in der Schublade der Frisierkommode auf. Einen Brief hatte Diana entwenden können, aber die komplette Sammlung zu entwenden, wäre undenkbar gewesen. Der Vater hatte es einmal versucht; er hatte seiner Frau «morbide Obsession» und «absurde Sentimentalität» vorgeworfen; der anschließende Streit hatte dazu geführt, daß Ann in eine Anstalt eingeliefert wurde und seit der Entlassung wöchentlich fünfmal ihren Psychiater aufsuchte und unsinnige Mengen von Beruhigungsmittel konsumierte.

Brad, wo bist du? Warum bist du nicht gekommen?
Sie sah ihn vor dem Dunkel der geschlossenen Augenlider, sah, wie er bedächtigen Schritts fortging, wie er, ohne sich auch nur einmal umzusehen, in der Ferne immer kleiner wurde. Sie rief ihm ihre Gedanken nach, ihre Sehnsucht und ihr Verlangen. Komm zurück. Komm zurück. Oder, wenn du nicht wiederkommen kannst... dann sag mir wenigstens, warum nicht!

Diana öffnete die Augen und hielt sich an einem nahen Ast fest, bis das Schwindelgefühl vorüberging. Wie hatte sie nur so dumm sein können, mit geschlossenen Augen still dazustehen! Hatte sie etwa gehofft, daß eine Geisterhand sie liebevoll und tröstend berühren würde? Aber das war es doch gar nicht, was sie sich wünschte. Sie wollte, daß er lebte – selbst wenn er noch so zornig, nachtragend und unversöhnlich wäre!

Der Hund lag ruhig mit seinem großen Kopf auf den Pfoten da und hielt die ernsten Augen unverwandt auf sie gerichtet. Hinter ihm erhob sich der dritte Grabstein, der mit der verstümmelten Inschrift, im Spiel der Schatten von tief herabhängenden Baumzweigen. War dieses Grabmal zum Gedenken an einen Mann oder eine Frau errichtet worden? Neunzehn Jahre – das war kaum alt genug, um wirklich Mann oder Frau gewesen zu sein. Eher ein Junge oder ein Mädchen – ein Bursch oder eine Maid... Die Worte kamen ihr spontan wie von selbst auf die Lippen.

«Der stille Staub war einmal hohe Herrn und Damen,
Mädchen und Buben –
War Lachen und Geschicklichkeit und Leid,
Röcke und Locken.»

Es war eine Männerstimme, die die Verse aufgriff und zu Ende führte. Einen Augenblick lang – des Schreckens oder des Entzückens? Sie wußte es nicht – drehte sich ihr alles vor den Augen. Aber nur einen Augenblick.

«Andy!» sagte sie und warf sich herum. «Ich habe Sie gar nicht kommen gehört.»

Sein fröhliches Lächeln schwand. «Ich wollte mich nicht heimlich heranschleichen. Aber setzen Sie sich. Sie sehen ja ganz komisch im Gesicht aus.»

«Wo soll ich denn sitzen?»

Andy deutete auf den umgestürzten Grabstein. Diana scheute zurück. Er hob eine Augenbraue. «Abergläubisch?»

«In manchen Belangen schon.»

«Wie wär's dann mit dem hübschen schmutzigen, verfaulten Baumstamm dort?»

Diana setzte sich an seine Seite. «Das letztemal bin ich hier zusammen mit einem jungen Kerl gewesen, und der hat dasselbe Gedicht aufgesagt», erklärte Andy. «Ich hab's einfach nicht lassen können mitzusprechen. Tut mir leid, wenn ich ...»

«Schon gut.» Sie wollte verhindern, daß er vom Thema abkam. «Und wer war der Kerl? Ein Freund von Ihnen?»

«Ja. Nein ... Um mein Freund zu werden, ist er nicht lang genug geblieben. Er hat erst für Walter gearbeitet, dann für Miss Musser. Sozusagen als Mädchen für alles. Interessanter Typ.»

«Es gibt nicht sehr viele Menschen, die Emily Dickinsons Gedichte kennen.»

«Brad, so hat er geheißen, Brad hat mein Interesse an Emily Dickinson geweckt», erwiderte Andy. «Mir gefiel das Gedicht, das er zitierte. Ich hab dann noch einiges von ihr gelesen und habe das Brad bei unserer nächsten Begegnung auch erzählt. Wir haben uns gut verstanden. Ich habe sehr bedauert, daß er fortgegangen ist.»

«Wohin ist er gegangen?»

Andy schien weder die Frage noch der drängende Ton zu überraschen. Er zuckte mit den Achseln. «Weiß nicht. Wie gesagt, wir waren nicht eng befreundet. Walter war stocksauer, weil er – Brad – seine Sachen packte und verschwand, ohne vorher irgend jemandem etwas zu sagen. Das hätte er Miss Musser eigentlich nicht antun dürfen, ich nehme an, er hat geglaubt, daß sie ihn im Grunde nicht mehr brauchte. Sie war ja in einem Pflegeheim untergekommen, und das Haus stand zum Verkauf. Deshalb war ich damals so oft hier. Ich war mit dem Verkauf des Hauses beauftragt. Miss Musser hat immer wieder gezögert. Hat sogar ein paar Angebote abgelehnt. Ich hab's ihr nicht verdenken können. Ich hab mich immer gefragt, ob sie die Entscheidung schlußendlich nur getroffen hat, weil Brad verschwunden war.»

«Soll das heißen, daß er die arme alte Frau einfach im Stich gelassen hat? Ohne sie auf seine Abreise vorzubereiten? Dann muß er ja...» Diana räusperte sich, «...ein unmoralischer, verantwortungsloser Mensch gewesen sein.»

«War er aber nicht», widersprach Andy. «Es war irgendwie merkwürdig, daß er so plötzlich verschwand. Vielleicht hat er der alten Dame ja auch etwas gesagt. Sie konnte sich damals selbst den eigenen Namen keine fünf Minuten lang mehr merken. Er war gut zu ihr gewesen – und dabei war sie kein einfacher Mensch, das müssen Sie mir glauben. Das hatte nicht nur mit ihrer Alterssenilität zu tun. Sie ist schon immer eine geizige, alte Ziege gewesen.» Als er Dianas schockierte Miene sah, lachte er. «Man muß die Leute sehen, wie sie sind, Schätzchen. Sie war alt, schwach und mitleiderregend – und gleichzeitig eine geizige, alte Ziege. Ich persönlich habe sie trotzdem gemocht. Brad auch. Obwohl – sie hat ihn oft verrückt gemacht oder sogar beschuldigt, sie auszurauben.»

«Er soll sie ausgeraubt haben?»

«Alte Leute», sagte Andy nonchalant, «leiden oft unter Verfolgungswahn. Sie hat einfach alle beschuldigt, sie auszurauben – mich eingeschlossen. Obwohl, weiß Gott, sie gar nichts besaß, was sich zu stehlen gelohnt hätte, wenn man vom Haus und Grundbesitz absieht.»

«Keine verborgenen Schätze? Keine wertvollen Antiquitäten?»

«Sie hat Parfumflaschen von Avon gesammelt», sagte Andy. Er sagte es in einem Ton, daß Diana unwillkürlich lächeln mußte. «Ich erwähne das nur deshalb», fuhr Andy fort, «damit Sie eine Vorstellung von dem Zeug bekommen, das wir aus dem Haus wegschaffen mußten. Es hat ein paar wertvolle Stücke gegeben; die sind an Antiquitätenhändler gegangen. Was die verborgenen Schätze angeht... das ist ein schöner Gedanke, nur...»

Diana suchte noch nach einer harmlos klingenden, aber trotzdem pointierten Frage, die sie ihm stellen könnte, als er zu summen begann.

«Was war denn das?» fragte Diana, als er verstummt war. «Etwas über Rosen?»

«*Heideröslein* – die Vertonung eines Goethe-Gedichts. Sehr gefühlsvoll. Der Kerl pflückt eine arme, kleine, wilde Rose, doch sie sticht ihn mit ihren Dornen... «*Half ihm doch kein Weh und Ach, mußt es eben leiden...*»

«Geschieht dem Mistkerl recht», meinte Diana.

Andy lächelte. «Eine echt feministische Reaktion! Was nicht heißen soll», beeilte er sich hinzuzufügen, «daß ich damit nicht einverstanden wäre.»

«Eine hübsche Melodie. Was hat Sie an das Lied erinnert?»

«Wilde Rosen», sagte Andy. «Als ich zum erstenmal herkam, standen sie in voller Blüte, den ganzen Zaun entlang. Große, zerknautschte rosarote Blüten, so voll und schwer, daß es die Zweige nach unten drückte – sie wucherten, niemand hat sie gepflegt, trotzdem hatten sie überlebt. Ich bin wahrscheinlich in Gedanken noch immer bei diesem Brad gewesen. Der hat nämlich auch den alten Rosengarten entdeckt und von Unkraut befreit.»

«Ich dachte, den hätte Ihre Mutter entdeckt.»

«Das glaubt sie selbst auch», sagte Andy mit einem Grinsen. «Sie kennen doch Mama. Bei ihrer Begeisterung kommt das Gedächtnis leicht ein wenig ins Schwimmen. Sie suchte ein hübsches Anwesen, und das Musser-Haus war noch auf dem Markt, da habe ich sie eben hergebracht, und Ma wollte sich unbedingt alles ansehen. Ich war enttäuscht, weil die meisten Rosen schon verblüht waren; als Brad mir den Garten im Juni zeigte, war die Rosenpracht atemberaubend schön gewesen. Aber dann erspähte Ma die Herbst-Damaszener-Rose und geriet völlig aus dem Häuschen und redete nur noch unverständliches Zeug auf lateinisch. Ich bin sicher, daß sie das Haus nur wegen dieser Rose gekauft hat.»

«Ein Jammer, daß Sie Ihren Freund Brad nicht gebeten haben, die Rosen zu bestimmen. Damit muß ich jetzt warten, bis sie wieder blühen.»

«Ach, er hatte keine Ahnung, was das für Rosen waren. Er mag Blumen, einfach so, und», fügte Andy hinzu, «außerdem hat er gern Dinge gerettet. Seine eigenen Worte. Ihm war, als ob er die Rosen gerettet hätte, und die Grabsteine auch, und… Was ist denn los? Spielen Ihre Nebenhöhlen verrückt?»

«Ja.» Diana drehte sich weg und suchte nach einem Taschentuch. Auf Andys Bemerkung über Brad war sie nicht vorbereitet gewesen.

«Übrigens, haben Sie entschieden, was auf der oberen Terrasse gepflanzt werden soll? Mutter neigt zum Stil des englischen Dorfgartens, mit vielen mehrjährigen Pflanzen und gewundenen Wegen – Sie wissen schon. Ich meine aber, daß alles ein bißchen mehr Form und Ordnung bekommen sollte. Ma besitzt ein Buch über historische Gärten, das enthält auch den Plan eines Gartens, wie ich ihn mir vorstelle. Mit einem

Backsteinpfad mittendurch, ovalen Blumenbeeten auf beiden Seiten – in Buchsbaum gefaßt – und einer Magnolie in der Mitte von jedem Beet...»

«Ich sollte besser zum Haus zurückgehen und ein Antihistamin einnehmen.» Diana sprang auf. Über das Anlegen von Gärten wollte sie mit Andy nicht diskutieren.

Ohne den Hund wäre ihr Ablenkungsmanöver möglicherweise gescheitert, doch Baby lief zielstrebig in die entgegengesetzte Richtung zum Bach und kam auch auf Andys Rufen nicht zurück. Sie blieb mit einem nachdrücklichen Bellen einfach schwanzwedelnd stehen.

«Lassen Sie nur», sagte Diana. «Sie ist den ganzen Morgen brav hinter mir hergelaufen – sie hat ein bißchen Freiheit verdient. Und ich auch.»

«Sie soll sich Ihnen aber an die Fersen heften.» Andy wurde nachdenklich. «Was ist denn... He, Baby, komm!»

Er setzte dem Hund nach, der mit einem weiteren tiefen Bellen davontrottete, zwischendurch von Zeit zu Zeit stehenblieb, um sich zu vergewissern, daß Andy ihm noch folgte, aber Andys zunehmend herrischere Befehle total ignorierte. Als Andy zu rennen anfing, begann Baby zu traben. Den Vorsprung hielt sie mühelos. Hund und Mensch verschwanden im Galopp zwischen den Bäumen am Bachlauf.

Diana folgte ihnen neugierig. Wenn Baby dem Ruf ihrer Rasse gerecht wurde, dann mußte sie etwas Interessantes gefunden haben. Dann hörte sie Andy, der Baby ausschimpfte. Er war ganz außer Atem vor Lachen und Verärgerung.

Dann stieß er einen Schrei aus, und der nächste Befehl an den Hund war total ohne Humor. «Verdammt! Geh weg – weg da!» Das aufgeregte Hundegebell mischte sich mit einer wahren Flut von Flüchen.

Die beiden kamen zurück, Diana entgegen. Andy hielt den Hund am Halsband, packte Diana nicht minder heftig am Arm und drehte sie herum. «Umkehren!» befahl er.

Sie hatte ihn jedoch bereits wahrgenommen – einen abscheulichen Haufen aus blanken Knochen und dem zerfetzten, weißbraunen Fell eines Tieres. Gesicht und Schnauze waren noch relativ intakt, doch in den toten Augen wimmelte es von Insekten, deren gieriges Hin und Her den Augen einen geradezu obszönen Schein von Leben verlieh.

9

Andy ließ den Hund und Diana erst wieder los, als sie die Bäume hinter sich hatten und der Kadaver des Wildes nicht mehr zu sehen war. «Halten Sie den Hund fest!» befahl er. «Baby, bleib! Bleib bei Diana!»

Baby wollte aber nicht bleiben und nahm, mit einem fast schon menschlich klingenden Seufzen, ihre antrainierte Verteidigungsstellung erst ein, als Diana sich auf den Boden setzte. Andy verschwand wieder zwischen den Bäumen.

Als er einige Minuten später zurückkehrte, war sein Gesicht dunkelrot – vor Zorn, dachte Diana. Er streckte ihr eine Hand entgegen, um ihr beim Aufstehen zu helfen, zog sie allerdings sofort wieder zurück, weil die Finger eine Dreckkruste hatten, die, wie Diana klarwurde, wahrscheinlich noch häßlichere Flecken verdeckte.

Sie kam allein auf die Beine. Auf dem Heimweg mußte Andy den widerstrebenden Hund mitzerren. «Sie haben in letzter Zeit nicht zufällig Schüsse gehört?» fragte er.

«Nein, ich ... Moment mal. Ich habe tatsächlich etwas gehört, das wie ein Gewehrschuß – aber nur einen. Am Mittwochabend.»

«Das käme in etwa hin.»

«Aber jetzt ist doch nicht Jagdsaison, oder?»

«Nein.»

«Woher wissen Sie denn, daß das Tier nicht an einer Krankheit gestorben ist?»

«Es wurde abgeschlachtet.»

«Oh, deshalb sind Sie noch einmal umgekehrt?»

«Ich hatte gehofft, irgendeinen Hinweis zu finden, ob es durch einen Pfeil oder eine Kugel getötet wurde, aber es war zu –»

«Es werden schon Tiere drangewesen sein», sagte Diana mit einem ungewollten Blick zum Hund, der mittlerweile friedlich neben ihr hertrottete. «Und woran konnten Sie erkennen, daß es aufgeschnitten wurde?»

«Ich konnte es erkennen.» Andy lächelte schwach. «Behandle ich Sie zu sehr wie eine empfindliche junge Dame aus der Großstadt?»

«Ja. Ich bin überhaupt nicht zimperlich. Aber ich weiß Ihre Rücksicht zu schätzen. Wenn ich den gräßlichen Anblick ganz plötzlich und unvorbereitet vor mir gehabt hätte ...»

«Das ist es ja», sagte Andy. «Die Leiche lag nur wenige Meter von der Bank entfernt, die Ma extra dort aufgestellt hat, damit sie abends am Bach sitzen und nach Rotwild Ausschau halten kann, das auf dem Weg zum Wasser und wieder zurück dort vorbeiläuft. Die Tiere sind relativ zahm, weil auf diesem Landgut schon seit Jahren nicht mehr gejagt worden ist.»

«Und Sie meinen, daß der Jäger das gewußt hat?»

Andy schien die Frage überhört zu haben. Er fuhr nachdenklich fort: «Die Grundstücksgrenze ist markiert, das Betreten ausdrücklich verboten. Ich habe die Schilder selbst aufgestellt. Der Täter hat das Gesetz also gleich zweimal übertreten. Hätte er den Kadaver beseitigt, wären wir eventuell nie draufgekommen. Er hat ihn aber dagelassen, und zwar gleich neben der Bank – als wäre es seine Absicht, daß ein ganz bestimmter Mensch den Kadaver findet.»

«Es hätte Ihre Mutter sehr getroffen, nicht wahr?»

«Sie spricht von diesen Hirschen, als ob sie mit jedem einzelnen persönlich bekannt wäre. Haben Sie wirklich nur *einen* Schuß gehört?»

«Ja.»

«Um welche Zeit?»

«Abends. Es war schon fast dunkel.»

«Ein tüchtiger Scharfschütze, unser Wilderer.»

«Ich kann mir nicht vorstellen, daß jemand den Kadaver absichtlich da liegen gelassen hat, damit Ihre Mutter ihn findet. Das wäre pervers.»

Andy schüttelte den Kopf. «Kann sein, daß ich dem Mistkerl mehr Phantasie und Geschick zutraue, als er in Wirklichkeit besitzt. Aber mich beunruhigt der Gedanke, daß jemand aus der Umgebung meine Mutter dermaßen hassen könnte, daß er ihr solch ein häßliches Souvenir hinterläßt. Es würde mich aber noch viel mehr beunruhigen, daß irgendein schwachsinniger Macho auf *sie* schießen könnte.»

Als sie das Haus erreichten, ließ Andy Diana mit einem kurzen «Bis später» allein und ging zur Scheune. Kurz danach sah sie ihn mit einem Spaten über der Schulter wieder über die Weide gehen.

Mary Jo wischte den Küchenfußboden und schimpfte laut über die Katzen, die sich nicht die Füße abgeputzt hatten.

Bei Dianas Anblick wollte sie sofort wissen, was los war.

«Ich wollte mir doch nichts anmerken lassen», murmelte Diana. «Ich wollte Ihnen nichts sagen, aber...»

Mary Jo war ein Mädchen vom Lande, das über die Nachricht eines toten Hirsches nicht sonderlich erschüttert war. Sie begriff jedoch sofort, worum es eigentlich ging. «Wenn Mrs. Nicholson das gefunden hätte, wäre ihr schlecht geworden. Sie liebt Tiere. Und ihr Mann wird toben, wenn er erfährt, daß jemand unbefugt das Grundstück betreten hat. Sie hätten sofort den Jagdaufseher anrufen müssen, als Sie den Schuß hörten, Diana.»

«Ich habe aber doch gar nicht verstanden, daß es ein *Schuß* war. Und außerdem war es nur *ein* Schuß.»

«Das ist in der Tat ungewöhnlich. Der Kerl sollte...» Mary Jo schüttelte resolut den Kopf. «Herumraten bringt uns nicht weiter. Falls es wieder passiert, rufen Sie an. Ich werde die Nummer für Sie heraussuchen. Und sagen Sie Walter, daß er den Kadaver ...»

«Andy erledigt das bereits.»

«Der arme Andy macht, was gemacht werden muß, aber im Grunde haßt er das Jagen und Fallenstellen, die Art, wie hier manche Leute ihre Haustiere vernachlässigen oder sogar aussetzen. Er kriegt deshalb dauernd Streit.»

«Andy?» sagte Diana erstaunt.

«Jawohl. Andy. Wenn er böse wird, ist er nicht mehr zu bremsen», sagte Mary Jo. «Einmal hat er eine schlimme Schlägerei im *Fox Den* angefangen, weil er sich über etwas ärgerte, das Larry ...» Sie verzog das Gesicht, als ob sie in einen wurmstichigen Apfel gebissen hätte. «Ich hab für heut abend was Chinesisches mitgebracht. Ich hoffe, Sie essen gern Chinesisch. Vielleicht könnten wir Andy überreden zu bleiben.»

«Bestimmt», sagte Diana.

Mary Jo nahm ihre Arbeit wieder auf und kurze Zeit später hörte Diana sie ein Lied singen – *Röslein, Röslein, Röslein rot ...*, das Lied, das am Nachmittag Andy gesungen hatte. Mary Jo konnte es nur von ihm gehört haben. Hatte er ihr am Abend zuvor ein romantisches Ständchen gebracht? Diana begann zu träumen: Mary Jo mit ihrem praktischen Menschenverstand würde den unbedachtsamen Andy gut ergänzen; andererseits würden seine liebevolle Wesensart und gute Laune ihre Kratzbürstigkeit ausgleichen. Ein perfektes Paar, dachte Diana und mußte plötzlich lächeln, als sie sich bei so altmodischen Gedankengängen ertappte.

Es war ihr auf jeden Fall lieber, den Grund für Andys häufige Besuche in seiner Zuneigung für Mary Jo als im Mißtrauen ihr selbst gegenüber zu vermuten. Er hatte Brad gekannt; er hatte Miss Musser gekannt; er war in einer idealen Position, um die alte Frau auszunützen. Vielleicht war an den Bedingungen des Hausverkaufs etwas faul gewesen. Miss Musser war nicht mehr fähig gewesen, ihre Interessen persönlich wahrzunehmen; und ihr Anwalt könnte an etwaigen Gaunereien als Komplize beteiligt gewesen sein. Andy hätte stets eine stichhaltige Erklärung dafür gehabt, im Haus ein und aus zu gehen, mit oder ohne Kaufinteressenten. Er hatte nur Spott und Hohn für den Gedanken übrig gehabt, daß Miss Musser stehlenswertes Eigentum besessen haben könnte; Mary Jo hatte jedoch Steppdekken, Porzellan und Kristall erwähnt...

Jetzt reicht's aber, ermahnte sich Diana. Das ist ja langsam paranoid – aber das heißt noch lange nicht, daß mir niemand gefolgt ist. Eine beiläufige Bemerkung von Mary Jo hatte die Hirsch-Episode für sie in ein anderes Licht gerückt.

Der Wilderer mußte aus der Gegend stammen. Es schien stadtbekannt, daß die Nicholsons verreist waren; es könnte also auch dem Wilderer bekannt sein. Außerdem mußte es als wahrscheinlich gelten, daß der Hirschkadaver bis zur Heimkehr von Emily und Charles längst von Raubtieren gefressen und somit beseitigt worden wäre. Diana fand es verständlich, daß Andy um seine Mutter besorgt war. Je länger sie indessen über den Vorfall nachdachte, desto unwahrscheinlicher kam es ihr vor, daß die ganze Sache darauf abzielte, Emily in Schrekken zu versetzen. Das war ein Aspekt, der dem Jäger entweder völlig gleichgültig gewesen war, oder er hatte den Plan verfolgt, eine andere Person zu treffen. Etwa ein empfindliches Großstadtkind, das bekanntlich durch die Wälder und über die Weiden wanderte?

Sie ging in die Bibliothek, wo sie Andy – genauer: die untere Hälfte von ihm – im klaffenden Kaminloch wahrnahm. Das Licht einer schirmlosen Stehlampe, die gefährlich gegen die Wand lehnte, fiel auf seine langen Beine und die geschwärzten Steine der Feuerstelle. Offenbar verlief nicht alles wunschgemäß. Er stieß einen Fluch aus, der hohl im Kamin widerhallte, und tastete nach der Lampe.

Diana, die das Unvermeidliche kommen gesehen hatte, fing die Lampe auf, bevor sie kippen konnte. Andy drehte sich um. «Ach, Sie sind's. Gut, halten Sie mir bitte die Lampe.»

«Ich halte sie ja schon.»

«Nein, nicht so. In *der* Richtung.» Er führte ihre Hand und die Lampe, bis er mit dem Lichtkegel zufrieden war – was für Diana allerdings recht unbequem war, denn sie mußte in tief gebückter Haltung stehen.

«Was zum Teufel machen Sie denn da?» wollte sie wissen.

Andy zog einen Hammer und einen Meißel aus der Tasche. «Ich will sehen, was sich hinter diesen Backsteinen befindet.» Und bevor sie etwas dagegen einwenden konnte, hatte er den Meißel plaziert und einen so kräftigen Schlag mit dem Hammer geführt, daß eine Wolke rußigen Staubs über seinem Kopf niederging und langsam in den Raum trieb.

Diana nieste. «Aufhören! Was für eine Schweinerei!»

«Ich dachte, der Kamin sei gereinigt worden», murmelte Andy. «Hm. Vielleicht komme ich von der Vorderseite besser heran.»

Diana unternahm einen zweiten Anlauf. «Andy, bitte lassen Sie das. Ihre Mutter hat mir die Verantwortung übertragen, und ich habe ihr versprochen, die Bibliothek würde bei ihrer Rückkehr in Ordnung sein. Wenn Sie nun aber alles auseinandernehmen ...»

«O ihr Kleingläubigen! Ich will doch bloß helfen. Die Handwerker, die Ma mit dem Kaminumbau beauftragt hat, taugen nichts. Ich habe Ma gewarnt, aber sie hat nicht auf mich gehört. Wenn Sie glauben, daß diese Kerle die Arbeit bis Ende nächster Woche abgeschlossen haben, leben Sie in Wolkenkuckucksheim.»

«Und nun will der große Andy alles ganz allein machen?»

Andy nahm eine Pose ein und schwang den Hammer wie ein Schwert. «Lady, bei der Lampe dort drüben schwöre ich: Die neue Kamineinfassung wird am kommenden Freitag installiert sein! Vorher möchte ich aber noch etwas überprüfen. Schauen Sie mal, hier ...» Er nahm ihr die Lampe aus der Hand und steckte sie in die Öffnung hinein. «Können Sie den Unterschied sehen zwischen den seitlichen und den hinteren Backsteinen?

Der Kamin ist irgendwann einmal verkleinert worden – wahrscheinlich von einem Banausen im neunzehnten Jahrhundert, der die alte Einfassung herausriß, damit er den Aufsatz ‹modernisieren› konnte.»

«Sehr interessant», bemerkte Diana. «Hat Ihr Vortrag auch einen praktischen Wert?»

«Klar doch. Ich wollte Ihnen nur den nötigen ... Okay, ist ja gut, ich komme gleich zur Sache. Als für die neue Einfassung die Kaminöffnung verengt wurde, mußte man den Rahmen der Öffnung ausfüllen. Dieser Raum hatte vermutlich früher eine Holztäfelung und zu beiden Seiten des Kamins Schränke oder Regale. Vielleicht war das Holz verrottet, vielleicht bevorzugte der Besitzer einfach nur Tapeten mit leuchtendroten hundertblättrigen Rosen. Jedenfalls ist beim Umbau des Kamins auch die Täfelung entfernt und die Wand verputzt und dann gestrichen worden, oder aber ... Was ist los?»

«Mir schwant, was Ihren Vorschlag betrifft, Schreckliches», sagte Diana. «Wenn Sie meinen, daß ich Ihnen erlauben werde, den Verputz von einer fünf Meter langen Wand abzuklopfen ...»

«Nein, nein! Bloß die Stellen gleich neben dem Kamin.»

«Andy!»

«Sie haben doch selber gesagt, daß die Öffnung vergrößert werden muß.»

«Das hat mir der Meister gesagt, der laut Ihrer Aussage unfähig ist.»

«Unzuverlässig, habe ich gemeint, aber nicht unfähig. Ich meine, verdammt noch mal, Sie sehen doch selbst ... Messen und vergleichen Sie einmal die Öffnung in der Wand und die neue Einfassung. Das stimmt nicht überein.»

«Ich weiß nicht, warum ich mit Ihnen streite», sagte Diana seufzend. «Ich kann Sie ja doch nicht davon abhalten.»

Andy setzte den Meißel an und versetzte ihm einen knallenden Schlag. Der Putz flog in alle Richtungen.

Diana flüchtete in die Diele, wo sie Mary Jo die Treppe

herunterkommen sah. «Was ist denn hier los?» wollte Mary Jo wissen, und Diana erklärte es ihr. Mary Jo kniff belustigt die Augen zusammen. «Da brauchen Sie wirklich kein schlechtes Gewissen zu haben. Mr. Nicholson ist der einzige, der Andy stoppen kann, wenn er wieder mal einen Kreuzzug unternimmt. Sie wissen doch, was er dort zu finden hofft, oder?»

«Ich wage nicht zu raten.»

Mary Jo lächelte. «Geheimgänge, Geheimkammern. Solch alte Häuser sind immer wieder umgebaut worden. Andy könnte durchaus auf einen leeren Schrank oder eine Tür stoßen, die nirgendwohin führt. Lassen Sie ihn noch ein Weilchen weitersuchen. Bis zur Mahlzeit. Sind Sie hungrig?»

«Immer.»

Eine halbe Stunde später saßen sie zu dritt am Küchentisch, auf dem verschiedene weiße Kartons standen. Andy hatte sich gewaschen – «die Teile, die man von mir sieht» –, aber sein Haar war vom Mauerstaub weiß, und aus seiner Kleidung lösten sich bei jeder Bewegung kleine weiße Puderwolken. Mary Jo hatte es abgelehnt, Bier zu trinken; sie trank Tee. Als Andy sich eine zweite Dose holte, monierte sie: «Das ist aber die letzte, Andy. An den vergangenen zwei Samstagen hat die Polizei an der Landstraße Alkoholkontrollen durchgeführt.»

«Ich hatte gehofft, daß ich vielleicht hierbleiben ...»

«Unmöglich. Ich muß heute abend noch lange studieren und brauche dazu den Computer.»

«Aber ich werde nicht ...»

«Doch. Sie können diesem Kamin genausowenig widerstehen wie ein Kind einer Tafel Schokolade, und der Computer steht nun mal in der Bibliothek.» Mary Jo nahm eine zweite Portion Moo Goo Gai Pan und schob den Karton zu Andy hinüber. «Essen Sie's auf, und dann marsch. Haben Sie denn kein Rendezvous oder so?»

«Ich dachte, ich hätte irgendeine Verabredung gehabt», murmelte Andy und aß direkt aus dem Karton. «Es hat wohl keinen Zweck, daß ich bei Ihnen Berufung einlege.» Er richtete schwermütig blickende braune Augen auf Diana. Sie schüttelte den Kopf.

«Ich habe heute abend ebenfalls zu tun.»

«Okay. Möchte jemand den Rest der süßsauren Langustinen aufessen? Nein?»

Er leerte den Karton. Dann schob er seinen Stuhl zurück. «Ich werde den Dreck in der Bibliothek –»

«Sie werden jetzt sofort verschwinden. Ich lasse Sie nicht mehr in die Bibliothek.» Mary Jo schlug ihm alles ab – die Bitte um ein weiteres Bier oder eine Tasse Kaffee wie auch sein Angebot, beim Spülen des Geschirrs zu helfen – und begleitete ihn zur Haustür, kehrte aber viel früher zurück, als Diana eigentlich erwartet hatte. Sie räumten die Reste vom Tisch ab.

«Ich werde einen Spaziergang machen», sagte Diana. «Ich habe zuviel gegessen. Kommen Sie mit?»

Mary Jo schaute wehmütig zum Fenster mit seinem Ausblick auf einen strahlenden Sonnenuntergang und grünes Blattwerk. Die Gardinen bauschten sich in einer frischen Brise. «Ich würde ja gern mitkommen. Aber ich muß bis Montag zwei Referate fertig haben und habe nicht mal eins angefangen. Und wenn ich das Stipendium bekommen will, brauche ich für beide einen Einser.»

«Ist es für die Bewerbung um ein Stipendium nicht schon zu spät?»

«Ich hab mich bereits vor Monaten beworben. Ich kann immer noch eins bekommen, wenn ein paar Leute absagen, die auf der Liste jetzt vor mir liegen. Sie wissen doch, wie das funktioniert – Studenten reichen Anträge bei mehreren Colleges und Stiftungen ein und lassen die weniger interessanten wieder fallen, wenn am Ende ein besseres Angebot hereinkommt.» Ihr Blick ging in die Ferne. «Ich muß fest daran glauben, daß ich's bekomme», erklärte sie leise. «Ich will ja gar nicht auf ein exklusives College mit vierjährigem Studium – hat Brad Ihnen das nicht erzählt? Es geht mir um das zweijährige Grundstudium am örtlichen College. Etwas anderes könnt' ich mir überhaupt nicht leisten. Wenn ich dafür ein Stipendium bekomme, kann ich das dritte Studienjahr anschließend an der Uni absolvieren. Ohne Stipendium müßte ich arbeiten gehen und Geld sparen ... irgendwie. Ich weiß nicht, ob ich dazu den Mumm habe.»

Das war keine Bitte um Mitleid; Diana wußte genau, daß Mary Jo leere Worte der Bewunderung, Ermunterung oder Mitgefühl übelnehmen würde, und schwieg deshalb. Einen Augenblick später fuhr Mary Jo in ihrem gewohnt nüchternen Ton fort: «Aus dem Grund muß ich mich bei den Referaten verdammt anstrengen. Lassen Sie sich von mir nicht abhalten. Machen Sie Ihren Spaziergang. Später würde ich mich mit Ihnen gern einmal über Brad unterhalten. Das ist auch ein Grund, warum ich Andy vor die Tür gesetzt habe. Damit wir ungestört zusammen sprechen können. Nicht, daß mir etwas Neues eingefallen wäre», sagte sie noch rasch. «Wenn mir inzwischen etwas Wichtiges wieder in den Sinn gekommen wäre, hätt ich's sofort gesagt. Ich hab mir nur gedacht, daß wir uns ein bißchen ausführlicher unterhalten sollten.»

«Ich bin Ihnen sehr dankbar.»

«Lassen Sie mich nur zuerst ein paar Stunden arbeiten, okay?»

«Klar. Würde es Sie stören, wenn ich ebenfalls in der Bibliothek arbeitete? Ich werde den Mund halten – Ehrenwort.»

«Lady, ich habe gelernt, ein Buch zu lesen, während ich Kartoffeln schnippe und Geschirr spüle.» Es war kein lustiges Lächeln, das Mary Jo da zeigte. «Sie stören mich nicht. Der einzige, der mir auf die Nerven geht, ist Andy.»

Sie verließ das Zimmer. Diana ging durch die Hintertür nach draußen. Der große Bernhardiner hievte sich auf die Pfoten und folgte ihr.

Diana ging aber nicht weit, sondern ließ sich auf einer Terrassenstufe nieder. Der Hund schmiegte sich an sie. Aus dem Licht des Sonnenuntergangs wurde Zwielicht. Im Westen leuchtete ein vereinzelter Stern. Das verdämmernde Tageslicht legte sanfte Schatten über die stillen Wiesen und die dunkelnden Bäume.

Der Hund hob aufmerksam den Kopf, knurrte leise und blickte in Richtung der Bäume über die Weiden.

«Laß das!» rief Diana – und zuckte zusammen beim Klang der eigenen Stimme, die in der Stille und wegen ihrer angespannten Nerven ungewohnt laut klang. Sie kannte diese ärgerliche Gewohnheit von Hunden, etwas Unsichtbares – und höchstwahrscheinlich gar nicht Vorhandenes – zu fixieren. Das hatte überhaupt nichts zu bedeuten. Trotzdem...

Zurück im Haus ,verschloß und verriegelte sie die Hintertür, ganz schnell, um die Nacht auszusperren – wie ein furchtsames Mädchen oder wie ein Mensch aus der Vorzeit, der an böse Geister glaubt. Es gab im Dunkel aber Schlimmeres als böse Geister: menschliche Wesen – von allen Spezies die gefährlichste.

Den genauen Zeitpunkt ihrer Entscheidung hätte Diana nicht angeben können; sie setzte sie jedoch unverzüglich in die Tat um, bevor sie ihre Meinung wieder ändern konnte. Sie buchte den Anruf auf ihre Kreditkarte. Es läutete lange, und sie wollte bereits mit einem feigen Gefühl von Erleichterung wieder auflegen, als sie die Stimme ihres Vaters hörte. Normalerweise nahm nicht er ab.

«Ja? Wer ist am Apparat?»

«Man meldet sich doch üblicherweise mit ‹Hallo›», sagte Diana.

«Diana? Bist du's? Wo bist du? Ich habe dich schon mehrmals zu erreichen versucht.»

Ihr schnürte sich die Kehle zusammen. «Mutter! Ist sie...»

«Mit ihr ist alles unverändert», sagte die kalte, trockene Stimme. «Aber wie konntest du so verantwortungslos sein, einfach zu verschwinden, ohne eine Adresse zu hinterlassen? Ich hab nicht einmal gewußt, daß du Ferien machen wolltest. Bis ich heute in deiner Kanzlei anrief... Wo bist du?»

Das Gefühl, das sie plötzlich übermannte, war weder Zorn noch Schuld, noch überhaupt klar definierbar.

«Ich muß dich um einen Gefallen bitten. Kann Mutter mithören?»

«Sie schläft.» Dianas Weigerung, seine Frage zu beantworten, ärgerte ihn maßlos, aber er würde nicht noch einmal fragen.

«Um diese Zeit? Es ist doch erst...»

«Sie schläft. Sie hatte einen schlechten Tag. Sie hat», sagte die kalte Stimme, «in letzter Zeit immer nur schlechte Tage. Sie hat eins von ihren Mitteln genommen und ist ins Bett gegangen.»

Diana hatte sich vorgestellt, daß sie ihre Mutter am Telefon in ein Gespräch verwickelte, während der Vater tat, worum sie ihn bat. So konnte es aber auch gelingen. «Du weißt doch, wo sie Brads Briefe aufbewahrt, nicht wahr?»

Das Schweigen hielt so lange an, daß sie schon glaubte, er hätte aufgelegt. Die Antwort kam dann wie ein Peitschenschlag. «Ja.»

«Wenn sie tief schläft, wird sie dich nicht hören. Ich brauche eine Kopie von Brads Briefen, Vater. Schick sie mir bitte Montag morgen per Eilpost. Ich geb dir die Adresse und mein Pseudonym. Hast du einen Bleistift zur Hand?»

Einen Vorzug hatte seine Arroganz: Sie machte es ihm unmöglich, zu fordern oder um etwas zu bitten; sogar Fragen zu stellen. Er wiederholte die Adresse, nachdem er sie notiert hatte. «Also, das wär's», sagte er. «Ich muß schon sagen: Du überraschst mich, Diana. Für eine so dumme sentimentale Pilgerreise Zeit und Kraft zu vergeuden!»

Sie fragte nicht, wieso er ihren Aufenthaltsort überhaupt beurteilen könnte. Er war stets über alles informiert; und ihr Schicksal konnte ihm schließlich nicht völlig gleichgültig sein.

«Denk dran, die Briefe wieder zurückzulegen, bevor Mutter nach ihnen sucht», fügte Diana hinzu. «Obwohl sie sich vielleicht freuen würde zu entdecken, daß du dir die Mühe gemacht hast, sie zu lesen.»

Sie konnte trotz der großen Entfernung hören, wie ihrem Vater der Atem stockte. Sie staunte über die eigene Kühnheit. «Hast du aus einem bestimmten Grund im Büro angerufen, oder wolltest du nur mit mir plaudern?»

Vielleicht nahm er den Sarkasmus in ihrer Frage gar nicht wahr. «Weder noch», sagte er. «Ich erwarte nur, regelmäßig von dir zu hören. Sonst muß ich ... selber aktiv werden.»

Wo hatte er bloß gelernt, seine Stimme wie eine Waffe zu benutzen? Diana biß sich auf die Lippen. «Also gut, Vater. Jetzt hast du ja meine Adresse. Ich werde hier noch ein bißchen bleiben. In acht bis zehn Tagen bin ich aber bestimmt wieder im Büro. Danke für die Fotokopien. Ich rechne für Dienstag mit ihnen. Sag Mutter, daß ich angerufen habe. Grüß sie von mir. Gute Nacht.»

Sie legte auf, bevor er sie um ihre Telefonnummer bitten konnte. Ihre Hände zitterten.

Auf ihren Füßen lag etwas Großes, Warmes, Schweres. Beim Hinunterschauen sah sie Baby, zusammengekugelt, in ihrer Beschützerstellung; Diana legte ihr beruhigend die Hand auf den Kopf. «Alles in Ordnung. Deine Anteilnahme ist wirklich wohltuend. Du kannst mich aber nicht vor allem bewahren.»

Die große Hündin, die auf Stimme und Berührung reagierte, blickte sie treuherzig verstehend an.

Ihr Vater würde ihr die Bitte erfüllen, und wenn's nur darum wäre, um ihr zu beweisen, daß es ihm nichts ausmachte, Brads Briefe anzusehen – sie anzufassen. Vielleicht würde er sie sogar lesen. Es würde ihm geradezu unmenschliche Selbstbeherrschung abverlangen, sie nicht zu lesen; weil er eben doch Anteil nahm. Fast hätte er sich verraten – mit der Suche nach einer unsentimentalen Begründung für seinen Anruf in ihrer Anwaltskanzlei. Es hinzunehmen, daß das zweite Kind ins Nichts entschwand, nach dem, was er bereits mit dem ersten erlebt hatte ... Er mußte einige schwere Augenblicke durchgestanden haben, als ihn die Kanzlei von ihrer Abwesenheit in Kenntnis setzte.

Der Gedanke machte sie glücklich. Sie schämte sich, deswegen glücklich zu sein.

Als sich Diana aus ihren Gedanken und Träumereien riß, war das Haus bereits von Nacht umfangen. Sie ging zur Hintertür, um die Katzen hereinzurufen, bezweifelte allerdings, daß sie ihrem Ruf folgen würden. Je stärker die Verlockungen von warmem Wetter und kräftigerem Mondschein, desto lieber strichen sie nachts im Freien herum. Und ihre Jagdtrophäen waren fast allmorgendlich vor der Tür anzutreffen.

Diana trat ins Freie. Über den Baumsilhouetten hing tief der Mond.

Aus der offenen Haustür fiel Licht auf den kurzgeschnittenen grünen Rasen. Die Brise trug eine liebliche, alles durchdringende Süße. Mondschein versilberte die Blüten blühender Bäume. Da sah sie plötzlich etwas Unheimliches: In der Nähe der Stufen, die zur unteren Terrasse herabführten, bewegte sich ein dunkler Schatten.

«Nicht schreien, um Gottes willen – ich bin's», sagte Andy und eilte die Treppen empor.

Da packte Diana ein Gefühl von Erleichterung und von Zorn. Einen Moment lang verschlug es ihr die Sprache. «Sie!» stieß sie hervor. «Sie sind ... Wie können Sie mich nur so erschrecken? Was machen Sie hier?»

«Ich hatte eine Autopanne.»

«Es ist über eine Stunde her, daß Sie weggefahren sind!»

«Ich habe versucht, den Schaden zu reparieren. Ich wußte ja, daß Sie mich hier nicht wollen, deshalb ... Was ist denn los? Sie sehen ja ganz komisch aus.»

«Komisch! Ich fühle mich nicht ...» Komisch; so konnte man das auch nennen, dieses Gefühl von Schwindel, Orientierungsverlust, Verwirrung ... Als sie taumelte, fing er sie auf. Sie klammerte sich an ihn, als der Boden unter ihren Füßen schwankte.

Ein Schmerz nagte an ihrem Arm vom Druck seiner Hand. Sie atmete tief durch. «Geh'n wir.»

«Sind Sie sich sicher, daß Sie okay sind?»

«Ganz sicher.»

«Es war wohl meine Schuld», meinte Andy betrübt. «Es ist allerdings das erstemal, daß ich eine Frau so erschreckt habe, daß sie ohnmächtig wird.»

Diana wollte ihm eine Erklärung geben, besann sich dann aber anders. Obwohl es ihr nicht behagte, bei ihm den Eindruck einer ängstlichen, in Ohnmacht fallenden Frau zu erwecken, so schien es doch immer noch besser, als sich auf eine Erklärung für ihr groteskes Erlebnis einzulassen.

«Ich habe ein Starthilfekabel», sagte sie brüsk.

«Nützt nichts. Die Batterie ist hin. Ich brauche eine neue, aber ich denke nicht im Traum daran, mich heute noch auf die Suche zu machen.»

«Mary Jo wird Sie umbringen.»

«Sie muß ja nicht wissen, daß ich da bin. Ich werde mich über die Hintertreppe nach oben schleichen...»

«Und sie zu Tode erschrecken, wenn Sie mitten in der Nacht im Haus herumstreichen? So wie ich Sie kenne, könnten Sie das ja doch nicht lassen.» Diana legte ihm beide Hände gegen den Brustkorb und drückte ihn weg. Er ließ sie grinsend los. Sie fuhr fort: «Sie bleiben in der Küche. Ich werde Mary Jo informieren, daß Sie da sind. Aber erst später.»

«Jawohl, Madam. Wie es Ihnen beliebt.»

Sie führte ihn in die Küche und schloß ab. Der große Hund hob träge den Kopf und bellte zur Begrüßung. «Du bist mir ein toller Wachhund!» sagte Diana finster.

«Aber Baby kennt mich doch», erwiderte Andy. «Wenn ich ein Einbrecher gewesen wäre...»

«Sprechen Sie leise! Bleiben Sie hier. Halten Sie die Tür verschlossen. Und bloß keinen Lärm machen! Mary Jo braucht ein paar Stunden Ruhe. Wenn Sie Mary Jo stören, werde ich Ihnen den Hals abdrehen.»

«Natürlich. Ganz recht. Völlig klar. Darf ich...»

«Nein.»

«Darf ich nicht einmal einen S...»

«Nein.»

Das Grinsen auf Andys Gesicht war unverfroren und zeigte keinerlei Reue. «Wenn ich Ihnen sage, daß Sie richtig süß sind, wenn Sie wütend werden, würden Sie...»

«Ja. Setzen Sie sich. Dort.» Sie verschränkte die Arme und ließ ihn nicht aus den Augen, als er sich auf Zehenspitzen zum Schaukelstuhl schlich und mit übertriebener Vorsicht hineinsetzte. «Gut», sagte sie. «Bleiben Sie dort. Wenn Sie sich artig benehmen, lasse ich Sie vielleicht später zu uns herüberkommen. Rufen Sie uns nicht. Wir rufen Sie.»

Andy riß die Augen auf, preßte die Lippen zusammen und nickte heftig. Diana verzog keine Miene, bis sie die Küchentür hinter sich zugemacht hatte. Eigentlich war er ja ein liebenswürdiger Kerl; aber wenn man ihm den kleinen Finger reichte, nahm er die ganze Hand.

Ihre heitere Stimmung währte freilich nicht lange. Während sie sich beim langsamen Gang durch den Korridor gedankenverloren den Arm rieb, vergegenwärtigte sie sich noch einmal den unheimlichen Wandel der Wahrnehmungsperspektive, den sie erlebt hatte. Beim erstenmal war sie viel zu sehr beschäftigt gewesen, um sich Sorgen zu machen – sie war ins Wasser gefallen und voll auf die Rettung von Andy und dem Hund konzentriert. Die anderen Male hatte sie ganz allmählich, gewissermaßen gleitend, wieder in die Realität zurückgefunden, so daß sie sich des Übergangs kaum bewußt geworden war. Diesmal aber hatte Andys überraschendes Auftauchen ihr das Wachbewußtsein schockartig wiedergegeben und die Erkenntnis aufgezwungen, daß das, was sie gesehen hatte, in keiner Weise Ähnlichkeiten mit der Realität der Gegenwart aufwies. «Déjà-vu» war dafür ein tröstlich beruhigender Ausdruck; er begann jedoch fadenscheinig zu werden.

10

Der Anblick des Durcheinanders, das Andy in der Bibliothek verursacht hatte, lenkte Diana von ihren beunruhigenden Überlegungen ab.

Es schien unmöglich, daß der ganze Dreck auf dem Boden von dem relativ kleinen Loch in der Wand herrührte, zu dem Diana, zwischen Neugier und Empörung hin- und hergerissen, jetzt auf Zehenspitzen ging, um nicht auf den ringsum verstreuten Verputz zu treten.

Die Öffnung in der Wand war ungleichmäßig breit und tief. Andy hatte die Verputzschichten lediglich in der Mitte durchdringen und eine rauhe Holzoberfläche freilegen können. Ein Kenner historischer Architektur hätte die unterschiedlichen Schichten zweifellos aufzuschlüsseln vermocht; Diana sagten sie aber nichts, und so zog sie sich nach einem flüchtigen Blick wieder zurück. Sollte sie Kehrschaufel und Besen holen? Sie entschied sich nach einigem Zögern dagegen; sonst hätte sich Mary Jo bestimmt veranlaßt gesehen, vom Computer aufzustehen und ihr beim Saubermachen zu helfen.

Sie kehrte dem Chaos den Rücken und nahm wahllos ein Buch aus dem Regal. Zwei Katzen wollten ihr Gesellschaft leisten; zwischen den beiden kam es zu einer Meinungsdifferenz darüber, wer Vortritt hatte; sie endete damit, daß die Kattun-Katze mit schlagendem Schwanz beleidigt abzog und

Miss Matilda sich auf Dianas Schoß zu einem selbstgefällig schnurrenden Ball zusammenrollte.

Dank eines gar nicht so zufälligen Zufalls stellte sich heraus, daß das Buch von Rosen handelte. Zunächst schweiften Dianas Gedanken immer wieder ab. Sie mußte an Andy denken, überlegte, was er in der Küche wohl anstellte und wie lang er wohl dort blieb. Dann kam ihr das Telefongespräch mit ihrem Vater wieder in den Sinn, und sie mußte sich gegen ihre Schuldgefühle wehren. Schließlich erinnerte sie sich an die unheimlichen Augenblicke, wenn sie sich ganz woanders zu befinden schien – oder war sie dann eine andere Person? Es dauerte eine Weile, bis die Lektüre ihren unsteten Geist nach und nach beruhigte.

Diese Rose müssen wir unbedingt in unserem Garten haben, dachte Diana, als sie das Foto von gekräuselten weißen Blütenblättern betrachtete, die sich um ein Herz goldener Staubgefäße legten. Sie hatte sie schon in einigen Katalogen entdeckt: *Rosa alba semi-plena*, die Weiße Rose von York.

Doch sie selbst würde sie nie sehen, zumindest nicht hier. Und sehr wahrscheinlich auch nirgendwo anders. Im übrigen würde sie keine Rose, und schon gar keine von den alten Sorten mehr sehen können, ohne an die eigene Treulosigkeit gegenüber Menschen erinnert zu werden, die ihr vertraut hatten.

Das Schrillen des Telefons schreckte sie auf. Mary Jo zog verärgert die Schultern hoch und tippte weiter. Diana schob die Katze von ihrem Schoß und stand auf. Als sie den Apparat erreichte, hatte das Läuten schon aufgehört.

Vermutlich hatte Andy den Hörer in der Küche abgenommen. Höchste Zeit, daß sie einmal nach ihm schaute – sie war überrascht, wie spät es geworden war.

Andy lag mit dem Hörer in der Hand auf der Küchencouch. «Hier kommt sie», sagte er. «Willst du mit ihr reden?»

Auf die Antwort reagierte er mit säuerlicher Miene. «Ja, ich weiß», sagte er, «daß du deshalb angerufen hast. Hier hast du sie.»

In der Hotelsuite mußte es zwei Apparate geben, denn am

anderen Ende der Leitung sprachen beide Nicholsons gleichzeitig. Charles regte sich über Andys Gesprächigkeit auf. «Das ist ein Ferngespräch, verdammt! Kann er denn nicht begreifen, daß wir bei ihm daheim angerufen hätten, wenn wir ihn sprechen wollten? Was hat er dort überhaupt zu suchen?»

«Charles, Liebling, nun übertreib mal nicht, bitte! Vergiß nicht: Wir sind reich! Wir können es uns leisten, so lange zu reden, wie wir wollen. Obwohl es schon ein bißchen dumm ist, sich mittels *Ferngespräch* zu unterhalten. Diana, sind Sie da?»

Diana mußte sich alles anhören – über Charleston und Mrs. Bachelders Rosengarten und die schönen Exemplare, die Emily gesehen hatte und kaufen wollte; bis sich nach geraumer Weile Charles laut und vernehmlich räusperte. «Was geht dort vor? Andy hat uns ein Lügenmärchen über den Kamin erzählt. Er reißt doch wohl nicht alles ab!?»

«Mmm ...» Diana schaute Andy an, der Nescafé in die Tassen löffelte und so tat, als ob er gar nicht mithörte.

Diana setzte zu einer Erklärung an und gab sich Mühe, Andy statt als kriminellen Zerstörer von Haus und Herd als guten Samariter ins Licht zu rücken – nicht nur, weil er zuhörte, sondern auch, um die Nicholsons nicht zu beunruhigen – doch in letzterem blieb Diana ein Erfolg versagt. «Ihr Taktgefühl in Ehren, Diana, aber ich kann zwischen den Zeilen lesen. Jetzt geben Sie mir mal diesen jungen ...»

«Das kommt überhaupt nicht in Frage», schrie Emily. «Ich werde nicht dulden, daß Charles und Andy sich über eine so große Entfernung gegenseitig beschimpfen. Charles, laß das Herumhacken auf Diana!»

«Ich hacke nicht auf Diana herum! Ich mache doch ihr keine Vorwürfe. Eben deshalb will ich ja mit –»

«Komm schon, leg auf, Charles, Liebling.»

Charles schnaufte noch einen Augenblick lang und tat dann, wie ihm geheißen wurde. «Hier ist alles in Ordnung. Ehrlich», sagte Diana. «Andy ist nur hier, weil sein Wagen eine Panne hatte.»

«Das glaube ich Ihnen sofort.» In Emilys Stimme schwang Belustigung mit. «Lassen Sie ihn nur seine Spielchen machen, Diana, solange es Sie nicht verrückt macht. Bis zu unserer Rückkehr hat er doch bestimmt längst wieder alles in Ordnung gebracht.»

Ihr Vertrauen ist rührend, dachte Diana – sagte aber nichts. Sie hätte ohnehin nichts sagen können, denn Emily fuhr gleich fort: «Das Aufregendste habe ich Ihnen noch gar nicht berichtet. Mrs. Bachelder hat uns mit einem weiteren Züchter alter Rosen in Verbindung gebracht. Er soll einen absolut prachtvollen Garten haben, empfängt aber nur Besucher, die ihm von Freunden empfohlen werden – und er hat anscheinend nur *zwei* Freunde! Jawohl, in Ordnung, Charles, ich weiß, daß es spät ist und daß es ein Vermögen kostet, und so weiter und so fort. Nun ist die Sache aber die, Diana: Vor nächstem Sonntag können wir ihn nicht besuchen, und aus dem Grund kommen wir erst ein paar Tage später zurück. Ich weiß, daß Sie andere Pläne haben, lassen Sie sich also durch uns nicht abhalten, ich habe schon mit Andy darüber gesprochen, und wenn Mary Jo nicht bleiben will, wird er das Haus hüten. Ach, ich muß Ihnen noch von der Weißen Rose von York erzählen, die ich in Mrs. Bachelders Garten gesehen habe... Sie ist wunderschön, von der Sorte müssen wir unbedingt einen Stock im Garten haben. Nicht nur einen, viele!»

«Das ist aber lustig», sagte Diana bedächtig. «Über diese Rose habe ich vorhin gerade gelesen und genau dasselbe gedacht.»

Emily jubelte. «Wirklich? Wir beide harmonieren miteinander! Ich glaube fest an PSI, oder wie auch immer man das heutzutage nennt – früher haben wir so etwas Gedankenübertragung genannt. Ich bin davon überzeugt, daß zwei Seelen, die miteinander sympathisieren, auch miteinander kommunizieren können. Oje, Charles schimpft mit mir, ich muß auflegen. Aber eins muß ich Ihnen doch noch sagen – es überrascht mich gar nicht, daß unsere Seelen in Kontakt sind. Ich habe bei unserer ersten Begegnung sofort gewußt, daß wir Freunde werden. Gute Nacht...»

«Einen Moment», sagte Diana.

«Ja, meine Liebe?»

«Was das nächste Wochenende betrifft», sagte sie schnell, «da gibt es kein Problem. Ich bleibe hier, bis Sie und Charles zurückkommen. Lassen Sie sich Zeit – soviel Sie brauchen.»

«Aber Ihre andere Aufgabe...?»

«Ich kann das verschieben.»

«Bestimmt? Ich will Ihnen nichts aufdrän–»

«Ganz bestimmt.»

Nach dem Auflegen stand Diana da und schaute perplex auf den Apparat. Sie stand mit dem Rücken zu Andy, hörte ihn durch die Küche gehen, Wasser in die Kaffeetassen gießen und umrühren.

«Wie trinken Sie Ihren Kaffee?» wollte er wissen.

Diana drehte sich um. «Ich mach das schon», sagte sie. «Nehmen Sie Sahne oder Milch?»

«Die beiden Tassen sind für Sie und Mary Jo», antwortete Andy. «Ich hab bereits so viel Kaffee getrunken, daß ich'n Rausch habe. Mary Jo trinkt den Kaffee schwarz.»

«An Verwöhnung liegt ihr wohl gar nichts?» meinte Diana lächelnd.

«Sie sagen es.»

«Ich bringe ihr den Kaffee. Sie weiß noch nicht, daß Sie da sind, und arbeitet so hart, daß ich es nicht übers Herz bringe, sie zu unterbrechen. Vielleicht später.»

«Ach so. Sie hätten wohl nicht zufällig ein bißchen Zeit zum...»

«Zum Plaudern? Nein.»

Zu ihrer Überraschung gab er sofort auf. Er ließ sich auf die Couch fallen und schenkte ihr ein träges Lächeln. «Sie dürfen Ihre Meinung jederzeit ändern, ob Tag oder Nacht, ganz gleich.»

«Danke.»

Sie hatte die Tür fast erreicht, als er noch bemerkte: «Ich werde nicht nach oben gehen, sondern mich hier in die Klappe hauen. Falls Sie also jemand – oder etwas – im Haus herumlaufen sehen – ich bin's nicht.»

Als Diana in die Bibliothek trat, lehnte sich Mary Jo mit einem Seufzer auf ihrem Stuhl zurück. «Ich bin fast fertig», sagte sie entschuldigend. «Kaffee – genau das kann ich jetzt brauchen. Ich hab viel geschafft. Hier kann man wirklich gut arbeiten.»

Mary Jos Blick war bereits wieder zu den Notizen gewandert, die neben ihr lagen: Diana murmelte Zustimmung und machte es sich in ihrem Sessel bequem. Sie nahm ihr Buch wieder in die Hand und suchte nach einem Foto der Roten Rose von Lancaster, von der sich Emily bestimmt auch einige Stöcke wünschen würde.

Das Bild auf der Seite verschwamm, weil ihre Gedanken sich auf etwas anderes einstellten. Langsam wurde ihr die ganze Bedeutung des Versprechens klar, das sie Emily vorhin gegeben hatte. Damit hatte sie sich nicht bloß für ein paar Tage länger verpflichtet, sondern – zumindest sich selbst gegenüber – auch zu einem vollen Geständnis. Der Beschluß war unwiderruflich.

Zugegeben, bei dieser Entscheidung hatte auch ein gewisser Egoismus mitgespielt. Unabhängig von der Frage, ob die Nicholsons ihr verzeihen würden oder nicht – und bei Charles mußte sie mindestens mit einer heftigen Standpauke rechnen –, gewann sie damit die Chance, eine Freundschaft zu bewahren, die ihr inzwischen viel bedeutete. Und die Chance, die Weiße Rose von York im Garten der Freundin doch noch erblühen zu sehen.

Aber das war noch nicht alles. Sie fühlte sich zu diesem Hause hingezogen – da war etwas, das sie, allmählich und unerbittlich in seinen Bann gezogen hatte; etwas, das mit Brad zu tun hatte.

Sie mußte verrückt, völlig verrückt gewesen sein, als sie

glaubte, daß sie hier etwas erreichen würde, indem sie incognito, unter falschem Vorwand herkam. Noch bestand eine Chance, Brads Schicksal aufzuklären. Die Nicholsons würden ihr mit Sicherheit dabei helfen. Wie sonderbar – sie hatte die beiden in kürzester Zeit so gut kennengelernt, daß es für sie nicht den leisesten Zweifel gab, wie sie reagieren würden. Charles würde wettern – nicht nur weil sie ihn belogen hatte, sondern auch wegen ihrer Dummheit; Emily würde Verständnis und Mitgefühl haben und sich voller Eifer in die Rolle der kleinen-alten-Dame-als-Detektivin stürzen.

Baby, die zu Dianas Füßen döste, erhob sich plötzlich mit einem Knurren, und wenige Sekunden später hörte auch Diana das Geräusch, das Babys scharfe Ohren wahrgenommen hatten – den Motor eines Autos.

Als der Wagen kurz darauf mit quietschenden Reifen vor dem Haus hielt, sprang Diana auf. Sie hörte auf den Eingangsstufen schwere Schritte; noch schwerer klang der Gegenstand, der gegen die Haustür schlug, während eine Männerstimme etwas Unverständliches brüllte.

Diana war vom Schock wie gelähmt, realisierte aber sofort, daß damit eigentlich zu rechnen gewesen war. Walter hatte gewarnt. Und Andy hatte auf Walters Warnung gehört; *deshalb* hatte er diese absurden Entschuldigungen erfunden; er wollte die Nacht hier im Haus verbringen, ohne den beiden Frauen unnötig Angst einzujagen – für den Fall, daß Larry doch nicht auftauchen sollte. Aber Andy war davon ausgegangen, daß er auf der Bildfläche erscheinen würde – es war Samstagabend, wenn Leute sich üblicherweise einen andudelten, an alten Groll erinnerten und Ärger suchten.

Larry hämmerte brüllend gegen die Tür – er verlangte Einlaß und stieß platte Obszönitäten aus. Diana hielt Mary Jo zurück, die in die Diele gehen wollte. «Wo wollen Sie hin?»

Mary Jos Gesicht war aschgrau. «Ich hätte nicht herkommen dürfen. Lassen Sie mich los! Ich werde dafür sorgen, daß er wieder abzieht.»

«Wenn Sie versuchen, die Tür aufzumachen, brech ich Ihnen den Arm!» Diana packte sie fester. Sie spürte, daß Mary Jo völlig verspannt war. «Geben Sie keine Antwort! Ins Haus kann er nicht herein. Lassen Sie ihn schreien und toben, bis er nicht mehr kann. Na, sehen Sie», rief sie triumphierend, als der Krach aufhörte. «Er hat bereits aufgegeben.»

«Er ist zur Hinterseite gegangen», widersprach Mary Jo. «Sie kennen ihn nicht. So schnell gibt der nicht auf.»

Ihre scheinbare Gefaßtheit war nur dünne Fassade; als in der Diele Schritte laut wurden, zuckte sie zusammen. Diana sagte rasch: «Das ist bloß Andy. Sein Wagen hatte eine Panne. Deshalb ist er für die Nacht zurückgekommen.»

Andy hatte offensichtlich geschlafen, denn das Haar stand ihm am Hinterkopf zu Berg und fiel in die Stirn. Er strich sich beim Eintreten die Strähnen aus den Augen; im Hintergrund erhob sich wütendes Gebell. «Alles in Ordnung?» fragte er.

«Was für eine idiotische Frage», entgegnete Diana.

«Er steht am hinteren Eingang», sagte Mary Jo. «Hören Sie die Hunde? Glauben Sie mir, Diana – der gibt nicht auf, der wird nicht einfach wieder weggehen. Aber ich weiß, wie man mit ihm umgehen muß. Lassen Sie mich los, Diana. Ich will sehen, daß ich ihn zur Vernunft bringe. Sonst wird er ... Er ist zu allem fähig. Die Tür einzuschlagen. Das Haus in Brand zu setzen.»

«Wir könnten die Hunde auf ihn loslassen.» Diana schaute zum Bernhardiner, der sich an sie drückte.

«Er hat bestimmt eine Waffe bei sich», warnte Mary Jo. «Er sammelt die verdammten Dinger. Er hat immer eine Schrotflinte im Truck. Er hätte keine Hemmungen, auf ein Tier zu schießen.»

«Ihr habt doch die Polizei schon angerufen, ja?» sagte Andy.

Diana starrte ihn entgeistert an.

«Um Gottes willen!» Andy ging zum Telefon. «Ich bewundere knallharte Damen. Aber gegen *den* Kerl allein anzutreten, ist kein Zeichen von Mut – das ist bloß dumm. Ich biete mich *nicht* zum Kampf gegen ihn an, wie Sie sehen.»

Diana faßte sich an den Kopf, weil sie nicht selbst dran gedacht hatte. Es war zwar widersinnig, aber unvermeidlich, daß ihr Ärger sich gegen Andy richtete. «*Offensichtlich* nicht.»

Er tat amüsiert. «Hier, sprechen Sie mit der Polizei! Bei einer Frau reagiert die prompter. Außerdem habe ich auf meinen Ruf als Macho zu achten.»

Diana nahm den Hörer und schilderte die Situation einem ziemlich gelangweilten Wachtmeister, der öffentliche und häusliche Schlägereien am Samstagabend anscheinend als gar nichts Ungewöhnliches empfand; *eine* Frage brachte ihren Zorn dann allerdings zum Überlaufen. «Nein, er ist nicht mein verdammter Mann», schrie sie in den Hörer. «Aber spielt das überhaupt eine Rolle? Er ist betrunken, gewalttätig und er...»

«...bricht jetzt ins Haus ein», sagte Andy in einem Ton grimmiger Zufriedenheit. «Das Krachen kam von einer splitternden Fensterscheibe. Ich sollte mal nachsehen... O verdammt!»

Er rannte zur Tür – doch nicht wegen des Berstens von Fensterglas, sondern wegen eines Schusses, in den sich das Heulen eines Hundes mischte.

«Jetzt hat er einen meiner Hunde erschossen», berichtete Diana dem Wachtmeister. «Reicht Ihnen das, oder wollen Sie...»

«Schon unterwegs, Lady. Bewahren Sie Ruhe. Treten Sie ihm nicht entgegen. Schließen Sie sich in einen Wandschrank oder ins Badezimmer ein, oder –»

«Ach, kommen Sie doch endlich!» rief Diana und knallte den Hörer auf die Gabel.

Bis auf einige aufgeschreckte Katzen und auf Baby, die Diana zu Boden drücken wollte, war der Raum leer. Mary Jo war Andy in die Küche gefolgt. Sie wäre töricht genug, sich Larry in den Weg zu stellen, um Andy zu beschützen, und Andy wäre töricht genug, einen bewaffneten Mann anzugreifen, um die Hunde zu beschützen. Baby versperrte Diana immer wieder neu den Weg zur Tür. Diana machte einen Sprung.

Niemand konnte sie später von der Überzeugung abbringen, daß Baby mit Absicht eine Pfote ausgestreckt und ihr ein Bein gestellt hatte. Diana stolperte und stürzte, und Baby ließ sich mit einem Knurrseufzer der Erleichterung auf sie fallen. Im gleichen Moment explodierten die Türfenster in den Raum hinein. Und da stand er nun – schwankend, aus halbgeschlossenen Augen blinzelnd. Er wirkte überlebensgroß. Er war bewaffnet; nicht mit einer Schrotflinte; es war irgendeine Handfeuerwaffe, die Diana nicht klar erkennen konnte, weil ihr Hundehaare die Sicht verdeckten. Sie versuchte angestrengt, den Hund von sich herunterzuschieben oder sich unter ihm wegzuwinden, doch Baby hielt sie am Boden fest.

Larry betrachtete sie mit einem Ausdruck leichter Verwirrung. Solch eine Kombination Frau/Hund hätte auch einem Menschen bei vollem Verstand Denkschwierigkeiten bereiten können; aber Larry war so betrunken, daß es Diana erstaunte, daß er sich überhaupt auf den Füßen halten konnte. «Mary Jo?» sagte er unsicher.

Diana kam wieder zu Atem. «Nein! Ich bin nicht Mary Jo. Sie ist nicht hier. Verschwinden Sie! Aber schnell! Die Polizei ist schon unterwegs.»

Sie war tatsächlich unterwegs. Das auf- und abwellende Heulen einer Sirene wurde immer lauter. Sein dümmliches Gesicht nahm den Ausdruck schlaumeierischer Berechnung an. Er wollte die Pistole in die Tasche stecken; unglücklicherweise trafen Mary Jo und Andy ein, bevor er es getan hatte. Andy blieb ruckartig stehen und warf beide Arme um Mary Jo. Es war die einzige Möglichkeit, sie ohne Erklärung aufzuhalten. Sie verlor den Kopf und versuchte ungestüm sich zu befreien. Das Sirenengeheul brach ab. In der dann einsetzenden, unheimlichen Stille wirkte das Klopfen an der Haustür wie Trommelwirbel.

Die Tür war verriegelt und angekettet. Die Polizei konnte nur herein, wenn jemand sie einließ. «Kommen Sie hinten ums Haus!» rief Diana. Larry schenkte weder ihr noch dem Klopfen an der Tür Beachtung; er konzentrierte sich auf Andy und Mary Jo, die fest umschlungen waren. Er hob die Pistole und hielt sie mit beiden Händen.

Andy warf Mary Jo hinter eine viktorianische Couch mit hoher Lehne zu Boden und hechtete neben sie. Diana dröhnten vom Knallen des Schusses die Ohren.

Larry schoß noch einmal. Die Kugel schlug in die Wand neben dem Loch für den Kamin ein. Andy drehte den Kopf und stand auf. Der dritte Schuß splitterte ein Stück aus der Rosenholzlehne der Couch. Larry grölte vor Enttäuschung. Dann stürzte er in die Mitte des Zimmers und zielte sorgfältig. Andy hob eine Hand an den Kopf und blinzelte.

Wo blieb denn nur die Polizei? Es dauerte eine ganze Weile, bis Diana begriff, daß der Vorfall sich innerhalb weniger Sekunden abgespielt hatte. Sie wollte Andy etwas zurufen; doch bevor sie das erste Wort herausbrachte, hatte sie es gesehen.

Es schwebte im offenen Türbogen. Zuerst war es nur etwas Amorphes, das sich blaß gegen die Schatten der dahinterliegenden Diele abhob. Als die Schatten tiefer und dunkler wurden, nahm es Gestalt an; da zeigten sich Details; es glühte in einem bleichen Licht, das von ihm selbst ausging. Und so stand es da, regungslos, ohne zu atmen, ohne mit der Wimper zu zucken. Die eingesunkenen, schartigen Höhlen, die einmal Augen gewesen waren, starrten sie unverwandt an.

Sie dachte zuerst, daß der Schrei sich ihrer Kehle entrungen hatte. Doch sie brachte keinen Laut heraus. Es war Larry, der den gräßlichen, entsetzten Ton ausstieß.

Mit größter Anstrengung versuchte Diana, die Augen von der unbeschreiblichen Erscheinung loszureißen. Aber sie wußte – wenn es ihr nicht gelänge, würde sie ebenfalls schreien. Es kostete sie immense Anstrengung, doch sie schaffte es, sich zu Larry umzudrehen.

Und gleich darauf befand sie sich wieder in der Normalität von Zeit und Raum. Larry leerte das Magazin seiner Pistole. Die Schüsse stotterten mit fetzendem Lärm. Er schoß nicht auf Andy, sondern auf die Erscheinung im Torbogen. Er wartete nicht, um festzustellen, was seine Schüsse bewirkten, sondern warf die Waffe blindlings weg, stürzte durch die zersplitterte Fenstertür ins Freie und tauchte in die Dunkelheit.

Als Diana noch einmal hinschaute, war im Torbogen bis auf Schatten nichts zu sehen. Draußen rannten Menschen laut rufend zum Haus.

«Andy?» sagte Diana zögernd.

Er drehte sich zu ihr um und zwang sich ein schwaches Lächeln ab. Von seiner Backe tropfte Blut. Dann sank er langsam hinter die Couch.

Die Polizei war kaum wieder abgefahren, als Walter eintraf. Niemand hatte daran gedacht, den Vordereingang abzuschließen. Walter brach wie ein Zyklon ins Haus und stand bereits in der Bibliothek, bevor jemand reagieren konnte.

Sein Blick suchte Andy. Er ruhte matt auf der Couch. Mary Jo legte ihm einen Eisbeutel auf die Stirn. Walter hatte kein Mitleid mit diesem verwundeten Krieger.

«Was zum Teufel war hier los? Verdammt noch mal, Andy! Ich hatte Ihnen doch gesagt, daß Sie mein Gewehr mitnehmen sollten!»

«Ich hätte mir vermutlich doch nur in den eigenen Fuß geschossen», entgegnete Andy. «Wie haben Sie es so rasch erfahren?»

«Ein Freund von mir hört den Polizeifunk mit. Hab dort sofort angerufen.» Sein Blick wanderte von Andy über Mary Jo zu Diana. «Seid ihr alle okay?» fragte er.

Seine Stimme klang kühl, fast gelangweilt. Sein Gesicht zeigte weniger Selbstbeherrschung. «Man hat mir bloß gesagt, daß es eine Schießerei gegeben hat», fuhr er fort. «Ich dachte ... nun ja.»

«Das einzige Opfer war ich», erklärte Andy selbstgefällig. «Ein bißchen weiter links, Mary Jo. Wunden, die ich mir im Verlauf einer galanten Rettungsaktion zugezogen ...»

«Wie haben Sie das geschafft? Sich den Kopf angeschlagen, als Sie in Deckung gingen?»

Wie eine Furie ging Mary Jo da auf Walter los. «Weil er mich aus der Schußlinie gestoßen hat, du Klugscheißer! Und sich auf mich fallen ließ, um mich zu schützen. Er scheint eine Gehirnerschütterung zu haben. Aber er will nicht ins Krankenhaus –»

«Ich habe keine Gehirnerschütterung», unterbrach Andy sie. «Bloß eine Beule auf der Birne und eine wunde Lippe. Auf die Lippe habe ich mich beim Fallen gebissen. Peinlich. Und dabei hatte ich mir eine hübsche, romantische – und nicht allzu schmerzhafte – Wunde erhofft, am Arm etwa, damit ich mit einer Binde herumlaufen könnte und von bewundernden Frauen verwöhnt würde.»

«Pech gehabt, Kumpel.» Walter setzte sich. «Verzeihung», sagte er verlegen.

«Schon gut.» Andy winkte huldvoll ab. «Sie haben sich Sorgen gemacht?»

«Mach ich mir immer noch. Man hat ihn nicht geschnappt, oder?»

«Noch nicht. Aber diesmal wird ihn das ganze Gesetzbuch treffen: Einbruch, Hausfriedensbruch, Überfall mit einer tödlichen Waffe, Überfall mit der Absicht zu töten ...»

«Einen Hund hat er immerhin erschossen», sagte Diana ernst. «Emily wird arg leiden.»

«Vor ihrer Rückkehr sollte sie es aber nicht erfahren», mahnte Walter. «Übrigens ...»

«Genau.» Andy setzte sich auf. «Es gibt keinen Grund, Emily und Charles überhaupt etwas zu erzählen, bevor sie wieder da sind. Mit ein bißchen Glück haben die Bullen Larry bis dahin schon gefaßt.»

Mary Jo schüttelte den Kopf. «Er ist vielleicht nicht besonders klug, aber er kennt die ganze Umgebung vom Jagen und

Fallenstellen. Er kennt jede Höhle, jedes Versteck. Den wird man so bald nicht erwischen.»

Sie stand auf und ging zum Computer.

«Was haben Sie vor?» fragte Diana.

Mary Jos Hände liefen über die Tastatur. «Ich war fast fertig mit meinem zweiten Referat. Ich schreibe rasch noch den letzten Absatz, drucke beide Arbeiten aus, und dann geh ich. Es wird nicht lang dauern.»

Die andern drei wechselten Blicke. Diana rechnete damit, daß Walter protestieren würde. Diesmal war er jedoch klug genug, sich zurückzuhalten. Die in die Höhe gezogenen Brauen bedeuteten eine Frage an Diana. Sie nickte und zuckte mit den Achseln. Sollte er nur den Anfang machen – es würden alle auf Mary Jo einreden müssen.

«Wo willst du unterkommen?» fragte Walter.

«Ich werde irgendwo in einem Motel wohnen.»

«Und womit willst du das bezahlen?»

«Laß mich in Ruh, Walter.»

«Wenn du willst, könntest du bei mir wohnen.»

Mary Jo sagte ihm klar heraus, was sie davon hielt. «Dann werde ich eben hierherziehen», erklärte Walter nüchtern. «Das ist wahrscheinlich sowieso die beste Lösung. Falls Larry es noch mal versuchen sollte, dann hier. Er ist ein Dickschädel. Wenn er mal eine Idee hat, gibt er sie nicht so rasch wieder auf.»

Von Mary Jo war ein dumpfer Laut zu hören. Ihr Kopf war über die Tastatur gebeugt, die Finger bewegten sich nicht.

«Daß ich als Beschützer unfähig sein soll, ist eine Unterstellung, die ich als persönliche Beleidigung empfinde», empörte sich Andy. «Nur weil ich gestolpert und gestürzt bin...»

«Mundhalten, ihr zwei!» sagte Diana mit Blick auf Mary Jos gebeugte Schultern. «Ihr könnt hier einziehen, und ihr könnt auch Verwandte und Freunde mitbringen, soviel ihr wollt. Es ist mir völlig egal. Aber Mary Jo bleibt. Wenn nötig, werde ich sie fesseln und mit dem Löffel füttern. Ich brauche sie genauso dringend, wie sie mich braucht – und ich hoffe, daß ihr soviel an mir liegt wie mir an ihr. Haben Sie gar nicht daran gedacht, Mary Jo, daß Larry es nicht auf Sie, sondern auf *mich* abgesehen haben könnte? Er hat meinen Bruder getötet. Wenn er weiß, wer ich bin –»

Ihre drei Zuhörer sprachen alle gleichzeitig.

«Was ist denn mit Ihnen los?» fragte Walter.

«Bruder?» fragte Andy verblüfft. «Was für einen Bruder?»

«Können Sie das beweisen?» rief Mary Jo aufgeregt.

«Noch nicht. Aber jetzt bin ich fest überzeugt, daß ...»

«Moment mal», brüllte Andy. «Ich scheine hier der einzige zu sein, der nicht weiß, wovon Sie sprechen. Wer zum Teufel sind Sie? Und, Teufel auch, wer ist Ihr Bruder? Und worum, zum Teufel, geht es jetzt überhaupt?»

Die kurze Erklärung, die Diana gab, verwirrte ihn nur noch mehr. «Der Kerl, der letzten Sommer hier gearbeitet hat? Der Emily Dickinson zitierte und ... Das ist Ihr ... Und Sie haben nicht mehr von ihm gehört ... Entschuldigung, Lady, aber das ist eine Logik, da komme ich einfach nicht mit. Falls es da überhaupt eine Logik gibt. Er hat Ihnen drei Monate nicht geschrieben, und aus der Tatsache haben Sie gefolgert, daß er tot ist? Und daraufhin beschlossen, ihm nachzuforschen? Und deshalb sind Sie hergekommen, und zwar unter einem falschen Namen, was aber doch bedeutet, daß Sie gar keine Fragen stellen können ... Und Sie haben dabei mitgemacht, Walter?»

«Unter Zwang.»

«Unter was für einem Zwang?»

«Unter dem Eindruck, daß sie recht haben könnte», erwiderte Walter kühl.

«Ach so. In Ordnung, *das* kauf ich Ihnen ab. Aber ihr Verhalten ergibt überhaupt keinen Sinn. Warum ist sie denn nicht ganz offen hergekommen, um die Leute nach Brad zu fragen?»

«Der Schlag auf den Kopf muß dein Gehirn durcheinandergebracht haben», sagte Mary Jo. «Denk doch mal nach.»

Andy dachte nach. Diana lehnte sich an Mary Jos Schulter und überlegte, wie sie nur so begriffsstutzig gewesen sein konnte, das Offensichtliche übersehen zu haben. Um Mary Jos Freundschaft und damit auch ihre unverbrüchliche Loyalität zu gewinnen, mußte man sie um Hilfe bitten – und nicht etwa ihr Hilfe anbieten.

«Du großer Gott», sagte Andy. «Sie haben hoffentlich nicht die Frechheit besessen, meine Mutter zu verdächtigen?»

Der Ton der Entrüstung, mit dem er das hervorbrachte, entlockte Walter ein Lächeln und Diana ein schuldbewußtes Auflachen. «Nicht, seit ich sie persönlich kenne. Aber da konnte ich bereits nicht mehr aus dem Schlamassel heraus, in das ich mich selbst hineinmanövriert hatte – nicht, ohne aufzufallen. So kam es mir jedenfalls vor. Ich war... vor Angst beinah krank. Ich konnte überhaupt keinen klaren Gedanken mehr fassen. Ich hatte mich übrigens längst entschlossen, Emily und Charles alles zu gestehen. Nur aus dem Grund habe ich zugesagt, bis nach ihrer Rückkehr hierzubleiben.»

«Das stimmt. Sie haben es ihnen versprochen.» Andy entspannte sich und sagte dann leise: «Ich hoffe, daß Sie sich irren. Ich habe Brad sehr gern gehabt.»

«Ich hoffe selber, daß ich unrecht habe. Aber ich habe furchtbare Angst, daß ich recht habe. Und nach dem Vorfall von heute abend...»

«Auf jeden Fall hat Larry Ihnen den Beweis erbracht, daß er imstande ist, einen Menschen umzubringen», stimmte Andy ihr zu.

«Das haben Sie ja von Anfang an gewußt», sagte Diana. «Ich spreche jetzt nicht davon, was Larry *getan* hat, sondern von dem, was er *gesehen* hat. Und *Sie* haben es auch gesehen, Andy, ich weiß es. Und Mary Jo...»

Sie konnte nicht mehr sprechen. Die Erinnerung raubte ihr die Stimme.

«Was er gesehen hat?» wiederholte Mary Jo perplex. «Sie meinen... die Bullen?»

«Nein.»

Diana versuchte sich zu räuspern, doch ohne großen Erfolg. «Ich hatte nicht... Ich dachte, daß Sie...»

Andy kniff die Augen zusammen. «Immer mit der Ruhe, Diana. Es könnte die Spätwirkung eines kleinen Schocks sein. Ich an Ihrer Stelle würde mich im Moment einfach still verhalten. Wie wär's mit einer schönen warmen Tasse Tee? Mir würde das jetzt auch guttun.»

«Das besorg ich.» Mary Jo stand auf. «Was ist mit dir, Walter? Möchtest du auch etwas trinken?»

Walter bemerkte Andys kaum wahrnehmbare Kopfbewegung. «Ich komme mit und helfe dir.»

Mary Jo und Walter verließen den Raum. «Er denkt, daß es besser ist, wenn er sie im Auge behält», meinte Andy. «Mir ging's allerdings auch darum, daß wir uns allein unterhalten können.»

«Sie hat es nicht gesehen?»

«Sie hat auf dem Boden gelegen und versucht, wieder zu Atem zu kommen, nachdem ich auf sie gestürzt war. Im übrigen hätte sie's wahrscheinlich gar nicht geglaubt, wenn sie's gesehen hätte. Sie ist durch und durch ein Verstandesmensch. Walter ist diesbezüglich noch schlimmer als sie – ein Skeptiker. Sie sollten also gar nicht erst den Versuch machen, einen der beiden zu überzeugen. Sie würden daraus nur schließen, daß Sie nicht mehr alle Tassen im Schrank haben. Ich bin mir da selbst nicht so sicher», merkte Andy ironisch an.

«Aber Sie haben es gesehen! Ich weiß, daß Sie es gesehen haben!»

«Ich hab... etwas gesehen. Aber mir kommt allmählich der Verdacht, daß wir nicht das gleiche gesehen haben.»

«Was soll das heißen?»

«Also, was ich gesehen habe, das konnte nur für mich persönlich von Bedeutung sein. Ihnen hätte das gar keinen Schreck einjagen können – und, nicht wahr, es hat Sie ja auch nicht erschreckt. Sie können es nicht einmal benennen, außer mit einem unpersönlichen Fürwort. Und davon hätte sich Larry bestimmt nicht ins Bockshorn jagen lassen.»

«Was ich gesehen habe... könnte...» Diana verbarg ihr Gesicht in den Händen.

«Sagen Sie es mir», bat Andy sanft.

«Ich kann nicht.»

«Dann werde ich anfangen», sagte Andy freundlich. «Als ich sechs Jahre alt war, habe ich mich einmal im Wald neben unserem Haus verirrt. Ich sollte nicht allein fortgehen, habe es aber doch immer wieder getan. Dies eine Mal lief ich zu weit und fand nicht mehr zurück. Die Nacht brach herein. Eine mondlose Nacht. Die Bäume knarrten, die Zweige raschelten, und ich wußte – ich wußte! –, daß es im Dunkeln Ungeheuer gab. Schließlich habe ich mich am Fuß eines Baumes hingekauert und in den Schlaf geweint. Als ich aufwachte, war es noch immer stockfinster – bis auf ein schwaches, rundes Licht über mir. Das kam von einer alten Öllaterne, die jemand hielt. Eine Gestalt beugte sich zu mir, das Gesicht war meinem ganz nah. Sie hatte zottiges weißes Haar, das vom Kopf abstand, und Millionen von Falten im Gesicht.»

Andys Lachen klang leicht gezwungen. «Auf der Suche nach mir war die ganze Stadt ausgeschwärmt. Und gefunden hatte mich eine im Kopf etwas wirre, aber freundliche alte Frau, die in einer Hütte in der Nähe des Waldes wohnte. Sie hatte versucht, die andern herbeizurufen, aber ihre Stimme war nicht kräftig genug gewesen; auf mein Schreien hin kamen Pa und die anderen dann hergerannt. Ich habe laut geschrien, weil ich die Frau für eine Hexe hielt, und die arme Frau sah auch wirklich wie eine Hexe aus. Wir sind hinterher Freunde geworden. Aber wenn ich ihr in Alpträumen gelegentlich wieder begegne, geht es mir wie beim erstenmal. Ich gerate in Panik.»

«Diese – ist es das, was Sie gesehen haben?» fragte Diana ungläubig.

«Das haben *Sie* aber nicht gesehen, oder?»

«Nein.»

Andy schwieg.

Kurz darauf flüsterte Diana: «Es war Brad. Er sah so aus, wie er aussehen würde, wenn er seit acht Monaten tot und begraben wäre. Ich ... ich konnte ihn gerade noch wiedererkennen.»

11

Das Gesicht in die Sofakissen gedrückt, nahm Diana nur undeutlich die Schritte wahr, die sich näherten und kurz darauf, wahrscheinlich auf einen Wink von Andy, wieder entfernten. Seine Hand ruhte auf ihrer Schulter. Es war eine große Hand mit langen Fingern. Brad hatte kleine, wohlgeformte Hände gehabt...

Ein Schauer lief durch ihren Körper. Andys Griff wurde fester. «Das ist völlig in Ordnung. Weinen Sie nur. Lassen Sie es aus sich heraus.»

Er hielt sie mit beiden Händen; die Finger bogen sich über den Angelpunkten zwischen Hals und Schultern; die Handflächen ruhten auf ihrem Rücken. Es war nicht so sehr die körperliche Berührung wie die Zuneigung, Fürsorge und Verbundenheit, die sie bewies, die Diana halfen, die Erinnerung an die unförmigen Stümpfe zu vertreiben, an die blanken Knochen und das verfaulte Fleisch.

Sie drehte sich herum und setzte sich auf. «Jetzt geht's mir schon besser. Entschuldigung.»

Andy lehnte sich zurück, runzelte die Stirn und schaute sie an. «Wofür denn, zum Teufel? Ich bewundere Selbstbeherrschung. Aber Sie übertreiben. Seit wann staut sich das schon bei Ihnen auf – sieben, acht Monate haben Sie gesagt?»

«So lange nicht.» Diana ließ ihren Kopf wieder auf die Kissen sinken. Sie fühlte sich ausgelaugt. «Ich habe... vor vier oder fünf Monaten angefangen, mir Sorgen zu machen.»

Andy stöhnte. «Ist das alles? Reden Sie doch mit mir, bitte, und tun Sie nicht so stoisch. Ich verstehe das Ganze noch immer nicht. Seit August haben Sie von ihm nichts mehr gehört?»

«Das letzte war eine Postkarte aus New York; maschinengeschrieben, unpersönlich und ohne Absender. Vorher hatte er immer angegeben, wo ich ihn erreichen konnte. Und mir jede zweite Woche geschrieben.»

«Aha.» Andy überlegte. «Also war dieses Haus seine letzte bekannte Adresse. Ich nehme an, daß Sie ihn als vermißt gemeldet haben?»

«Ja. Bei den Behörden in New York.»

«Kein Resultat?»

«Drei – nein, vier – Leichen. Kein Brad.»

«Mein Gott!» murmelte Andy.

«Ein paar haben ausgesehen... befanden sich ziemlich im gleichen Zustand wie...»

«Verstehe. Deshalb hat es für Ihre Phantasie vorhin genügend Ansatzpunkte gegeben, um ...»

«Es *war* Brad», insistierte Diana ruhig. «Vielleicht war es ja auch Einbildung, aber dann war es der schlimmste Alptraum, den ich je gehabt habe.» Andy, wir beide haben etwas anderes gesehen. Larry möglicherweise auch. Falls er Brad jedoch umgebracht –»

«– dann könnte es auch für ihn der schlimmste Alptraum seines Lebens gewesen sein. Doch damit bewegen wir uns im Kreis – mit der Annahme, daß er etwas gesehen hat, weil Sie annehmen, daß er einen Grund hat, es zu sehen.»

«Zugegeben.» Diana zwang sich ein Lächeln ab. «Ich fühle mich schon wieder besser. Aber warum?»

«Weil das, was Sie gesehen haben, gar nicht der Rachegeist Ihres Bruders war, sondern nur die Vorstellung einer entsetzlichen Möglichkeit.»

Diana zuckte zusammen. «Das hört sich ganz melodramatisch dumm an. Im wirklichen Leben kommt so etwas doch nicht vor.»

«Aber ja. Kollektive Halluzinationen und Massenhysterie – über derartiges gibt es ernstzunehmende Forschungsberichte. Es gibt x-Menschen, die Visionen der Jungfrau Maria haben oder das Profil von Elvis Presley auf der Kühlschranktür sehen.»

«Das ist doch nicht dasselbe.»

«Kommt ganz drauf an, welche Autorität Sie dazu befragen. Gott behüte, daß ich selber bei Dingen, die den bedeutendsten Köpfen der Welt ein Rätsel sind, auf meiner Meinung bestehe.» Andy rieb sich seufzend die Stirn. «Ich muß Ihnen wohl nicht erklären, was die Alternative ist. Ich hatte immer geglaubt, daß es Spaß macht, hinter Gespenstern herzujagen. Aber *das* war alles andere als spaßig. Es fiele mir leichter, die Sache als ein Beispiel einer kollektiven Halluzination abzutun, wenn ich nicht wenige Stunden zuvor mit Ihnen noch eine erlebt hätte.»

Seine kühle, rationale Erörterung des scheinbar Irrationalen hatte auf Diana eine so beruhigende Wirkung, daß sie im ersten Augenblick gar nicht kapierte, auf was er da anspielte. Dann schaute sie ihn fassungslos an. «Sie auch?»

«Ich auch. Darüber müssen wir uns unterhalten. Aber» – er sprach schneller, denn man hörte Stimmen; Walter und Mary Jo kündeten ihr Kommen taktvoll mit einer lauten Konversation an – «nicht jetzt. Nicht in ihrer Gegenwart.»

Mary Jo hatte soviel Zucker in den Tee getan, daß er fast ungenießbar war. Als Diana würgte, sagte Mary Jo bestimmt: «Trinken Sie! Nach einem Schock ist Zucker genau das Richtige. Ich bring Sie anschließend zu Bett.»

Diana wehrte sich nicht. Sie fand es besser, Mary Jo hielt sie für ein empfindsames, schreckhaftes Pflänzchen, als ihr den wahren Grund für den Zusammenbruch zu erklären.

Mary Jo mußte dem Tee wohl eine Schlaftablette beigegeben haben, denn Diana schlief bis in den späten Nachmittag durch und gähnte noch immer, als sie sich mit Andy zu ihrer vertraulichen Unterredung traf.

«Wie romantisch!» bemerkte Diana. «Bei Sonnenuntergang im Rosengarten! Hätten Sie sich nicht etwas Passenderes ausdenken können!?»

«Die Sonne geht nicht unter, die Rosen blühen nicht, und der Garten ist voller Unkraut. Und wenn Sie sich dort auf dem Boden niederlassen sollten, wie es Ihre Absicht zu sein scheint, werden Sie morgen früh als Opfer des giftigen Efeus erwachen. Hier, nehmen Sie den Klappstuhl. Ich hab ihn für Sie mitgebracht.»

Diana setzte sich, und als sie ein weiteres Mal herzhaft gähnen mußte, erklärte sie: «Ich bitte um Entschuldigung, aber Mary Jo hat mich gestern abend gedopt. Ich nehme nie Beruhigungsmittel. Ich leide nämlich hinterher noch stundenlang unter Apathie und schlechter Laune.»

«Ist mir schon aufgefallen», sagte Andy. Er hatte ein Erdschäufelchen bei sich, kniete und machte sich über das Unkraut her. «Aber Sie hatten den Schlaf bitter nötig.»

«Ich habe hier bei Ihren Eltern immer gut geschlafen. Ich habe auch keine schlechten Träume gehabt. Außer ...»

«Außer was?» Er schaute sie an.

«Der Traum hat mit diesem Haus nichts zu tun.» Auf eine Diskussion ihres Verhältnisses zu ihrem Vater wollte sie sich nicht einlassen. Sie fuhr deshalb rasch fort: «Letzte Nacht habe ich etwas Wunderschönes geträumt. Nur von Rosen und Musik, von tanzenden, fröhlichen Menschen.»

«Was für Menschen?»

«Ich kann mich nicht erinnern», entgegnete Diana irritiert. «Nun fangen Sie bloß nicht damit an, meine Träume zu analysieren, Andy. Die sind nämlich völlig belanglos für ...»

«Woher wollen Sie das wissen?» Andy saß jetzt mit übereinandergeschlagenen Beinen auf dem Boden und schwenkte das Erdschäufelchen in ihre Richtung. «Musik, Rosen, Tanzen. Gibt es da kein Muster? Die Musik ist auf jeden Fall ein immer wiederkehrendes Thema. Ich habe übrigens Ihre Melodie gefunden.»

«Wirklich?»

«Jawohl. Sie stammt von Boccherini. Ein Menuett. Aus einem Streichquintett. Ein Menuett», sagte Andy betont, «ist ein Tanz.»

«Ich weiß.»

«Musik, Tanz. Und was war mit den Rosen?»

«Ein- oder zweimal habe ich gemeint, den Duft der Rosen riechen zu können. Doch Geruchshalluzinationen sind...»

«Bitte!» unterbrach Andy sie. «Muß ich Ihnen denn jedes Detail aus der Nase ziehen? Nun geben Sie den Widerstand endlich auf. Wir wollen doch nicht dem inneren Kreis einer okkulten Gemeinschaft beitreten. Wir suchen vielmehr eine Theorie aufzustellen. Es könnte ja für das alles eine logische Erklärung geben, die wir jedoch nur finden werden, wenn wir sie offen diskutieren.»

Er blinzelte ins Licht der untergehenden Sonne. An den Ecken seines Mundes hatten sich Lachfalten gebildet. Als gutaussehend hätte man ihn wohl kaum bezeichnet; die Nase war zu breit, der Mund etwas zu groß, und er hatte spitze Ohren. Er hatte überhaupt nichts von Brad an sich. Wann immer Brad sich die Mühe gemacht hatte, sich zu rasieren und das Haar schneiden zu lassen, war er von einer beinahe klassischen Schönheit gewesen. Trotzdem fühlte Diana sich für einen kurzen Augenblick an ihren Bruder erinnert.

«Ich habe Rosenduft gerochen», gab sie zu. «Jedesmal, wenn ich die Musik hörte. Letzte Nacht wieder, als ich die Küchentür öffnete und dort, wo jetzt nur Erde liegt, einen Garten vor mir sah.»

«Ah.» Es war ein leiser Laut, nur zum Zeichen, daß er ihre Kapitulation akzeptierte. «Ich habe ihn ebenfalls gesehen. Mit Veilchen in den Blumenbeeten neben den Stufen –»

«Narzissen, Tulpen und Flieder. Aber gerochen habe ich Rosen.»

«Ich habe die Rosen gesehen», sagte Andy. «Unterhalb der Terrassenmauer. Ich war heimlich ums Haus herumgeschlichen und wollte gerade die Stufen emporsteigen, als die Tür aufging, und genau in dem Moment hab ich's gesehen, nur für den Bruchteil einer Sekunde, es war wie ein Bild, das auf die Leinwand projiziert wird. Veilchen, tiefviolett im Lichtschein der geöffneten Tür. Blumen, wo keine Blumen gewesen waren, als Silhouetten gegen das Licht... Die Gestalt einer Frau. Schlank, jung, hellwach. Sie beugte sich erwartungsvoll vor. Das Haar hing ihr über die Schultern, und die Falten des langen Rockes reichten von der schlanken Taille bis über die Füße... Und dann», fügte er in völlig anderem Tonfall hinzu, «haben Sie aufgejault, und weg war sie.»

«Ich habe nicht aufgejault! Überhaupt – was für ein Ausdruck!»

«Geschrien, gequietscht – was weiß ich. Sie haben mich eigentlich gar nicht sehen können; Sie haben in die Ferne geschaut, in die Dunkelheit.»

«Ich hatte etwas gesehen – jemand. Es war nicht einmal eine Silhouette, nur eine Bewegung im Dunkel – Sie.»

«War das aber nicht schon früher? Im Garten?»

«Ich... ich weiß nicht. Es ging alles so schnell.»

«Okay. Was noch? Daß Sie die Musik auch andere Male gehört haben, weiß ich bereits. Können Sie sich noch an weitere ungewöhnliche Phänomene erinnern?»

Diana kamen Zweifel, ob sie das Richtige tat. Beim Leuchten in Andys braunen Augen kam ihr ein böser Verdacht. Doch sie hatte ihre Entscheidung getroffen, und dies war nicht der Augenblick zu zögern. Pflichtbewußt erzählte sie sogar von Dingen, die möglicherweise völlig irrelevant waren.

Andy war ein wunderbarer Zuhörer, dessen ausdrucksvolle Miene unentwegt wechselte, von bloßem Interesse zu besorgter Anteilnahme und baffem Erstaunen; und als sie endete, konnte er nicht länger an sich halten.

«Heiliger Strohsack! Das ist beinah schon zu perfekt. Die

momentanen Eindrücke, die Sie déjà-vu nennen, passen genau ins Muster.»

«Andy, bitte tun Sie's nicht!»

«Was denn? Ich wollte doch nur –»

«Mary Jo hatte recht: Sie sind ein hoffnungsloser Romantiker! Ich weiß, was Sie denken ... Diesen Ausdruck auf Ihrem Gesicht habe ich schon bemerkt, als Sie die Gestalt dieser Frau beschrieben. Sie haben aber nur eine Silhouette gesehen; mehr nicht. Wie hätten Sie denn feststellen können, daß sie jung, hellwach und .... und was weiß ich war. Sie versuchen, eine hübsche Romanze aufzubauen. Was wir letzte Nacht gesehen haben, war aber bestimmt nicht schön, und Mord hat nichts Romantisches an sich!»

Sie wollte ihm noch mehr sagen und kam vor Zorn ganz außer Atem. Andy saß entspannt da und wartete, bis sie ausgesprochen hatte, bevor er das Wort ergriff.

«Ich habe keine Lösung vorzuschlagen, Diana – ich suche nach einer Lösung. Könnten Sie bitte eine Zeitlang einfach mitmachen? Ich erkenne in dem allem wirklich ein Muster. Vielleicht ist das nur das Produkt meines gestörten romantischen Bewußtseins ... vielleicht auch ein wenig mehr. Beginnen wir mit dem Garten. Das Bild vom Garten war am konkretesten. Außerdem ist es von *zwei* Menschen – unabhängig voneinander – gesehen worden. Was für Blumen haben Sie gesehen?»

«Veilchen, Narzissen, Flieder. Sie blühen Ende April oder Anfang Mai, je nach Witterung. Aber die Rosen ...»

«... standen nicht in Blüte», beendete Andy ihren Satz. «Ich habe nicht einmal Knospen an ihnen bemerkt. Obwohl ich einräumen muß, daß ich in diesem Augenblick nicht besonders auf gärtnerische Details geachtet habe.»

«Einiges paßt da nicht zusammen. Wenn wir ...» Sie zögerte. Dann zwang sie sich, es auszusprechen: «Falls wir einige Pflanzen wie im Stand von Anfang April gesehen haben, hätten die Rosen weder geblüht *noch* geduftet.»

«Aber sie scheinen ein fester Bestandteil des Musters zu sein – ich meine den Duft, nicht die Blumen selbst. Sind nicht die meisten modernen Rosen duftlos?»

«Nicht alle. Die alten Rosen sind allerdings bekannt für ihren starken Duft.»

Andy schenkte ihr ein freundliches Lächeln. «Sie spielen wunderbar mit. Also, listen wir einmal alles auf: Ein Tanz aus dem achtzehnten Jahrhundert, der Duft von alten Rosen, eine Frau in einem altmodischen Kleid.»

«Weiter mach ich nicht mit, Andy», warnte Diana. «Wenn Sie meinen, Sie könnten mich zum Glauben an so etwas wie einen Schutzengel überreden ...»

«Ha!» Andy lachte triumphierend. «Das haben Sie gesagt, nicht ich. Etwas *hat* Sie vor einem bösen Unfall bewahrt ...»

«... und mir Brads verfaulte Leiche gezeigt.»

«Ach.» Andy schnitt eine Grimasse. «Das ist nicht leicht zu erklären. Vielleicht gibt es jedoch zwei ...»

«Nein! Ein Gespenst kauf ich Ihnen vielleicht ab. Aber zwei – das ist mindestens eines zuviel.»

«Sie haben *ihre* Gefühle empfunden», betonte Andy, «haben *ihre* Gedanken gedacht – sie hat auf jemand gewartet, auf einen Mann, der fortgegangen ist und nie mehr zurückkehrte.»

Diana schwieg. Die Worte brachten alles wieder zurück – das schmerzliche Sehnen, die bange Erwartung, die sie im ersten Augenblick für eine Spiegelung ihrer eigenen Sehnsucht nach Brads Heimkehr gehalten hatte. Schließlich fragte sie: «Und diese ‹sie› – wer ist sie?»

«Es ist nur so eine Idee ...»

«Warum haben Sie vorgeschlagen, daß wir uns hier im Rosengarten treffen?»

Andy grinste sie verlegen an. «Weil mir schwante, daß Sie ein Gespräch bei den Grabsteinen abgelehnt hätten.»

«Ich bin nicht abergläubisch.»

«Dann kommen Sie mit.» Er war mit einer behenden Bewegung auf den Beinen und reichte ihr die Hand.

Das Abendlicht tauchte die aufgerichteten Grabsteine in blaue Schatten. «George» lag mit der Vorderseite nach unten auf einem braunen Nadelteppich genau dort, wo Diana ihn das letztemal gesehen hatte. Andy lief direkt auf den dritten, den verstümmelten Grabstein zu.

«Sie war neunzehn Jahre alt», erklärte er. «Eine Tochter des Hauses. Unverheiratet...»

«Bitte, Andy, fangen Sie nicht schon wieder damit an! Woher wollen Sie denn wissen, daß sie unverheiratet war? Sie wissen ja nicht einmal genau, ob es eine Frau war. Der Name ist verschwunden.»

«Eine verheiratete Frau wäre auf dem Landsitz der Familie ihres Ehemanns begraben worden. Der Grabstein eines erwachsenen Sohnes wäre eindrucksvoller ausgefallen.»

«Das klingt durchaus plausibel», gab Diana zu. «Aber deshalb ist es noch lange kein Beweis.»

«Gut, dann werde ich's herausfinden.»

«Wie?»

«Es muß irgendwo ein Dokument geben. Man hat damals Register angelegt von Geburten, Todesfällen, Testamenten, Überschreibungsurkunden. Der Stein liefert uns ihr Alter.»

«Hören Sie endlich auf, das Femininum zu verwenden. Das ist der Versuch einer Beeinflussung des Gerichts.»

Andy lachte und legte den Arm um sie. Es war eine eher zufällige Umarmung, ohne Besitzanspruch, wie die Umarmung eines Freundes oder Bruders. «Ganz und gar nicht. Ich brauche Sie als Zweiflerin vor Ort. Sie müssen mich wieder auf die Erde zurückholen, wenn ich den Boden unter den Füßen verliere.»

«Wir haben bereits zwei Skeptiker im Haus», warnte Diana.

«Mir wäre lieber, diese Sache bliebe unter uns. Walter würde es mir ewig unter die Nase reiben. Und Mary...»

«Pscht.» Sie löste sich aus seiner Umarmung. «Da kommt jemand.»

Aus der Ferne drang Mary Jos Stimme herüber. «Diana? Wo sind Sie?»

«Ich komme», rief Diana zurück. «Wo sind *Sie*?»

Sie begegneten sich in der Nähe des Rosengartens. Mary Jo war den ganzen Weg gerannt und rang nach Luft. «Telefon!» keuchte sie. «Für Sie.»

«Warum haben Sie nicht gesagt, ich würde zurückrufen?» fragte Diana. «Deshalb hätten Sie doch nicht herlaufen müssen.»

«Genau das habe ich gesagt.» Walter war etwas langsamer nachgekommen. Er runzelte die Stirn.

«Ihr Vater ist an der Leitung», sagte Mary Jo.

Diana stockte der Atem. «Mutter! Hat er Mutter erwähnt? Es ging ihr gar nicht gut...»

«Nein. Er klang normal – gar nicht besorgt oder so.»

«Typisch!» murmelte Diana und setzte sich in Bewegung. Die beiden andern schlossen sich an.

«Da ist ganz bestimmt nichts passiert», meinte Mary Jo. «Von einem Unglück hat er nichts gesagt. Ich weiß überhaupt nicht, warum ich gerannt bin.»

«Er bringt alle auf Trab», erklärte Diana.

Es war allerdings ungewöhnlich, daß er an der Leitung blieb, bis jemand ans Telefon geholt wurde – so etwas hielt er für Zeit- und Geldverschwendung. Und an einem Sonntagnachmittag... er rief aber wahrscheinlich vom Büro an. Er war eigentlich immer im Büro – werktags wie an den Wochenenden und in den Ferien.

Sie sprach betont langsam, um sich die Atemnot vom raschen Gehen nicht anmerken zu lassen. «Vater? Hier Diana.»

«Wo bist du gewesen?»

Sie mußte sich auf die Zunge beißen, um sich nicht zu entschuldigen, daß sie ihn hatte warten lassen. «Draußen im Freien. Ich hätte dich zurückgerufen.»

«Ich warte nicht gern auf Rückrufe.» Er ließ ihr keine Gelegenheit zu antworten. «Ich bin morgen in Washington. Du scheinst diese Briefe dringend zu benötigen; ich könnte sie mitbringen. Wenn's dir paßt, treffen wir uns dort.»

«Du hast die Kopien?»

«Selbstverständlich.»

«In Ordnung», sagte Diana. «Das läßt sich machen. Danke. Ich bin dir sehr dankbar, daß du dir die Mühe machst.»

«Kein Problem. Sagen wir, um eins im *Maison Blanche*?»

«Ja, prima. Wie geht es ...»

Er hatte aufgelegt.

Mary Jo hatte das Zimmer verlassen und Walter mitgezogen, es allerdings nicht geschafft, Andy zu der gleichen höflichen Geste zu bewegen. Er stand, mit dem Rücken zu Diana, vor dem Kühlschrank und nahm sich eine Bierdose heraus, zog die Lasche auf, drehte sich um und zeigte ihr sein gewinnendstes Lächeln.

«Was für Kopien?»

«Schließen Sie den Kühlschrank!» mahnte sie automatisch.

Andy stieß ihn mit dem Fuß zu.

Diana seufzte. «Von Brads Briefen.» Dann lauter: «Kommt wieder rein, ihr beiden. Ich will nicht alles zweimal sagen müssen.»

«Und holt euch ein Bier», fügte Andy freundlich hinzu.

Mary Jo hatte ein gerötetes Gesicht. «Ich habe nicht gelauscht!»

«Ich schon», sagte Walter, der Mary Jo überragte. «Aber Sie haben leider eine viel zu leise Stimme, Diana. Kopien wovon?»

«Von den Briefen, die mir Brad schrieb, seit er von zu Hause weg war. Mutter will sich nicht von den Briefen trennen. Sie ist überzeugt, daß er tot ist, und sie leidet unter einer schweren Depression. Ich habe mir überlegt, daß ich beim ersten Lesen eventuell einen Hinweis übersehen habe und Vater gebeten, Kopien für mich zu machen.»

«Gute Idee», sagte Walter, während er die Bierdose entgegennahm, die Andy ihm reichte.

«Mein Vater hat nun morgen in Washington zu tun und

angeboten, sie mitzubringen. Ich treff mich mit ihm zum Mittagessen.»

«Sehr rücksichtsvoll», sagte Walter in einem Ton, der den Worten widersprach.

«Sei nicht so zynisch, Walter», tadelte Mary Jo. «Selbstverständlich würde er alles tun, um Diana zu helfen ...» Sie warf Diana einen fragenden Blick zu. «Oder etwa nicht?»

«Vor einer Stunde hätte ich die Frage noch verneint. Ich hatte ihn nicht über meine Pläne informiert; bis zu meinem Anruf neulich abends hat er nicht einmal gewußt, daß ich mich hier aufhalte. Er ist von Anfang an der Meinung gewesen, daß Brad tot ist. Kann sein, daß ich ihm unrecht getan habe. Trotzdem – ich traue ihm nicht ganz.»

Die Autofahrt nach Washington dauerte zwei Stunden. Nach einer unruhigen Nacht war Diana frühzeitig aufgestanden; an den Lärm der Maschinen und die Männerstimmen, die sie während des Anziehens hörte, hatte sie sich längst gewöhnt. Als sie in die Küche ging, schaute Andy von der Zeitung auf und ließ einen Pfiff hören.

«Todschick. Ganz die berufstätige junge Dame. Aber mit der Ponyfrisur haben Sie mir besser gefallen.»

«Pferdeschwänze sind nicht profihaft.» Diana holte sich eine Tasse Kaffee. «Sie sind ja auch ganz schick. Von der gräßlichen Krawatte einmal abgesehen.»

«Der letzte Macho-Schrei.» Andy schielte selbstzufrieden zum knalligen, purpurroten Streifen auf seiner Brust herunter. «Ich hab mir gedacht, daß ich mich zum Essen in einem Spitzenrestaurant wie *Maison Blanche* am besten in Schale werfe.»

Diana schmollte. Das Thema war doch am Vorabend bereits ausdiskutiert worden, zusammen mit anderen Dingen. In einem Punkt war es sogar zu einer lauten Auseinandersetzung gekommen – als Mary Jo erklärt hatte, sie werde wie gewöhnlich zur Arbeit gehen.

«Warum malst du dir nicht gleich eine Zielscheibe auf den

Rücken?» hatte Walter sie aufgebracht gefragt. «Bis die Polizei den Mistkerl gefaßt hat, gehst du mir nirgendwohin. Er kennt deinen Zeitplan...»

«Gewalttätig wird er nur, wenn er besoffen ist.»

«Und warum sollte er nicht besoffen sein?»

In dieser Auseinandersetzung hatte Walter verloren, aber er setzte durch, daß er Mary Jo zur Arbeit fahren und von der Arbeit abholen würde. In ihrem eigenen, nicht ganz so heftigen Streit mit Andy hatte Diana den Sieg davonzutragen geglaubt.

«Bedaure, aber an dem Mittagessen im *Maison Blanche* nehmen Sie nicht teil», wiederholte sie. «Das ist gestern abend bereits entschieden worden.»

«Ich würde gern auf Kosten des alten Eisbergs in einem teuren Restaurant essen.»

Diana mußte lächeln. «Der Gedanke *ist* verlockend. Trotzdem nein, Andy.»

«Na schön, dann werde ich eben stilvoll bei *McDonald's* speisen. Aber gestatten Sie wenigstens, daß ich mitfahre. Ich möchte gern mit den Nachforschungen beginnen, die wir gestern abend diskutiert haben.»

Daß dies nicht der wahre Grund sein konnte, wußte sie. Die gewünschten genealogischen Informationen ließen sich, wenn überhaupt, nur in umliegenden Kreisstädten oder bei Vereinen für Heimatgeschichte zusammensuchen. Betrachtete er sich etwa als ihren mobilen Leibwächter? Das wäre doch absurd; aber typisch Andy. Sollte sie sich ob seiner Fürsorge geschmeichelt fühlen? Oder beleidigt sein, weil er ihr offenbar nicht zutraute, selbst auf sich achtzugeben?

«In Ordnung», sagte sie unfreundlich. «Geh'n wir.»

Er bot nicht an, das Steuer zu übernehmen, sondern saß entspannt auf dem Beifahrersitz und achtete unauffällig, aber aufmerksam auf den Verkehr. Erst nach einer halben Stunde unterbrach er das für seine Verhältnisse lange Schweigen, um von da an pausenlos über Gott und die Welt zu schwätzen –

nur nicht über wichtige Themen. Als sie in Washington ankamen, dröhnten ihr die Ohren.

«Zum *Maison Blanche* muß man nach rechts abbiegen», korrigierte er, als sie links abbiegen wollte.

«Ich weiß.»

«Wohin fahren Sie?»

«Zum nächsten *McDonald's*.»

Andy grinste. «Das war nur ein Scherz. Setzen Sie mich bei der Metro ab. Wir treffen uns – wo und wann?»

«Um drei Uhr. Ich hole Sie vor der Bibliothek ab.»

Er stimmte so prompt zu, daß sie ihm die Aussage, zur Library of Congress gehen zu wollen, nicht abnahm.

Sie parkte den Wagen einen Block vom Restaurant entfernt in einer Parkgarage, überprüfte das Make-up, bevor sie den Wagen verließ, spürte wie sich ihr Magen zusammenzog, und fragte sich, warum sie eigentlich so nervös war – so nervös hatte sie sich vor einer Konfrontation mit dem Vater seit der Kindheit nicht mehr gefühlt. Lag es daran, daß sie die Bedingungen ihrer Beziehung zu ändern versuchte – einer Beziehung, die nie zärtlich, aber immer stabil gewesen war? Sie verstand sich seit langem darauf, Ärger oder Mißbilligung seinerseits zu vermeiden. Um das zu erreichen, mußte sie sich nur so verhalten, wie er es von ihr wünschte.

Sie kam zehn Minuten zu früh. Er war aber schon da und stand, als sie dem Ober zum Tisch folgte, höflich korrekt auf, um sie zu begrüßen. Wie drastisch sich ihre Gefühle ihm gegenüber gewandelt hatten, begriff sie erst, als sie ihn vor sich sah – er war für sie wie ein Fremder, von dem sie viel gehört, dem sie aber persönlich noch nie begegnet war.

Ein eleganter Mann, fanden viele. Gutaussehend war nicht das richtige Wort: Dafür waren seine Züge zu markig, lagen seine Augen unter den dicken Brauen zu tief in den Höhlen, war der Mund zu angespannt. Er war groß, aufrecht, immer noch schlank. Vornehm: das war ein anderer Ausdruck, mit dem er häufig charakterisiert wurde.

Er gab ihr den gewohnten Kuß auf die Wange und wartete, daß der Ober ihr beim Platznehmen half, bevor er sich selbst wieder setzte. Diana entspannte sich. Wenn er zornig gewesen wäre, hätte er sie's merken lassen. Und den Kuß ausgelassen.

«Du siehst gut aus», sagte er – wie zu einer flüchtigen Bekannten, die er seit geraumer Zeit nicht gesehen hatte. «Das Landleben scheint dir gut zu bekommen.»

«Freut mich, daß du so denkst.» Diana widmete sich der Speisekarte. Bis der Ober die Bestellungen aufgenommen hatte, würde ihr Vater weiterhin Konversation nach seiner Art machen. Sie war mit seinen Gewohnheiten vertraut.

Und genau so kam es auch – erst danach holte er eine Aktenmappe aus dem Aktenköfferchen. «Hier, bitte.»

«Danke.» Sie nahm die Unterlagen entgegen.

Zwei Anwälte, die beim Mittagessen Geschäftliches erledigten...

Sein nächster Satz war bereits persönlicher. «Ich weiß nicht, was du dir davon erhoffst, Diana. Eine Art Läuterung? Mag ja sein. Aber sonst wirst du nichts erreichen.»

«Woher willst du das wissen?» Für diese herausfordernde Gegenfrage mußte sie ihren ganzen Mut aufbringen. Sie wagte nicht laut auszusprechen, was sie dachte: Du bist doch nicht der Allmächtige!

«Natürlich *weiß* ich es nicht. Es darf aber als ziemlich sicher gelten, daß dein Bruder tot ist – durch einen Unfall oder eine Schlägerei in New York. In Großstädten sterben Menschen wie Fliegen, anonym, ohne daß es auffällt. Diese Art von Gewalt gibt es in einer Kleinstadt nicht.»

«Am Samstag abend hat es sie aber gegeben», sagte Diana. «Und sie war gegen mich gerichtet. Sechs Schüsse aus einer 45er.»

Er blieb einen Moment still. «Das mußt du mir erläutern.»

«Der gleiche Mann könnte Brad umgebracht haben. Er ist krankhaft eifersüchtig auf seine Ex-Frau, die mit Brad... befreundet war. Sie wohnt momentan bei mir. Eigentlich war er hinter ihr her, aber er war so stockbesoffen und in einem Zustand, daß er jeden umgelegt hätte, der zwischen ihm und Mary Jo stand.»

«Verstehe.» Er nahm ein Salatblättchen vom Teller und kaute lange. «Man hat keine Leiche gefunden ...»

«Im Umland gibt es Hunderte Morgen Wälder und Wiesen. Larry ist ein Hüne von einem Mann. Er könnte ein überaus tiefes Grab ausgehoben haben.»

Ihr Vater sah sie unverwandt an. «Du überraschst mich, Diana. Vielleicht bist du gar nicht so vernünftig, wie ich dachte. Wie willst du weiter vorgehen?»

Die stillschweigende Anerkennung – eine andere, das wußte sie genau, würde sie von ihm nie erhalten – gab ihr Selbstvertrauen; und auf ihre Aussage, daß Larry noch immer frei herumlief, zeigte er unerwartet lebhafte Besorgnis. «Ich mag gar nicht daran denken, daß du dort allein in diesem Haus wohnst. Komm heim, bis sie ihn gefaßt haben.»

«Ich bin nicht allein.»

Ihr Vater schnaubte verächtlich. «Seine Ex-Frau? Da wärst du allein sicherer. Die zieht ihn doch an wie ein Magnet.»

Diana erklärte die Lage. Ihr Vater reagierte ganz anders als erwartet; ein Mundwinkel verzog sich fast zu einem Lächeln. «Eine *ménage à quatre*?»

«Wohl kaum.»

«Das war nur ein Scherz. Ich weiß, daß du zu vernünftig bist, um dich mit irgendeinem ungebildeten Landburschen einzulassen. Gut. Anscheinend könntest ausnahmsweise einmal du recht und ich unrecht haben. Glückwunsch. Und ich werde dir helfen, wo ich nur kann. Wie wär's mit einem Privatdetektiv? Diese Landgendarmen ...»

«Sie kennen wenigstens die Umgebung. Ein Stadtpolizist wäre hier total unbrauchbar.»

«Möglich.» Er aß eine Weile schweigend und dachte nach. «Gib sofort Bescheid, wenn sie den Kerl finden. Ich würde ihn gern sprechen.»

Er meinte natürlich: verhören. Aber sie war froh über sein Angebot; denn im Ausquetschen von Zeugen war er unübertrefflich. Sie sprachen noch über andere Aspekte, in einem kameradschaftlichen freundlichen Ton, den es zwischen ihnen schon seit Monaten nicht mehr gegeben hatte. Diana war glücklich, daß sie seine Motive für diese Einladung zu Unrecht verdächtigt hatte. Er *hatte* Brad geliebt; schade, daß es ihm so schwerfiel, Zuneigung zu zeigen. Man mußte aber berücksichtigen...

Die Bombe ließ er erst fallen, als er zum Abschluß der Mahlzeit schon den Kaffee bestellt hatte.

«Da gibt es etwas, das ich dir sagen muß, Diana. Ich wollte es dir persönlich mitteilen. Ich habe die Scheidung eingereicht.»

Auf ihr Schweigen hin fragte er: «Keine Vorwürfe? Kein Aufschrei empörter Überraschung?»

«Ich muß wohl damit gerechnet haben», sagte Diana, die überrascht war – über die eigene Ruhe.

«Im Grunde hättest du damit rechnen müssen. Du bist eine vernünftige Frau. Ich werde selbstverständlich für deine Mutter sorgen, solange sie lebt – in einem Pflegeheim, leider.»

«Nein! Sie hat dieses Heim gehaßt. Das darfst du nicht!»

«Bei meiner Heimkehr abends, vor wenigen Tagen, lag sie im Koma», erklärte ihr Vater kühl. «Eine halbe Stunde später, und sie wäre tot gewesen. Sie trinkt inzwischen – viel. Dazu die Beruhigungsmittel...»

«O mein Gott!» Diana suchte nervös nach einem Papiertaschentuch.

«Das ist ihre Methode, sich umzubringen, Diana. Wenn ich wirklich das menschliche Ungeheuer wäre, für das du mich hältst, ließe ich sie darin gewähren. Dann wäre ich frei. Das kann ich natürlich nicht tun. Aber die Aussicht auf weitere dreißig Jahre solcher Hölle kann ich genausowenig ertragen.» Seine Stimme verriet erstmals ein Gefühl, das er aber gleich wieder unterdrückte, bevor er weitersprach. «Ich bin erst sechsundfünfzig. Das kann dir alt vorkommen...»

«Nein», widersprach Diana. Sie dachte an Charles und Emily; für keinen der beiden war es die erste Ehe. Durfte sie ihren Vater verurteilen, weil er sich nach einer Beziehung sehnte?

«Ich gebe deiner Mutter nicht die Schuld für das, was aus unserer Ehe geworden ist. Die Schuld liegt nie allein auf einer Seite. Aber es ist für uns zu spät. Selbst wenn sie sich erholen sollte, wird sie mir wegen Brad nie verzeihen. Und soviel Schuld ich auch haben mag – ich glaube nicht, daß ich es verdient habe, jegliche Hoffnung auf Glück aufgeben zu müssen.»

Diana wischte sich die Augen und steckte das Taschentuch wieder in ihre Handtasche. «Gibt es eine andere Frau?»

«Ich glaube nicht, daß du dir darüber Gedanken machen solltest.»

«Richtig. Und falls es im Augenblick keine gibt, dann später. Was erwartest du von mir – daß ich dir meinen Segen gebe?»

«Ich bedaure, daß es dich so verbittert», sagte er ruhig. «Ich kann dich verstehen. Aber ich hoffe doch, daß es mit der Zeit ...»

«Du wirst von mir hören.» Diana schob ihren Stuhl zurück.

«Dein Augen-Make-up ist verschmiert. Du solltest es in Ordnung bringen, bevor du auf die Straße gehst.»

Als sie aus der Damentoilette herauskam, wartete er mit dem Aktenkoffer in der einen und seinem Stock mit Goldgriff in der andern Hand und inspizierte sie mit beifälligem Nicken. «So ist's besser. Mein Angebot, dir bei deinen Nachforschungen zu helfen, war übrigens ernst gemeint. Dein momentaner Ärger auf mich wird hoffentlich für die Sache ohne Belang sein.»

«Du wirst von mir hören», wiederholte Diana.

Sie traten in den strahlenden Frühlingssonnenschein hinaus. Diana stach ein auffallend purpurroter Streifen ins Auge. «Hallo», sagte Andy fröhlich. «Ich war früher fertig als erwartet und wollte Ihnen ersparen, mich abholen zu müssen.»

Ihr blieb keine Wahl. Sie mußte die beiden miteinander

bekannt machen. Sie stand ein wenig hinter ihrem Vater und beobachtete halb verzweifelt, halb belustigt, wie Andy sich aufführte. Sein Händedruck war fest, aber nicht zu fest; er hielt die Schulter leicht gebeugt und den Kopf leicht geneigt, als ob er an jedem Wort hinge, das ihrem Vater von den Lippen kam.

Falls ihrem Vater das Karikaturhafte von Andys Verhalten bewußt war, so ließ er es sich jedenfalls nicht anmerken. Er gab sich für seine Maßstäbe geradezu herzlich. Außerdem befand er sich, wie üblich, in Eile. Er schaute auf die Uhr, winkte ein Taxi heran, verabschiedete sich höflich von Andy, gab Diana einen Kuß auf die abgewandte Backe, und schon war er verschwunden.

«Sie gemeiner Schuft!» sagte Diana. «Wie lange haben Sie das Parkverbotsschild hier schon gestützt?»

«Bloß ein paar Minuten. Sie sind früher gekommen als erwartet.» Andy brach in fröhliches Gelächter aus. «Haben Sie seine Miene beobachtet, als er meine Krawatte sah? Er konnte seine Augen kaum davon lösen.»

«Sie sind wirklich der letzte ...»

«Ich wollte ihn einfach nur kennenlernen. Aber jetzt kann ich verstehen, warum Brad von zu Hause fort wollte, und warum Ihnen jedesmal die Knie weich werden, wenn Sie Ihren Vater nur erwähnen.»

«Damit ist es jetzt vorbei.»

«Was ist denn geschehen?»

«Ich will nicht darüber reden.»

«In Ordnung.»

Er schlenderte bis zum Wagen schweigend neben ihr her.

«Soll ich fahren?»

«Nur wenn ich zwei kaputte Beine und eine verrenkte Schulter hätte», antwortete Diana. «Steigen Sie ein und lassen Sie mich in Ruhe.»

Während der Fahrt durch den hektischen Stadtverkehr sagte Andy kein Wort. Er wagte erst wieder zu sprechen, als sie in die Fernstraße einbogen. «Sie haben die Briefe bekommen?»

«Ja.»

«Darf ich sie lesen?»

«Ich wüßte nicht, wie ich Sie davon abhalten könnte, ohne einen Unfall zu verursachen!» schimpfte Diana. «Die Briefe liegen im Attachéköfferchen. Und schnallen Sie sich an!»

Während er las, blieb sie ihren eigenen Gedanken überlassen. Angenehm waren sie nicht. Diana war irgendwie erleichtert, als sie seine Stimme wieder hörte. Er sprach in einem Ton, der ihre schlechte Laune einfach ignorierte.

«Auf den ersten Blick kann ich hier nichts Relevantes entdecken. Ihr Bruder war nicht gerade sehr mitteilsam, oder?»

Diana legte die Hände fester ums Steuer. «Manchmal schon.»

«Bei den wenigen Gelegenheiten, als ich mit Brad ins Gespräch kam, war er ziemlich offen. Vielleicht», überlegte Andy, «hatte er Schwierigkeiten, sich auf dem Papier auszudrücken. Das habe ich schon bei verschiedenen Freunden erlebt.»

«Was haben Sie heute gemacht? Sagen Sie bloß nicht, daß Sie in der Library of Congress gewesen sind. Das habe ich sowieso nie geglaubt.»

«Ich war tatsächlich dort.» Andy faltete die Briefe und legte sie in Dianas Aktenkoffer zurück. «Gerade lange genug, um festzustellen, daß es das, was ich suche, dort nicht gibt. Die Fairweathers sind keine historisch bedeutsamen Persönlichkeiten gewesen. Ich muß es in der Kreisstadt versuchen.»

«Das hätte ich Ihnen gleich sagen können.»

«Also, was hatte Ihr Alter Ihnen zu sagen?»

«Er war überraschend hilfsbereit. Er hat mir sogar recht gegeben und eingeräumt, daß er sich geirrt hat.»

«Das ist, wie ich vermute, ein seltenes Eingeständnis.»

«Er hat gewöhnlich recht.»

«Ach nein. Meiner Meinung nach hat er als Vater versagt.»

«Ich habe Sie nicht nach Ihrer Meinung gefragt.»

«Ich warte nie, bis ich gefragt werde», erwiderte Andy ruhig. «Und was hat ihn dazu bewegt, seine Meinung zu ändern?»

«Larry.»

«Mmmm. Sie haben ihm erzählt, was vorgefallen ist?»

«Ja. Er wollte, daß ich das Haus verlasse. Sehen Sie? Ich bin ihm doch nicht ganz gleichgültig...» Sie brach ab. Warum sollte sie ihren Vater vor Andy verteidigen?

«Er hat angeboten, einen Privatdetektiv einzuschalten», fuhr sie fort. «Und herzukommen, um Larry zu verhören, wenn er gefaßt wird.»

«Beides eine gute Idee.»

Sie schaute ihn kurz an. «Ehrlich?»

«Beim Aufspüren von Larry würde ein Stadtschnüffler nicht viel nützen – es sei denn, Larry hat die Gegend verlassen, was ich nicht glaube. Die Bullen haben seinen Truck sichergestellt. Und es gibt seit gestern keine Meldung über einen Fahrzeugdiebstahl.»

«Wie haben Sie denn das herausgekriegt?»

«Durch eine wundervolle Erfindung namens Telefon. So war die Situation heute um die Mittagszeit. Larry hat sich wahrscheinlich irgendwo im Wald versteckt. Er hat in der Stadt Kumpel, die ihn sicherlich mit Essen versorgen. Es gibt Typen, die finden es gar nicht so falsch, wenn ein Mann Gewalt anwendet, um die eigene Frau wiederzukriegen. Und da könnte ein Privatdetektiv durchaus nützlich sein – um diese Kumpel aufzuspüren, auszufragen, ihnen auf der Spur zu bleiben. Falls Larry morgen oder übermorgen nicht auftaucht, sollten Sie den lieben Daddy an sein Angebot erinnern.»

«Müssen Sie so respektlos von ihm reden?»

«Sich über einen Menschen lustig machen ist eine bewährte Methode, um ihn auf Normalmaß zu reduzieren», sagte Andy. «Ist Ihnen vielleicht jetzt danach zumute, mir mitzuteilen, was er sonst noch gesagt hat? Sie sind doch wohl nicht so aufgebracht, weil er Ihnen Unterstützung angeboten hat.»

«Das geht Sie nichts an» – hatte sie sagen wollen, hörte sich dann aber zu ihrer eigenen Überraschung hervorstoßen: «Er läßt sich von meiner Mutter scheiden.»

12

«Halten Sie am Straßenrand an!» befahl Andy.

«Es ist schon in Ordnung.»

«Der LKW-Fahrer, den Sie gerade überholt haben, schüttelt die Faust. Lassen Sie mich ans Steuer!»

«Ich bin ihm doch überhaupt nicht nahe gekommen!» Diana atmete tief ein. «Ich habe keine Probleme mit dem Fahren.»

«Die Nachricht ist offensichtlich ein Schock für sie gewesen», sagte Andy nachdenklich. «Wieso eigentlich? Scheidungen sind heute doch etwas ganz Alltägliches. Und Sie sind inzwischen ein erwachsenes Mädchen, da müßten Sie doch in der Lage sein zu akzeptieren, daß ...»

«Daß ausgerechnet Sie mir das sagen müssen! Haben Sie etwa Charles akzeptiert? Sie treiben sich ständig im Haus Ihrer Mutter herum, Sie lassen Hunde, Autos und alle möglichen Besitzgegenstände da, ganz so, als wollten Sie einen Anspruch geltend machen –»

Andy schwieg. Aber er hielt so heftig den Atem an, daß sie mitten im Satz abbrach und nach kurzem Schweigen sagte: «Entschuldigung. Ich hatte kein Recht, so etwas zu sagen.»

Andy sah sie an. «Ich habe es nicht anders verdient. Und es würde mich nicht so ärgern, wenn's nicht wahr wäre.»

«Es ist wahr?»

«Klar.»

«Die beiden sind aber doch so glücklich zusammen.»

«Das macht es nur noch schlimmer. Jedenfalls für einen egoistischen, emotional zurückgebliebenen Knilch, wie ich einer bin. Es scheint ganz so, als ob ich nicht von Mutterns verdammter Schürze loskäme.»

«Ich kann ja verstehen, daß Sie Ihre Mutter lieben. Sie ist eine großartige Frau.»

«Lieben bedeutet doch angeblich, daß man den geliebten Menschen glücklich sehen möchte.»

«Die Sache ist viel, viel komplizierter», meinte Diana ironisch.

«Als ob ich das nicht wüßte! Sie vergöttert Charles, und er ist bis über beide Ohren in sie verliebt. So glücklich ist sie noch nie gewesen. Mein Erzeuger hat ihr das Leben zur Hölle gemacht. Und weil ich ein ganz normales, verächtliches menschliches Wesen bin, nehme ich es Charles ganz besonders übel, daß sie jetzt glücklich ist.»

«Und was ist mit Ihrem Vater?»

«Oh, den gibt's noch.» Andy sank in sich zusammen und schaute verbissen geradeaus. «Ich seh ihn ab und zu. Er ist gar nicht so schlimm – bloß faul und unfähig und charmant. Genau wie ich.»

«Sie *können* charmant sein», warf Diana vorsichtig ein.

«Weiter so! Schmeicheln Sie mir noch ein bißchen mehr. Eines Tages werde ich sicher erwachsen sein. Aber jetzt sind Sie an der Reihe. *Ich* habe Ihnen meine Seele ausgeschüttet und meine Schwächen bekannt. Und Sie?»

«Warum mich die Scheidung so mitnimmt?» Diana überlegte. «Ich weiß, daß sie mich nicht so stark berühren sollte. Die Statistiken sind mir ja bekannt, und Vater befindet sich in dem Alter, wo der Mann seine Midlife-crisis hat, eine Frau als Statussymbol braucht und was sonst noch alles. Doch Mutter... Sie ist eine Katastrophe! Mit ihr würde kein normaler Mann leben wollen – andererseits ist sie natürlich auch nicht ohne Vaters Zutun so geworden, wie sie heute ist. Und jetzt wirft er sie wie einen Müllsack weg!»

«Sie hat's aber zugelassen, oder?»

«Ach, was verstehen Sie denn davon?» Diana suchte nach einem hinreichend verächtlichen Ausdruck. Keins der üblichen Schimpfwörter schien ihr stark genug. «Männer!» sagte sie am Ende verbittert.

Andy ließ sich nicht provozieren. «Und Sie glauben, daß es ihr bessergehen würde, wenn sie wüßte, was ihrem Sohn zugestoßen ist? Es könnte durchaus sein, daß die Wahrheit viel schlimmer ist als Ungewißheit.»

«Nichts könnte so schlimm sein wie diese Ungewißheit», widersprach Diana. «Die Ehefrauen von Vermißten und die Eltern vermißter Kinder können ein Lied davon singen. Doch, meiner Meinung nach würde es ihr bessergehen, wenn sie Gewißheit hätte. Hätte ich mich sonst wohl in diese verrückte Maskerade begeben? Sie muß es erfahren.» Und leiser fügte Diana hinzu: «Und ich muß es ebenfalls wissen.»

«Immer noch keine Spur von ihm», erklärte Andy, als er den Hörer auflegte. Er hatte nach der Rückkehr gleich angerufen. «Was machen diese inkompetenten Idioten eigentlich?»

«Lassen Sie sie in Ruh.» Walter war in die Küche gekommen, weil er einen Schluck Wasser trinken wollte. «Zum gründlichen Durchkämmen eines solchen Terrains fehlt der Polizei das nötige Personal. Außerdem muß er ja sowieso irgendwann aus seinem Schlupfloch herauskommen. Er hat nicht genügend Proviant bei sich.»

«Er könnte schießen, wenn er herauskommt», gab Andy düster zu bedenken.

«Er hat aber keine Pistole», erklärte Diana.

«*Eine* Pistole hat er nicht mehr. Es würde mich aber nicht wundern, wenn er noch eine zweite mitgenommen hätte. Und nach einigen Tagen im Freien wird er garantiert nicht gut gelaunt sein. Heute nacht soll's übrigens regnen.»

«Wirklich? Verdammter Mist.» Walter erhob sich. «Ich muß die Planen fertigmachen. Könnten Sie an meiner Stelle Mary Jo abholen, Andy? Sie müßte mit dem Job bald fertig sein. So ein dickköpfiges Weib», fügte er hinzu.

Kurz nach Andys Abfahrt fing es an zu regnen, aber Walter ließ seine Männer weiterarbeiten, bis es draußen dunkel wurde. Er kam pitschnaß ins Haus und brummte: «Ich wollte morgen das Fundament für das Belvedere legen. Wenn es die ganze Nacht so weiter –»

«Mach dir wegen der verdammten Landschaftsarchitektur mal keine Sorgen», sagte Andy verärgert. Er war vor kurzem mit Mary Jo zurückgekommen. «Ma wird schon verstehen, daß wir uns auch noch um ein paar andere Dinge kümmern mußten.»

Diana nickte. «Vor allem wenn sie herausfindet, daß ihre angebliche Gartenexpertin eine Hochstaplerin ist.»

Mary Jo stand am Spülbecken und pellte Kartoffeln. «Sie wird nicht böse sein, Diana. Einen verständnisvolleren Menschen kann man sich gar nicht vorstellen.»

Andy gluckste boshaft. «Was man von Charles mit Sicherheit nicht behaupten kann. Ich beneide Sie nicht, Diana. Er wird Ihnen die Haut über den Kopf ziehn.»

«Halt den Mund!» befahl Mary Jo. «Und du, Walter – zieh die nassen Sachen aus. Du machst ja den ganzen Boden naß.»

Walter wollte protestieren, gehorchte aber nach einem Blick auf die anderen. Nackt bis auf die Unterhose, war sein schlanker Körper ausnehmend geschmeidig. Mary Jo ließ sich davon nicht beeindrucken; sie warf ihm einen eisigen Blick zu. Andy murmelte irgend etwas Freches.

Diana lachte – über die Reaktion der beiden, nicht über Walter, doch er mißverstand sie, lief rot an, nahm seine nassen Sachen und verließ die Küche.

Ein Grund für Walters Mißmut über die weitere Verzögerung der Arbeiten wurde deutlich, als man sich nach dem Abendessen in die Bibliothek begab. Er hatte ein paar seiner

Männer von der Arbeit abgezogen, damit sie das zerstörte Fenster reparierten und eine Reihe Flutlichter installierten. Der grelle Schein war unangenehm, aber er beleuchtete einen großen Teil der Rasenfläche. Walter, der die Komplimente genoß, erklärte: «Ich habe Charles schon vor Monaten dazu gedrängt, eine Außenbeleuchtung anzubringen, vor allem auf dieser Seite des Hauses – solche Türen fordern einen Einbrecher ja geradezu heraus.»

Diana begann Brads Briefe zu lesen, die sie dann einen nach dem anderen an Mary Jo und Walter weitergab. Andy, der sie ja bereits kannte, schlenderte zum Kamin und begann dort an Rändern des Lochs in der Wand zu kratzen. Falls er gehofft hatte, daß es niemand bemerken würde, hatte er sich getäuscht.

«Deck den Boden wenigstens mit ein paar Zeitungen ab», fuhr ihn Mary Jo an.

Andy folgte ihrer Aufforderung und klopfte dann weiter den Verputz ab. Diana konnte das Geräusch nicht ablenken. Es war für sie ein seltsames Gefühl, die kurzen Briefe von neuem zu lesen; teils empfand sie Schuld, weil sie den zurückhaltenden Ton früher nicht bemerkt hatte; ein anderer Teil ihres Bewußtseins analysierte die Texte kühl und distanziert auf ihre Bedeutung hin. Es waren mehrere Dutzend Briefe; als sie Mary den letzten gereicht hatte, faltete sie die Hände im Schoß.

Mary Jo war eine schnelle Leserin. Sie schüttelte mißmutig den Kopf, als sie den letzten Brief an Walter weitergab.

«Vielleicht habe ich's übersehen. Entdeckt hab ich jedenfalls nichts.»

«Er hat ein paar nette Dinge über dich gesagt.» Walter legte den Brief oben auf den Stapel.

«Er hat über fast alle irgendwas Nettes gesagt», konterte Mary Jo. «Sogar über dich.»

«Ehrlich, fleißig, loyal ... Das hört sich ja beinah an, als ob ich 'n Pfadfinder wäre!» Walter suchte in den Briefen nach einer bestimmten Stelle. «Ich glaube, er hat sogar für Miss Musser ein gutes Wort gehabt. Sie ist ja fast bis zuletzt nicht total verrückt gewesen. Sie hat sinnloses Zeug vor sich hin gemurmelt und dann ganz überraschend eine scharfe Beobachtung gemacht oder Kritik geäußert. Sie hat einen damit richtig überrumpelt. Ich hab mich manchmal gefragt, ob ihre Altersschwäche nicht bloß vorgetäuscht war.»

Mary Jo suchte im Stapel herum. «Da gibt es eine interessante Bemerkung von Brad über den Rechtsanwalt der alten Dame. Hier, ich hab's. ‹Kein Schriftsteller würde es wagen, für einen Rechtsverdreher einen Namen wie Frank Sweet zu erfinden. Der Name macht mich richtig froh über meinen Entschluß auszusteigen, statt in deine Fußstapfen zu treten.›»

«Das ist aber auch so ziemlich der einzige negative Kommentar überhaupt», sagte Walter. «Einmal ist sogar Andy mit einer freundlichen Bemerkung bedacht worden. Wie hat es da doch geheißen – daß Brad jemand getroffen habe, der Gedichte und Volkssagen genauso liebe wie er ... Andy? He, Andy!»

Andy drehte sich zu ihnen um. Seine Augen strahlten. «Es ist eine Tür», sagte er. «Ich habe eine Tür entdeckt! Seht euch das an.»

Er holte eine Taschenlampe und leuchtete direkt in das Loch hinein.

«Sieht nach einem Schlüsselloch aus», sagte Walter widerstrebend. «Und nach Resten einer Täfelung.» Er schlug wie versehentlich mit der Faust ins Loch. Ein trockenes Krachen und Splittern folgte.

Andy protestierte mit einem lauten Aufschrei. «He! Sie haben da soeben ein Stück Geschichte zerstört, Sie Vandale!»

«Die Tür war wurmstichig und verrottet», sagte Walter. «Kein Wunder, daß man sie zugegipst hat.» Er schnupperte und verzog mißbilligend die Nase. «Die Luft ist muffig wie in einem alten Grab.»

Die abgestandene Luft roch nach Staub und modriger Vergangenheit. Diana trat einen Schritt zurück. Andy versuchte, die Taschenlampe gleichzeitig mit dem Kopf durch das Loch zu stecken. «Eine Treppe!» meldete er. Das Hallen seiner

Stimme war geradezu unheimlich. «Hier ist ein Treppenaufgang!»

«Sonst noch etwas?» Diana hatte geglaubt, ihre Stimme unter Kontrolle zu haben, doch Mary Jo hielt es für ratsam, sie beruhigend am Arm zu fassen, und Andy drehte sich rasch nach ihr um und verneinte.

Walter zeigte sich weniger rücksichtsvoll. «Das hätten wir doch gerochen», sagte er. «Außerdem ist die Tür schon seit vielen Jahren versperrt – vielleicht seit Jahrhunderten.»

«Holt mir Hammer und Meißel!» befahl Andy.

«Moment!» sagte Mary Jo. «Sie sollten erst mal ruhig nachdenken, bevor Sie alles zertrümmern. Könnte die Treppe nicht zur Tür im Schlafzimmer führen? Sie liegt fast unmittelbar darüber.»

«Eine Tür? Was für eine Tür?» Andy starrte sie an.

«Die Tür hinter dem großen Kleiderschrank.»

«Sie meinen – Sie haben eine geheimnisvolle Tür entdeckt, die weiß Gott wohin führt, und haben nicht versucht, sie zu öffnen?»

«Ich hab in diesem Haus sauberzumachen und nicht herumzuschnüffeln. Außerdem hätte ich die Tür sowieso nicht öffnen können. Sie ist ohne Klinke und übermalt worden.»

«Manche Menschen haben eine Neugier, daß es mir die Sprache verschlägt», murmelte Andy. «Wie kann sich ein Mensch nur zurückhalten ... Also los! Vielleicht ist die Treppe von oben leichter zu erreichen.»

Walter warf einen kurzen Blick zum Fenster, wie er es schon den ganzen Abend alle paar Minuten getan hatte. «Für solche historischen Spielereien hab ich keine Zeit. Haben Sie nicht schon genug Unordnung gemacht?»

«Wir könnten ihm doch helfen», sagte Mary Jo und nieste. «Je eher seine Neugier befriedigt ist, desto früher können wir die Unordnung auch wieder beseitigen.»

Diana sagte nichts. Sie empfand ein gewisses Mitgefühl für Andy. Wer könnte schon einer Tür widerstehen, die allem

Anschein nach nirgendwohin führte? Der gesunde Menschenverstand sagte ihr, daß man hier weder eine mumifizierte Leiche noch ein Versteck mit gestohlenen Juwelen finden würde. Andererseits hätte ihr gesunder Menschenverstand aber auch ihre Vision vom Garten im April für unmöglich erklärt.

Das fragliche Zimmer lag von der Treppe im ältesten, mittleren Teil des Hauses am weitesten entfernt. Dort war die Renovierung noch nicht abgeschlossen; die Wände zeigten Stellen von neuem Verputz. Der Kleiderschrank, ein massives viktorianisches Möbel, war wahrscheinlich stehengeblieben, weil er für die Tür zu groß war; ein Vorfahr von Miss Musser hatte ihn wahrscheinlich hier im Zimmer zusammenbauen lassen.

Es brauchte die Kraft beider Männer, um das Monstrum von der Wand abzurücken. «Haben Sie das etwa ganz allein bewegt?» fragte Andy Mary Jo voller Achtung.

«Ich putze auch hinter den Möbeln», erwiderte Mary Jo mit Nachdruck. «Ich habe den Boden vorm Verrücken des Schrankes immer erst mit einem Kerzenstummel gewachst.»

«Ich würde schwören, daß kein Wachs auf dem Boden war.» Andy wischte sich den Schweiß von der Stirn.

«Ich hab ihn hinterher natürlich wieder weggeputzt, damit Mrs. Nicholson nicht ausrutscht.»

Walter hatte sich bereits an der Farbschicht zu schaffen gemacht, welche die Tür mit dem Rahmen versiegelte. Er verwendete einen schmalen Meißel und mußte viel Geduld aufbringen. Andy schaute ihm eine Weile zu, dann nahm er selbst einen Meißel und ging in die Hocke, um sich den unteren Teil der Tür vorzunehmen. Walter stubste ihn beiseite. «Lassen Sie das, Andy. Ich weiß ja, wie Sie arbeiten. Sie werden Tür und Rahmen doch nur in Stücke reißen.»

«Was macht das schon? Sie müssen sowieso ersetzt werden.»

«Wenn Sie so weitermachen, bestimmt. Es handelt sich hier jedoch um eine gute, solide, alte Tür. Ich hatte gemeint, daß Ihnen die Erhaltung historischer Güter etwas bedeutet.»

Es wurde dann aber doch notwendig, den Rahmen teilweise zu zerstören. Die Türe war abgeschlossen. Walters Vorschlag, das Schlüsselloch von der Farbe zu säubern und nach einem passenden Schlüssel zu suchen, war so aussichtslos, daß er von selber Platz machte, als Andy den Türrahmen in Stücke zu hacken begann.

«Ich weiß gar nicht, was das alles soll», brummte Walter und schaute Andy mißbilligend zu. «Diese Tür ist sicherlich seit fünfzig oder sechzig Jahren nicht mehr geöffnet worden.»

«Möglicherweise noch länger», murmelte Andy. Er vergrößerte den Spalt neben dem Schlüsselloch, schob den größten Meißel hinein und drückte mit aller Kraft. Der durchgerostete Riegel gab mit lautem Krachen nach, die Tür sprang auf – und Andy taumelte rückwärts, in die Arme von Walter, der ihn mit einem verärgerten Stöhnen wieder auf die Füße stellte.

Die Bewegung der Tür löste einen Luftzug aus, der vom Loch im unteren Stockwerk über den Treppengang nach oben wehte. Die Luft war dermaßen verpestet, daß Diana sich vor dem modrigen Geruch die Nase zuhielt. Was alle veranlaßte, in gebanntem Schweigen auf die offene Stelle zu starren, war jedoch nicht dieser Gestank, sondern ein dünner, gardinenartiger, grauer Schleier vor einem dunklen Hintergrund; er schwankte und flatterte, ganz so als ob jemand von dahinter hervortreten und ihn wegschieben wollte. Mary Jo faßte sich als erste. «So ein Spinnennetz hab ich mein Lebtag noch nicht gesehen! Aber wie kommen Spinnen in einen verschlossenen Raum?»

«Ungeziefer kommt in alles herein.» Andy fegte mit dem Meißel die Öffnung frei, und das riesige Spinnennetz löste sich in schmutziggraue Fetzen auf. Andy warf den Meißel fort, nahm die Taschenlampe und trat vor. «Stufen!» juchzte er. «Eine Geheimtreppe!»

Mary Jo hielt ihn am Kragen fest. «Vorsicht, Andy!»

Andy wand sich. «Loslassen, Mary Jo! Sie wollen mich doch wohl nicht für so doof halten, daß …»

Unter seinem Gewicht gab die oberste Stufe prompt nach. Mary Jo riß ihn zurück – unmittelbar vor ihm ging es senkrecht nach unten –, mit einer Kraft, die man ihrem dünnen Arm kaum zugetraut hätte. Andy konnte sich nur durch ein hektisches Tänzeln davor retten, nach rückwärts zu fallen.

«Sie haben's mal wieder geschafft!» sagte Walter, der in die finstere Tiefe starrte. «Jetzt ist die Treppe total in die Binsen.»

«Nur gut», meinte Andy seelenruhig. «Sie war anscheinend so verrottet, daß sie sowieso nichts mehr trug. Ich hole mir ein Seil, dann können Sie mich hinunterlassen –»

«Ohne mich», sagte Walter und verschränkte die Arme.

Mary Jo wurde noch deutlicher. «Sie haben mit diesem Unsinn schon genug Zeit vertan! Sie würden wirklich eine große Hilfe sein, wenn Sie sich den Arm oder das Bein oder gar Ihr Genick brechen!»

Dagegen ließ sich nichts mehr einwenden. Andy warf einen letzten verzweifelten Blick auf die Spinnwebenfetzen und machte die Tür zu.

«Im übrigen», fuhr Mary Jo fort, «wird's Zeit, daß Sie ein bißchen Gips anmischen, damit Sie in der Bibliothek endlich das Loch in der Wand auffüllen. Morgen kommen die Handwerker, um den Kamin zu installieren, und ich werde nicht ...»

Sie schimpfte weiter auf ihn ein, bis sie wieder unten in der Bibliothek waren. Diana fragte sich, ob sie nicht doch danebengetippt hatte, als sie die beiden schon als Pärchen sah. Andy hatte die Standpauke ja durchaus verdient; aber einer aufkeimenden Liebe war solch pausenloses Meckern nicht eben förderlich.

Mary Jo setzte sich wieder an den Computer. Walter nahm am Tisch Platz, um die Listen der bestellten Baumaterialien zu überprüfen. Andy schlich sich zum Loch in der Wand.

«Ich hab Ihnen doch gesagt, daß Sie das lassen sollen!» rief Mary Jo, ohne den Kopf von ihrer Arbeit zu heben.

«Ich kann's aber nur instand setzen, wenn ich vorher die losen Teile wegschaffe», entgegnete Andy beleidigt.

«Dann tun Sie's leise. Ich muß unbedingt meine Arbeit abschließen.»

«Ich dachte, du solltest sie heute schon abgeliefert haben», bemerkte Diana.

«Ich hab Aufschub bekommen. Professor Andrews meinte, wenn eine Frau einen Tag länger braucht, weil sie von ihrem Ex-Mann angeschossen wurde, so sei das eine akzeptable Entschuldigung.»

Andy ließ sie fast eine Viertelstunde lang in Ruhe. Dann rief er: «Seht euch mal das an! Da unten liegen wirklich interessante Trümmer.»

Mary Jo fuhr herum. «Um Gottes willen, Andy, nun hören Sie endlich auf! Ich habe Ihnen doch gesagt, Sie sollten das Loch auffüllen, nicht größer machen; es ist ja doppelt so groß wie vorhin.»

Andy erhielt unerwartet Schützenhilfe von Walter. «Bevor er mit dem Zugipsen anfängt, muß er doch das Stück Wandtäfelung ausbessern, das ich herausgeschlagen habe. Es gibt ein paar Reste Sperrholz in der Scheune, die Sie dafür benützen könnten, Andy.»

Walter erhob sich, gähnte, streckte sich und ging zu Andy hinüber, der ihm die Taschenlampe reichte. «Doch», meinte er nach kurzer Prüfung. «Das müßte sich machen lassen. Ich werd Ihnen dabei helfen.»

«Sie wollen doch heut abend hoffentlich nicht mehr in die Scheune!» rief Diana. «Sie haben mich selbst gewarnt, daß ...»

«Sie ist absolut sicher, solange man weiß, was man tut. Ach, da fällt mir gerade ein – ich muß die Scheune leer machen, damit wir noch vor Mrs. Nicholsons Heimkehr mit der Instandsetzung anfangen können. Wo soll ich Ihre alten Karren hinstellen, Andy?»

«Keine Ahnung», murmelte Andy, während er die Taschenlampe wieder an sich nahm und in das Loch schielte.

«Sie müssen aber eine Entscheidung treffen. Sonst laß ich die Wracks abschleppen und stell sie einfach auf die Wiese. Warum machen Sie denn so ein Gesicht? Dort unten gibt's doch nur rostige Nägel und Holzsplitter.»

«Ich glaubte, etwas Glänzendes gesehen zu haben.»

«Eine Tiara aus Gold und Diamanten vermutlich», bemerkte Walter sarkastisch. «Ich meine es ernst, Andy. Die Scheune wird morgen abgerissen – ob's regnet oder die Sonne scheint, ob Sie mitmachen oder nicht.»

«Sie wollen doch wohl nicht die ganze Scheune abreißen?» Walters Ton hatte Andy endlich überzeugt, daß die Drohung gegen seine geliebten Oldtimer ernst gemeint war.

«Wir müssen die Scheune leerräumen, bevor wir mit dem Abreißen der beschädigten Teile – Dach und Mauern und Boden – anfangen können. Ich hatte gehofft, den Boden teilweise retten zu können. Beim Sturz des Torgitters ist aber ein großes Stück herausgebrochen worden, und für ein bloßes Ausbessern ist nicht genug unversehrt geblieben.»

«Aber Mutters Kisten und die Geräte –»

«Ich werde fürs Lagern einen provisorischen Schuppen errichten. Da wird es für Ihre verdammten alten Autowracks aber keinen Platz geben.»

«Also, wie wäre es –»

«Ich mach uns einen Kaffee», sagte Diana und stand auf.

Andy war offensichtlich gewillt, die ganze Nacht durch zu diskutieren, und Walter konnte vor Zorn kaum mehr an sich halten. Diana wollte den Raum jedoch aus einem ganz anderen Grund verlassen. Sie war plötzlich so unruhig, daß sie nicht mehr stillsitzen konnte. Sie stand unter dem Eindruck, daß sie etwas vergessen hatte – etwas ganz Entscheidendes.

In der Küche fühlte sie sich gleich etwas wohler – dort war es friedlich und ruhig; von den zornigen Stimmen, die sie so unangenehm berührt hatten, war hier nichts zu hören. Männerstimmen, zornige Stimmen ... Sie wurde aber das quälende Gefühl nicht los, daß sie etwas vergessen hatte, eine Pflicht nicht vollständig erledigt hatte. Sie ging, ohne es eigentlich bewußt zu wollen, zur Hintertür und öffnete sie.

Er war da. Er wartete an der gewohnten Stelle, an der Stelle, die nur ihnen beiden gehörte. Sie konnte ihn sehen: eine dunkle, schlanke Gestalt im dunkleren Schatten unter den Bäumen. Sie konnte sich aber nicht rühren und zu ihm gehen. Es war, als ob ihre Füße am Boden festklebten, als ob eine unsichtbare Hand ihr die Lippen zuhielte. Gelähmt und stumm stand sie da und sah zu, wie eine andere Gestalt lautlos wie ein Schatten zu ihm schlich. Sie hörte das Knacken eines Zweiges – sie konnte es gar nicht gehört haben, dafür war sie zu weit weg, doch sie hörte es trotzdem – und sah, wie er sich erwartungsvoll umdrehte, dann, in dem Augenblick schrecklichen Erkennens steif wurde, zurückwich ... Es gab keine laute, zornige Auseinandersetzung, nur Flüstern; sie hörte auch das Flüstern. Die Schatten verschmolzen zu einer einzigen, riesigen Gestalt, wanden und krümmten sich im ungleichen Kampf. Ihr war, als ob ihre Halsmuskeln rissen, so schmerzhaft war die Anstrengung zu rufen, aufzuschreien ...

Auch wenn sie sich nicht daran erinnern konnte – sie *mußte* laut aufgeschrien haben. Als sie die Augen wieder öffnete, waren alle um sie versammelt. Andy hielt sie in den Armen. Mary Jo schrie ihn an: «Lassen Sie sie flach auf dem Boden liegen, Sie Esel. Die *Füße* hochstellen, doch nicht den Kopf. Was für ein Idiot ...»

«Ruhe!» sagte Walter. Er beugte sich über Diana. «Was ist geschehen?»

«Jemand ... da draußen.» Sie merkte zu spät, daß sie das nicht hätte sagen sollen. «Nein ... Walter, nicht nach draußen gehen ...»

Er war bereits fort. Die Tür hatte er weit offengelassen. Mary Jo zögerte nicht lange, nahm aus einer Schublade eine Taschenlampe und folgte ihm.

Diana versuchte vergeblich, Andy wegzudrücken. «Lassen Sie mich los! Rufen Sie sie zurück!»

Andy zog sie hoch und ließ sie dann ohne viel Federlesens in einen Sessel plumpsen. «Alles in Ordnung?»

«Ja. Laufen Sie ihnen nach!»

«Es ist sinnlos, daß wir alle in die Nacht hinauslaufen», widersprach Andy kühl. «Es war nicht Larry. Richtig?»

«Richtig.» Es war eine Erkenntnis, die ihr schwerfiel, und sie sank vornüber zusammen; daß sie nicht fiel, war nur dem Umstand zu verdanken, daß Andy ihr rasch beide Hände gegen die Schultern stemmte. «O Gott! Er hat ihn umgebracht! Ich hab's gesehen – ich hab gehört, wie sein Kopf...»

«Wessen Kopf? Wer denn?»

«Ich weiß es nicht.»

Andys Finger bohrten sich in ihre Schultern. «Aufhören, Andy, Sie tun mir weh. Ich werde schon nicht in Ohnmacht fallen...»

«...nicht schon wieder, wollten Sie wohl sagen. Es wäre meiner Meinung nach nur begreiflich. Legen Sie den Kopf herunter!»

Er drückte ihren Kopf so heftig auf seine Knie herunter, daß es im Nacken knackte. Als Diana sich dann wieder aufzurichten wagte, reichte er ihr ein Glas.

«Ich mag Brandy nicht», sagte sie abweisend.

«Sie sollten ihn trotzdem trinken.» Er sah zu, wie sie nippte. Dann sagte er sanft, aber bestimmt: «Sie müssen jetzt nachdenken, Diana. Versuchen Sie, sich zu erinnern. Es waren zwei Männer, ja? Sie haben gesagt: ‹Er hat ihn getötet.› War einer der beiden der Mann, den Sie zuvor gesehen – gespürt haben?»

«Ich sage Ihnen doch, daß ich es nicht... Doch, das wäre möglich.»

«Opfer oder Täter?»

«Opfer, glaube ich... Andy, hören Sie auf, mir zuzusetzen. Ich habe nie etwas Konkretes gewußt, nicht einmal einen Namen. Es waren nur flüchtige Eindrücke.»

Andy wirkte nicht überzeugt und wandte sich zur Tür. «Sie kommen zurück. Mary Jo macht ihm wirklich die Hölle heiß. Vielleicht würde sie sich anders verhalten, wenn ich ihr sagen würde, was Sie gesehen haben...»

«Nein!» Sie hatte die Worte nicht aussprechen oder auch nur denken wollen; nun sprudelten sie auf einmal aus ihr heraus, in harschem, eindringlichen Flüsterton: «Wenn ich wirklich etwas gesehen habe, das mehr ist als das Produkt meines gestörten Hirns, dann muß es Brad gewesen sein! Wer sonst?»

Als Diana am nächsten Morgen aufwachte, stand die Sonne kaum über dem Horizont. Draußen lag weißer Nebeldunst. Diana zog sich rasch an und lief nach unten, in der Hoffnung, das Frühstück zubereiten zu können, bevor Mary Jo in die Küche käme; doch der Kaffeeduft, der ihr entgegendrang, machte ihr klar, daß sie dafür bereits zu spät kam. Die anderen saßen schon am Tisch. Andy drehte sich mit einer schwungvollen Bewegung seiner Spachtel vom Herd um. «Die Spiegeleier mit Speck sind gleich fertig.»

«Ich möchte aber keine Spiegeleier mit Speck. Nur eine Scheibe Toast.»

«Die Eier mit Speck sind ganz ohne Fett.»

«Es gibt keine ...»

Andy setzte ihr einen Teller vor. Diana nahm mit resignierendem Achselzucken die Gabel in die Hand. Andy versuchte von neuem Walter zu überreden:

«Geben Sie mir noch einen Tag! Nur einen! Ich hole einen Kumpel, der mir beim Umstellen der Wagen hilft.»

«Ich habe Sie schon vor Wochen darauf hingewiesen. Und Emily ebenfalls.» Walter schob seinen Stuhl zurück und stand auf. «Da kommen die Jungs. Sie sollten lieber mit nach draußen kommen, wenn Sie noch ein Wörtchen mitreden wollen, wo wir Ihre Wracks abstellen.»

Andy versuchte es mit einer letzten Verzögerungstaktik. «Ich dachte, Sie wollten heute am Lilienteich arbeiten.»

«Zu naß. Die Abdeckung mit Planen hat etwas genützt, aber nicht genug.» Walter rollte sich langsam und bedächtig die Ärmel hoch. «Es wird ein heißer Tag. Wir werden heute nachmittag damit anfangen können.»

Er ging hinaus. «Wenn er nur endlich aufhören würde, mit seinen blöden Muskeln zu protzen», murrte Andy. Er warf die Spachtel in Richtung Spülbecken und folgte ihm nach draußen.

«Ich hab manchmal den Eindruck, daß Männer mehr Ärger machen, als sie wert sind», bemerkte Mary Jo, hob die Spachtel vom Boden auf und wischte mit Küchenpapier das verspritzte Fett weg.

«Ich fühle mich wohler, wenn sie in der Nähe sind», gestand Diana. «Wahrscheinlich bin ich doch keine so überzeugte Feministin, wie ich immer gemeint habe.»

«Larry würde eher hereinstürmen, wenn er glaubt, daß er es nur mit zwei Frauen allein zu tun hat. Im übrigen», fügte Mary Jo kühl hinzu, «ist Walter ein besserer Schütze als ich.»

Diana erschauerte. «Geht es Ihnen nicht gut?» fragte Mary Jo.

«Doch, doch. Tut mir leid, daß ich mich gestern abend so lächerlich benommen habe.»

«Was Sie gesehen haben, war wahrscheinlich ein Hirsch oder irgendein Tier. Trotzdem, ich kann Ihnen die Reaktion nicht verdenken. Wenn es so weitergeht, werd ich selbst noch loskreischen, sobald ich nur einen Schatten sehe.»

«Sie werden ihn fassen. Er kann sich nicht ewig verstecken.»

«Ja, kriegen werden sie ihn sicher irgendwann. Und nach ein paar Stunden lassen sie ihn dann gegen Kaution wieder frei. Na ja.» Mary Jo begann mit dem Abräumen. «Wollen Sie nicht weiteressen?»

«Ich wollte sowieso keine Eier zum Frühstück. Was steht bei Ihnen heute auf dem Programm?»

«Ich hab zwei Vorlesungen. Und nächste Woche steht die Abschlußprüfung an. Da muß ich ein wenig Zeit in der Bibliothek verbringen.»

«Kommt Andy mit?»

«Ach so.» Mary Jos Lächeln zeigte wenig Humor. «Wachablösung. Wie ich das hasse! Ich komme mir vor wie ein hilfloses kleines Kind. Es ist bloß ... Ich finde es furchtbar, daß Sie den

Kopf für mich riskieren. Sie könnten doch einfach von hier verschwinden.»

«Selbst wenn es nicht noch einen Grund gäbe, würde ich hierbleiben», sagte Diana. «Sie würden für mich umgekehrt das gleiche tun.»

«Schon, aber ...»

«Aber Sie sind ein feinerer, besserer Mensch als ich?»

Mary Jo wollte entrüstet widersprechen. Diana schnitt ihr das Wort ab. «Wir sind Freundinnen ... oder? Außerdem hab ich genug andere Gründe hierzubleiben; unter anderm auch den, weshalb ich überhaupt gekommen bin. Ich denke nicht daran, mich von einem Mistkerl wie Larry vertreiben zu lassen, solange ich nicht herausgefunden habe, was Brad zugestoßen ist. Ich hoffe, es macht Ihnen nichts, daß ich Ihren Ex-Mann mit einem so groben Ausdruck bezeichnet habe.»

Mary Jo lächelte. «Ich hab ihn noch viel schlimmere Sachen genannt. Aber mir ist letzte Nacht wegen Brad eine Idee eingefallen. Weil Sie jetzt offen sagen, wer Sie sind, könnte ich vielleicht im College mal erwähnen, warum Sie eigentlich hier sind. Brad hat ein paar Freunde von mir gekannt; viele Freunde hab ich ja nicht, dafür fehlt mir die Zeit, aber mit ein paar Menschen hab ich ihn schließlich doch bekannt gemacht. Ich könnte erwähnen, daß er als vermißt gilt und daß Sie nach einer Spur von ihm suchen. Dagegen spräche allerdings, daß die Sache dann die Runde machen und Ihnen Probleme schaffen könnte, wenn ... nun ja, wenn wir uns mit unserer Vermutung über Larry und Brad irren.»

«Erzählen Sie es, wem Sie wollen. Ich fände das gut.»

«Wirklich?»

«Ich hatte ohnehin bereits beschlossen, es bekanntzumachen. Es war dumm von mir zu glauben, daß ich incognito überhaupt etwas herausbekommen könnte.» Diana schaute zur Tür. «Ich sollte besser mal nachsehen, was die beiden treiben. Andy wird den ganzen Morgen herumstehen und streiten, wenn Walter ihn läßt.»

«Wird er nicht. Walter kocht fast vor Wut.»

«Er wirkt aber sehr beherrscht.»

«Das tut er immer, bevor er platzt. Andy geht ihm furchtbar auf die Nerven.»

Diana war erleichtert, als sie den Schauplatz der Auseinandersetzung erreichte und feststellte, daß die beiden sich friedlich geeinigt hatten. Ein paar Männer waren mit dem Montieren eines Fertigschuppens beschäftigt, der groß genug war, um Emilys Werkzeuge, Kartons und Kisten mit den Gartengeräten unterzubringen. Andys Oldtimer müßten zwar im Freien stehen, aber Walter hatte versprochen, sie mit Planen zuzudecken.

Andy schaute betrübt zu, als die Kisten weggetragen wurden. «Sie sollten sich fertigmachen. Sonst wird Mary Jo noch ohne Sie abfahren.»

«Ja, ja. Verstehe.» Andy steckte die Hände in die Taschen und wandte sich ab. «Bitte, passen Sie auf, daß Walter die Wagen auch wirklich abdeckt! Ich traue ihm nicht.»

«Kommen Sie denn nicht wieder zurück?»

«Erst am Abend. Ich werde den ganzen Tag bei der Historical Society verbringen, anschließend Mary Jo abholen und mit ihr zurückkommen. Und Sie halten sich heute bitte nur in unmittelbarer Nähe des Hauses auf!»

«Das muß ich sowieso. Die Handwerker kommen – für den Kamin-Einbau. Hoffentlich haben Sie das Loch wieder zugegipst.»

«Aber sicher.»

Er ging fort, die Hände in den Taschen, den Kopf nachdenklich zur Seite geneigt.

«Verflixt», sagte Diana.

«Verflixt was?» Walter näherte sich mit schweren Schritten. «Wenn Andy meint, daß ich das billige ... Aber Sie bleiben heut ganz in der Nähe des Haus–»

«Unsinn!» schimpfte Diana.

Ein Bulldozer kam ratternd auf sie zu. Sie ging ihm fluchend aus dem Weg.

Andy hatte das Loch natürlich nicht ganz zugemacht: Er stand in der Bibliothek und mühte sich, den Deckel einer Dose mit Molto-Fill aufzubekommen, während Mary Jo ihn anschrie.

«Ich bin gestern abend nicht fertig geworden!» brüllte er zurück. «Man muß jede Schicht erst trocknen lassen, bevor man die nächste ...»

«Dann fahr ich eben allein.» Mary Jo drehte sich auf dem Absatz um und marschierte zur Tür.

Allein die Vorstellung, Andy den ganzen Tag um sich zu haben, war für Diana entsetzlich. «Ich mach das schon», sagte sie. «Geben Sie mir die Kelle.»

«Wir haben noch jede Menge Zeit», behauptete Andy. «Es ist doch erst acht Uhr!»

«Die Bibliothek öffnet um acht Uhr dreißig.»

«Mary Jo meint es ernst», sagte Diana und rang mit Andy um die Kelle. «Beeilen Sie sich.»

«Sie wissen doch gar nicht, wie ...»

«Verschwinden Sie!»

Er ging. Mary Jos laut schimpfende Stimme wurde vom Krachen hinter dem Hause einstürzender Balken übertönt.

Der Lärm dauerte den ganzen Morgen an. Diana begriff, warum Walter diesen Teil der Arbeit unbedingt vor Emilys Rückkehr beenden wollte: Emily haßte diese Art von Lärm ganz besonders; Diana mochte ihn auch nicht. Sie konnte sich nicht dazu bringen, dem Abriß zuzuschauen, oder in der Küche zu bleiben, wo der Lärm am lautesten zu hören war. Aus der Bibliothek vertrieb sie dann die Ankunft der Handwerker, die die Kamineinfassung einbauen sollten; das Hämmern drinnen wirkte auf sie wie ein Echo des Krachens von draußen, und so flüchtete sie schließlich mit einigen Katzen ins Schlafzimmer, wo sie sich beim Lesen eines Buches über alte Rosen die Ohren zuhielt.

Eine Ewigkeit schien vergangen, bis sie vom Treppenabsatz her eine Stimme hörte, die ihren Namen brüllte, und sie zur

Treppe rannte. Drinnen wie draußen hatte der Lärm aufgehört; die Ruhe war herrlich. Es war zwanzig nach zwölf. Walters Mannschaft mußte wohl Mittagspause machen; die Handwerker, die am Kamin arbeiteten... Sollte es denn möglich sein?

In der Tat. Zur Bibliothek gerufen, äußerte sie aufrichtig Bewunderung für die vollendete Arbeit. «Es sieht wundervoll aus. Mrs. Nicholson wird begeistert sein.» Der Vorarbeiter strahlte vor Stolz.

Die Marmorverkleidung paßte fast perfekt zur Einfassung. Andys Loch wurde von einer der grazilen Maiden des Kamins verdeckt.

Diana begab sich in die Küche. Baby folgte ihr. Der große Hund war den ganzen Morgen in ihrer Nähe geblieben, möglicherweise, weil die fremden Männer im Haus seinen Beschützerinstinkt geweckt hatten. Diana rechnete fast damit, Walter in der Küche anzutreffen; anscheinend hatte er es aber vorgezogen, zusammen mit seinen Leuten zu Mittag zu essen. Abgesehen von den Versuchen mehrerer Katzen, einen Bissen zu erhaschen, konnte Diana ihr Sandwich zur Hälfte in Ruhe essen; dann setzte der Lärm erneut ein, so daß sie den Katzen den Rest ihrer Mahlzeit überließ, Putzsachen und Trittleiter holte und in die Bibliothek zurückkehrte.

Nach zwei Stunden angestrengten Arbeitens stellte sie mit Befriedigung fest, daß nun alles völlig anders aussah. Der Raum war wieder bewohnbar; Staub und Spinnennetze waren abgesaugt, der Läufer wieder an seinem Platz, die polierten Möbel glänzten. Diana wischte sich mit dem Ärmel den Schweiß von der Stirn, trug die Leiter in die Küche zurück und verschob das Duschen auf später – obwohl sie schmutzig und verschwitzt war. Der große Hund war den ganzen Tag nicht draußen gewesen und hatte sich einen Spaziergang redlich verdient – ein Spaziergang mit Baby durch Forst und Feld würde aber, wie Diana aus Erfahrung wußte, erneut ein Bad notwendig machen. Es war ja schon drinnen heiß; da mußte draußen für die Jahreszeit eine ungewöhnlich hohe Temperatur herrschen.

Ein Arbeiter rief sie mit einer Armbewegung zurück, als sie sich der Scheune näherte, die nur noch etwa halb so groß war wie vorher, denn die versengten Bretter und Balken waren bereits abgetragen worden. Das übrige, noch stehende Material machte einen soliden Eindruck.

Es tat Diana nicht leid umzukehren. Sie hatte Walter nirgends gesehen; da mußte er sich wohl bei dem Team aufhalten, das am Lilienteich arbeitete. Diana setzte ihren Weg zum Fluß fort, sie lief über die Weide und war noch gar nicht weit gekommen, als ein herrischer Ruf sie zum Stehen brachte und Baby mit drohendem Knurren reagierte. Als Diana sich umdrehte, sah sie Walter auf sich zurennen. Das Hemd hatte er ausgezogen; Brust und Schultern glänzten von Schweiß. «Wo zum Teufel wollen Sie hin?» rief er.

Baby knurrte lauter und preßte sich enger an Diana, so daß sie durch das Gewicht des Hundes aus dem Gleichgewicht kam und sich an Babys dichtes Fell klammern mußte, um sich auf den Füßen halten zu können.

«Der Hund mag mich nicht», stieß Walter hervor.

«Ihm mißfällt nur Ihr Ton. Mir übrigens auch.»

«Ich hab Ihnen doch gesagt, daß Sie in der Nähe des Hauses bleiben sollen!» Seine Finger krümmten sich, als ob es ihn juckte, sie zu schnappen und zurückzuschleifen. Wenn der Hund nicht wäre, würde er's wahrscheinlich sogar tun, überlegte Diana. Nicht daß Walter ein Feigling wäre; aber dumm war er auch nicht.

«Ich bin den ganzen Tag über im Haus gewesen», protestierte Diana. «Ich wollte nur ein wenig spazierengehen, nur bis zum Fluß.»

«Dort hat Larry bereits ein Souvenir hinterlassen.»

«Sie meinen also, daß *er* den Hirsch geschossen hat?»

«Durchaus möglich. Er ist ein guter Schütze.»

«Aber er hat doch kein Gewehr.»

«Wenn er Ihnen allein begegnen würde, brauchte er auch kein Gewehr», meinte Walter düster. «Außerdem ...» Er zögerte, bevor er fortfuhr: «Larry *hat* ein Gewehr. Emilys Hund ist mit einer Schrotflinte getötet worden. Nicht mit der 45er, die Larry hinterher benutzt hat. Die Schrotflinte hat man aber noch nicht gefunden. Er muß sie also mitgenommen haben.»

«Warum haben Sie mir das nicht gleich gesagt?»

Walter gab keine Antwort.

«Verdammt, Walter, ich finde es unerträglich, wenn andere mich in meinem eigenen Interesse herablassend behandeln und beschützen. Wenn ich das gewußt hätte ...»

«Sie sind dickköpfig genug, um selbst dann noch weiterzumachen.»

«Ich bin vielleicht dickköpfig, aber doch nicht so blöd, daß ich praktisch Selbstmord beginge!» Baby gab Diana einen kräftigen Schubs, so daß sie erneut ins Taumeln kam. «Und wenn Sie nicht endlich aufhören, mich anzubrüllen, wird mich der Hund noch umstoßen.»

Walters Mundwinkel verzogen sich zu einem Lächeln. «*Den* Trick kann dem Hund nur ein Verrückter antrainiert haben. Diana – bitte, kommen Sie zurück zum Haus.»

«In Ordnung.»

«Wie bitte? Kein Widerstand?»

«Sie haben das Zauberwort ausgesprochen.»

«Ach so.» Walter schob sich das feuchte Haar aus der Stirn. «Ich will's mir merken. Einen Augenblick. Können Sie etwas hören?»

«Nein.»

«Ich auch nicht. Das heißt, die Männer arbeiten nicht mehr. Die faulen Säcke – man kann sie nicht einmal fünf Minuten lang allein lassen. Los, kommen Sie schon. Äh, *bitte*, kommen Sie.»

Der Bulldozer stand still. Der Führersitz war leer. Die Männer hatten sich am anderen Ende der Scheune versammelt. Als Walter auf sie zugestürmt kam, lief Jack ihm entgegen.

«Wir haben etwas sehr Merkwürdiges gefunden, Walter. Haben uns gedacht, daß du dir das besser mal anschaust.»

Die Männer machten ihnen Platz. Der Scheunenboden war – zusammen mit den Balken, die ihn gestützt hatten – inzwischen größtenteils entfernt. Der Bulldozer hatte das mit Unkraut überwucherte Erdreich fünfzehn Zentimeter tief abgetragen und relativ glatt eingeebnet. Dort, wo die Männer standen, gab es jedoch eine größere, regelmäßigere Vertiefung.

«Sehr merkwürdig», sagte Jack nochmals. «Eine merkwürdige Form. Fast wie ...»

«Ist das alles?» fragte Walter. «Wegen einer merkwürdigen Verformung des Bodens habt ihr die Arbeit unterbrochen?»

«Nein, das ist noch nicht alles. Zeig es ihm, Jimmy.»

Einer von Walters Leuten hatte es ununterbrochen in den Händen gedreht. Es sah aus wie ein glatter Stock. Der Mann übergab ihn wortlos an Walter.

«Ein Knochen», sagte Jack. «Ein langer Knochen. Ein Bein, glaube ich.»

Der Gegenstand war rötlichbraun, sehr spröde und an einem Ende abgebrochen, möglicherweise durch den Bulldozer; die scharfe, aufgesplitterte Bruchstelle war von hellerer Farbe. Das andere Ende war runder, dicker, wie der Knauf eines Spazierstocks.

«Von einem Hirsch», sagte Walter mit erstickter Stimme.

Jack schüttelte den Kopf. «Ich weiß, wie Hirschknochen aussehen. Auch Knochen von Pferden. Meiner Meinung nach ist das der Beinknochen von einem Menschen.»

13

Diana spürte, wie ihr plötzlich alles Blut aus dem Gesicht wich. Walter ließ den Knochen fallen und fing sie auf. Baby stürzte sich mit wütendem Bellen auf Walter. Einer der Männer packte Baby am Halsband, konnte den Hund aber erst von Walter wegzerren, als ein zweiter Mann ihm zu Hilfe kam.

«Lassen Sie mich los!» rief Diana atemlos. «Mit mir ist alles in Ordnung. Ich ... ich ... Verflixt noch mal, lassen Sie mich los!»

Jack, der älter war als die andern – bückte sich nach dem Knochen; sein Gesicht zeigte einen Ausdruck des Bedauerns, als er sich Diana zuwandte.

«Tut mir leid», sagte er. «Ich hätt' nicht so daherreden sollen. Es ist wahrscheinlich doch 'n Hirschknochen. Was weiß ich denn schon?»

«Wedel ihr damit nicht so vor'm Gesicht rum», schimpfte Walter. «Alles abbrechen, Jungs. Und haltet mir den blöden Hund fest. Bin gleich wieder da. Ich bring sie nur schnell ...»

«Sie bringen mich nirgends hin!» Diana wand sich und versuchte ihn wegzudrücken, doch alle Anstrengungen waren umsonst. «Walter! Wenn Sie mich nicht sofort ... *Bitte*!»

Mit weit ausholenden Schritten hatte er mit Diana die Scheune schon verlassen, doch nun blieb er stehen und schaute ihr besorgt ins Gesicht. Was er sah, beruhigte ihn jedoch offenbar, denn er begann, vorsichtig zu lächeln. «Das Zauberwort! Aber

Sie sollten sich wenigstens hinsetzen, Superfrau. Und tief durchatmen!»

Er legte ihr eine Hand auf die Schulter. Jack, der den beiden gefolgt war, brachte leise Entschuldigungen vor. «Ich hatte ganz vergessen, daß manchen Frauen komisch wird beim Anblick von –»

«Das war nicht der Grund», sagte Diana. Sie holte einmal tief Luft. «Sehen Sie, Jack – der Knochen könnte von Brad sein. Von meinem Bruder.»

Jack starrte sie ungläubig an.

Walters Griff wurde fester: «Diana, finden Sie, daß dies der richtige Zeitpunkt ist –»

«Dieser Augenblick eignet sich dafür so gut wie jeder andere.» Sie fühlte sich seltsam ruhig und gelassen. «Ich bin gar keine Landschaftsarchitektin, Jack. Ich habe Walter nur durch einen Trick dazu gebracht, daß er mich den Nicholsons empfahl. Ich bin hier, um nach meinem Bruder zu suchen. Vielleicht können Sie sich sogar an ihn erinnern. Er hat im vergangenen Sommer für Walter gearbeitet und ist später in die Hütte gezogen, die neulich abgerissen wurde – um sich um Miss Musser zu kümmern.»

Jack schüttelte wie benommen den Kopf. «Klar kann ich mich erinnern. Er hat doch die alte Frau im Stich gelassen. Ist einfach abgehaun, ohne ein Wort zu sagen. Walter war verdammt sauer auf ihn.»

«Ich glaube nicht, daß er einfach abgehauen ist», sagte Diana. «Seit letztem August hat nämlich niemand mehr etwas von ihm gesehen oder gehört.»

«O mein Gott. Sie meinen ... Aber nein ... Das ist ja verrückt. Aber warum sollte er dort ...? Da hätten sie doch vorher die Bretter des Bodens herausnehmen müssen, vor dem Graben ... Sie hätten ...»

Walter hob eine Augenbraue. «Jack ist ein bißchen langsam von Begriff. Sie hätten nicht alles so plötzlich auf ihn abladen sollen.»

Jack warf seinem Boß einen empörten Blick zu. «Ich bin vielleicht langsam, aber dumm bin ich nicht. Seh'n Sie mal, Miss, das ist doch gar nicht möglich. Mit Knochen kenn ich mich aus. Ich hab schon 'ne Menge ausgegraben. Ich meine natürlich Tierknochen. Sie werden brüchig und rötlichbraun wegen dem Lehm im Boden. Der Knochen vorhin hat nicht Monate, er hat schon jahrelang in der Erde gelegen.»

«Aber klar! Du hast völlig recht», rief Walter aus. «Wirklich, Diana. Ich hätt's selber gleich sehen müssen.»

«Hätt'st du wirklich!» meinte Jack selbstzufrieden. «Wenn du nicht so mit Schimpfen beschäftigt gewesen wärst... Sie glauben mir doch, nicht wahr. Schätz... ich meine, Miss?»

«Schätzchen gefällt mir gut.» Diana schenkte ihm ein warmes Lächeln. «Vielen Dank, Jack. Aber wenn es nicht Brad ist, dann jemand anders – Sie haben doch gesagt, daß es sich um den Knochen eines Menschen handelt. Was jetzt? Soll ich die Polizei rufen?»

Walter fluchte lange und ausgiebig. «Dann könnten sich auch noch die verdammten Amts-Archäologen des Bezirks einmischen. Mit denen hab ich schon mal zu tun gehabt. O verflixt! Diese Sache könnte uns wochenlang aufhalten.»

«Sie muß trotzdem anrufen», murmelte Jack. «Kannst du dich noch an Alec Williams erinnern? Als er beim Bau der Unterteilung in den alten Indianer-Friedhof stach, hat er Morddrohungen erhalten!»

Walter bestätigte es widerstrebend mit einem Nicken. «Diana, rufen Sie bei den Bullen an, sagen Sie ihnen, daß wir etwas gefunden haben, was wie der Beinknochen eines Menschen aussieht. Sie können sich ihn hier abholen.»

«Ich könnte sie begleiten», schlug Jack vor.

«Wär wohl besser», meinte Walter. Als Diana protestieren wollte, ließ Walter sie gar nicht erst zu Wort kommen, sondern rief ihr in Erinnerung: «Falls Larry nicht in den letzten paar Stunden gefaßt wurde, läuft er noch immer frei herum. Begleite sie, Jack. Es kann bestimmt nicht schaden!»

Die Männer, die Baby am Hals festhielten, lockerten den Griff ein wenig, worauf sich der Hund sofort losriß und mit hechelnder Zunge und wild schlagendem Schwanz auf Diana zurannte. Es dauerte ein ganzes Weilchen, bis Baby sich beruhigen ließ, aber auch danach hielt sie sich auf dem Weg zum Haus eng an Diana.

«Ich schau mich nur mal rasch um», sagte Jack. «Falls Sie damit einverstanden sind.»

Diana war mehr als einverstanden. Sie bezweifelte zwar, daß Larry soviel Mut besitzen würde, sich ins Innere des Hauses zu wagen, fand es aber trotzdem durchaus angemessen, große Vorsicht walten zu lassen. Als Jack zurückkam, hatte sie bereits bei der Polizei angerufen und schenkte gerade Eistee ein.

«Nirgends ein Zeichen von ihm», berichtete er und nahm das Glas, das Diana ihm reichte, dankend entgegen. «Aber Sie sollten den Vordereingang abschließen.»

«Ja, das stimmt. Von jetzt an will ich immer dran denken.»

«Wie haben die Bullen reagiert?»

«Sie schicken uns jemanden herüber. Sie haben nicht gesagt, wann, doch als ich sie an Larry erinnerte, sind sie sehr hellhörig geworden.»

«*Den* Toten kann man Larry aber nicht anlasten.» Jack trank seinen Tee aus. «Danke, das war jetzt genau das Richtige. Ich muß wieder zurück. Geht es Ihnen bestimmt besser?»

«Alles klar. Ich komme mit.»

Es gelang ihnen nur dank gemeinsamer Anstrengung, Baby in der Küche einzusperren. Das Protestgeheul des Hundes war noch weithin zu hören.

Diana hatte geahnt, was Walter vorhatte; sie war daher nicht überrascht, als sie sah, was auf der anderen Seite der Scheune vorging. Aber die Männer gruben jetzt wenigstens mit Spaten.

Walter richtete sich auf, stützte sich auf den Spaten und wischte sich die Stirn mit dem Ärmel. «Schicken sie wen?»

«Ja. Sie haben aber nicht gesagt, wann.»

«Sie werden vermutlich nicht lang auf sich warten lassen.» Er drehte sich um. «Noch immer nichts?» rief er den Männern zu, die an der Nordseite arbeiteten.

Die Antwort war negativ. Walter stieß den Spaten in die Erde; die Ecke, wo der Knochenfund gemacht worden war, hatte er für sich selbst vorbehalten.

«Die Polizei wird das kaum gutheißen», meinte Diana.

«Dann tun wir eben so, als ob wir ein Haufen dummer Trottel vom Land wären», brummte Walter, «die es nicht besser wissen.»

«Was haben Sie denn gefunden?»

«Da drüben.» Er schüttete die Erde auf einen zunehmend größeren Hügel und bückte sich, um die Erde mit den Fingern durchzusieben.

Das Häufchen Knochen lag auf den wenigen, nicht abgetretenen Bodenbrettern. Diana verstand immerhin soviel von Anatomie, daß sie ein paar Teile identifizieren konnte: gelbgewordene Zähne, winzige Teile von Fingern oder Zehen, das Bruchstück eines Beckens. Und, völlig unverkennbar, ein Schädel. Der Unterkiefer fehlte. Die runde Schädeldecke schien unnötig viele Risse aufzuweisen. Auf einem Häufchen daneben lagen ein paar halbverweste Stoffetzen.

«Es gibt hier nur dies eine Skelett», berichtete Walter. «Wir haben rundum in gleicher Tiefe gegraben, aber nichts gefunden.»

«Dann hat sich hier also doch kein Friedhof befunden.»

«Ich glaub nicht. Und genau das hab ich ja herausfinden wollen. Wenn es hier nur eine Leiche gibt, werden wir nämlich die verflixten Archäologen aus der Sache heraushalten können. Die Bullen werden ... Ach, so ein Mist, da sind sie ja schon. Weitergraben, Jungs!»

Diana eilte ins Haus zurück. Sie konnte nicht verstehen, warum die Polizei mit heulenden Sirenen angefahren kam.

«Wir dachten, Sie hätten den Verbrecher gesichtet», erklärte einer. «Sie haben eines von seinen Opfern gefunden? In der Scheune?»

Diana klärte sie auf, langsam und bedächtig. Als der blutjunge Polizist anschließend den Schauplatz erreichte, vergaß er Amt und Würde und rief empört: «Verdammt, Walter, was zum Teufel machst du denn da? Du weißt doch genau, daß du den Tatort eines Verbrechens nicht zerstören darfst.»

«Woher weißt du denn, daß es sich um ein Verbrechen handelt?» fragte Walter mit Unschuldsmiene.

Unter anderen Umständen hätte Diana solch eine Auseinandersetzung, die Walter fast mit Sicherheit gewinnen würde, genüßlich verfolgt. Ihr gingen jedoch die traurigen Überbleibsel menschlichen Daseins, die da aufgereiht auf dem Boden lagen, nicht mehr aus dem Sinn. Weil sie das so glauben wollte, glaubte sie tatsächlich, daß die Fundstücke für sie persönlich bedeutungslos waren; doch einem andern Menschen hatten sie bestimmt einmal etwas bedeutet. Diana zog sich ins Haus zurück.

Der Anrufbeantworter blinkte. Ihr war aber nicht danach zumute, die Nachrichten auf dem Band abzuhören. Sie nahm am Tisch Platz und war noch damit beschäftigt, den erregten Hund zu beruhigen, als sie ein Auto näher kommen hörte. Der Wagen hielt mit quietschenden Reifen; Kies knirschte und wirbelte hoch. Diana war sofort aufgesprungen. Diesmal sah sie keinen Anlaß, Andy die leichtsinnige Fahrweise vorzuwerfen. Beim Anblick des Polizeiwagens vor dem Haus konnte er nur das Allerschlimmste befürchtet haben.

Die verschlossene Haustür bebte unter seinen Fußtritten. Diana lief, schloß auf und wich rasch zurück, doch Baby blieb auf der Stelle stehen, so daß der hereinstürmende Andy über die Hündin der Länge nach zu Boden schlug. Mary Jo, die hinter ihm auftauchte, stieß beim Anblick von Diana einen Schrei der Erleichterung aus.

«Was ist geschehen? Hat Larry ...»

«Nein. Nein, nichts dergleichen. Ich werd's euch gleich erzählen. Andy, um Himmels willen, nun winseln Sie doch nicht so!»

«Ich winsele ja überhaupt nicht. Ich versuche nur, einen Schmerzensschrei zu unterdrücken. Holen Sie den Hund von mir herunter! Ich dachte, so was machte Baby nur bei Frauen.»

Sie zogen Andy unter dem Hund hervor und führten ihn in die Küche, wo er ein Bier und eine Erklärung verlangte. Er unterbrach Diana bereits nach wenigen Sätzen. «Alte Knochen. Wie alt? Lassen Sie nur. Ich verstehe. Man muß sie untersuchen lassen ... Ich muß mir das sofort ansehen!»

Er stürzte nach draußen.

Mary Jo ließ sich säuerlich lächelnd in einen Sessel fallen.

«Und wie war dein Tag sonst?» Diana fand den Mut, ihre Hand auf Mary Jos Arm zu legen. «Der Anblick des Polizeiwagens vor dem Haus muß euch ja einen furchtbaren Schrecken versetzt haben. Ich hätte draußen auf euch warten sollen, um euch gleich zu informieren. Ich hab gar nicht so früh mit euch gerechnet.»

«Andy hat mich in der Bibliothek abgeholt und darauf bestanden, daß wir sofort zurückkommen. Er hat eine Entdekkung gemacht und ist völlig aus dem Häuschen. Er hat mir aber nicht sagen wollen, *was* er entdeckt hat.» Mary Jo drückte kurz Dianas Hand, bevor sie den Arm wegzog; Diana war, wie wenn sie einen Preis gewonnen hätte. Mary Jo stand auf. «So früh ist es nun aber auch wieder nicht. Wir könnten mit dem Vorbereiten des Abendessens anfangen. Nichts könnte uns besser von Gedanken an Mordversuche und einen Haufen Knochen ablenken als ein bißchen Arbeit im Haus.»

Der Polizeiwagen fuhr schließlich wieder ab – ohne Sirenengeheul. Andy kam jedoch nicht gleich ins Haus zurück. Als er endlich zusammen mit Walter in die Küche kam, war die Sonne bereits hinter den Bäumen verschwunden, und der Abendhimmel glühte in den Farbtönen alter Rosen von Lavendel bis Mauve. Walter hatte Kopf und Arme unter den Wasserhahn im Hof gesteckt. Sauber waren sie allerdings nur im Vergleich mit dem restlichen, dreckverschmierten Körper.

«Ab nach oben! Geht euch waschen!» befahl Mary Jo.

«Laß mich in Frieden.» Walter sank schwerfällig auf einen Stuhl. «Wie wär's erst mal mit etwas zu trinken?»

«Hier, nimm, ein Bier.» Andy stand schon am Kühlschrank. Er war fast genauso schmutzig, hatte jedoch das Hemd nicht ausgezogen. Ob er einen Vergleich scheut? überlegte Diana. Mit Walter hätte er sich körperlich bestimmt nicht messen können.

«Später. Fürs erste bloß einen Schluck Wasser.»

Diana füllte ein Glas, gab Eiswürfel hinzu und reichte es Walter. «Haben die Polizisten Ihnen die Hölle heiß gemacht?»

«Wie könnten sie? Billy Jackson habe ich schon gekannt, als er eine kleine Rotznase war und mir und meinen Brüdern ständig nachgelaufen ist. Was er da vorhin vom Tatort eines Verbrechens geredet hat, war total dummes Zeug. Bis der Leichenbeschauer sein Gutachten abliefert, weiß niemand, ob der Tote nicht eines natürlichen Todes gestorben ist.»

«Die Leiche ist beerdigt worden», meinte Diana. «Daraus läßt sich folgern ...»

«Hören Sie, ich hab diese Geschichte gerade lang und breit mit den Polypen und mit Mister Phantasie durchdiskutiert.» Walter deutete auf Andy, der am Kühlschrank lehnte. «Es könnte ein Landstreicher oder Vagabund gewesen sein, der sich dort zur Ruhe gelegt hat und gestorben ist, lange bevor die Scheune erbaut wurde. Wir wissen doch überhaupt nicht, wie lange er dort gelegen hat.»

«Aber Walter, ich bitt dich, das ist doch lächerlich.» Es war Mary Jo, die protestierte, nicht Andy. Mysteriöse oder rätselhafte Dinge weckten ihre Neugier; und sie hatte sofort bemerkt, daß Walter da einen Denkfehler begangen hatte. «Die Scheune steht gar nicht weit vom Haus entfernt. Du willst doch wohl nicht behaupten, daß ihn da niemand bemerkt – oder *gerochen* hätte. Und die Tiere hätten –»

Sie sprach den Satz nicht zu Ende, sondern bat Diana mit einem Blick um Verzeihung.

«So ist es», sagte Diana kühl. «Die Knochen haben ja auch nicht verstreut herumgelegen, oder? Sie sind an einer Stelle gefunden worden, und daraus folgt: Der Mann ist begraben worden, von irgend jemandem. Das muß aber noch nicht bedeuten, daß er – in einer Zeit vor dem Verbot privater Friedhöfe – keines natürlichen Todes gestorben ist. Gewiß, ein Verwandter der Eigentümer hier wäre im Familiengrab bestattet worden. Der Mann könnte aber auch ein Wanderarbeiter oder Diener gewesen sein.»

«Ich finde es sinnlos, weiter herumzuspekulieren.» Walter leerte sein Glas. «Mich ärgert bloß, daß wir auf das Okay der Bullen warten müssen, bis wir in der Scheune weiterarbeiten dürfen. Billy Jackson ist sich wirklich großartig vorgekommen, als er den Tatort des Verbrechens absperrte.»

«Und was geschieht nun?» fragte Diana.

«Also, zuerst einmal muß der zuständige Bezirksbeamte die Funde untersuchen. Höchstwahrscheinlich wird er einen Gerichtsmediziner von der Universität zu Rate ziehen. Und falls sich dann herausstellt, daß es sich um Knochen von einem Indianer handelt, sitzen wir in der Patsche. Wenn die Archäologen dann nämlich anfingen, nach einer indianischen Grabstätte zu suchen, könnte uns das wochenlang aufhalten. Solche Dinge sind inzwischen eine heikle Sache. Wir können nur hoffen» – Walter hakte die verschiedenen wünschenswerten Punkte an den Fingern ab, «daß der Tote ein Weißer war; daß sich keine Anzeichen für einen unnatürlichen Tod finden lassen; und daß er nicht weniger als vierzig bis fünfzig Jahre und nicht über hundert Jahre dort gelegen hat. Die Bullen interessieren sich nicht für Personen, die seit einem halben Jahrhundert vermißt werden, und die Archäologen interessieren sich für nichts, das weniger als hundert Jahre alt ist.»

Walter stand auf und streckte sich. «So viel habe ich seit dem vergangenen Herbst nicht mehr gegraben. Kommen Sie, Andy – wir wollen unsere stinkigen Körper mal aus Mary Jos feiner, sauberer Küche fortbewegen.»

Andy folgte wortlos. Diana schaute ihm neugierig nach. Da stimmte doch irgend etwas nicht – Andy hatte weder widersprochen noch einen Kommentar abgegeben!

Er blieb auch während des Abendessens in sich gekehrt. Es war ein eigenartiges, selbstzufriedenes Schweigen; seine Lippen rundeten sich auf eine Art, die Diana inzwischen nur zu vertraut war. Das Gespräch der anderen kreiste weiterhin um die Gebeine in der Scheune; Diana konnte Andy die Frage erst stellen, als er nach beendeter Mahlzeit Kaffee kochte.

«Was haben Sie heute getrieben, Andy? Mary Jo hat mir erzählt, daß Sie etwas Interessantes entdeckt haben.»

Andy warf ihr über die Schulter einen überraschten Blick zu und zog die Brauen hoch, gab jedoch prompt Antwort. «Ich bin bei der Historical Society gewesen. Ich glaube inzwischen zu wissen, für wen der dritte Grabstein war.»

Walter war empört. «Im Wald läuft ein Verrückter mit einer Schrotflinte herum, in der Scheune liegt ein Skelett, und da haben Sie Zeit, sich mit Stammbäumen zu beschäftigen? Um Gottes willen, Andy! Selbst Sie –»

«Heute abend können wir sowieso nichts mehr unternehmen», fuhr ihm Diana ins Wort. «Und *mich* interessiert Andys Entdeckung. Emily bestimmt auch. Gehn wir doch in die Bibliothek.» Sie wandte sich wieder an Andy. «Dort können Sie uns alle Einzelheiten berichten.»

Andy reagierte verärgert; sie hatte in einem Ton mit ihm gesprochen, als ob er ein Zehnjähriger wäre, dessen Dinosaurier-Schwärmereien man gutmütig über sich ergehen läßt.

«Zuerst sollten wir die Mitteilungen auf dem Anrufbeantworter abhören», meinte Mary Jo. «Das Gerät blinkt ja wie verrückt. Hast du es heute noch gar nicht abgehört, Diana?»

«Es gab so viel zu tun, daß ich es nicht mal geschafft habe, in seine Nähe zu kommen.»

Während Andy das Kaffeetablett richtete, hörten sie, wie das Band zurückgespult wurde und dann die Stimme des Innenausstatters, bei dem Emily für die Bibliothek neue Vorhänge in

Auftrag gegeben hatte; er kündigte seinen Besuch für den nächsten Morgen um zehn Uhr an. Die zweite Nachricht war von Emily, die erklärte, sie könne nicht lange sprechen, weil Charles ihr böse sei, daß sie während der Normalzeit zu vollem Tarif anriefe, und dann in aller Ausführlichkeit berichtete, wie sehr sie diese Ferientage genoß. Emily zählte eine Liste neuer Pflanzen auf, die sie unterwegs gesehen hatte und zu besitzen wünschte, bis sie durch einen lauten Ruf von Charles unterbrochen wurde, dem ein Kichern folgte – dann setzte ein Klicken dem Gespräch ein Ende.

«Von unserem kleinen Abenteuer hier hat sie jedenfalls nichts gehört», stellte Diana mit Erleichterung fest.

«Eine Kleinstadt-Schießerei ist für überregionale Zeitungen uninteressant.» Andy runzelte die Stirn. Die nächste Nachricht betraf ihn persönlich. Der Sprecher war offensichtlich ein «Kumpel» von ihm, diesmal ein Kollege aus dem Büro. «Wenn du dich nicht bald meldest, will Henderson dir die Haut vom Leib ziehn. Er hat fast 'ne ganze Woche nichts von dir gehört und will wissen, was du machst, *falls* du überhaupt was machst. Laß dich mal sehen, Andy. Sonst könntest du deinen Job bald los sein.»

Das war die letzte Nachricht. Andy drückte die Taste, und das Band spulte zurück. «Dieser Henderson kann mich mal», sagte er.

«Sie werden meinetwegen doch nicht Ihren Job aufs Spiel setzen, Andy!» rief Mary Jo.

«Ich wollte sowieso schon kündigen», entgegnete er ruhig.

Mary Jo sah ihn zweifelnd an, dann sagte sie: «Diana und ich gehen jetzt in die Bibliothek. Kommt nach, Jungs, wenn ihr aufgeräumt habt. Und vergeßt mir nicht, auch den Tisch sauberzuwischen.» Mit dem Geschick einer Kellnerin nahm sie das Tablett hoch, trieb Diana vor sich her und marschierte aus dem Zimmer.

Diana hatte ganz vergessen zu erzählen, daß die Kamineinfassung eingetroffen war. In der Tür der Bibliothek stieß

Mary Jo einen Freudenschrei aus und blieb wie angewurzelt stehen.

«Du mußt dir hier ja die Knie wundgerieben haben beim Reinemachen. Ist das schön!»

«Wie hast du doch vorhin gesagt: Durch Drecksarbeit kommt man am leichtesten auf andere Gedanken. Die Vorhänge werden den Raum noch viel schöner machen.»

«Der Kaffee, Madam.» Mary Jo stellte das Tablett auf einem niedrigen Tischchen ab und ließ sich wie eine Luxusfrau in die weichen Couchkissen sinken. «Mensch, ist das Klasse! An so ein Leben könnt ich mich echt gewöhnen. Hier ist alles so angenehm und friedlich. Bis auf die beiden großmäuligen Machos.»

«Die lassen sich aber anscheinend trainieren», meinte Diana lächelnd. «Walter hat sich jedenfalls nicht gewehrt gegen deinen Befehl aufzuräumen.»

«Dafür meckert er wahrscheinlich jetzt wie verrückt in der Küche herum. Die zwei werden saumäßig aufräumen. Das werden wir hinterher alles noch mal von vorn machen müssen.»

«Es geht ums Prinzip», erklärte Diana und freute sich, daß ihre Freundin im Plural gesprochen hatte: «Wir» hatte sie gesagt.

Die kurze Zeit, in der die beiden Küchengehilfen ihre Arbeit beendeten, schien Mary Jos Skepsis zu bestätigen. Andy machte einen tugendhaften Eindruck, Walter wirkte beleidigt, sagte aber nichts, und Mary Jo behielt ihre Zweifel für sich – die angenehme Umgebung trug sicherlich zu ihrer verträglichen Haltung bei. Auch wenn der Raum noch nicht die von Emily gewünschte Eleganz besaß – er war schön. Hoffentlich tut Emily des Guten nicht zuviel, dachte Diana. Die Bücherreihen an den Wänden, die bequemen, abgenutzten Möbel – sie schufen eine gemütliche Atmosphäre, die kein Designer verbessern könnte.

Nachdem die neue Einfassung allgemein Bewunderung gefunden hatte – das Resultat von Dianas stundenlangem Arbeiten mit Staubsauger und Staubtuch hatten natürlich weder Walter noch Andy bemerkt –, lenkte Diana das Gespräch erneut auf Andys Recherchen. Auf diese Weise fand auch sein Jammern darüber ein Ende, daß sein wertvolles Loch in der Mauer nun zugedeckt war.

«Martha hat sie geheißen», verkündete er voller Stolz. «Martha Fairweather. Sie war die älteste Tochter von George. Unverheiratet.» Er warf Diana einen triumphierenden Blick zu.

«Rasche Arbeit», sagte sie gelassen. «Sind Sie sicher?»

«Die Daten stimmen überein.» Andy reckte sich, um in die Hosentasche zu greifen, aus der er ein Bündel zerknitterter Zettel hervorholte. «Sie wurde am ... Ich hab das Datum hier irgendwo. Aber Sie können sich darauf verlassen. Martha war genau neunzehn Jahre, drei Monate und siebzehn Tage alt, als sie starb.»

«Ein schöner Name», meinte Mary Jo. «Woran ist sie denn gestorben?»

«Weiß ich nicht. Überhaupt», gab Andy zu, «ich hab Glück gehabt: Irgend jemand hat Gott sei Dank eine Genealogie anfertigen lassen.»

Jetzt wurde sogar Walter aufmerksam. «Ich dachte, die Familie wäre Mitte des vergangenen Jahrhunderts ausgestorben. Normalerweise betreiben doch nur Verwandte solchen archäologischen Mumpitz – um in den Club der ‹Töchter der amerikanischen Revolution› oder 'n ähnlichen Verein reinzukommen.»

«Genau so ist es gewesen. Die direkte Linie war ausgestorben, aber es gab noch Kusinen, die allerdings nicht den Namen Fairweather trugen. Die Nachkommen von Nebenlinien der Familie waren über ganz Amerika verstreut, und das war vermutlich auch der Grund für den Verkauf des Hauses. Niemand hat zum Stammsitz zurückkehren wollen. In den dreißiger Jahren hat dann eine gewisse Mrs. Moody den Stammbaum zurückverfolgen lassen. Ich kann mir durchaus denken, daß sie darauf spekulierte, bei den ‹Töchtern der Revolution› oder einem ähnlichen Verein aufgenommen zu werden. Sie ist nämlich bis zum ...»

Walters Interesse war wieder verflogen. Er sprang auf und begann ruhelos im Raum umherzugehen. «Und wennschon? Ich versteh nicht, wie Sie wegen so etwas Ihre Zeit verschwenden können, wenn Sie ...»

«Wenn ich *was*?»

«Sich beispielsweise drum kümmern sollten, nicht den Job zu verlieren.»

Er machte bereits während des Sprechens den Eindruck, als ob er es am liebsten nicht ausgesprochen hätte; aber es war zu spät; die Worte konnten nicht mehr zurückgenommen werden. Andy lief rot an. «Meine Arbeitssituation geht Sie wirklich nichts an, verdammt noch mal, Walter.»

«Schluß damit!» fuhr Mary Jo den herumschnellenden Walter an, dem vor Erregung die Hände bebten. «Es hätte uns gerade noch gefehlt, daß ihr zwei euch jetzt prügelt.»

«Wir sind alle ein wenig nervös», ergänzte Diana. «Wir sollten uns zusammenreißen.»

Walter entkrampfte sich. «In Ordnung.» Und er fügte steif hinzu: «'tschuldigung, Andy.»

«Schon gut.» Andys Stimme war nicht weniger kühl.

Walter trat ans Fenster, schaltete die Außenbeleuchtung aber nicht ein, sondern blieb regungslos stehen und schaute hinaus, bis er auf einmal so heftig mit der Faust gegen den Fensterrahmen schlug, daß die anderen aufschreckten. «Wo ist dieser Mistkerl bloß? Die Spannung bringt mich um!»

«Wenn du so am Fenster stehenbleibst und deine Silhouette zeigst, wird's am Ende nicht die Spannung sein, die dich umbringt», warnte Mary Jo. «Bitte, nun komm schon ... Walter? Was ist denn?»

Walters Körper hatte sich plötzlich verkrampft, und er beugte sich vor, um besser sehen zu können. «Ein Licht! In einiger Entfernung von hier. Es flackert.»

Sofort war auch Andy auf den Beinen und am Fenster. «Wo? Ich seh nichts.»

«Jetzt ist's weg. Hätt' eine Taschenlampe sein können.» Und schon war Walter unterwegs zur Tür.

«Walter, um Gottes willen!» rief Mary Jo fast hysterisch. «Bleib hier! Ich würde es nie verkraften, wenn er dich ...»

Und damit hatte sie den besten, vielleicht auch einzigen Weg gefunden, um ihn zurückzuhalten. Er blieb stehen, mit dem Rücken zu den anderen, und zitterte vor Frust. Andy schritt zum Telefon.

«Die Nummer ist neun-eins-neun», sagte er fröhlich. «Wie heißt doch noch dein Kumpel bei der Polente, Walter?»

Billy Jackson war nicht im Dienst. Seine Kollegen fuhren aber keineswegs weniger gern mit eingeschalteter Sirene, und in diesem Falle erfüllten sie damit wahrscheinlich sogar einen guten Zweck.

«Er wird in Deckung gegangen sein, als er uns kommen hörte», meinte der Polizist. «Falls er derjenige war, den sie vorhin gesehen haben. Es könnte natürlich auch ein Leuchtkäfer gewesen sein.»

«Es war aber kein verdammter Leuchtkäfer», widersprach Walter heftig. «Glauben Sie etwa, ich könnte nicht unterscheiden zwischen –»

«Dann eben ein Wilddieb. Oder Kinder, die ein Camping machen. Wir werden uns morgen mal umsehen. Heute nacht ist es sowieso zu dunkel, und», sagte der Polizist noch, ohne nachzudenken, «ich bin doch nicht so dumm, laut rufend mit 'ner Laterne in den Wäldern rumzulaufen, während Larry mit der Schrotflinte hinter einem Baum steht.»

Und fort war er. Walter drehte sich zu den andern um.

«Es war ganz bestimmt kein –»

«Völlig unmöglich. Für Leuchtkäfer ist es viel zu früh im Jahr», meinte Andy.

Die ganz zufällige, beschwichtigende Bemerkung von Andy

weckte bei Diana eine vage Erinnerung. Das hatte sie doch schon einmal gehört oder gedacht... Sie kam aber nicht dazu, diese Erinnerung zu fixieren, weil sie von Mary Jo in ihren Gedanken unterbrochen wurde: «Der Polizist hatte übrigens recht. Es wäre tatsächlich dumm, im Dunkeln in den Wäldern rumzulaufen. Hörst du, Walter?»

Sie schien wieder ganz die alte: helle und kritisch. Doch in ihrer Stimme schwang ein gewisser banger Ton mit, den auch Diana nicht überhörte; Walter schon. «Ich *hab's* gehört», murmelte er. «Hat jemand was dagegen, daß ich mein doofes Hirn weiter verblöde und fernsehe?»

«Gibt's heute abend etwas Anständiges im Programm?» fragte Diana, um ihn abzulenken und zu besänftigen.

«Ist mir völlig Wurst, was es gibt, solang es nur hirnlos und gewalttätig ist. Irgendwas mit 'ner Menge Ballerei und Verfolgungsjagden.» Walter ließ sich auf einen Stuhl fallen und griff nach der Fernbedienung.

Mary Jo packte mit verkniffenen Lippen einen Packen Bücher zusammen. «Ich verzieh mich zum Arbeiten nach oben.»

Sie marschierte davon und hinterließ ein beklemmendes Schweigen, das Walter schließlich beendete. «Sie hält es fast nicht mehr aus», sagte er leise mit Blick auf den Bildschirm, wo zwei Männer, die nicht zu hören waren, sich dem Gesichtsausdruck nach beschimpften: «Ich wundere mich, daß sie überhaupt noch hier ist.»

«Wir würden sie doch nicht wegfahren lassen», meinte Diana.

«Wenn Mary Jo sich etwas in den Kopf gesetzt hat, kann man sie nicht davon abbringen. Eins steht jedoch fest – wenn die Polizei Larry nicht faßt, bevor die Nicholsons zurück sind, wird Mary Jo von hier verduften. Sie würde nie riskieren wollen, daß Emily etwas zustoßen könnte.»

«Ich auch nicht.» Andy war plötzlich sichtlich beunruhigt, *daran* hatte er bisher noch nicht gedacht. «Aber wir können Mary Jo auch nicht den Wölfen zum Fraß vorwerfen. Vielleicht sollten wir versuchen, Ma und Charles zu überreden, daß sie ihre Reise verlängern.»

«Sie können es ja versuchen.» Walter klang skeptisch. «Wenn Emily aber mitbekommt, was hier los ist, wird sie im nächsten Moment dasein. Und irgendein Rundfunksender könnte die Entdeckung des Skeletts in unserer Scheune ungewöhnlich genug finden, um darüber zu berichten. Nein. Wir *müssen* Larry finden.» Während des Sprechens ließ er die Hände spielen; unter der Haut bewegten sich die Sehnen wie angespannte Saiten. «Ich kann gar nicht verstehn, wie der Mistkerl es geschafft hat, solang unentdeckt zu bleiben. Als er verschwand, hat er doch nur die Klamotten am Leib und die Schrotflinte mitgenommen – aber nichts zum Essen und Trinken, gar nichts. Zu seiner Wohnung hat er nicht zurück können, die wird von den Bullen überwacht. In der näheren Umgebung ist aber in den letzten Tagen auch nirgends eingebrochen worden. Es hat auch keine Autodiebstähle gegeben.»

«Vielleicht lebt er ja von Tieren, die er in Fallen ...» begann Andy, und als Walter solche Überlegung mit einer ärgerlichen Handbewegung abtat, gab Andy zu bedenken: «Dann hat er sich entweder bei einem Freund versteckt, oder aber jemand bringt ihm Proviant in den Wald.»

«Seine sogenannten Freunde sind bereits verhört worden. Das Problem besteht darin, daß die Polizei nicht genug Personal hat, um sie alle gleichzeitig zu überwachen.» Walter schenkte der Verfolgungsjagd auf dem Bildschirm keine Beachtung; sein Blick ruhte finster auf seinen geballten Fäusten, und es dauerte eine Weile, bis er den Kopf hob und sich mit einem gezwungenen Lächeln Diana zuwandte. «Sie werden Larry schon fassen. Sie *müssen* ihn schnappen. *Wir* können nicht viel tun, wir müssen abwarten. Aber Sie könnten etwas tun – Sie könnten Mary Jo morgen zum College fahren.»

«Muß sie morgen denn nicht arbeiten?» fragte Diana. Sie wußte genau, daß Walter das Thema nur scheinbar gewechselt hatte.

«Sie sollten Mary Jo überreden, einen Tag freizunehmen. Sie hat doch bald Prüfungen zu machen, oder? Ich weiß nicht, was für Jobs sie morgen hätte, aber ich hätte Mary Jo gern so weit wie nur möglich fort von hier. Und ins College wird Larry sich bestimmt nicht trauen.»

«Ich kann Mary Jo auch fahren», warf Andy ein.

«Sie könnten hier von Nutzen sein», erklärte Walter.

Er hatte Andy nicht angeschaut. Trotzdem, zwischen den beiden Männern hatte es eine wortlose Verständigung gegeben. Andy blickte kurz hoch und wurde nachdenklich. «Einverstanden», sagte er.

«Einverstanden», wiederholte Diana.

Sie wußte ganz genau, was Walter für den nächsten Tag plante: die hilflosen Frauen wegschicken und in Sicherheit bringen und anschließend Larry suchen gehen. Wahrscheinlich wollte er für die Suche seine ganze Mannschaft einsetzen, sonst wäre das Haus ja nicht ohne männlichen Schutz gewesen. Angesichts seiner momentanen Verfassung schien jede Diskussion zwecklos; falls er jedoch auf diese Weise ihr gegenüber den männlichen Beschützer hervorkehren wollte, so fühlte sie sich nicht verpflichtet, ihn über ihre Pläne zu informieren. Sie entschuldigte sich nach einer Weile und ging in die Küche.

Sie hatte ihr Telefongespräch fast beendet, als Andy neugierig in der Küche auftauchte. Er verschränkte die Arme, lehnte sich an die Wand und hörte mit.

«Ich werde morgen tagsüber nicht dasein», sagte Diana mit einem bösen Blick auf den Lauscher. «Du kannst jedoch eine Nachricht auf Band sprechen – oder ich ruf dich an. Um halb zwölf? Gut. Ja. Das habe ich bereits getan. Danke. Ich weiß es zu schätzen ... Wie bitte? Ja, natürlich werde ich dich auf dem laufenden halten.»

Sie legte auf. Andy veränderte seine Körperstellung. «Ihr Alter?» fragte er.

«Ja.»

«Wegen des Privatdetektivs?»

«Ja.»

«*Was* haben Sie bereits getan?»

«Einen Finderlohn ausgesetzt.»

Andy nickte beifällig. «Gute Idee. Ich kann mir nicht vorstellen, daß Larry Kumpel hat, denen er mehr bedeutet als Geld. Wieviel?»

«Einen Tausender.»

«Werden Sie mir wohl je mehr als drei Worte auf einmal sagen?»

«Nein.»

«Ich versteh gar nicht, warum Sie mir so böse sind. Es war doch nicht meine Idee –»

«In den Wäldern herumzutappen und nach einem bewaffneten, gefährlichen Scharfschützen zu suchen?» Diana ließ sich auf einen Stuhl sinken. «Ich weiß nicht, wer von euch beiden schlimmer ist. Walter ist so besessen von dem Gedanken, Larry zu finden, daß er bereit ist, sich und seine Freunde dafür in Gefahr zu bringen. Und Sie sind dermaßen besessen von Ihrer Geistergeschichte –»

«Das muß ein Weilchen warten. Ob Sie es glauben oder nicht – aber die Sicherheit meiner Mutter ist mir wichtiger.»

Er setzte sich in den Schaukelstuhl und brachte ihn zur Unterstreichung seiner Worte ins Schwingen. «Sie ist solch eine Närrin», fuhr er ärgerlich fort. «Ich kenn sie doch. Sie würde die verrücktesten Pläne aushecken, um Mary Jo zu beschützen – sie in ein Zimmer sperren oder unter einem falschen Namen an irgendeinen exotischen Urlaubsort verschleppen, um Larry dann mit Butterbroten und Süßigkeiten herbeizulocken. Und wenn Emily die Sache mit den Knochen herausfinden sollte ... mein Gott! Es läuft mir kalt den Rücken herunter, wenn ich überlege, wie sie darauf reagieren könnte.»

Das Entsetzen war so echt, daß Diana laut lachen mußte. «Vielleicht könnten wir Charles ja überzeugen», meinte sie, «daß es für *Emily* das beste wäre, in ihrem Zimmer eingesperrt zu werden.»

Das fand Andy überhaupt nicht komisch. «Wenn alle Stricke reißen, werde ich Charles erzählen, was wirklich los ist. Er wird dann schon irgendwie einen Weg finden, sie so abzulenken, daß sie nichts merkt. Charles wird mir die Schuld für den ganzen Salat geben.»

«Nun stellen Sie sich doch nicht so dumm. Warum sollte er denn? Das alles ist doch nicht Ihre Schuld.» Sie konnte es sich nicht verbeißen, sie mußte es aussprechen: «Bis auf den PSI-Kram. Der wird ihm bestimmt nicht gefallen.»

«Ma schon.» Andy machte bereits wieder einen fröhlicheren Eindruck. «Wenn wir das andere geklärt haben, können wir eine Menge Spaß miteinander haben... O verflixt! Tut mir leid. Ich hatte vergessen. Ich meine, ich hatte es nicht vergessen, ich –»

«Für Sie ist das Ganze eben bloß ein Spiel», sagte Diana. «Für mich aber nicht.»

«Für mich genausowenig. Bestimmt. Aber da gibt es Zusammenhänge, Diana, es muß so sein, es kann gar nicht anders sein. Larry könnte die Antwort auf die Frage wissen, was Ihrem Bruder zugestoßen ist. Und Sie haben doch selber gesagt, daß es weniger schmerzt, die Wahrheit zu erfahren, als ein ganzes Leben lang unter der Ungewißheit zu leiden.»

«Ja, das habe ich gesagt. Ich bin mir aber inzwischen nicht mehr sicher, daß ich davon überzeugt bin.» Sie sah sie vor sich – die wie zufällige Ansammlung brauner, brüchiger Knochen.

14

Diana hatte sich auf eine Auseinandersetzung mit Mary Jo eingestellt und nahm mit Erleichterung zur Kenntnis, daß Mary Jo überhaupt nicht vorgehabt hatte, an diesem Tag zu arbeiten. Sie hatte nachmittags eine Abschlußprüfung und war bereits um sieben Uhr früh fertig angezogen, weil sie in der Bibliothek sein wollte, sobald sie öffnete. Walter hatte schon gefrühstückt, als Diana nach unten kam, und sich zu seinen Männern nach draußen begeben. Während Mary Jo ihre Bücher und Papiere zusammensuchte, konnte Andy Diana auf ein Wort beiseite nehmen.

«Keine Vorfälle letzte Nacht?»

Diana beschloß, die Betonung zum Satzende hin zu überhören. Sie konzentrierte sich geschäftig auf das Suchen der Wagenschlüssel in ihrer Tasche.

«Ich glaube, ich kenne den Grund», sagte Andy. «Walter. Er hat in der Bibliothek geschlafen. Könnte sein, daß seine Anwesenheit unsere Musikanten vertreibt.»

«Soll mir recht sein. Und Andy, bitte versuchen Sie, wenn es irgendwie möglich ist, es Walter auszureden ...»

Sie sprach nicht weiter, weil Mary Jo die Treppe herunterkam.

«Hals- und Beinbruch, Mary Jo. Und einen schönen Tag», sagte Andy.

Im Wagen schlug Mary Jo nach dem Anschnallen sofort ein Buch auf. «Es macht dir doch nichts aus, oder?» fragte sie.

Es machte Diana etwas aus. Sie hatte sich darauf gefreut, mit Mary Jo allein reden zu können. Doch beim Anblick der angestrengt nachdenkenden Mary Jo begriff sie, daß ihre Freundin sich wegen der Prüfung Sorgen machte und für eine müßige Unterhaltung nicht in Stimmung war.

Diana setzte Mary Jo bei der Bibliothek ab. Sie entdeckte einen Zeitungskiosk und ein Café. Sie verbrachte eine Stunde mit Zeitungslektüre, nicht nur der regionalen Blätter, sondern auch der *Washington Post*, fand aber nur einen einzigen, kurzen Hinweis auf die Ereignisse der jüngsten Zeit, und zwar auf der letzten Seite der Bezirkszeitung: SUCHE NACH BEWAFFNETEM HÄLT AN, der jedoch für sie nichts Neues enthielt; im übrigen würden Emily und Charles die hiesigen Regionalzeitungen nicht in North Carolina an Kiosken finden können. Für eine Geschichte über den Knochenfund war es noch zu früh; die Nachricht konnte die Zeitungen noch nicht erreicht haben. Es blieb nur zu hoffen, daß Walter mit seiner Behauptung unrecht hatte, ein so ungewöhnliches Ereignis könnte bei den Medien auf breites Interesse stoßen.

Nach einer Stunde und zwei Tassen Kaffee meinte Diana, ihren Tisch räumen zu müssen. Die nächste Stunde verging mit einem flotten Spaziergang durch Straßen mit schönen alten Häusern und gepflegten kleinen Gärten. Der Rückweg führte sie an einem stattlichen alten Herrenhaus mit weißen Säulen vorbei, dessen Aufgangsstufen zu beiden Seiten von einem geschwungenen, schmiedeeisernen Geländer eingefaßt waren. Diana blieb stehen, um das Zierwerk des Oberlichts von der Tür zu bewundern, und dabei fiel ihr Blick auf das Schild.

Hier also war Andy tags zuvor gewesen! Und die Historical Society hatte geöffnet – von zehn bis vier, stand auf dem Schild zu lesen. Diana sah auf die Uhr – beinahe zwei Stunden noch, die sie auch hier verbringen könnte statt ziellos in den Straßen umherzuwandern.

Der erste Stock enthielt die Ausstellung. Diana zahlte die bescheidene erbetene «Spende» und schlenderte in den ersten Raum, wo unter Tafeln, welche die Prähistorie der Region erläuterten, Glasvitrinen mit Pfeilspitzen, Steinwerkzeugen und Tonscherben standen. Die eigentliche Geschichte begann offensichtlich erst mit dem Eintreffen der europäischen Siedler.

Das alles war für Kenner zweifellos höchst interessant; Diana war aber keine Kennerin und wurde deshalb vom regen Treiben im Nebenraum angezogen. Der offene Türbogen war durch ein Seil versperrt. Das hinderte sie jedoch nicht daran, von dort aus zuzuschauen, und was sie da sah, war mehr nach ihrem Geschmack.

Der Raum war mit Antiquitäten des späten achtzehnten Jahrhunderts möbliert und präsentierte eine Reihe von lebensgroßen Puppen in der Kleidung jener Epoche. Der Raum stellte einen Salon dar, in dem gerade eine Teegesellschaft gegeben wurde. Eine Figur, die auf einem brokatbezogenen Chippendale-Sofa saß, streckte die Hand nach einem silbernen Tee-Service auf dem Tisch vor ihr aus. Sie trug eine gepuderte Perücke und ein Reifrock-Kleid aus hellgrün moiriertem Taft, das zurückgeschlagen war, um einen bestickten Unterrock zu zeigen. Feine Spitzen lagen auf den Schultern und hingen in eleganten Falten von den ellbogenlangen Ärmeln des Kleides. Zwei weitere weibliche Figuren standen ganz in der Nähe.

Diana schaute fasziniert hin, und ihr wurde klar, daß die Kostüme so echt waren wie die Möbel und wahrscheinlich auch genauso alt. Die junge Frau in verblichenen Jeans, die mit dem Einrichten der Ausstellung beschäftigt war, wirkte hier völlig fehl am Platz. Die Herren-Puppe weiter hinten im Raum, der sie die Perücke zurechtrückte, repräsentierte einen Gentleman mit Kniebundhosen und Schnallenschuhen; der entsprechende Mantel und das Wams waren mit Seiden- und Goldfäden bestickt.

Als die Frau aufschaute, traf sich ihr Blick mit Dianas. Sie lächelte freundlich. «Hallo. Treten Sie doch ein.»

«Sie haben aber noch nicht offiziell eröffnet, oder?»

«Das steht kurz bevor. Diese Ausstellung hätte schon gestern abend fertig sein sollen. Ich hab's nur nicht ganz geschafft.» Sie hob das Seil, das den Durchgang versperrte, und hängte es an der Wand ein. «Sie interessieren sich für historische Kostüme?»

«Bisher eigentlich nicht. Aber diese Stücke sind einfach wundervoll.»

«Es sind die besten aus unseren Beständen.» Die junge Frau fuhr sich mit der Hand durch das modisch zerzauste Haar und betrachtete die eigene Arbeit mit einem Ausdruck unglücklichen Stolzes. «Im Grunde sollte das alles nicht bei uns sein. So ein kleines Stadtmuseum hat weder die nötigen Mittel noch die Fachkräfte für den richtigen Umgang mit solchen Objekten. Ich bin bloß eine freiwillige Helferin. Ich habe einen Teilzeitjob und müßte in diesem Moment eigentlich dort sein. Hab alle meine Ferien nehmen müssen, um diese Ausstellung zu Ende zu bringen.»

«Ich bewundere Sie», sagte Diana.

Die junge Frau antwortete mit einem verbitterten Lächeln. «Wenn Sie ein paar Minuten erübrigen können, werd ich Ihnen erklären, was wirklich gebraucht wird: schnödes, hartes Geld. Stoffe sind delikat; sie müßten in einem Raum mit geregelter Wärme und Beleuchtung gelagert werden, und dergleichen kostet eine Menge Geld. Manchmal werde ich schrecklich deprimiert, wenn ich mich bemühe, absolut unersetzbare Sachen zu erhalten, und genau weiß, daß ein paar lausige Kröten ausreichen würden... Aber lassen wir das. Sie wollen sich schließlich keinen Vortrag von mir anhören.»

«Ich höre Ihnen gern zu. Aber ich nehme an, daß Sie zur Arbeit müssen.»

«Ich hab mir den Morgen frei genommen. Falls Sie Fragen haben, werde ich sie Ihnen gern beantworten. Ich heiße übrigens Miriam Garner.»

Diana nannte ihren eigenen Namen, war allerdings ein wenig

geistesabwesend, weil ihr ein Kleid ins Auge gesprungen war. Schon wieder Rosen! Wirklich, sie tauchten an den unglaublichsten Stellen auf. Der Stoff war mit Blütenzweigen und Stengeln bestickt.

«Diese Mode hat den Namen Polonaise», erläuterte die nette Informantin. «In England war sie in den siebziger Jahren des achtzehnten Jahrhunderts sehr populär. In Amerika hat sie sich ein bißchen länger gehalten. In den Kolonien kamen die neuen Moden ja immer mit ein paar Jahren Verspätung an.»

«*So* alt ist das Kleid? Es befindet sich noch in einem bemerkenswert guten Zustand.»

«Zugegeben, bei diesem Stück hatten wir auch etwas Glück. Das Mädchen, für das es angefertigt wurde, ist jung gestorben. Unmittelbar vor ihrer Hochzeit. Das Kleid gehörte zu ihrer Aussteuer. Die trauernden Eltern haben ihre Kleider sorgfältig in versiegelte Truhen gepackt, und dort sind sie fast hundert Jahre lang geblieben. Weil die Kleider nie getragen worden sind, gab es auch keine Schweißflecke, die den Stoff beschädigen. Außerdem waren sie so vor Licht geschützt.»

Die Empfindung, von der Diana erfaßt wurde, war stärker als eine Vorahnung. Sie war sich sicher, die Antwort zu kennen, als sie die Frage stellte: «Wissen Sie, wie das Mädchen hieß?»

«Natürlich. Martha. Für unsere Mitarbeiter ist sie so etwas wie eine Legende. Die Fairweathers haben hier in der Gegend gelebt. Das Haus steht noch, es zählt zu unseren herrschaftlichen Landsitzen. Die letzten Erben der Familie haben es aber schon vor langem verkauft und sind fortgezogen. Auf die Weise hat die Historical Society diese Kleider erhalten. Heutzutage würden sie auf einer Auktion hohe Preise erzielen, damals waren sie bloß von historischem und persönlichem Wert. Auf ähnliche Weise haben wir so manche Gabe erhalten. Viele Familien werfen Omas Nachthaube oder scheußlichen, handbemalten Nachttopf ungern weg, wollen ihn aber auch nicht im Haus behalten.»

Und so hätte sie noch lange weitergeredet – in dieser Gegend war Gesprächigkeit offenbar nicht auf die Nicholsons beschränkt –, wenn Diana sie nicht unterbrochen hätte. «Sie besitzen hier also noch mehr Kleider von Martha?»

«Aber ja – sogar ihr Brautkleid! Sie befinden sich momentan im Lager. Wenn Sie am kommenden Wochenende vorbeischauen möchten, werde ich sie Ihnen gerne herausholen. Ich bin samstags immer da.»

«Das ist furchtbar nett von Ihnen. Ich wüßte nicht, wer sich für einen fremden Menschen solche Mühe machen würde.»

«Ich empfinde das keineswegs als Mühe. Es gibt hier nicht viele interessierte, aufgeschlossene Besucher, das dürfen Sie mir glauben. Sind Sie aus einem bestimmten Grund an Martha interessiert?»

Diana gab eine bereinigte Form der Erklärung, bei der Marys Augen zu glänzen begannen. «Wie wunderbar! Ich hab von dem Paar gelesen, das im Lotto gewonnen hat und sich dann das Haus kaufte. Wir sind ja alle so neugierig zu sehen, was sie aus dem Haus gemacht haben!»

«Ich bin dort bloß Gast», begann Diana.

«Ich verstehe. Aber vielleicht könnten Sie doch ein gutes Wort für unsere unterbemittelte Institution einlegen, ja? Wir veranstalten alljährlich eine Haus-und-Garten-Tour, um ein bißchen Geld zusammenzubringen; und der alte Sitz der Fairweathers würde bestimmt zahlende Besucher anlocken.» Sie schaute auf die Uhr. «Ich muß laufen! Ich möchte mir vor der Arbeit rasch noch ein Sandwich holen. Ich bin Samstag den ganzen Tag über da. Kommen Sie einfach vorbei, fragen Sie nach mir.»

Sie nahm ihre Tasche und eilte aus dem Raum.

So, ganz für sich allein, wagte Diana den Rand des spitzenbesetzten Ärmels behutsamst mit einem Finger zu berühren. Sie empfand kein Erschrecken oder psychisches Nachbeben von einer vergangenen Erinnerung, kein Wiederaufleben eines früheren Gefühls, sondern lediglich leises Mitleid für das seit langem tote Mädchen, das so jung gestorben war. Andy würde begeistert sein, wenn er erfuhr, daß die echten Kleider von Martha aufbewahrt worden waren.

Diana mußte noch eine gute Stunde auf Mary Jo warten und las in dieser Zeit in der Korrespondenz Miss Mussers mit einer Freundin, die ihr Andy mitgegeben hatte. Die Freundin war Schriftstellerin gewesen, sie hatte rührselige Romane mit Titeln wie *Das Rosenknospen-Mädchen* geschrieben, und Miss Musser hatte sich die Briefe aufbewahrt, weil sie sich der Illusion hingab, daß ihr Briefwechsel mit «meiner Freundin, der Schriftstellerin Amelie Duprez» für Literaturhistoriker einmal von Bedeutung sein könnte. Diana hatte den Namen nie gehört. Aber während des Wartens erwiesen sich die Briefe dann immerhin als unterhaltsam. Die Schriftstellerin war offenkundig von sich selbst beeindruckt; es gab da blumige Schilderungen großzügiger Geschenke von Bewunderern, opulenter Mittagessen mit New Yorker Verlegern und von Europa-Reisen auf grandiosen Ozeandampfern, wo die berühmte Schriftstellerin natürlich am Tisch des Kapitäns gespiesen hatte. Kein Wunder, daß die arme Miss Musser die Briefe aufbewahrt hatte; einem Mädchen vom Lande mußten sie eine Welt von gesellschaftlichem Glanz und Glamour vermitteln, die sie persönlich nie kennenlernen würde. Die Mühe, von den eigenen Briefen Kopien aufzubewahren, hatte Miss Musser sich nicht gemacht.

Als Mary Jo erschöpft, doch sichtlich triumphierend aus dem Gebäude kam, verkündete sie: «Ich glaub, ich hab's geschafft», und ließ sich auf den Beifahrersitz fallen.

«Das freut mich, aber überraschen tut es mich nicht», erwiderte Diana. «Und wann wirst du erfahren, ob du ein Stipendium bekommst?»

«Ich *hab's* bekommen.» Mary Jo versuchte, gelassen zu klingen, was ihr jedoch nicht recht gelang.

«Aber das ist wunderbar! Meinen Glückwunsch!»

«Ich bin noch ganz benommen», gestand Mary Jo. «So ein Stipendium für *mich* – das hab ich im Grunde wohl nie für möglich gehalten. Ich denk lieber nicht darüber nach, sonst dreh ich noch völlig durch, und das kann ich mir jetzt wirklich nicht leisten. Falls ich die Abschlußprüfung nicht besteh, ist alles wieder futsch.»

«Es gibt überhaupt keinen Anlaß, daran zu zweifeln. Aber ich weiß genau, wie dir zumute ist. Wenn man einem Ziel, das man unbedingt erreichen will, so nah ist, kriegt man auf einmal eine ganz irrationale Angst, daß noch eine total unvorhersehbare Katastrophe eintreten könnte. Aber das ist nur Aberglauben, Mary Jo.»

«Nein, so was nennt man Tücke des Objekts.» Mary Jo lehnte sich seufzend zurück.

«Du hast bestimmt nichts zu Mittag gegessen.»

«Nein, ich hab jede Minute zum Lernen in der Bibliothek gebraucht – wo willst du hin?»

Diana wechselte geschickt zweimal die Fahrbahn und steuerte den Wagen auf den Parkplatz eines Einkaufszentrums. «In meiner High-School-Zeit bin ich mit meiner besten Freundin jedesmal Eis-Schlemmen gegangen, wenn wir ein Examen bestanden hatten oder es sonst Grund zum Feiern gab. Ich finde, das Stipendium verdient wenigstens ein Banana-Split.»

«Ich hab schon seit Jahren kein Banana-Split mehr gegessen.» Mary Jo machte ein entsetztes Gesicht. «Ein Hörnchen vielleicht –»

«O nein! Den größten, ungesündesten, kalorienreichsten Eisbecher auf der Karte! Mit allem Drum und Dran – Schlagsahne, Kirschen, Erdnüsse. Und du mußt auch alles aufessen!»

«Nur wenn du auch eins von diesen gräßlichen Splits ißt», sagte Mary Jo und sah sie lächelnd an.

Die gute Laune der beiden jungen Frauen hielt an, bis sie nach der Überquerung der Brücke in die Nähe des Hauses kamen. Diana zog sich der Magen zusammen, wußte jedoch sofort, daß es nichts mit dem Eis zu tun hatte, obwohl es so gräßlich gewesen war, wie Mary Jo vorausgesagt hatte. Als sie den Wagen sah, der vor der Eingangstreppe stand, rief sie verärgert: «Wer ist denn das nun wieder?»

«Wenigstens kein Polizeiwagen», meinte Mary Jo.

«Genau. Ist dir der Wagen bekannt?»

«Nie gesehn. Ich kenn auch niemand, der sich in so eine ästhetische Katastrophe setzen würde.»

Nur einen halben Meter länger, und der Wagen wäre eine große Limousine gewesen; doch der Grund für Mary Jos abfällige Bemerkung war weniger die Form als die Farbe. Der Wagen war weiß – es war kein schlichtes, gewöhnliches Weiß, sondern hatte den schimmernden, irisierenden Farbton eines ... «Ich glaube, ich weiß, wer's ist», sagte Diana.

Im Salon fanden sie Pearl in einer, allerdings einseitigen, Unterhaltung mit Andy. Sie redete wie ein Wasserfall. Andy, der sich in einem unbeschreiblich aufgelösten, verkratzten und verdreckten Zustand befand, warf ihnen einen leidenden Blick zu und sprang auf.

«Ah! Sie sind da! Nur eine Minute, meine Damen, und ich stehe Ihnen zur Verfügung. Ich muß bloß rasch duschen und mich umziehen.»

Es war ein schwacher Bluff, der bei der Zielperson auch keineswegs verfing. Pearl machte es sich auf dem Sofa nur noch bequemer. Sie trug einen vierreihigen Reif mit ihren Lieblingssteinen um den Hals und ein hautenges korallenrotes Jerseykleid. Sie nickte Mary Jo zu und schenkte Diana ein Lächeln, das alle Zähne entblößte. «Ich bin zufällig vorbeigekommen.»

Diana war nicht danach zumute, mit Pearl Konversation zu machen. «Das ist häufig so. Daß Menschen hier vorbeikommen. Die Straße ist stark befahren.»

Pearl sagte etwas verlegen: «Ich meine, ich hatte in der Umgebung zu tun, und da hab ich gedacht, ich sollt mal reinschauen und fragen, was Miz Nicholson zu der Vogelwanne sagt. Is' ja auch so, daß da noch'n anderer Interessent ist und der –»

«Verkaufen Sie ihm die Wanne», schnitt ihr Diana das Wort ab. «Ich habe noch keine Gelegenheit gehabt, Mrs. Nicholson auf die Vogelwanne anzusprechen. Sie würde von Ihnen bestimmt nicht erwarten, daß Sie sie ihretwegen ewig zurückhalten.»

«Verflixt, es macht mir doch nichts, einer so guten Kundin wie Miz Nicholson mal 'n Gefallen zu tun. Ich müßte nur ziemlich bald Bescheid wissen.»

«Ich werde Sie verständigen, sobald ich kann, aber fühlen Sie sich frei, gegebenenfalls anders zu disponieren.» Diana schaute auf die Uhr und fügte hinzu: «Und jetzt müssen Sie uns entschuldigen. Wir haben einen Termin und sind sowieso schon spät dran.»

Den Hinweis konnte nicht einmal Pearl übergehen. Sie stand auf und sagte: «Ich hatte gehofft, daß Sie in meinem Geschäft vorbeischauen würden. 's gibt ein paar neue Sachen zu sehn, aus einem herrschaftlichen Anwesen bei Winchester. Hab die Inneneinrichtung komplett gekauft.»

«Eines Tags komm ich bestimmt. Ich darf Sie zur Tür begleiten.»

Sie knallte befriedigt die Haustür zu, nachdem sie Pearl hinausgedrängt hatte. Die andern waren ihr in die Diele gefolgt. Mary Jo konnte sich das Lachen kaum verkneifen, und Andys Miene verriet offen Bewunderung.

«Wo haben Sie so etwas gelernt?» wollte er wissen. «So eine kaltblütige Unhöflichkeit habe ich noch nie miterlebt.»

«Das habe ich einem Fachmann für so etwas abgeschaut», erwiderte Diana schroff. «Aber Sie sehen ja furchtbar aus, Andy. Was haben Sie nur –»

Ihr ging plötzlich auf, was Andy gemacht hatte. Sie hielt inne und warf Mary Jo einen fragenden Blick zu.

«Ich weiß genau, was er angestellt hat», sagte Mary Jo. «Und Walter weiß es auch. Dieser Tölpel ist für mich wie ein offenes

Buch. Aber es ist sinnlos, mit ihm zu diskutieren. Könnte man sich blöder benehmen! Sehen Sie sich nur an, Andy! Ihr Hemd ist zerrissen, und Ihr Gesicht macht ganz den Eindruck, als ob Sie mit einem Haufen Katzen in einer Tonne gesteckt hätten. Hoffentlich sind Sie von oben bis unten voll mit Giftefeu, Zecken und Sandflöhen!»

Andys Gesicht verzog sich zu einem Lächeln. «Sie liebt mich!» rief er aus und ging mit weit ausgebreiteten Armen auf Mary Jo zu.

«Walter hat's hoffentlich genauso erwischt», meinte Mary Jo.

«Schon wieder am Boden zerstört.» Andy ließ die Arme schwer herunterfallen. «Wie ist die Prüfung gelaufen?»

«Okay.»

«Sie hat das Stipendium bekommen», sagte Diana.

«Ja? Phantastisch! Das müssen wir feiern. Ich werde mein famosestes Gericht zubereiten, *spaghetti con funghi*, und wir ... Ach Mist, das hatte ich ganz vergessen. Ich kann heute abend gar nicht. Ich hab eine Verabredung.»

«Macht nichts. Ich würde in den nächsten Stunden sowieso nichts essen können», meinte Mary Jo und lächelte Diana zu.

«Verschoben ist nicht aufgehoben», erklärte Andy. «Morgen abend. Vielleicht gibt's bis dahin noch einen weiteren Grund zum Feiern. Wer weiß?»

Er wollte partout nicht verraten, was er mit dieser rätselhaften Äußerung meinte; nicht einmal, nachdem Mary Jo gegangen war, um nach Walter zu suchen und ihm zu sagen, was sie von seinen Ideen hielt.

«Habt ihr in den Wäldern etwas entdeckt?» wollte Diana wissen. «Daß ihr Larry nicht gefunden habt, weiß ich. Das hätten Sie mir doch anständigerweise sofort gesagt. Hab ich nicht recht?»

«In dem Fall hätte ich sogar vor der Tür des Klassenzimmers auf Mary Jo gewartet», bekannte Andy. «Aber es war so: Walter hatte plötzlich die Idee, daß Larry sich in einer Höhle in der

Nähe des Flusses versteckt hielt – es ist eigentlich keine Höhle, sondern eine Art Felsüberhang. Mir schien das nicht sehr wahrscheinlich, weil – wie Walter selber zugab – fast alle hiesigen Kinder davon wissen. Trotzdem, wir haben Anzeichen dafür entdeckt, daß Larry dort gewesen war – verkohltes Holz von einem Feuer, Zigarettenstummel.»

«O mein Gott, Andy! Warum habt ihr denn nicht die Polizei informiert, statt selber drauflos zu stürmen?»

«Ich habe Walter vorangehen lassen», berichtete Andy mit einem Grinsen. «Nein, im Ernst – ich nehme an, daß Larry nur ganz kurz dort gewesen ist, die erste Nacht. Sobald er nüchtern geworden ist, war er wohl vernünftig genug weiterzuziehen. Wir haben dort weder Packmaterial von Lebensmitteln noch Dosen gefunden.»

«Vielleicht war er klug genug, sie zu vergraben.»

«Wir haben nach ihnen gegraben!» erklärte Andy mit einem leidenden Blick auf seine zerkratzten Hände.

«Aber was haben Sie damit gemeint, daß wir noch einen weiteren Grund zum Feiern haben könnten?»

«Entschuldigung, aber ich muß mich jetzt erst einmal waschen. Es gibt da eine bestimmte Lady, die ich gern beeindrukken möchte.»

Er war schon auf halber Höhe der Treppe, bevor sie antworten konnte.

Die Küche war voll mit kuscheligen Fellen und wedelnden Schwänzen. Mary Jo fütterte die Tiere. Diana tätschelte Baby, die auf sie zugesprungen war und sie mit einem «Wuff» begrüßt hatte, und wollte Mary Jo helfen.

«Schon alles erledigt!» sagte Mary Jo brüsk. «Setz dich, bevor der verflixte Hund dich umwirft.»

Diana wußte, daß Mary Jo ihr nicht böse war; und sie glaubte auch, sie inzwischen soweit für sich gewonnen zu haben, daß sie es wagen könnte, eine kritische Situation heraufzubeschwören. «Warum bist du so hart zu Walter? Er macht das doch nur deinetwegen.»

«Glaubst du etwa, er tut mir einen Gefallen, wenn er Kopf und Kragen riskiert!?» fuhr Mary Jo sie an und schwang den Löffel, mit dem sie eben noch das Fressen für die Tiere gerührt hatte. «Wenn Larry ihn tötete oder schwer verletzte, müßte ich mir für den Rest des Lebens Vorwürfe machen. Auf solche Art von Gefallen kann ich verzichten.»

«Ich versteh dich ja, und ich bin auch ganz deiner Meinung, aber –»

«Und wieso willst du wissen, daß er es meinetwegen tut? Du hängst ja auch mit drin, und er ... er mag dich. Das seh ich doch.»

«Dann hat er aber eine merkwürdige Art, es zu zeigen. Okay, du hast dich klar genug ausgedrückt. Ich lege auch keinen Wert darauf, daß er meinetwegen stirbt. Die Polizei hat nicht angerufen, und eine positive Nachricht durchgegeben? Das wäre wohl auch zuviel verlangt.»

«Ich habe den Anrufbeantworter noch nicht abgehört.» Mary Jo stellte die Freßnäpfe auf die Veranda und trat vor dem gleich darauf einsetzenden stürmischen Gedränge der Hunde geschickt zur Seite. Diana schaltete den Anrufbeantworter ein.

Die einzige interessante Mitteilung kam von ihrem Vater. «Ich glaube, daß ich jemand für dich ausfindig gemacht habe. Die Firma wird sehr empfohlen. Von ihren Detektiven ist außerdem einer mit der Gegend vertraut. Er wird morgen gegen elf eintreffen. Sei bitte zu Hause. Ich hab ihm alle Hintergrundinformationen gegeben, die mir bekannt sind, aber er will sich natürlich mit dir unterhalten. Ruf mich hinterher an.»

«Der macht keine unnötigen Worte, wie?» bemerkte Mary Jo. «Hat er von einem Privatdetektiv gesprochen?»

«Nein und ja, in dieser Reihenfolge. Ich hoffe, es macht dir nichts aus.»

«Mir wäre sogar der Hunnenkönig Attila willkommen, wenn ich überzeugt wäre, daß er Larry aufspüren könnte.

Außerdem spielt es keine Rolle, ob es *mir* was ausmacht oder nicht. Deinem Vater geht es nur um Brad. Wie sich's auch gehört!»

«Nichts von der Polizei», murmelte Diana. «Verdammt! Ich ruf sie an.»

Die Polizei hatte keine Neuigkeiten, weder zu Larry noch über die Knochen. Diana hatte darum gebeten, zu Billy Jackson durchgestellt zu werden – in der Hoffnung, daß er etwas gesprächiger wäre als seine Kollegen – und erfuhr von ihm, daß die Knochen dem Gerichtsmediziner der Universität in Charlottesville übergeben worden waren, und daß erst in einigen Tagen mit einem Gutachten zu rechnen sei.

Miss Matilda sprang auf Dianas Schoß und begann sich zu putzen, und Diana gab die Information an Mary Jo weiter, während sie die Katze streichelte. «Was Walter heute getan hat, findet keineswegs meine Billigung. Ich kann ihn aber verstehen. Man wird doch verrückt, wenn man nur herumsitzt und wartet, daß andere etwas tun. Ich würde jetzt am liebsten sofort zur Universität sausen und diesen Professor So-und-so zwingen, alles stehen und liegen zu lassen und auf der Stelle mit der Untersuchung dieser Knochen zu beginnen.»

«Die Knochen haben nichts mit uns zu tun», sagte Mary Jo bestimmt.

«Davon bin ich ja auch zu neunundneunzig Prozent überzeugt...»

«Du wärst nur gern hundertprozentig sicher.» Mary Jo dachte kurz nach. «Hast du deinem Vater etwas von den Knochen gesagt?»

Diana starrte Mary Jo verdrossen und gleichzeitig voller Bewunderung an. «Mein Gott, bist du gescheit! Warum hab ich nicht dran gedacht? Ich ruf ihn sofort an. Wenn hier überhaupt wer Einfluß spielen lassen und wirklich Druck ausüben kann, dann mein Vater.»

Sie konnte ihren Vater nicht erreichen und sprach ihre Nachricht deshalb auf das Band am anderen Ende.

«Du verschwendest aber auch keine Worte», sagte Mary Jo. «War das nicht reichlich kurz angebunden? Du hättest ihm doch wenigstens sagen können, daß es sich hier deiner Meinung nach nicht um sterbliche Überreste seines Sohnes handelt.»

«Er hat's gern kurz und bündig. Er arbeitet vielleicht länger. Jedenfalls nicht im Büro.»

«Er wird mit einem Klienten ausgegangen sein ...»

«Bestimmt nicht mit einem Klienten. Er läßt sich von meiner Mutter scheiden. Er hat's mir neulich gesagt.»

«Verzeihung.»

«Kein Anlaß. Du mußt *mir* verzeihen – daß ich mich wie eine dumme pubertäre Gans benehme. Ich sollte es mir nicht zu Herzen nehmen. So was kommt doch alle Tage vor.»

«Vielleicht ist's so am besten», meinte Mary Jo. «Für deine Mutter.»

«Wie könnte es ...» Diana brach ab. «Von der Warte hab ich es noch gar nicht betrachtet», sagte sie nach einer Weile. «Ich fürchte nur, daß es für sie zu spät ist. Sie ist zu lange in diesem Käfig gewesen.»

«Ich versteh nicht, daß es für sie etwas Schlimmeres geben könnte, als mit dem Mann zusammenzuleben, den sie für den Tod des Menschen verantwortlich macht, den sie mehr als alles in der Welt liebt ... Ach Mist, das hab ich nicht so gemeint. Ich meine, für den Tod von einem der Menschen, die sie ...»

«Das erstemal war's richtig.» Diana ließ sich tiefer in den Sessel sinken. «Warum muß nur alles so kompliziert sein? Ich glaube, ich würde schon damit fertig werden, daß Larry auf der Flucht und noch auf freiem Fuß ist und daß in der Scheune rätselhafte Knochen gefunden worden sind. Sogar mit dem Verschwinden von Brad. Wenn da nur nicht der ganze persönliche emotionale Ballast wäre! Ich bin in der letzten Woche mit mehr unangenehmen Wahrheiten über mich selbst konfrontiert worden als in den vergangenen zwanzig Jahren.»

«Und es hat dich keinen einzigen Pfennig gekostet», sagte

Mary Jo trocken. «Denk doch mal, was dir ’n Seelenklempner dafür berechnet hätte.»

«Wenigstens ein Pluspunkt. Ich frage mich, ob es Andy und Walter ähnlich gegangen ist.»

«Für Walter gibt es keine unangenehmen Wahrheiten über sich selbst.» Mary Jo stand auf. «Ich setz mich hinter meine Bücher. Falls mein Magen sich überhaupt wieder beruhigt, werd ich mir später ein Sandwich holen. Mach dir also nicht die Mühe, etwas für mich zu kochen.»

Diana löste Miss Matilda von ihrem Rock und ging zum Hinterausgang des Hauses. In der Ferne war das Brummen einer Maschine und rhythmisches Hämmern zu hören. Sie hätte gerne gewußt, woran Walter jetzt arbeitete – am Belvedere? Es war ihr ein Rätsel, wann Walter die Zeit gefunden haben konnte, die Blumenbeete auf beiden Seiten des Weges vom Hinterausgang zu den Terrassen anzulegen – sie waren neu dazugekommen, seit Diana das letztemal hier nachgeschaut hatte. Ein paar Beete hatte er sogar mit den widerstandsfähigen Stiefmütterchen bepflanzt. Für alles andere war es noch zu früh, da es bis in die erste Maiwoche hinein strengen Frost geben konnte. Diana fand die Stiefmütterchen irgendwie merkwürdig rührend: Walter wollte unbedingt, daß Emily bei ihrer Rückkehr Blumen vorfinde.

Die formstrenge, unfertige Terrasse bildete einen deutlichen Gegensatz zu dem Garten, den Diana in ihrer unheimlichen, flüchtigen Vision gesehen hatte – einen Garten, voll von Blüten, blühenden Bäumen und Frühlingsblumen. War es Martha Fairweathers Garten gewesen, den sie da erblickt hatte? Waren es Marthas Lieblingsrosen gewesen, deren Duft sie geatmet hatte? Diana wurde von einem Zittern erfaßt. Der Abend war merklich kühler geworden; die Wärme von Miss Matilda, die sich wie eine Klette an ihre Schulter klammerte, tat ihr gut. Die Stiefmütterchen neigten sich in der Brise.

Es war schon fast dunkel, als sie Walters schwere Schritte hörte. Er stieß die Tür auf, beschimpfte den Hund, der auf der

Schwelle lag, und wandte Diana ein finsteres Gesicht zu. «Ich hab Ihnen doch gesagt, daß Sie die Türen verschlossen halten sollen!»

Stiefmütterchen, dachte Diana. Denk an die Stiefmütterchen. «Unter dem Schutz von Ihnen und den anderen Herren hab ich mich vollkommen sicher gefühlt. Das Abendessen wird in wenigen Minuten fertig sein. Möchten Sie vor dem Umziehen noch rasch etwas trinken?»

Walter schaute sie mißtrauisch an. Er war nicht so übel zugerichtet worden wie Andy, weil er so vernünftig gewesen war, Arbeitskleidung und statt Freizeitschuhen Stiefel zu tragen; doch sein Gesicht war voller Kratzer. «Eine Tasse Kaffee würde mir guttun», gab er unwirsch zu. «Da draußen wird's kalt.»

«Hoffentlich gehen die Stiefmütterchen nicht ein.» Sie goß eine Tasse Kaffee ein und brachte sie ihm. «Setzen Sie sich. Entspannen Sie sich einen Moment. Sie wirken erschöpft.»

Die Worte klangen sogar für sie selbst gezwungen, wie eine Karikatur weiblicher Fürsorge. Walters Blick wurde noch finsterer, doch er setzte sich an den Tisch und hob die Tasse.

«Ich bin überhaupt nicht erschöpft. Ich fühle mich prächtig.» Nach einem Augenblick fügte er hinzu: «Die Stiefmütterchen werden überleben. Es gibt keinen Frost.»

«Das war sehr lieb von Ihnen, die Stiefmütterchen zu pflanzen, Walter.»

«Ihnen kann man leicht eine Freude machen, nicht wahr?» Seine Stimme war sanfter geworden, und sein Gesicht hatte sich entkrampft.

Diana antwortete nicht. Sie goß sich selbst einen Kaffee ein und setzte sich zu ihm an den Tisch. «Mary Jo hat ihr Stipendium gekriegt.»

«Toll. Da müssen wir nur noch sicherstellen, daß sie lang genug lebt, um es annehmen zu können. Hat übrigens jemand angerufen?»

Diana setzte ihn über die Neuigkeiten des Tages ins Bild,

und Walter war zu ihrer Erleichterung nicht verärgert darüber, daß ein Außenstehender beigezogen wurde.

«Eine gute Idee! Wär's okay, wenn ich mit dem Kerl rede?»

«Ich wäre nur froh. Sie könnten ihn viel besser mit der Sache vertraut machen als ich.»

«Mir fällt nichts mehr ein», bekannte Walter. «Irgend jemand muß Larry doch Proviant zuschmuggeln. Die Polizei kann aber nicht alle seine Kumpel vierundzwanzig Stunden am Tag beschatten.»

Sorge und Müdigkeit hatten sein Gesicht gezeichnet. Diana legte ihre Hand spontan auf seine. «Vielleicht überreagieren wir ja auch, Walter. Vielleicht hat er die Idee aufgegeben, an Mary Jo heranzukommen. Er wird bloß gewalttätig, wenn er getrunken hat, hat Mary Jo gesagt; es könnte doch sein, daß es ihm nur noch darum geht, die eigene Haut zu retten.»

«Vielleicht. Wir wären aber schön blöd, wenn wir uns darauf verlassen würden. Und dann ist da noch die kleine Frage, ob er Ihren Bruder umgebracht hat.»

Irgendwie hatte sich die Haltung ihrer Hände verkehrt; Walters schwielige Hand hielt die ihre; sein Blick ruhte auf den ineinander verschlungenen Fingern. «Machen Sie sich bloß kein falsches Bild. Zwischen mir und Mary Jo läuft nichts, Diana. Ich kenne sie schon, seit sie ein Kind ist. Ich bewundere sie wegen ihres Muts, und außerdem kann ich Larry auf den Tod nicht leiden. Aber mehr ist da nicht.»

15

Walter verließ die Küche so abrupt, daß Diana ihm nicht mehr antworten konnte, und sie ließ ihren Gefühlen freien Lauf, indem sie in der Küche mit Pfannen klapperte, Teller auf den Tisch knallte und sich mit Kommentaren abreagierte. «Für wen hält der sich eigentlich? So ein eingebildeter Kerl!»

Genau in dem Augenblick begann das Telefon zu läuten. Es war Emily, deren Stimme sie sofort beruhigte – bis Emily den Grund des Anrufs erklärte. «Ich habe mir den ganzen Tag Ihretwegen Sorgen gemacht. Ist wirklich alles in Ordnung? Andy ist nicht erreichbar, und ich hatte letzte Nacht einen furchtbaren Alptraum: Es gab einen Angriff auf das Haus, Sie befanden sich drinnen, und ich wollte Ihnen zu Hilfe eilen – und in dem Augenblick bin ich aus dem Bett gefallen und hab nun einen großen blauen Fleck auf dem Po, und Charles ist mir böse, weil ich ihn aufgeweckt habe, und er glaubt nicht an Vorahnungen. Aber ich glaube dran, und ich habe fest das Gefühl, daß da irgend etwas nicht stimmt. Zwischen uns beiden gibt es doch eine innere Übereinstimmung, Diana, Sie müssen mir die Wahrheit sagen, und Sie sollten nicht versuchen, meine Gefühle zu schonen.»

Und so wäre es wohl weitergegangen, wenn Emily nicht hätte Luft holen müssen. Diana versuchte, rasch einen klaren Gedanken zu fassen. Diese Akkuratesse von Emilys Vorahnung war ihr unheimlich. Ganz gleich, ob es sich da um reines Raten, um so etwas wie mütterliches Mitgefühl oder sonstwas handelte – es raubte Diana die Fassung.

Es war wie eine Erlösung, als plötzlich Andy in der Tür erschien. «Andy ist hier», rief sie. «Es geht ihm blendend. Übrigens – er hat sich für ein Rendezvous in Schale geworfen. Bildhübsch sieht er aus.» Andy schüttelte wie wild den Kopf und sagte mit Lippensprache: ‹Ich bin schon weg!›»

«Möchten Sie ihn sprechen?» fragte Diana.

Emily *wollte* mit ihm sprechen. Andy zeigte Diana die Zähne und nahm den Hörer. «Hallo, Ma. Wie geht... Klar geht's mir gut. Ich war nur sehr beschäftigt. Dauernd unterwegs, weißt du. Also... doch, wenn du danach fragst: Ich bin fast die ganze Zeit über hier gewesen und habe Walter geholfen. Was mit meinem *Job* ist? Hör zu, Ma, ich werde es dir erklären, wenn du... *Was?*» Er hörte Emily eine Zeitlang schweigend zu, und Diana beobachtete sein Gesicht, das in übertriebenem Mienenspiel die gleichen Reaktionen – Bestürzung, Schuld, Überraschung und schließlich Belustigung – spiegelte, die sie selber auch empfunden hatte. «Hast du gesagt: *außerirdische* Wesen?» fragte er und grinste Diana zu. «Grüne außerirdische Wesen mit *Tentakeln*? Oh, verstehe. Sie schießen mit ihren Strahlenpistolen auf unser Haus. Ja, Ma. Natürlich. Ja, sie sind gestern abend da gewesen, aber wir haben sie abgewehrt... Nein, Ma, ich mache mich nicht über dich lustig. Das mit der Beule auf deinem Po tut mir leid.»

Er gab Diana das Telefon zurück. «Jetzt sind Sie an der Reihe. Viel Glück.»

Seine lockere Art hatte jedoch auf Emily die gewünschte Wirkung gehabt; es fiel Diana nicht mehr schwer, sie zu beruhigen. «Gut, aber ihr müßt vorsichtig sein», meinte Emily ernst. «Der Traum hat bestimmt etwas zu bedeuten. Vielleicht war es keine Hellseherei, sondern nur ein Vorauswissen, also, passen Sie gut auf sich auf. Seien Sie heute nacht und morgen ganz besonders wachsam... Ups. Da kommt Charles. Ich muß auflegen. Er darf nicht wissen, daß ich angerufen habe. Er hat mich wegen meines Traums ziemlich grob angefahren.»

Andy war zum Herd gegangen und löffelte aus einem Topf etwas auf den Teller.

«Ich dachte, Sie hätten keine Zeit zum Essen», sagte Diana.

«Ich hab nicht behauptet, daß ich keine Zeit zum Essen hätte. Ich hab nur gesagt, daß ich keine Zeit zum Kochen habe.»

«Bildhübsch» mochte eine Übertreibung gewesen sein, aber er sah tatsächlich gut aus. Die Kratzer im Gesicht waren ein gewisser Makel, doch sein welliges Haar war schön gekämmt, und die Katzenhaare waren von seinem Jackett abgebürstet worden. Er deckte die ordentlich gebundene Krawatte mit einer Serviette ab, stellte seinen Teller auf den Tisch, stützte die Ellbogen auf und begann zu essen.

«Irgendwie schon komisch», meinte Diana, «daß sie von Gefahr geträumt hat.»

«Nöh», widersprach Andy gelassen. «Sie hat dauernd Vorahnungen.»

«Aber diesmal hat es genau gestimmt.»

Andy legte einen Hühnerknochen auf dem Teller ab und wischte sich die Finger. «So genau nun auch wieder nicht. Ich gebe ja gern zu, daß mir Larrys Denkweise fremd ist, aber ein außerirdischer Fremdling mit grüner Haut und Tentakeln ist er meines Wissens nicht. Sie haben ihn – ich meine, sie, also diese Außerirdischen in Emilys Traum – übrigens mit Rosen beworfen.»

«Ich weiß gar nicht, was das für eine symbolische Bedeutung haben könnte», gestand Diana.

«Es zeigt symbolisch, wie Ma von Ihnen denkt. Rührend. Ehrlich.»

«Wenn sie die Wahrheit erfährt, wird sie anders von mir denken.»

«Sie wird Ihnen verzeihen. Ma ist hoffnungslos sentimental. Sie hat eine Schwäche für Geschichten, die auf die Tränendrüsen drücken. O verflixt, ich trete ja schon wieder ins Fettnäpfchen.»

«Sie haben eben ein besonderes Talent, sich unglücklich auszudrücken», räumte Diana ein.

«Es ist mir zur Gewohnheit geworden, mich über alles lustig zu machen. Auch über mich selbst. Man muß manchmal über die eigenen Probleme lachen, damit man sie sachlich und mit Abstand betrachten kann.»

«Sie sollten Ihre klugen Sprüche in einem Bändchen veröffentlichen.»

Andy zuckte zusammen. «Hören Sie, Diana, ich tu, was ich kann. Sie haben vielleicht schon bemerkt, daß ich meine – nennen wir es mal genealogischen – Nachforschungen aufgegeben habe.»

«Klar.»

«Ich glaube zwar immer noch, daß es zwischen ihnen, Ihren Erfahrungen und unseren gegenwärtigen Problemen irgendeinen Zusammenhang gibt. Aber Larry zu finden hat für mich Priorität. Er könnte die Antwort auf das Verschwinden Ihres Bruders haben.»

Sie hatte wirklich nicht damit gerechnet, daß er diesen Grund angeben würde; doch bevor sie darauf etwas erwidern konnte, fuhr er fort: «Diese Gebeine sind nicht von Brad. Auf keinen Fall. *Ich* bin fest davon überzeugt. Aber Sie werden nie ganz überzeugt sein, bis Sie herausfinden, was ihm zugestoßen ist.»

«Warum sind Sie sich da so sicher?»

«Unter anderem deshalb, weil Larry ihn nie dort vergraben hätte. Er – oder wer immer, wir sollten diesen Punkt schon zu Larrys Gunsten auslegen – muß die Bodenbretter herausgenommen haben, bevor er das Grab aushob. Warum sollte Larry sich solche Mühe gemacht haben, wenn er die Leiche doch in die Wälder fortbringen konnte?»

Diesen Gedankengang hatte Diana auch schon selber erwogen. Sie fand es jedoch tröstlich, die gleiche Schlußfolgerung auch von jemand anderem zu hören. «Aber wer –»

«Sie wissen, wer. Sie haben den Mord gesehen.»

«Darüber will ich nicht reden.»

«Ist vielleicht auch besser so», sagte Andy ruhig. Von der Diele her waren Schritte zu hören. «Da kommt Walter. Ordentlich, wie aus dem Ei gepellt, piekfein und bereit zu –»

«Bereit wozu?!» Walter fuhr sich selbstbewußt mit der Hand durch die nassen Haare und warf Andy einen bösen Blick zu.

«Ich würde es lieber nicht aussprechen», riet Diana.

«Ich glaube, da haben Sie recht», murmelte Andy, warf einen Blick auf die Wanduhr und tat erschrocken. «Ach du meine Güte! Schon so spät! Ich muß laufen. Ich darf eine Dame doch nicht warten lassen.»

Walter holte sich einen Teller und ging zum Herd. «Andys Klappe geht mir langsam auf die Nerven», sagte er.

«Er will bestimmt niemand absichtlich ärgern.»

«Ach ja?» Walter kam zum Tisch und setzte sich. «Essen Sie nichts?»

«Ich warte auf Mary Jo. Wir beide haben uns erst vor ein paar Stunden mit einem Banana Split vollgestopft. Zur Feier des Stipendiums, das sie bekommen hat.»

Walter lächelte. «Das war bestimmt Ihre Idee. An so etwas hätte Mary Jo nie gedacht.»

Das Lächeln war wirklich umwerfend. Diana senkte den Blick. «Vor ein paar Minuten hat Emily angerufen.»

Da war es mit Walters Lächeln vorbei. «Sie hat doch nicht herausgefunden –»

«Nein. Sie hat anscheinend nur einen bösen Traum gehabt.» Sie berichtete ihm, was Emily ihr mitgeteilt hatte. Den Ausdruck liebevoller Belustigung, der seine Gesichtszüge aufhellte, fand sie genauso demoralisierend wie das Lächeln; aber er galt wenigstens nicht ihr. «Sie ist wirklich phantastisch», sagte er zärtlich. «Außerirdische. Aber ja. Ich wundere mich nur, daß sie Charles nicht aus dem Bett geholt und gezwungen hat, auf der Stelle heimzufahren.»

«Charles glaubt nicht an Vorahnungen.»

«Sie auch nicht. Das ist auch für sie nur so ein Spielchen. Sie ist viel zu vernünftig, um an solchen Quatsch zu glauben.»

Diana war froh, daß sie sich Walter nicht anvertraut und auch Andy ihm gegenüber zum Schweigen verpflichtet hatte. Aber sie fand seinen dogmatischen Rationalismus trotzdem ärgerlich; und Andys Leichtgläubigkeit genauso.

Der Himmel war ein riesiger, brodelnder Kessel voll schwarzer, von Blitzen durchzuckter Wolken. Donnergrollen umfing sie, sie fühlte sich bedroht, war aber machtlos gegenüber der unsichtbaren Kraft, die sie vorwärts trieb, durch Unkraut und Dornengestrüpp, über nackte, festgetretene Erde hin zu dem Gebäude, das hoch vor ihr aufragte. Die Steine wirkten in dem fahlen Licht fleckig wie von Flechten, das Mauerwerk war intakt, ohne Spuren von einem Brand oder Verfall. Die schweren Holztüren waren zurückgestoßen worden. Der offene Spalt war ein schwarzes Loch, doch sie vermochte hineinzublicken; denn ein kaltes, grünes Licht, das aussah wie Wasser oder Gas, füllte das Innere von einer unbekannten Quelle her. Die Boxen standen leer, aber da lag etwas von den einstigen Bewohnern in der Luft; es roch nach Heu, Dung und altem Getreide.

Ein langer, staubiger Gang, ohne Fuß- oder Hufeisenabdrücke, verlief zwischen den Boxen, von der Tür bis zum anderen Ende. In der atemlosen Stille zwischen Donnergrollen hörte sie es – eine Reihe von laut krachenden Knacksern; das Geräusch von Holz, das unter Druck splittert. Eins der schweren Bretter hob sich vom Boden, zuerst ganz langsam, dann ruckartig.

Es war zunächst ein Schatten, formlos und düster. Er schwebte durch die Öffnung im Boden nach oben, breitete sich aus und nahm Gestalt an. Sie sah das Schimmern eines nackten Knochens, der elfenbeinfarben war, bis Fleisch und Stoffe ihn allmählich, Schicht für Schicht bekleideten. Blasses Fleisch, das ganz weich war von Verfall, zerlumpter Stoff, der einmal große männliche Arbeitskleidung gewesen war.

Das Gesicht formte sich erst zum Schluß. Die Züge waren ihr zunächst fremd, die dreiste, markante Nase, der Mund, der halb verhüllt schien von etwas, das wie viele schmutzige Spinnweben aussah, die Augen ...

Sie wollte laut aufschreien, als sie sie sah, wollte sich umdrehen und weglaufen. Das entsetzliche Gesicht bewegte sich, schmolz wie Wachs und erstarrte von neuem. Und es kam ihr vertraut vor. Es waren die gleichen Augen, die gleichen leeren Augenhöhlen unter blanken Knochen. Doch die übrigen Züge waren die von Brad.

Röchelnd, keuchend kämpfte sie gegen den Schlaf an. Sie wollte unbedingt aufwachen. Das dumpfe Licht der Vordämmerung hüllte das Zimmer in Grau. Dianas Haar war ganz klebrig vom Schweiß. Sie umklammerte das Kopfkissen.

Es war so furchtbar gewesen, daß ihr nicht einmal das Aufwachen wirklich Erleichterung verschaffte. Sie sprang aus dem Bett und stolperte zur Tür. Sie wollte niemand wecken, wollte sich nicht wie ein kleines Kind, das sich vor nächtlichen Ungeheuern fürchtet, trösten lassen; sie wollte die andern bloß sehen, sich überzeugen, daß sie da waren.

Als sie sich barfuß, ohne einen Laut dem Treppenabsatz näherte, vernahm sie aus der Halle unten gedämpfte Stimmen; doch in der Stille des Hauses war jedes Wort zu verstehen.

«Ich hab dich nicht gebeten aufzubleiben. Hältst dich wohl für meine Mutter oder so was.»

Die zornige, aggressive Stimme gehörte Andy. Walter reagierte nicht weniger heftig. «Ich hab dich schon seit Stunden zurück erwartet!»

«Du weißt, was ich ...»

«Ich hab's schließlich herausgefunden. Du hast nur Mist im Kopf, Andy. Was zum Teufel ...»

«Sssst!» Andys Zischen war lauter als jedes Geräusch, das die zwei sonst verursacht hatten. «Sonst weckst du sie noch auf. Heut abend hab ich sie fast so weit gehabt, Walter. Ich werd Sie schon noch herumkriegen – Was war denn *das*?»

«Das» war Diana gewesen, die vor lauter Entrüstung nach Luft schnappen mußte. Der Trost, den sie gesucht hatte, war ihr versagt geblieben, doch Andys Auftreten vertrieb den Eindruck des unangenehmen Traums nicht minder wirkungsvoll. Die ganze Nacht wegzubleiben, betrunken nach Hause zu kommen und dann noch mit Eroberungen zu prahlen...

Er hatte jedenfalls nicht soviel getrunken, daß es seine Fähigkeit zu rennen beeinträchtigt hätte. Er mußte wohl Dianas bleiches Gesicht bemerkt haben, das von der Treppe nach unten schaute, denn er nahm drei Stufen auf einmal und holte sie an der Tür zu ihrem Zimmer ein. «Was machen *Sie* denn noch um diese Zeit?» wollte er wissen.

Sein vorwurfsvoller Ton war einfach zuviel. Diana holte aus und schlug blindlings zu, nicht mit der flachen Hand, sondern mit geballter Faust. Andy hielt sich die Hände vors Gesicht. Seine Augen füllten sich mit Tränen.

Wenn jemand einen Schlag auf die Nase bekommt, sind Tränen in den Augen eine unwillkürliche Reflexreaktion. Lachen jedoch mitnichten. Und was hinter Andys vorgehaltener Hand zu hören war, deutete ganz unmißverständlich auf Belustigung hin.

«Verzeihung», sagte sie, und das war nicht nur eine Entschuldigung für den Schlag auf die Nase, sondern auch für ihre Verdächtigungen.

Andy hielt sich die Nasenspitze und bewegte sie behutsam hin und her. «Ich denke, da ist nichts gebrochen. Darf ich eintreten? Ich frage für den Fall, daß Sie sonst vorhatten, mich wieder zu schlagen. Ich will doch nicht schreien und Mary Jo wecken.»

Sie folgte ihm zu einem Stuhl und blieb mit den Händen in die Hüften gestemmt vor ihm stehen. «Walter hat recht gehabt, Sie haben tatsächlich...»

«Solche Ausdrücke sollte eine Dame nicht in den Mund nehmen!» tadelte Andy. «Eine Dame schlägt auch niemand ins Gesicht. Ich bin aber bereit, darüber hinwegzusehen, da Eifersucht ein durchaus verständliches, ja sogar schmeichelhaftes Motiv...»

«Wer ist sie? Etwa das Mädchen, das Larry im *Fox Den* bei sich hatte?»

«Bei der Gelegenheit, auf die Sie jetzt anspielen, habe *ich* mich nicht im *Fox Den* aufgehalten», setzte Andy an, fuhr aber, als er ihren Gesichtsausdruck bemerkte, rasch fort: «Wahrscheinlich ja. Sie ist gegenwärtig seine... Das Wort, das dies arme, dumme Frauenzimmer gebraucht hat, lautet: Verlobte.»

Diana ließ sich auf den Bettrand fallen und verfehlte dabei Miss Matilda nur ganz knapp, so daß die Katze einen verängstigten Schrei ausstieß. «Er wird nicht zu ihr kommen. Unmöglich. Er wird nicht riskieren, daß man ihn sieht. So dumm ist er bestimmt nicht. Und Sie», fuhr sie spitz fort, «würden es doch bestimmt nicht riskieren wollen, von Larry mit seiner gegenwärtigen Verlobten im Bett erwischt zu werden.»

«Für den Fall hätte ich noch mit verschiedenen anderen Unannehmlichkeiten zu rechnen», erklärte Andy. «Und selbst *mein* Pflichtbewußtsein hat Grenzen.»

«Freut mich zu hören. Sie haben also die ganze Nacht vor ihrer Wohnung gestanden oder gesessen.»

«Gesessen. In meinem Wagen.»

«Und sie hat sich nicht gerührt.»

«Ob sie sich gerührt hat, weiß ich nicht. Jedenfalls hat sie das Haus nicht verlassen. Es ist ein Eckhaus, das Vordach des Hintereingangs liegt seitlich. Ich hatte meinen Wagen so geparkt, daß ich die Stufen zum hinteren Eingang und die Haustür im Blick hatte.»

«Das beweist...»

«Gar nichts.» Andys Gesicht ließ keinerlei Anzeichen von Belustigung mehr erkennen. «Vielleicht geht sie ja nicht jede

Nacht zu ihm. Aber ich bin fest überzeugt, daß sie mit ihm in Verbindung steht, Diana. Als ich die Belohnung erwähnte, hat sie sich beinah schon die Lippen geleckt. Sie hat nur schreckliche Angst vor ihm und wollte mir nicht glauben, daß wir ihren Namen aus der Sache heraushalten würden.»

«Wenn sie als einziger Mensch weiß, wo er ist, würde er sie so oder so verantwortlich machen.»

«Das Argument hab ich ihr gegenüber auch angeführt, und es hat offensichtlich gewirkt. Sie hat sich einverstanden erklärt, mich morgen abend wiederzusehen ...»

«Sie meinen *heute* abend. Und in ein paar Stunden wird der Detektiv hier eintreffen, den Vater angeheuert hat. Lassen Sie ihn das machen, Andy. Bitte.»

Andy dachte darüber nach. «Das ist eine gute Idee. Er kann sie vielleicht besser überzeugen.»

Es war nicht die erhoffte völlige Kapitulation; aber damit hatte sie auch nicht ernsthaft gerechnet. «Legen Sie sich noch ein paar Stunden aufs Ohr, ja? Vor elf Uhr wird er nicht hier sein.»

«In Ordnung.» Aber Andy rührte sich nicht. «Würden Sie mir sagen, was Sie aufgeweckt hat? *Ich* kann's nicht gewesen sein. Als ich Sie oben auf der Treppe sah, befand ich mich noch keine zehn Sekunden im Haus.»

Inzwischen war die Sonne aufgegangen und das Zimmer nicht länger schattenblaß. Diana hatte genügend Abstand gewonnen, um ihren Traum erzählen zu können.

«Unangenehm», meinte er, als sie ihren Bericht schloß. «Sie werden zunehmend schlimmer.»

«Sie sehen eine Verbindung zwischen meinen Träumen? Wie könnte das möglich sein? Sie waren doch zunächst so lieblich. Rosen und Musik und Lachen; Nachklänge glücklicher Jahre in diesem Hause, von Gentlemen und Ladies und stillem Staub ... Aber das jetzt? Das war eindeutig ein Alptraum. Und seine Bedeutung ist nur allzu klar.»

Andy wollte etwas sagen, hielt es zurück, und als er dann

sprach, war ihr bewußt, daß er ursprünglich etwas ganz anderes hatte sagen wollen. «Können Sie noch ein wenig schlafen?»

«Ich hab genug Schlaf bekommen. Es geht mir wieder besser – falls Ihre Frage sich darauf beziehen sollte.» Sie schenkte ihm ein Lächeln. «Auf Ihre besondere Weise haben Sie einen läuternden Effekt, Andy.»

Das war ein Kompliment, das Andy jedoch offensichtlich nicht gefiel.

Es war ein Trost, daß Mary Jo keine Ahnung hatte, was Andy getrieben hatte, ein gewisses Gefahrenmoment war trotz Andys vager Dementi unbestreitbar. Larry war dumm und möglicherweise auch verzweifelt genug, um sich in die Stadt zu wagen.

Als Andy schließlich gähnend erschien und sich die Augen rieb, klangen Mary Jos bissige Bemerkungen eher belustigt als strafend. Sie empfahl ihm sogar ein ekelhaftes Mittel gegen Kater und zwang ihn, es zu trinken. Diana, die wußte, daß für seine Blässe und schweren Lider nicht Alkohol, sondern Schlafmangel verantwortlich waren, empfand Mitgefühl mit ihm – bis er sich hinter Mary Jos Rücken mit einer Hand an die Stirn und mit der andern an die Brust schlug und die Pose eines Helden annahm, der um der Ehre seiner Dame willen schweigend litt.

Diana war allerdings auch ein bißchen böse auf Mary Jo. Sie mußte mit ihr streiten, sie anschreien und ihr drohen, um sie soweit zu bringen, zu Hause zu bleiben und nicht zur Arbeit zu fahren. Alles umsonst. Und so versuchte sie es am Ende mit einem Trick – sie bat sie um Hilfe.

«Der Innenausstatter sollte in der Bibliothek die Vorhänge anbringen, und den müßte eigentlich jemand beaufsichtigen, aber um elf Uhr kommt der Detektiv, und weiß Gott, wie lang der bleiben wird.»

«Okay», sagte Mary Jo. «Ich bin sowieso mit Saubermachen im Rückstand. Ich fang im oberen Stock an und nehm mir die Bibliothek vor, wenn die Vorhänge kommen.»

Sprach's, nahm Staubtücher und Wachs und marschierte los.

Andy richtete sich auf, strich sich die Haare aus den Augen und meinte: «So weit, so gut. Meinen Sie, daß Sie Ihren zahmen Privatdetektiv vielleicht überreden könnten, meinen brillanten Plan nicht in Mary Jos Anwesenheit zu erwähnen? Sie wird mir das Fell abziehen, wenn sie... Da kommt ein Wagen. Er ist früh.»

Wenn es der Detektiv war, so kam er eine Viertelstunde zu früh. Diana erkannte den Mercedes erst, als er die Kurve der Einfahrt nahm.

Andys nachdenkliche Stimme schreckte sie auf. «Sie sind doch etwas überrascht, oder? Ich habe eigentlich fast erwartet, daß er selbst mitkommt.»

«Warum?»

«Er würde keinem andern zutrauen, die Sache richtig zu machen.»

«Denken Sie immer nur das Schlimmste von Menschen?»

«Es ist sicherer. Bringen Sie sie in die Küche. Ich gehe Walter holen.»

Der Fremde stieg als erster aus, mit raschen, entschlossenen Bewegungen, so wie an ihrem Vater alles überlegt und geplant wirkte. Und was Tarnung betraf – die war hervorragend, denn er hatte das gleiche, von der Witterung gegerbte Gesicht und schütteres, ergrauendes Haar wie so viele Männer dieser Gegend. Er stand mit den Händen in der Tasche herum und betrachtete neugierig das Haus, bis ihr Vater kam und sie gemeinsam die Stufen hinaufstiegen.

Er hieß Samuel Bellows. Diana schüttelte ihm die Hand und hielt ihrem Vater dann die Wange zum üblichen Kuß hin. Sie führte die beiden in die Küche. Bellows nahm die Tasse Kaffee an, die sie ihm anbot; ihr Vater lehnte ab. «Mit dir hatte ich überhaupt nicht gerechnet, Vater», sagte sie beim Eingießen. «Da mußt du aber sehr früh losgefahren sein.»

«Ich habe in Richmond übernachtet.»

Diana stieg das Blut ins Gesicht. Ihr Vater bemerkte ihr

Erröten – ihm entging selten etwas. Er schwieg, doch sein Mundwinkel verriet, daß er wußte, was sie vermutete. «Ich habe deine Nachricht erhalten», sagte er. «Ich bin heute am späten Nachmittag in Charlottesville mit Professor Handson verabredet. Ich habe zwar nur kurz mit ihm sprechen können. Er hält es jedoch für unwahrscheinlich, daß die Knochenreste von Brad stammen könnten, und hofft, daß er sich bis zu meinem Eintreffen definitiv äußern kann. Ich werde dich anschließend gleich anrufen.»

Die Hintertür öffnete sich, und Andy kam herein, gefolgt von Walter. Andy begrüßte Dianas Vater wie einen alten Freund. «Schön, Sie wiederzusehen, Mr. Randall. Und Sie sind Mr. Bellows? Angenehm. Ich bin Andrew Davis, der Sohn von Mrs. Nicholson. Sie ist gegenwärtig mit meinem Stiefvater verreist. Die beiden wissen also gar nichts von dieser Geschichte, und ich hoffe sehr, daß es uns gelingt, die Sache aufzuklären, bevor sie etwas davon erfahren. Meine Mutter ist nicht mehr die Jüngste und hat ein sehr behütetes Leben geführt. Sie werden gewiß verstehen, daß ich ihr jede unnötige Angst ersparen möchte.»

Phantastisch! jubelte Diana innerlich. Andys Vorschlag mit der Küche war einfach genial gewesen; was ihr Vater von diesem Ambiente hielt, war ihr durch das Verziehen des Mundes und das Heben der Brauen klargeworden. Aber so hatte Andy sich als Gastgeber und Erbe des Hauses in Pose setzen können und von seiner Mutter den Eindruck einer Gebrechlichkeit vermittelt, mit dem er sich selbst als liebenden Sohn in den Vordergrund rückte und rundum Autorität beanspruchte. Er hatte klargestellt, daß die anderen Männer Gäste im Haus waren und sich auch wie Gäste zu benehmen hätten.

Ein Profi wie ihr Vater hatte das sofort begriffen. Beim Betrachten von Andys offenem, freundlich lächelnden Gesicht trat ein Funkeln in seine Augen, das möglicherweise Bewunderung verriet. Er suchte nach einem verwundbaren Opponenten und wandte sich Walter zu. «Und dieser Herr ist –?»

Aufpassen, Andy! dachte Diana. Sie kam sich vor wie bei einem Tennismatch. Vorteil für Mr. Randall. Es war unübersehbar, daß Walter sich in seiner Haut nicht wohl fühlte und die herablassende Art ihres Vaters spürte.

Andy faßte sich schnell, stellte Walter vor, winkte ihn zu einem Stuhl, schenkte ihm eine Tasse Kaffee ein und redete die ganze Zeit ununterbrochen. «Walter ist für meine Mama wie ein Sohn gewesen. Ich weiß gar nicht, wie sie ohne ihn zurechtgekommen wäre. Ich weiß nicht, was *wir* ohne ihn gemacht hätten. Vor allem Diana. Habe ich da nicht recht, Diana?»

«Absolut», bestätigte Diana und konnte nur hoffen, daß Walter sich noch so lange zu beherrschen vermochte, bis sie das Gespräch auf andere Dinge lenken konnte. Ihr Vater schaute Walter prüfend an, und sie fuhr deshalb rasch fort: «Was aber viel wichtiger ist: Mr. Slade ist genau der richtige Mann für Sie, Mr. Bellows. Er kennt Larrys Freunde und Lebensgewohnheiten und das ganze Terrain bis in die kleinsten Ecken. Ich bin ihm äußerst dankbar, daß er sich bereit erklärt hat, sein spezielles Wissen mit uns zu teilen.»

Mr. Bellows verhehlte keineswegs, wie erleichtert er war, daß er sich endlich an die Arbeit machen konnte. «Ich auch, Miss Randall. Ihr Vater hat mich über den Fall informiert, soweit er ihm bekannt ist. Also, Mr. Slade, wenn es Ihnen recht ist, werde ich Sie zu den mir noch unklaren Punkten befragen.»

Walter war inzwischen völlig gelöst. «Soll mir recht sein.»

Bellows war ein Profi. Die Fragen waren kurz und pointiert. Er machte viele Notizen, insbesondere von Namen, und war vor allem an Freundinnen von Larry interessiert. Als Andy ihn unterbrach und die Geschichte von seinem «Rendezvous» erzählte, zog der Detektiv die Stirn in Falten und schüttelte mißbilligend den Kopf. «Das hätten Sie besser unterlassen, Mr. Davis. Hätte gefährlich werden können. Möglicherweise sogar kontraproduktiv.»

Aber Andy zeigte keine Reue. «Ich hab die Dame für Sie weichgeklopft, Mr. Bellows. Sie ist bereit auszusagen.»

«Ich weiß es zu schätzen», sagte Bellows mit feinem Lächeln. «Und nun lassen Sie *mich* machen. Einverstanden?»

Es dauerte fast eine Stunde, bevor Bellows sich zufriedengab. «Ich werde mit Ihnen – allen – noch einmal reden müssen. Und mit der Frau des Verdächtigen auch.»

«Ex-Frau», korrigierte Andy ihn scharf.

«Ja, richtig. Wie kann ich mich mit ihr in Verbindung setzen?»

«Sie befindet sich hier», erwiderte Diana. «Soll ich –»

«Ja, bitte.»

Sie hatte den Laster des Innenausstatters gehört und wußte daher, wo Mary Jo zu finden war. Je näher sie der Bibliothek kam, desto lauter wurde das Hämmern. Die Männer standen auf Leitern und montierten die Stangen und die Schabracken.

«Er will dich sprechen», sagte Diana zu Mary Jo.

«Damit hab ich gerechnet. Weiter so, Jungs», rief sie den Arbeitern mit gespielter Unbekümmertheit zu.

Diana glaubte, sie warnen zu müssen. «Mein Vater ist auch da», sagte sie auf dem Weg zur Küche.

«Das hab ich mir schon gedacht. Der Mercedes sieht nicht wie der Wagen eines Privatdetektivs aus.»

«Laß dich nicht von ihm einschüchtern.»

«Ich? Nie im Leben.»

Aber mit den gestrafften Schultern in der verschossenen karierten Bluse und dem Loch in den Turnschuhen, das ihre rosa Fußnägel zeigte, sah sie dann doch schäbiger aus als sonst, so daß Diana sie auf einmal beschützen zu müssen meinte. Sie wollte den Arm um Mary Jo legen, sie als «meine Freundin» vorstellen, ihren Vater zwingen, Mary Jo die gleiche Achtung zu erweisen wie einer reichen gutgekleideten Klientin. Es war eine Regung, die sie jedoch rasch wieder unterdrückte; sie beließ es dabei, voranzugehen und Mary Jo mit einem Gefühl des Stolzes vorzustellen.

Mary Jo konnte nur wenig Neues beitragen; zu ihrem Ex-Mann und seinen Freunden war sie, wie sie betonte, weitmöglichst auf Distanz gegangen. Es gab da eine Tante... Von der hätte ihm Walter bereits berichtet, erklärte Bellows.

Schließlich klappte er sein abgewetztes Notizbuch zu. «Vielen Dank, Miss – Heiser? Sie haben wieder Ihren Mädchennamen angenommen? Richtig. Das wär's für heute. Kann ich Sie telefonisch hier erreichen?»

«Ja», sagte Diana. «Wir sind alle hier zu erreichen. Und Sie werden uns benachrichtigen, sobald Sie... Falls Sie...»

«*Sobald*, nicht *falls*», korrigierte der Detektiv kühl. «Ich bin nicht gewöhnt, falsche Hoffnungen zu wecken, aber ich denke nicht, daß dieser Fall viel Zeit beanspruchen wird.»

«Gut», meinte Andy. «Freut mich, das zu hören. Meine liebe, alte Mutter...» Er fing Dianas Blick. «O – das heißt – dürfte ich Ihnen zu Mittag vielleicht einen kleinen Imbiß anbieten?»

«Nein, vielen Dank.» Bellows erhob sich. «Ich habe Sie schon lange genug aufgehalten. Es sei denn, daß Mr. Randall...»

Mit einem feinen Zucken des Mundes und dem Heben einer Braue gab Dianas Vater zu verstehen, daß es keineswegs seiner Vorstellung von einem leichten Mittagessen entsprach, hier in der Küche Sandwiches zu essen und Kaffee zu trinken. «Ich muß Mr. Bellows in die Stadt zurückbringen. Er hat seinen Wagen beim Motel stehengelassen. Und um vier Uhr muß ich in Charlottesville sein. Falls du aber mit deinem Wagen nachkommen möchtest, Diana, könnten wir uns irgendwo zum Essen treffen. Es wird doch in der Umgebung bestimmt so etwas wie ein Restaurant geben.»

Andy verzog die Lippen. «In *Betties Café* gibt's einen famosen frittierten Fisch. Und die Spezialität des Hauses kostet auch nur –»

«Ich begleite dich zur Tür», sagte Diana rasch.

Dort blieb Bellows kurz stehen. «Sie wissen, wie Sie mich erreichen können, Miss Randall. Sie werden mich doch informieren, sobald Sie etwas erfahren?»

«Selbstverständlich. Und ich gebe Ihnen unsere Telefonnummer hier.»

«Die hat Mr. Davis mir bereits gegeben. Ich werde mich melden.» Und fügte dann hinzu: «Ich warte im Wagen auf Sie, Mr. Randall.»

Im Unterschied zu Mr. Bellows hatte ihr Vater noch immer nicht begriffen. «Wenn du dich vor der Abfahrt noch rasch frisch machen möchtest...» meinte er mit einem tadelnden Blick auf ihre Jeans und verdreckten Turnschuhe.

«Ich komme nicht mit. Ich wüßte nicht warum, Vater. Was gäbe es denn noch zu bereden? Du hast doch wohl alles fest im Griff.»

Er widersprach ihr nicht. So war er immer: Wenn sie nicht auf seinen Vorschlag eingehen wollte, dann war das ihr Problem. Er sagte nur: «Das Schlimmste kommt erst, weißt du. Wenn dieser Mann ein Geständnis ablegt –»

«Solange eine Schuld nicht bewiesen ist, gilt der Angeklagte als unschuldig. Hast du das vergessen?» unterbrach ihn Diana. «Vielleicht hat ja gar nicht er die Tat begangen.»

«Also, das wird sich ja zeigen, nicht wahr? Wenn er ein Geständnis ablegt und es zu einem Prozeß kommt, werde ich die Sache bestimmt nicht unter der Glocke halten können. Du bist hoffentlich auf das unvermeidliche Medieninteresse vorbereitet.»

Diana nickte.

Er fuhr fort: «Ich möchte, daß du von hier verschwindest und an deinen Platz zurückkehrst, bevor die Geschichte richtig losgeht.»

«Das könnte dir so passen», murmelte Diana.

«Wie bitte?»

«Schon gut. Auf Wiedersehn, Vater. Und danke für deine Hilfe.»

Sie stand an der Haustür und blickte noch immer auf die längst verlassene Einfahrt, als Mary Jo neben sie trat. «Ich hatte gedacht, daß du mit ihnen fahren würdest.»

«Nein. Aber ich sterbe fast vor Hunger. Und du?»

«Andy macht uns ein paar Sandwiches. Aber vielleicht sollten wir erst mal nachsehen, wie die Handwerker in der Bibliothek vorankommen.»

Sie inspizierten die Arbeit gemeinsam, reagierten skeptisch auf die Beteuerung des Innenausstatters, daß die Arbeiten in etwa einer Stunde abgeschlossen sein sollten, und begaben sich wieder in die Küche, wo das Schweigen so peinlich wurde, daß Diana es schließlich brach.

«Also, jetzt hast du ihn persönlich kennengelernt. War's besser oder schlimmer, als du erwartet hattest?»

Mary Jo zögerte. «Er ist ein äußerst gutaussehender –»

«Laß das höfliche Getue, sonst schüttle ich dich durch. Eigentlich hat er sich besser verhalten, als ich erwartet hatte. Das ist Andy zu verdanken. Als Andy ihm gegenüber den Spieß umdrehte, hat Vater sich rasch zurückgenommen.»

«Das hab ich verpaßt. Was hat Andy denn gemacht?»

«Frag ihn selbst. Er kommt sich deshalb vermutlich noch immer großartig vor.»

Die letzte Bemerkung hatte auch Andy gehört. «Und ob», sagte er und tranchierte ein Sandwich. «Schinken oder Huhn, Diana?»

Die drei nahmen am Tisch Platz und ließen das Gespräch noch einmal Revue passieren. Walter hatte sich zu seinen Männern begeben. «Was mich wütend gemacht hat, war der Blick, mit dem er Walter musterte», bekannte Mary Jo. «Wie wenn Walter ein Labor-Objekt mit ungewöhnlich niedrigem Intelligenzquotient wäre.»

«Wahrscheinlich hat er ihn als zukünftigen Schwiegersohn begutachtet», kommentierte Andy boshaft. «Wenn Sie es Ihrem Alten heimzahlen wollen, Diana, könnten Sie gar nichts Besseres tun, als einen Proletarier zu heiraten.»

«Sie sind ein übler Snob», schimpfte Diana.

Besänftigend sagte Andy: «Trotzdem, tüchtig ist Ihr Vater. Er bringt die Dinge voran. Bellows hat mich beeindruckt.

Übrigens, habe ich da vorhin nicht etwas von einem Gutachten über den Knochenfund gehört?»

«Das haben Sie gar nicht hören können – außer Sie hätten gelauscht», sagte Diana vorwurfsvoll.

«Habe ich. Mir blieb nichts anderes übrig. Mir sagt ja keiner was.»

«Dann haben Sie gewiß auch mitbekommen, daß die Knochen laut dem vorläufigen Bericht mit unserem Problem nichts zu tun haben.»

«Nein. Den Teil des Gesprächs hab ich nicht gehört», erklärte Andy ruhig.

«Bedaure – ich werde mich bessern und in Zukunft sofort Bericht erstatten.»

Auf ihren Sarkasmus ging Andy nicht ein. «Danke. Ich bin Ihnen *sehr* dankbar.»

Der Anruf kam am späten Nachmittag. Diana hatte in der Bibliothek schon auf ihn gewartet.

Professor Handson war fest davon überzeugt, daß die in der Scheune entdeckten Knochen nicht von Brad stammen konnten. Er wollte der Polizei das entsprechende Gutachten am folgenden Tag übergeben.

16

Die Nachricht löste unterschiedliche Reaktionen aus. Mary Jo freute sich zwar für Diana, zeigte darüber hinaus jedoch kaum Interesse. Walter erklärte, damit hätte er gerechnet, und gab seiner Hoffnung Ausdruck, nun endlich seine Arbeiten fortsetzen zu dürfen.

Andy war empört. «Das war alles? Mehr hat er nicht gesagt? Nur, daß es nicht Brad war? Wie kann er das außerdem wissen? Warum haben Sie mich nicht mit ihm sprechen lassen? Warum haben Sie ihn nicht gefragt –»

Walter unterbrach ihn. «Herrgott noch mal, Andy! Ist es denn so wichtig, wer es war, wenn feststeht, daß es sich hier nicht um Dianas Bruder handelt?»

Andy hatte sein Versprechen gehalten und zum Abendessen Gourmet-Spaghetti gekocht. Er zeichnete sich als *chef* dadurch aus, daß er nicht nur Qualität, sondern auch große Quantität lieferte. Man blieb anschließend in der Küche am Tisch sitzen, weil alle so vollgestopft waren, daß sie sich kaum noch rühren konnten. Es herrschte eine gelöste Stimmung, und Diana wußte, daß es allen so ging wie ihr – daß sie die Nachricht als gutes Omen für weitere, noch bessere Nachrichten betrachteten.

Bei Walter äußerte sich der Optimismus darin, daß er vorauszuplanen begann. «Jetzt ist immerhin eine Sache geklärt. An der Scheune werde ich während der nächsten Tage kaum weiterarbeiten können; das wird der Bulle mir wahrscheinlich nicht erlauben. Aber inzwischen sind die perennierenden Pflanzen soweit, die Emily und ich bestellt haben; wenn ich sie morgen oder übermorgen abhole, könnten die meisten gepflanzt sein, bevor Emily zurück ist. Ich denke, es wäre am besten, wenn ich mir das für übermorgen vornehme. Morgen kommt Tom Wilson wegen des Lilienteichs.»

Mary Jo tat nur so, als ob sie zuhörte, und Andy versank wieder in düsteres Grübeln. Diana spürte, daß Walter ein Lob für seinen Pflichteifer verdiente. «Ich verstehe nicht, wie Sie bei all der Unruhe soviel zuwege bringen konnten», sagte sie. «Vielleicht könnte ich die bestellten Pflanzen für Sie abholen?»

«Können Sie denn einen Lastwagen fahren?»

«Klar», sagte Diana mit größerer Zuversicht, als sie innerlich empfand.

Walter grinste. «Verzeihung, die Frage war wohl überflüssig. Es handelt sich allerdings um eine größere Bestellung – um ziemlich viele Bäume und Büsche –, aber ich nehme an, das Aufladen würden die Burschen der Baumschule Ihnen abnehmen ... Doch, das wär eine große Hilfe. Die Baumschule liegt bei Gordonsville, fast hundertdreißig Kilometer von hier entfernt. Bis man dort ist, alles geladen hat und wieder zurück ist, wäre ein ganzer Tag verstrichen ...»

«Kein Problem. Ich habe sonst nichts zu tun. Willst du mitkommen, Mary Jo?»

«Ich muß morgen arbeiten.» Ihre Stimme klang fest und bestimmt. Sie versicherte Diana aber ausdrücklich: «In der Bäckerei. Dort traut er sich bestimmt nicht hin.»

Andy, der die Sonderwünsche einer Katze nach Spaghetti befriedigt hatte, schaute hoch. «Ich komm mit, Diana.»

«Nur unter der Bedingung, daß sie den Laster fährt», sagte Walter.

«Aber sie kann doch nicht –»

«Doch, *sie* kann fahren, ohne eine Wagenladung auf der

Landstraße zu verlieren. Die Leute von der Baumschule werden die Pflanzen festbinden und zudecken. Aber diese Dinger sind sehr empfindlich, und ich kann nicht zulassen, daß sie im Lastwagen herumgeschleudert werden oder daß Äste brechen.»

Sein Ton war so bestimmt wie der von Mary Jo. Andy zuckte mit den Achseln. «Ganz wie du willst, Boß.»

Am nächsten Morgen kam Andy als letzter nach unten. Mary Jo ließ ihren Blick prüfend vom verblichenen T-Shirt zu seinen schlammverschmierten Jeans wandern und bemerkte: «Die Waschmaschine funktioniert, Andy. Sie erwarten hoffentlich weder von mir noch von Diana, daß wir sie für Sie füllen.»

«Er ist nicht zum Tee im Buckingham Palast eingeladen», warf Walter ein, «sondern muß Pflanzen laden. Hier ist die Liste, Diana. Geben Sie acht. Kontrollieren Sie beim Aufladen. Die Schneeballsträucher sind noch nicht eingetroffen. Aber alles andere –»

«Das habt ihr doch längst besprochen», unterbrach ihn Mary Jo. «An die Arbeit, Andy! Ich will nicht zu spät kommen.»

Sie hatte eingewilligt, sich von den beiden unterwegs bei der Bäckerei absetzen zu lassen, und nörgelte so lange an Andy herum, bis er die Küche fluchtartig verließ, ohne sein Frühstück zu Ende gegessen zu haben. Walter bestand darauf, Diana Unterricht im Umgang mit dem Lastwagen zu geben. Während sie das schwere Fahrzeug rückwärts, seitwärts und vorwärts setzte, saß er im Führerhaus so gelassen neben ihr wie ein Fahrlehrer bei der ersten Ausfahrt mit einer nervösen Schülerin. Das erwartungsvolle Grinsen der zuschauenden Männer stachelte sie zu Bestleistungen an.

«Sie sind hoffentlich mit mir zufrieden», sagte Diana und brachte den Lastwagen sauber zum Stehen. «Ich hatte Ihnen ja gesagt, daß ich –»

«Was ist das denn?» Vom Wagenfenster sah Walter einen Gegenstand auf der oberen Eingangsstufe des Hauses liegen.

Als Diana abends zuvor abgeschlossen hatte, war er mit Sicherheit *nicht* dagelegen. Das zerknitterte braune Stück Papier, das von einem großen Stein beschwert wurde, wäre ihr ganz bestimmt nicht entgangen. Weil sie das Herunterklettern von dem hohen Fahrersitz nicht gewohnt war, war Walter schneller. Er stieß den Stein mit dem Fuß weg und musterte das Papier gründlich, bevor er es aufhob. Es handelte sich um eine ganz gewöhnliche kleine Einkaufstüte. Das obere Ende war mit einer Schnur eng umwickelt und zugebunden.

«Scheint leer zu sein», sagte Walter. Doch als er die Tüte schüttelte, verriet ein Klappern, daß er sich geirrt hatte. Er zog ein Taschenmesser aus der Tasche und schnitt die Schnur durch.

«An Ihrer Stelle würde ich nicht hineinfassen», warnte Diana besorgt.

«Das tu ich auch nicht.» Walter stellte die Tüte hochkant wieder auf dem Boden ab.

Der Gegenstand knirschte gegen die Steinstufe – es war wie ein böses Omen. Im gleichen Augenblick ging die Haustür auf.

«Was zum Teufel ...» begann Mary Jo. Hinter ihr versuchte Andy angestrengt, Baby zurückzudrängen; der Bernhardiner wollte mit nach draußen.

«Mist!» murmelte Andy. «Ich hatte gedacht, daß es ... Hat in der letzten Zeit jemand eine Uhr verloren?»

Andy schubste den Hund und Mary Jo beiseite. «Wenn ich eine solch teure Uhr hätte, würde ich sie nie abnehmen. Es ist eine Rolex. Es *war* jedenfalls eine, bevor Walter sie kaputtgemacht hat.»

Er bückte sich, um die Uhr aufzuheben. Diana griff nach seiner Hand.

«Das ist Brads Uhr!» rief sie aufgeregt. «Sehen Sie: Auf der Rückseite ist sein Name eingraviert. Die hat Vater ihm geschenkt, als er bei einem Aufsatzwettbewerb den ersten Preis gewann. Da war er vierzehn Jahre alt.»

Bellows erwartete sie im Café des Motels. Dianas Anruf hatte ihn geweckt; von ihrer Entschuldigung wollte er jedoch nichts wissen. «Ich hatte sowieso vor, Sie heute morgen anzurufen. Soll ich zu Ihnen kommen, oder kommen Sie her?»

Mary Jo hatte darauf bestanden, daß sie unterwegs bei ihrer Arbeitsstelle abgesetzt wurde. Es gab keinen Grund, warum sie mit Bellows sprechen sollte – sie wußte auch nicht mehr als die anderen; angesichts des jüngsten Beweises dafür, daß Larry sich in der unmittelbaren Umgebung befand, war es für sie andererseits eindeutig sicherer, nicht im Haus zu bleiben.

Bellows erklärte nach einer gründlichen Prüfung von Armbanduhr und Tüte: «Eine interessante Entwicklung! Das ist der erste ernstzunehmende Beweis für einen Zusammenhang zwischen dem Flüchtigen und Ihrem Bruder.»

«Eben das kommt mir suspekt vor», sagte Andy. «Wenn er Mary Jo daran erinnern wollte, daß er draußen ist und sie beobachtet, hätte er doch wohl etwas Unangenehmeres, etwas Bedrohlicheres dagelassen. Die Uhr läuft ja praktisch auf ein Geständnis hinaus.»

«Er ist nicht besonders intelligent», sagte Bellows nachdenklich. Er stülpte die leere Tüte über seine Hand. «Keine Mitteilung, keine Notiz. Es ist völlig unmöglich, die Tüte auf ihre Herkunft zurückzuverfolgen. Es ist eine ganz normale Tüte.»

«Und die Fingerabdrücke auf dem Stein, der die Tüte beschwerte?»

Bellows schaute in die Plastiktüte, in die Andy den Stein sorgfältig wieder eingepackt hatte. «Zu rauh.» Doch dann fügte er mit einem freundlichen Lächeln hinzu: «Trotzdem, eine gute Idee.»

Auf das freundliche Lächeln reagierte Andy unwillig. «Und was haben Sie bisher rausgefunden?» wollte er wissen.

«Deshalb wollte ich doch anrufen», erwiderte Bellows ruhig. Er winkte der Kellnerin und zeigte auf seine leere Tasse. «Darf ich Ihnen etwas anbieten? Toast, Kaffee –»

«Wir müssen weiterfahren», sagte Diana rasch, bevor Andy die Einladung annehmen konnte. «Sie wollten etwas sagen?»

«Ich habe mich gestern abend mit Larrys Freundin unterhalten. Sie hatten recht, Mr. Davis. Sie stand in Kontakt mit ihm.»

«Ha!» frohlockte Andy hämisch.

«Eigentlich war sie vor ein paar Tagen mit ihm zu einem Rendezvous verabredet, ist aber nicht hingegangen. Weil es regnete, hat sie gesagt. Natürlich war das nicht der wahre Grund – sie hat Angst, zu ihm zu gehen. Sie hat aber auch Angst, nicht zu gehen.»

«Wohin, hat Sie Ihnen aber nicht gesagt?» fragte Andy.

«O doch, und dort habe ich auch den größten Teil von gestern abend verbracht – in der Nähe der Ruinen einer Scheune etwa fünf Kilometer westlich von hier. Mit Scheunen hat man in dieser Gegend wohl kein besonderes Glück.»

«Es gab in der hiesigen Region einen Feuerteufel», erläuterte Diana. «Er war der Sohn des –»

«Wen interessiert der Feuerteufel dieser Gegend!?» stieß Andy hervor. «Also. Was ist geschehn?»

«Nichts. Larry ist nicht aufgetaucht. Und jetzt wissen wir auch, warum nicht. Er war bei Ihnen. Haben Sie in der letzten Nacht denn gar nichts Verdächtiges gehört? Haben nicht einmal die Hunde gebellt?»

«Sie bellen Käfer, Fledermäuse und den Vollmond an», antwortete Andy mißmutig. «Sie bellen so viel, daß ich ihr Bellen überhaupt nicht mehr höre. Verdammt! Wenn dieses dumme Frauenzimmer mir das gesagt hätte, wär es uns bestimmt gelungen, ihn zu schnappen. Inzwischen hat er sie wahrscheinlich aufgegeben.»

«Genau.» Bellows' Lächeln verschwand. Er beugte sich nach vorn und stieß Andy den ausgestreckten Zeigefinger gegen die Brust. «Hören Sie mir bitte gut zu, Mr. Davis. Ihm wird bald der Proviant ausgehen – sofern das nicht bereits der Fall ist. Dann muß er aus seinem Versteck herauskommen. Bis heute morgen bin ich der Meinung gewesen, daß ihm zwei Möglichkeiten offenstanden – entweder ein Auto und Geld zu stehlen oder seine Freundin zu besuchen. Letzteres kam mir am wahrscheinlichsten vor. Er könnte von ihr bekommen, was er braucht, und sie obendrein verprügeln, weil sie ihn im Stich gelassen hat. Jetzt –»

«Aber das ist doch immer noch sehr wahrscheinlich», rief Diana aus. «Sie müssen etwas zum Schutz des Mädchens tun.»

«Sie und ihre Wohnung werden ab heute abend überwacht. Ich habe heute morgen bereits zusätzliche Männer angefordert. Worauf ich hinauswill, ist folgendes: Der Hinweis, den Sie mitgebracht haben, deutet darauf hin, daß Larry sein Revier gewechselt hat. Ich muß bitten, daß Sie – Sie alle – das Haus so schnell wie möglich verlassen.»

Andys Mund wurde schmal und verkniffen. «Ich werde ihm doch nicht das Haus überlassen! Um Gottes willen, Bellows! Er könnte das Haus in Brand stecken, die Tiere töten ... weiß Gott, was er alles anstellen könnte!»

«Was Sie betrifft, so ist das Ihre Entscheidung», sagte Bellows. «Aber für die Sicherheit seiner Tochter hat Mr. Randall mich verantwortlich gemacht. Es ist unmöglich, daß Sie die ganze Umgebung des Hauses patrouillieren, Mr. Davis. Sie haben selber gesagt, daß dieser Typ ein Meisterschütze ist, da wäre *eine* Kugel genug ...»

«Okay, okay! Das wissen wir ja bereits. Ich persönlich werde das Haus unter keinen Umständen verlassen. Aber Diana und Mary Jo –»

«Nein!» sagte Diana. «Gehen wir, Andy. Wir sind sowieso schon spät dran.»

«Machen Sie es untereinander aus», sagte Bellows ernst. «Ich kann Sie nicht zwingen, Miss Randall, ich kann Sie nur warnen.»

«Und das haben Sie hiermit getan.» Diana nahm ihre Handtasche. «Ich danke Ihnen, Mr. Bellows. Ich werde meinem Vater mitteilen, daß Sie Ihr Möglichstes versucht haben.»

Andy blieb zurück, um noch einige Worte mit dem Privatdetektiv zu wechseln; er kam erst nach, als Diana sich gerade in den Führersitz des Lastwagens hochhievte.

«Es gibt in dem Punkt zwischen uns nichts zu diskutieren, Andy. Falls Sie vorhaben sollten, während der Fahrt zwei Stunden lang auf mich einzureden, nehm ich Sie gar nicht erst mit.»

«Ich habe gar nicht die Absicht, darüber mit Ihnen zu streiten. Darf ich ans Steuer?»

«Einverstanden. Aber die Augen fest auf die Straße richten und den Mund halten!»

Diana gab über seine Fahrweise keinen Kommentar ab, obwohl er sich ganz offenkundig bemühte, die verlorene Zeit wettzumachen. Als er jedoch an einem bestimmten Straßenschild vorbeifuhr, erhob sie Protest.

«Dort hätten wir eben abbiegen müssen, Andy. Dort stand doch –»

«Hab ich's Ihnen denn nicht gesagt? Vielleicht hab ich es zu erwähnen vergessen.»

«Nein, Sie haben es bestimmt nicht vergessen. Wo fahren wir hin?»

«Raten Sie mal», sagte Andy neckisch.

«Da muß ich nicht lange überlegen. Wir fahren zu Professor Handson nach Charlottesville. Haben Sie einen Termin? Oder platzen wir einfach hinein?»

«Ich hab ihn heute morgen angerufen. Er sagte, er würde uns um ... Mmmm. Wir sind spät.» Er gab Gas.

Trotz Dianas Einspruch parkte Andy dann an verbotener Stelle. «In der Umgebung findet man hier sonst keinen Parkplatz», erklärte er lässig. «Dann bekommen wir eben einen Strafzettel. Den kann Ihr alter Herr bezahlen.»

Sie trafen Professor Handson, einen großen Mann mit scharfen dunklen Augen und Ringkämpfer-Statur, in seinem Büro an. Er wies Dianas Entschuldigungen freundlich zurück: «Mr. Randall hat mir die Situation bereits erläutert, Miss Randall. Ich kann verstehen, wie Sie sich fühlen, aber ich versichere

Ihnen, daß es überhaupt keinen Zweifel gibt. Es ist unmöglich, daß die Knochenreste von Ihrem Bruder stammen.»

Andy fragte gleich: «Woher wissen Sie das? Die Knochen sind doch von einem Mann, nicht wahr?»

«Woher wissen *Sie* das?» konterte Handson mit zusammengekniffenen Augen.

«Ich habe die langen Knochen abgemessen. Sie hatten die gleiche Länge wie meine eigenen Knochen, unter Berücksichtigung eines zeitbedingten Schwunds. Demzufolge war der Körper zu groß, um einer Frau gehört zu haben, wenn die Proportionen –»

«Das ist ein großes ‹Wenn›», meinte Handson lächelnd. «Sie haben offenbar zu viele Kriminalromane einer gewissen Sorte gelesen, Mr. Davis. So einfach ist das alles nicht.»

«Ich habe an der Universität ein paar Anthropologie-Vorlesungen gehört. Mir ist also durchaus klar, daß es nicht so einfach ist.»

«Na ja, Ihre Vermutung – verzeihen Sie – ist in der Tat korrekt. Neben der relativen Größe gibt es noch verschiedene Indikatoren, welche die Annahme ausnahmslos bestätigen. Das Objekt war mit ziemlicher Sicherheit ein männlicher Kaukasier im Alter von mehr als achtzehn und weniger als sechsundzwanzig Jahren. Im übrigen – und das ist nun für Miss Randall relevant – kann er nicht erst letztes Jahr gestorben sein. Das liegt länger zurück.» Er lächelte Diana beruhigend zu. «Wir komplizieren unsere Bestätigungen immer mit Ausdrükken wie ‹wahrscheinlich› und ‹fast›, aber in diesem Fall kann ich auf solche Einschränkungen problemlos verzichten. Der arme Kerl ist nicht seit Monaten tot, sondern seit Jahrzehnten, möglicherweise sogar seit Jahrhunderten. Nach meiner derzeitigen Schätzung seit einem Jahrhundert plus minus fünfzig Jahre, und sofern die Polizei keine zusätzlichen Untersuchungen verlangt, habe ich nicht die Absicht, weiterzuforschen. Ich habe damit – so hoffe ich – Mr. und Miss Randalls Zweifel beseitigt. Das war mein Hauptanliegen.»

Sein Ton machte deutlich, daß er das Gespräch damit für beendet hielt. Diana verabschiedete sich, und Andy mußte ihr wohl oder übel folgen. Doch auf der Treppe murmelte er plötzlich: «Hab was vergessen. Gehen Sie nur weiter. Ich hole Sie gleich wieder ein.»

Er holte sie aber erst ein, als sie gerade den Lastwagen erreichte. An der Windschutzscheibe klatschte ein Zettel, den Andy unter den Scheibenwischern wegzog und in die Tasche stopfte. «So ein vorsichtiger Mistkerl!» meinte er verärgert. «Irgendwo zwischen fünfzig und hundertfünfzig Jahren! Und will sich nicht festlegen.»

Diana ließ sich von Andy auf den Nebensitz hochziehen. «Wo haben Sie denn Anthropologie studiert?» fragte sie spitz.

Andys Züge entspannten sich. «An der Duke University. Und ob Sie mir glauben oder nicht – ich war sogar ein guter Student.»

Sie glaubte ihm. Andy war nicht dumm, aber in seinem Alter hätte er sich eigentlich längst für einen Beruf oder eine Karriere entschieden haben müssen, statt unbekümmert von einem Job zum nächsten zu wechseln.

Zu ihrer eigenen Entrüstung bemerkte Diana plötzlich, daß sie in genau den gleichen Stereotypen dachte wie ihr Vater. Andy hatte indessen ein völlig anderes Problem als Brad. Brad hatte nicht eine Laufbahn seiner Wahl einschlagen dürfen. Möglicherweise wäre er dabei erfolglos geblieben; doch es wäre sicherlich besser gewesen, den Versuch zu machen und zu versagen, als es nie zu versuchen.

Es dauerte mehrere Stunden, bis die Pflanzen überprüft und aufgeladen waren. Als Andy den Wald von wogenden Ästen sah, die den Laderaum des Lastwagens füllten, begriff er die Notwendigkeit, vorsichtig zu fahren. Ein Baum, *Franklinia altamaha*, war über drei Meter hoch, und die Äste verdeckten das Rückfenster, obwohl er in einem schrägen Winkel lag.

Sobald Andy in der Einfahrt hielt, kam ihnen Walter entgegengelaufen. «Ihr hättet bereits vor zwei Stunden zurück sein sollen. Warum habt ihr so lange gebraucht?»

Er eilte hinter den Lastwagen und begann, die Seile zu lösen.

Andy sprang heraus. «Die Klapperkiste hat jedesmal herumgewackelt wie eine Bauchtänzerin, wenn ich über siebzig fuhr. Wenn es für die Pflanzen so hart war wie für meinen Hintern –»

«Ich hatte schon gedacht, daß du Diana durch irgendeinen faulen Trick dazu bringen würdest, dich ans Steuer zu lassen», sagte Walter resigniert. «Na schön, es hätte schlimmer kommen können. Soweit ich sehen kann, ist kein Schaden entstanden. Hol Mary Jo aus der Stadt ab. Es ist Zeit.»

«Aber –»

«Herrgott, kannst du denn nicht einmal was tun, ohne darüber diskutieren zu müssen?» Walter warf ihm einen Schlüsselbund zu. «Nimm meinen Wagen. Ich wollte gerade losfahren. Du kennst doch Mary Jo. Die wartet nicht.»

Andy murmelte etwas in seinen Bart, gehorchte aber. Walter wandte sich Diana zu. «Wie ist es gegangen?»

«Problemlos.» Sie sahen Walters Wagen nach, der langsam entschwand. «Wird sie warten?» fragte Diana. «Aber sie muß ja warten. Wie könnte sie sonst zu uns kommen?»

«Per Anhalter, mit einem geborgten Fahrrad – sogar zu Fuß. Sie ist störrisch wie ein Maultier. Aber er hat noch viel Zeit.» Auf Walters strengen Lippen zeichnete sich ein Lächeln ab. «Und sobald er uns aus den Augen ist, gibt er Gas.»

«Gibt's Neuigkeiten?»

«Ich war den ganzen Tag draußen im Freien. Aber wenn die Bullen einen erfolgreichen Schlag gegen Larry zu melden gehabt hätten, hätten sie vermutlich jemand mit der Meldung vorbeigeschickt, falls sie uns nicht per Telefon erreichen konnten.»

«Da haben Sie sicherlich recht. Ich will aber trotzdem mal die Mitteilungen auf dem Anrufbeantworter abhören.»

Walter folgte ihr ins Haus, aber nicht bis in die Küche. Sie hörte ihn im oberen Stockwerk auf und ab schreiten. Er wollte jedes Risiko vermeiden. Und bei der Erinnerung an Bellows' Worte vom Morgen konnte es Diana nur recht sein.

Diesmal war der Anrufbeantworter fast still. Ein Freund von Andy hatte angerufen und eindringlich wiederholt, daß Andy sich bei seinem Chef melden sollte. Nichts von der Polizei oder von Bellows.

Den angebotenen Drink lehnte Walter ab. «Ich will die Pflanzen abladen und vielleicht noch ein paar Büsche pflanzen. Wir haben nur noch einige Stunden Tageslicht.»

«Darf ich helfen?»

Er musterte sie von Kopf bis Fuß und umgekehrt. Es war ein unangenehm unpersönlicher Blick. Diana war dabei zumute, als ob sie die Muskeln spielen lassen und ihm die Zähne zeigen sollte. «Klar. Wenn Sie möchten», sagte Walter.

Die obere Terrasse war durch Pflanzlöcher unterschiedlicher Größe markiert. Ein Loch, das so tief war wie Diana groß, war für die *Franklinia* gedacht. Diana sah den Männern zu, wie sie den Baum vom Lastwagen herunterhievten. Walter hatte ungeduldig eine Hand unter einen Ast gesteckt; er zog sie aber blitzschnell wieder zurück und betrachtete einen großen blutigen Kratzer auf der Haut. «Verdammt noch mal –»

«Scheint ein Kaktus zu sein», sagte Jack, als er unter den Ast schielte.

«Der gehört Andy», erklärte Diana rasch. «Sie wissen doch, wie er –»

Walter reagierte explosiv mit fürchterlichem Fluchen, nahm dann aber, als Andy eintraf, sein Hilfsangebot an, ohne den Kaktus auch nur zu erwähnen. «Mary Jo kommt auch gleich. Sie zieht sich bloß rasch um.»

Walter nickte. Diana wußte, daß sie und Mary Jo nicht sonderlich nützlich sein konnten, doch es war für sie beide besser, sich zu beschäftigen, als nur herumzusitzen und auf einen Anruf zu warten.

Walter brach die Arbeiten erst ab, als die Sonne hinter den Bäumen versank. Er prüfte die noch übriggebliebenen Pflanzen und stieß mit dem Fuß an die in Sackleinen gewickelten Wurzeln, um sich zu vergewissern, daß Mary Joe ihnen auch genug Wasser gegeben hatte. «Das ist alles, bis auf die perennierenden Pflanzen rund um den Teich, die wir morgen pflanzen könnten, wenn ... Was ist das denn?»

«Rosen.» Diana lehnte sich auf ihre Schaufel und rieb sich den schmerzenden Rücken.

«Daß es Rosen sind, weiß ich auch», schimpfte Walter. «Aber sie haben nicht auf der Liste gestanden.»

«Sie sind ein Geschenk», sagte Diana. «Für Emily. Von Andy und mir. Es war seine Idee», fügte sie hinzu, als Walter sich umdrehte und sie anstarrte.

«Und was soll ich mit ihnen machen?» fragte er. «Der Rosengarten wird nicht vor dem Herbst fertig. Und diese verdammten Dinger pflanzt man doch im Herbst, oder?»

«Viele Gärtner bevorzugen als Pflanzzeit das Frühjahr. Im übrigen sind es keine ‹verdammten Dinger›. Es handelt sich um die neuen englischen Rosensorten, die David Austin entwickelt hat. Sie haben das Aussehen und den Duft alter Rosen, blühen jedoch den ganzen Sommer hindurch wie die neuen Sorten.»

«Doch, von denen hab ich schon gehört.» Walter betrachtete die stummeligen Zweige mit größerer Aufmerksamkeit. «Ich hab gar nicht gewußt, daß die Baumschule sie führt.»

«Erst seit diesem Jahr. Emily wird sich freuen, wenn sie hört, daß die Quelle ganz in der Nähe ist. Ich fürchte nur, Andy und ich haben des Guten beinahe zuviel getan», gab Diana zu. «Sie hatten alle so schöne Namen – Miranda, Schöne Bianca, Cressida ...»

«Und deshalb habt ihr von jeder Sorte eine genommen.» Walters Gesicht wurde weich und bekam den Ausdruck, den er sonst nur für Emily zeigte. «Das war eine schöne Idee. Aber ich weiß immer noch nicht, wo ich sie pflanzen soll.»

Andy räusperte sich. «Am Ende der Stufen. Unterhalb der Terrassenmauer.»

Beim Abendessen wurden die neuesten Entwicklungen besprochen. Mary Jo wußte durch Andy von der Unterredung mit Bellows; Walter nicht, und er bestand darauf, daß ihm diese Unterredung wortwörtlich wiedergegeben wurde. «Das ergibt keinen Sinn», urteilte er anschließend. «Mehr ist ihm zur Erklärung der Vorfälle nicht eingefallen – nur daß Larry nicht besonders intelligent ist? Und das kaufe ich ihm nicht ab. Warum sollte Larry das Risiko eingehen herzukommen? Nur um etwas bei uns zurückzulassen, das ihn mit einem Verbrechen in Verbindung bringt, dessen ihn – nach seinem Wissen – gar niemand beschuldigt hat? Und wie könnte es ihm gelungen sein, unbemerkt an den Hunden vorbeizukommen?»

«Die Hunde kannst du vergessen, die sind meist gar nicht da», antwortete Andy. «Er könnte gewartet haben, bis sie weg waren. Oder sie mit Fressereien bestochen haben. Und was den andern Punkt betrifft – dafür hätte ich mehrere Erklärungen anzubieten.»

Walter lehnte sich zurück und verschränkte die Arme. «Bestimmt irgendwelchen an den Haaren herbeigezogenen psychologischen Blödsinn. Der arme Kerl wird von Schuldgefühlen gequält? Er sehnt sich unbewußt danach zu beichten und inneren Frieden zu finden?»

Andy lief vor Wut rot an. «Er ist vielleicht ein Rüpel, aber er ist ein Mensch, der wenigstens Rudimente menschlicher Gefühle hat. Ich will den Mistkerl doch gar nicht verteidigen. Ich versuche nur, ihn zu verstehen. Und von einem bin ich überzeugt – falls er Brad umgebracht hat, dann hat er's in betrunkenem Zustand getan, im Jähzorn. Es könnte sogar die Folge eines Unfalls während eines Streits gewesen sein. Dann würde er sich mit Sicherheit schuldig fühlen. So etwas kommt bei ihm gelegentlich vor.»

«Mit Schuldgefühlen kommt er prima klar.» Mary Jos Stimme klang eisig. «Wenn er mich geschlagen hat, gab's hinterher immer Tränen und Sprüche, daß es ihm leid tat.»

Walter preßte sich die Finger in den Arm. «Wenn du mir gesagt hättest –»

«... dann hättest du ihn verprügelt? Das wäre mir eine große Hilfe gewesen!» Ihre Stimme klang jedoch schon weicher. «Einer mißhandelten Frau kann niemand helfen, bis sie sich zu der Erkenntnis durchringt, daß sie Hilfe verdient. Das ist die Falle, in der man festsitzt – die Leute geben dir das Gefühl, daß du ja verdient hast, was er dir antut. Daß du aus einem bestimmten verrückten Grund selbst dran schuld bist. Kommt mir nicht mit Schuldgefühlen. Da kenn ich mich aus.»

Keiner sagte ein Wort. Aber das Mitgefühl und die Entrüstung, die die andern empfanden, mußte Mary Jo wohl spüren. Sie holte tief Luft. «Ich weiß nicht, warum das aus mir herausgeplatzt ist. Ich wollte damit nur sagen, daß Andy recht haben könnte. Ich bin aber der Meinung, daß Larry wohl eher Angst fühlt als Reue. Eventuell *hat* er die Uhr vor die Tür gelegt – vielleicht ist das seine Art, uns den Vorschlag zu machen, daß wir uns wieder mit ihm arrangieren.»

«Das würde sich mit meiner zweiten Erklärung decken», warf Andy ein. «Er könnte inzwischen erfahren haben, wer Diana ist. Er hat Brads Tod auf dem Gewissen. Da taucht plötzlich Brads Schwester auf und hat eine heiße Spur. Er hat bestimmt von dem Trick gehört, daß man sich einer kleinen Straftat schuldig bekennt, um nicht einer größeren angeklagt zu werden. So dumm ist er nicht.»

«Jetzt ergibt die Sache langsam einen Sinn», meinte Walter bedächtig. «Und da ist noch etwas. Ist es ein bloßer Zufall, daß er uns gestern nacht die Uhr brachte – *nachdem uns Brads Vater besucht hat*?»

«Wau, das will ich hoffen!» rief Andy. «Von dem Besuch könnte er ja nur wissen, wenn er uns beobachtet hat – und ganz egal, von wo aus er uns beobachtet hätte, da wäre er uns für meinen Geschmack in jedem Fall viel zu nah gekommen. Nein, das nehme ich dir nicht ab. Und wie hätte er denn wissen können, daß unser Besucher Mr. Randall war?»

Walter war von seiner Theorie viel zu angetan, um sie gleich wieder fallenzulassen. Er versuchte sie noch mit mehreren Erklärungen zu stützen, die allesamt plausibel klangen, sich aber nicht beweisen ließen. Die Diskussion dauerte an, ohne zu irgendwelchen Schlüssen zu führen, bis auf den einen, den Andy nachdrücklich mehrmals wiederholte – daß es bestimmt eine gute Idee wäre, sich von beleuchteten Fenstern fernzuhalten.

Eine konkrete, dritte Theorie wurde von niemand laut ausgesprochen. Diana war fest davon überzeugt, daß sie zumindest noch *einem* unter ihnen in den Sinn gekommen sein mußte; Andy z. B. hatte eine viel zu lebhafte Phantasie, als daß sie ihm nicht eingefallen wäre. Sie wußte auch, warum er nichts gesagt hatte, versuchte aber, sich den Grund nicht einmal selbst klar einzugestehen. Am Ende war Ungewißheit doch nicht das Schlimmste. Das Allerschlimmste war, sich Hoffnungen zu machen, die hinterher zerschlagen wurden – selbst wenn es sich um eine so schwache, unwahrscheinliche Hoffnung handelte wie die, welche sie eben beschlichen hatte. Es war einfach nicht möglich, daß Brad noch am Leben war; es war einfach unvorstellbar, daß es Umstände gab, deretwegen er so viele Monate lang von jemand gefangengehalten worden war. Andererseits *war* da diese Uhr ohne auch nur die kleinste Spur von Erde; und sie suggerierte stillschweigend einen Austausch …

Von Informationen. Es konnte nur das sein.

Aus leichtverständlichen Gründen waren an diesem Abend alle unruhig. Walter grübelte über seinen Plänen und Listen, Mary Jo las, ohne umzublättern, angestrengt in einem Buch, und Diana konnte den Blick nicht vom Telefon losreißen. Und Andy – wo war eigentlich Andy? Er hatte angeboten, die Küche aufzuräumen, ließ sich damit aber schrecklich viel Zeit. Sie wollte ihn gerade suchen gehen, als sie von der Diele her ein Geklapper und einen Schrei hörte.

Andy lag auf der Treppe. Er versuchte angestrengt, von der

Leiter freizukommen, zwischen deren Sprossen er mit einem Bein festgeklemmt war. «Mist!» sagte er ruhig. «Ich hatte gehofft, daß ich nach oben käme, ohne von euch gehört zu werden.»

Mary Jo kniete und zog Andys Knöchel mit einem Ruck heraus, so daß er erneut aufschrie. «Du bist draußen gewesen!»

«Nur bis zur Scheune.»

«Aber *uns* hast du das Versprechen abgenommen, das Haus nicht zu verlassen!» Ihr Gesicht war vor Zorn rot angelaufen. «Wenn du so was noch mal machst, bring ich dich um. Wohin wolltest du mit der Leiter?»

«Nach oben.»

Diana setzte sich auf die untere Stufe. «Verschwende keine Zeit mit Fragen, Mary Jo. Ich glaube, ich weiß schon, was er vorhat. Andy, wie hast du bloß meinen können, daß wir dich nicht hören würden, wenn du in dieses versteckte Treppenauge hinunterkletterst und im Gerümpel dort herumwühlst?»

Andy stand auf und streckte die Hand nach der Leiter aus. «Dann wäre es längst ein fait accompli gewesen», sagte er. «Ups – Entschuldigung – Vorsicht –»

Walter packte das Ende der Leiter gerade noch rechtzeitig, bevor sie ihn am Kopf traf. «Sie ist nicht lang genug.»

«Ich denke doch. Es ist einen Versuch wert.»

Am Ende kamen alle mit. Es gab ihnen, wie Walter bedrückt zugab, immerhin etwas zu tun. Die Leiter war tatsächlich nicht lang genug. Aber die höchste Sprosse kam fast bis auf einen Meter an die Schwelle der Tür heran. Mit Walters Hilfe konnte Andy sich herablassen, bis er die Leiter mit den Füßen erreichte.

Diana kniete neben der Öffnung und leuchtete mit der Taschenlampe nach unten. Walter kniete neben Diana, so daß seine Schulter direkt an ihrer Schulter lag; seine Hände umklammerten das Seil, das Andy sich auf sein Drängen hin um die Taille gebunden hatte. Diana gewann den Eindruck, daß die Sache Walter allmählich Spaß machte.

Mary Jo stand mit verschränkten Armen und versteinerter Miene einen Meter hinter den beiden. «Falls Walter plötzlich das Seil zurückziehen müßte, Diana, könntest du über den Rand gestoßen werden», bemerkte sie. «Im Türeingang dort ist für zwei Leute nicht genug Platz. Wenn du unbedingt sehen mußt, was da vor sich geht, dann leg dich wenigstens flach auf den Boden, damit du ihm nicht im Weg stehst.»

Der Rat war vernünftig, und Diana befolgte ihn. Andy begann, hinunterzuklettern; er mußte immer wieder niesen und mit der Taschenlampe Spinnennetze wegstoßen. Bald wurde sichtbar, was sich unten am Fuß der Treppe befand: Splitter und Überreste bedeckten den Boden. Andy hatte die Leiter kräftig durch diesen Abfall gedrückt, so daß sie vermutlich auf solidem Boden stand; zu erkennen war der Boden allerdings nicht; die unebene Fläche strotzte vor schartigen Holzstükken.

Andy blieb stehen, drehte sich herum und beugte sich in einem gefährlichen Winkel vor. «Vorsicht!» rief Walter, als die Leiter schwankte.

Andy stöhnte. Sein Körper und Körperschatten nahmen den Zuschauern die Sicht; er schien in den Trümmern zu wühlen und gewisse Stücke auf die Seite zu legen.

«Wirf mir die Papiertüte nach unten!» rief Andy.

Die Tüte flatterte wie eine Riesenmotte hinunter. Andy fing sie auf und bückte sich von neuem. Man hörte Papierrascheln und mehrmals leises Aufstoßen und Klirren, bis Andy sich endlich wieder aufrichtete und hochkam. Auf der obersten Stufe der Leiter reichte er die Tüte mit einem kurz angebundenen «Mach Platz» Diana.

Walter wich ebenfalls zurück, behielt aber das Seil fest im Griff. Andy packte die Schwelle und zog sich empor. Er nahm Diana die Tüte ab. «Kein besonders schöner Anblick.»

Das galt indessen mehr für ihn selbst als für die Tüte. Andys Gesicht war mit einer Staubschicht aus schwarz verfärbtem Putz überzogen, die plötzlich durch ein triumphierendes

Lächeln aufgebrochen wurde. «Ich hab's. Kommt mit zum Tisch. Ich zeig's euch.»

«Ich werde erst in Ihre Nähe kommen, wenn Sie sich gründlich gewaschen haben», konterte Mary Jo. «Man könnte sich ja schon ein Dutzend Krankheiten holen, wenn man nur im gleichen Zimmer mit Ihnen steht.»

«Da hat sie recht, Andy», sagte Diana. «Ich wage überhaupt nicht zu denken, was Sie dort unten alles an Dreck eingeatmet haben.»

Andy nieste einmal laut, wischte sich mit dem Ärmel übers Gesicht, warf einen Blick auf den Stoff und änderte seine Meinung. «Oje. Einverstanden. Ihr müßt mir aber versprechen, nicht in die Tüte zu gucken.» Vorsichtshalber nahm er sie sogar mit.

Mary Jo wollte Andy unbedingt in Augenschein nehmen, bevor sie ihn in die Bibliothek eintreten ließ. «Was haben Sie mit den Sachen gemacht, die Sie anhatten?» fragte sie mißtrauisch.

«Die hab ich in den Abfallkorb geschmissen. Einverstanden?»

«Das einzig Richtige. Nein! Unterstehen Sie sich, diesen Dreck auf die Couch abzuladen. Dafür hab ich den Tisch mit Zeitungen abgedeckt.»

Sie hatte auch Staubtücher aus der Küche mitgebracht – in weiser Voraussicht, wie sich herausstellte, als Andy den Inhalt der Tüte über den Zeitungen auskippte. Alles war dermaßen schmutzverkrustet, daß Diana zunächst gar nicht erkennen konnte, um was es sich handelte.

Mit großem Geschick setzten Andys lange, schlanke Finger verschiedene Fetzen zusammen. «Das war ein Kästchen – seht ihr? Vor dem Einsturz der Treppe habe ich gerade noch von ziemlich weit oben einen Blick von ihm erhascht. Ich habe allerdings nicht mehr sämtliche Teile finden können.»

«Hier, da ist noch eins.» Mary Jo bot ihm das Stückchen an, das sie saubergerieben hatte. «Das gehört zu einem Deckel.»

«Ja. Auf einer Seite befindet sich ein Scharnier.» Andys Versuch, das Stückchen mit einem zweiten zusammenzupassen, blieb erfolglos. «Verdammt. Wie groß es gewesen ist, läßt sich nicht feststellen. Dafür fehlt jetzt einfach zuviel. War jedoch ein schönes Stück. Schlicht, aber gut gearbeitet.»

Mary Jo begann mit dem Abstauben eines anderen Teils. «Was ist das? Es ist Holz, sieht aber nicht wie ein Teil des Kästchens aus.»

«Keine Ahnung», gab Andy zu. «Ich habe bloß alle Bruchstücke eingesammelt, die nicht von der Treppe zu stammen schienen.»

«Hier ist noch so eins, es hat die gleiche Form.» Als Mary Jo es hochhob, kam etwas anderes mit, ein etwa zehn Zentimeter langes Teilchen, das an dem Holz festgemacht war. «Ein Saum», erklärte Mary Jo, nachdem sie den schmutzigen Stoff neugierig gemustert hatte. «Ich kann Stiche erkennen. Das ist beinah wie ...»

«Ein Ärmel!» rief Diana. «Nein, kein Ärmel, vielmehr der Oberteil eines Arms. Und das hier, dieser Holzteil ist der Unterarm – man sieht ja, wo die Finger abgebrochen sind. Es ist ein Puppenarm! Und hier – das hier ist der Kopf.»

Nachdem sie den Schlüssel zum Ganzen gefunden hatten, waren alle Teile leicht zu identifizieren. An dem runden Holzball waren Farbspuren haftengeblieben – das verblichene Rot von einem Schmollmund, der schwarze Kreis einer Pupille. Ein modriger Stoffbausch entpuppte sich als Haube, die mit einer vor Alter braunen Spitze besetzt war. Ein weiteres Stückchen hätte zum Körper gehören können, von dem alles übrige, einschließlich der Beine und Füße, fehlte.

«So etwas hab ich selber mal gehabt», sagte Walter beim Betrachten des kaputten Stückchens von einer Muschel. «Eine große Seemuschel. Hab ich von meinem Onkel Tom geschenkt bekommen, als ich fünf war. Hab sie jahrelang aufbewahrt.»

«Und das hier sieht aus wie ein Teil von einem Fächer», murmelte Mary Jo. Sie hielt einen flachen, geschnitzten Stab aus Elfenbein oder Knochen in der Hand, an dem noch Stofffetzen hingen – die Reste vom Seidenteil des Fächers.

Von den übrigen kaputten Stücken – verschiedene verbogene, braune, verrostete Metallteile und Stoffetzen, die eventuell von einem Puppenkleid herrührten – ließ sich nichts eindeutig bestimmen. Diana ließ den Blick über die aufgereihte Sammlung gleiten und sagte dann leise: «Es war die Schatzkiste von einem Kind – einem Mädchen. Wie muß sie begeistert gewesen sein, als sie so ein wunderbares Geheimversteck für ihre Spielsachen fand.»

Als Walter Andys enttäuschtes Gesicht sah, mußte er laut lachen.

17

Etwas später wandte sich Walter erneut an Andy, und seine Stimme verriet Neugier, als er fragte: «Wonach hast du eigentlich gesucht? Hat es etwas mit deinen – wie heißt doch der Ausdruck – genealogischen Forschungen zu tun?»

«In gewissem Sinne schon.» Andy zögerte. Er wich Dianas Blick aus: Sie wartete gespannt, ob er wohl eine plausible Erklärung fände; denn sie bezweifelte, daß er selber genau gewußt hatte, was er zu finden hoffte.

«Ich habe vor einiger Zeit mit Diana darüber gesprochen, für die Grabsteine eine angemessene Umgebung zu schaffen», sagte Andy. «Die Steine markieren ja keine Gräber. Niemand weiß mehr, wo der ursprüngliche Familienfriedhof einmal lag. Jetzt haben wir ein Grab entdeckt. Oder zumindest ein Skelett, das laut Professor Handson ziemlich alt ist. Vielleicht stehen die Knochen ja in einer Beziehung zu den Grabsteinen.»

Damit war er genaugenommen nicht auf Walters Frage eingegangen, aber die Antwort erfüllte den von Andy beabsichtigten Zweck – abzulenken. Walter war entsetzt. «Du meinst, der Friedhof hat sich an der Stelle befunden, wo heute die Scheune steht? Ich werde die Arbeiten nie beenden können, wenn wir ... Nein, aber das ist doch unmöglich. Die Gräber wären bereits beim Bau der Scheune gefunden worden. Damals mußte Erde ausgehoben werden für die Fundamente.»

«*Ein* Grab ist ihnen damals entgangen», gab Andy zu bedenken.

«So sicher ist das nicht. Wenn der Kerl vor dem Bau der Scheune begraben wurde – na gut, ja, das eine Grab könnte ihnen entgangen sein. Aber ein ganzer Friedhof wäre niemals unbemerkt geblieben. Bevor die Polizei da war, haben wir ja selbst ein bißchen in der Umgebung des Knochenfunds gegraben und gesucht. Da war nichts zu finden.»

«Und wann ist die Scheune gebaut worden?» fragte Mary Jo.

«Gute Frage.» Walter dachte nach. «Ich weiß es nicht. Sie war da, soweit ich zurückdenken kann. Ende des vergangenen Jahrhunderts, würde ich schätzen. Sie könnte aber auch älter sein. Oder jünger. Die Bevölkerung dieser Region ist sehr konservativ, da baut man immer noch wie früher.»

«Du hörst dich an wie Handson», murrte Andy. «Etwa ein Jahrhundert, plus minus fünfzig Jahre.»

«Es kann doch nicht so schwer sein herauszubekommen, wann die Scheune gebaut wurde», sagte Mary Jo nachdenklich.

«Wozu?» wollte Andy wissen. «Damit wüßten wir immer noch nicht, wann die Leiche beerdigt wurde. Es könnte ja auch so gewesen sein, daß der Mörder dafür die Fußbodenbretter herausgenommen hat.»

Das Wort «Mörder» wirkte wie ein kalter Luftzug. «Mörder?» wiederholte Walter.

«Es lag doch ein Schädelbruch vor», sagte Andy.

Deshalb hatte er also Handson noch einmal in seinem Büro aufgesucht! Warum hatte sie eigentlich nicht selbst daran gedacht, den Gerichtsmediziner nach der Todesursache zu fragen? War ihr das vielleicht irrelevant vorgekommen, nachdem sie wußte, daß es da nicht um den Tod von Brad ging? Oder wollte sie die Antwort nicht hören?

«Schädelbruch?» Walter stieß ein kurzes Lachen aus. «Wir hatten doch nur Bruchstücke.»

«Du bist mit deinem gottverdammten Bulldozer drübergefahren, *deshalb* hatten wir nur Bruchstücke», belehrte ihn

Andy, «aber das waren *neue* Brüche. Für einen Experten ist der Unterschied erkennbar.»

«Das muß noch lange nicht heißen, daß er ermordet wurde», konterte Walter. «Könnte auch ein Unfall gewesen sein.»

«Kein Zweifel, und genau das wird auch die Polizei behaupten», sagte Andy. «Die haben so viele Verbrechen am Hals, daß sie sich nicht auch noch mit einer hundert Jahre alten Leiche beschäftigen wollen.»

«Das soll mir recht sein.»

«Bist du nicht mal neugierig?» fragte Mary Jo. «Interessiert es dich überhaupt nicht, wer der Mann gewesen ist und wie die Leiche dort hinkam? Er war nur – was hat der Professor gesagt? – Anfang Zwanzig. Irgendwer *hat* ihn geliebt, hat um ihn getrauert...» Sie unterbrach sich mit einem entschuldigenden Blick zu Diana. «Tut mir leid. Das ist vielleicht kein geeignetes Thema.»

«Ist schon in Ordnung.» Diana schüttelte die eigenen beunruhigenden Gedanken ab. «Wir können ja nur spekulieren.»

«Sicher», meinte Walter. «Aber was bringt's? Wir werden wahrscheinlich sowieso nie erfahren, wer es war. Jedenfalls können wir für ihn nichts mehr tun.»

«Eines können wir doch für ihn tun», erwiderte Andy. «Wir könnten ihn anständig beerdigen.»

«Gespenstergeschichten!» schimpfte Diana in der Küche, wo sie mit Andy zusammen die Hunde und Katzen fütterte, während Walter und Mary Jo im Haus Türschlösser und Beleuchtung überprüften. «Sie haben Ihre Berufung verpaßt, Andy – Sie sollten Drehbücher für Horrorfilme schreiben. Sie glauben doch wohl nicht im Ernst, daß ein paar Gebete für diese armen Knochen einer rastlosen Seele Frieden... Ich kann es nicht einmal aussprechen. Das ist absurd!»

«Da hätten wir einen klassischen Grund für das Erscheinen von Geistern», betonte Andy.

«Aber es ist doch nicht er, der... O, um Gottes willen, jetzt rede ich selber auch schon so. Und was ist mit andern klassischen Gründen für Gespenster? Mit Rache? Mit verlorengegangenen Testamenten, vergrabenen Schätzen?»

«Sie haben die Geschichten also auch gelesen!» stellte Andy hoch erfreut fest.

«Es gibt keine Spukgeschichte, kein Märchen, das ich nicht gelesen hätte! Aber das sind doch nur Geschichten, Andy! Erfundenes Zeug, weiter nichts.»

«Aber sie schaden niemand, oder?»

Diana gab auf. Mit Ironie konnte man Andy genausowenig beikommen wie mit Vernunft. «Nun ja, das wohl nicht. Fort mit dir!» Sie schob eine freche Katze von Miss Matildas Näpfchen weg. «Ihre Mutter wird Ihrer Idee vermutlich zustimmen. Sie ist eine hoffnungslose Romantikerin, genau wie ihr Sohn.»

«Es gehört sich so», beharrte Andy. «Es gibt keine Verwandten, die dafür sorgen würden. Hätten Sie es denn gern, wenn Ihre Gebeine in Plastik eingewickelt würden und die Ewigkeit auf einem Regal im Labor verbrächten?»

«Wenn ich keine persönliche Verwendung mehr für sie habe, ist es mir völlig egal, was aus ihnen wird.»

Diana machte die Tür auf, um die letzte noch fehlende Katze hereinzulassen. Die kühle Nachtluft strich ihr ins Gesicht. Am Himmel trat ein leuchtender Stern oder Planet hervor – Venus, Jupiter? – und wurde von einer Wolke wieder versteckt. «Kommen Sie herein!» sagte Andy.

Diana schloß die Tür gegen die Brise der Nacht und das leichte, undefinierbare Parfum, das sie mit sich trug.

Diana hatte eine Schlaftablette genommen, und die gewünschte Wirkung stellte sich ein. Sie schlief einen traumlosen Schlaf.

Am Morgen machten die andern drei den Eindruck, daß es besser gewesen wäre, wenn sie es wie Diana gehalten hätten. Andy mußte ununterbrochen gähnen, Mary Jos Augen lagen tief umschattet in den Höhlen, und aus Walter war kein Wort herauszubringen.

Am Ende nannte er wenigstens einen Grund für seine schlechte Laune. «Das Wetter wird sich nicht mehr lang so halten. Es ist heiß und schwül wie im Juli. Bei starkem Regen wird der Boden so schwer, daß er sich eine Woche lang nicht bearbeiten läßt. Ich hab heute aber bloß die Hälfte der Mannschaft auf die Beine gebracht. Die Jungs sagen, daß ihre Frauen wegen der vielen Überstunden protestieren.»

«Schieb die Schuld nur immer auf die Frauen», murmelte Mary Jo.

«Sie haben wahre Wunder vollbracht, Walter», warf Diana rasch ein. «Emily wird bestimmt verstehen, warum sie nicht noch mehr schaffen konnten.»

Walters düstere Miene verfinsterte sich noch mehr. Genau da lag der wahre Grund für seine Unzufriedenheit und den Mißmut der andern. Die Antwort auf die Frage nach der Herkunft der Knochen und die Ankunft des zuversichtlichen und offenbar kompetenten Privatdetektivs hatte alle vorübergehend aufgemuntert. Inzwischen war es Samstag morgen, Larry lief noch immer frei herum, und Montag würden die Nicholsons zurückkehren.

«Ich muß sie irgendwie umdirigieren», sagte Andy, der damit ein allen gemeinsames Anliegen zum Ausdruck brachte. «Am besten ruf ich gleich heute an. Sonst ändern sie womöglich ihren ursprünglichen Plan und treten schon morgen die Heimreise an.»

Diana gab sich einen Ruck – die Schlaftablette wirkte noch nach. «Emily hat mir aber gesagt, daß sie vielleicht noch ein bis zwei Tage länger bleiben würden. Warum rufen Sie nicht an, um sich nach dem aktuellen Stand ihrer Pläne zu erkundigen?»

«Klingt vernünftig. Wenn sie nicht vor Dienstag zurückkommen –»

Da verlor Walter auf einmal die Selbstbeherrschung. Er schlug mit der Faust auf den Tisch, mit einer Kraft, daß die anderen aufschreckten. «Sonntag, Montag, Dienstag – was macht das schon? Das Problem kann sich noch über Wochen hinziehen! Soweit ich sehen kann, hat dieser großspurige Mistkerl Bellows bisher gar nichts erreicht.»

«Er arbeitet noch keine zwei Tage an der Sache», warf Diana ein. «Ein paar Tage mehr könnten viel bringen. Ich gebe ja zu, daß die Situation und der Frust furchtbar sind. Wir versuchen, Emily so lange wie möglich aus der ganzen Sache herauszuhalten – in der Hoffnung, daß sie bald gelöst sein wird.»

Andys Gesicht entspannte sich. Er verzog die Lippen zu einem Lächeln. «Da wird sie aber sauer sein, wissen Sie. Mama ist am liebsten immer voll dabei.»

«Ich fürchte, wir haben sie tatsächlich ein bißchen so behandelt, als ob sie vor der Welt beschützt werden müßte», räumte Diana ein.

«Du großer Gott, daran hab ich überhaupt noch nicht gedacht!» rief Andy schockiert. «Wir müssen sie sofort anrufen und ihr alles berichten.»

«Ich würde statt dessen Bellows anrufen», schlug Diana vor. «Er könnte uns wenigstens mitteilen, daß es nichts Neues zu melden gibt!»

«Ganz richtig.» Andy gähnte. «Teilen wir uns die Arbeit. Ich rufe Ma an, Sie übernehmen Bellows. Was steht heute sonst noch an? Walter wird Löcher ausheben und seine Leute anbrüllen –»

«Ich muß heute irgendwann mal in meiner Wohnung vorbeischauen», sagte Walter.

«Mary Jo?»

«Ich müßte zur Schulbibliothek. Ich habe Montag meine Abschlußprüfung.»

«Okay. Ich fahre Sie hin. Wollen Sie mitkommen, Diana? Ich will Antiquitäten beschnuppern. Pearl hat nämlich gestern angerufen.»

«Die Nachricht auf dem Anrufbeantworter hab ich auch gehört. Hat mich aber nicht gerade ermuntert, sie in ihrem Geschäft zu besuchen», meinte Diana. «Geschmack hat Pearl bloß, wenn es ums Essen geht. Wie man ihrer Figur ansieht.»

Andy gab ein so verblüffend naturgetreues «Miau» von sich, daß gleich mehrere Katzen den Kopf hoben und wild im Zimmer herumblickten. «Eins hat Pearl nicht gesagt, aber ich weiß es aus anderer Quelle – sie besitzt einen Teil von Miss Mussers Sachen. Angeblich hat sie diese Sachen auf einer Auktion erstanden. Ob das stimmt, weiß außer ihr nur der liebe Gott. Ich hab mir gedacht, daß sich darunter vielleicht Fotos oder anderes befinden könnte, was Ma eventuell gern hätte. Sie ist ganz scharf darauf, eine Sammlung von Bildern des Hauses vor und nach der Restaurierung anzulegen.»

«Davon hat sie doch bereits eine ganze Menge», protestierte Diana. «Die, die der Rechtsanwalt gebracht hat.»

«Für Ma kann es nie genug geben. Diana, nun seien Sie kein Spielverderber!»

Dank Andys telefonischen Bemühungen herrschte Urlaubsstimmung, als er mit Diana und Mary Jo stadtwärts fuhr: Emily hatte noch eine weitere Baumschule entdeckt, die sie sich ansehen wollte, und rechnete nicht damit, vor Dienstagabend oder möglicherweise erst Mittwoch wieder daheim zu sein. Bellows hatte nicht abgenommen, doch Andy wußte das positiv umzudeuten: «Dann sitzt er wenigstens nicht im Hotel, sondern tut etwas.»

Und Mary Jo hatte sich sogar bereit erklärt, mit den andern bei Pearl vorbeizuschauen und sich erst hinterher bei der Schule absetzen zu lassen. «Ihr könnt bestimmt jede Unterstützung gebrauchen», meinte sie finster. «Pearl brächte es fertig, euch sogar die Zähne aus dem Mund zu stehlen.»

Pearls Antiquitätengeschäft befand sich an einer strategisch günstigen Lage nicht weit von der Autobahnausfahrt. Eine Verkäuferin versicherte ihnen beim Eintreten, daß Pearl gleich eintreffen würde. «Die besten Stücke befinden sich im Nebengebäude», bemerkte sie, nachdem sie die drei eingeschätzt hatte.

Andy, der vorausgegangen war, als Diana und Mary Jo sich

noch mit der Verkäuferin unterhielten, saß an einem Rollschreibtisch, als die beiden ihm ins Nebengebäude folgten. «So einen hab ich mir immer gewünscht», sagte er. «Seht euch doch nur mal die vielen kleinen Fächer an.»

«Dreckig ist er», erklärte Mary Jo. «Diese Tintenflecke! Überall auf der Platte! Ich versteh gar nicht ... Moment mal, die Bettdecke da kommt mir bekannt vor. So eine hat auch Miss Musser gehabt.»

Sie sah sich den ganzen Stapel Bettdecken an und zog eine heraus, die mit roten und gelben Tulpen besetzt war. «Noch eine, wie ich sie bei Miss Musser gesehen hab. Großer Gott, soviel soll die kosten? Das darf doch wohl nicht wahr sein!»

«Alte handgemachte Bettdecken *sind* teuer.» Diana warf einen Blick auf das Preisschild, «obwohl die Preise zuletzt gesunken sind. *Das* hier ist aber in der Tat sehr teuer.»

Unter dem Ramsch gab es auch ein paar wertvolle Stücke, die Andy mit sicherem Blick sofort erkannte. Er deutete auf einen Windsor-Stuhl, eine gewebte Tagesdecke und ein recht dunkles Ölgemälde in einem schweren Goldrahmen. «Ich geh jede Wette ein, daß es sich da um ein Bild von Maentel handelt. Gereinigt und restauriert ist es doppelt soviel wert, als was Pearl verlangt.»

Mary Jo und Diana wühlten auf den Knien in einem Korb mit Spitzen, als Pearl eintraf, die Tür hinter sich zuwarf und ihnen zurief: «Tut mir leid, daß ich mich verspätet habe, Leute. Was kann ich für Sie tun?»

«Sie haben vielleicht Nerven, für so ein paar Fetzen von schmutzigen alten Spitzen so viel zu verlangen», sagte Mary Jo und kam hinter dem Tisch hoch.

«Ach, Sie sind's, Mary Jo», erwiderte Pearl kühl. «Suchen Sie etwas Bestimmtes?»

«Sie hat uns begleitet», erklärte Andy. «Sie haben am Telefon Fotoalben erwähnt, Pearl. Ich kann nirgends welche sehen.»

«Die hab ich für Sie zurückgelegt. Nun mal mit der Ruhe, lassen Sie sich Zeit, sehen Sie sich um. Interesse an Porzellan?

Dieses Schokoladen-Service der Königlich Preußischen Porzellan-Manufaktur würde Ihrer Mama sicher gefallen. So 'n vollständiges Service findet man heutzutage nicht oft, jedenfalls kein Königlich Preußisches.»

Das Service war in einer geschlossenen Vitrine aufbewahrt – wie es sich gehörte, falls Pearls Angaben stimmten; und das nahm Diana an. Sie schaute genauer hin. Die Blumen waren Rosen – was sonst?

Pearl schloß die Vitrine für Diana auf. Die einzelnen Stücke befanden sich in gutem Zustand, es gab nur einige wenige kleine abgesprungene Stellen, und alle Teile des Service trugen an der Unterseite den Stempel der Königlich Preußischen Manufaktur. Der Preis, den Pearl genannt hatte, war jedoch astronomisch.

«Das hat Miss Musser gehört!» flüsterte Mary Jo Diana ins Ohr. «Bei den Bettdecken könnte ich mich vielleicht irren, aber bei diesem Porzellanservice ganz bestimmt nicht. Sie hat mir jedesmal über die Schulter geschaut, wenn ich es abgewaschen habe.»

«Es hat eine Auktion mit Sachen von Miss Musser stattgefunden, nicht wahr?»

«Ja, und ich war auch dort. Dieses Service stand aber nicht auf der Liste.»

«Ich weiß schon, was du denkst. Wir könnten es nur nie beweisen», murmelte Diana. «Das würde ich Emily allzu gern beschaffen. Ich glaube, es würde ihr gefallen.»

«Bestimmt. Mir gefällt aber die Idee nicht, daß wir Pearl Geld geben müßten für etwas, das sie –»

«Nicht laut aussprechen! Sie würde dich verklagen und Andy und mich als Zeugen vorladen. Vielleicht gelingt es mir, das Service herunterzuhandeln.»

«Dann hör auf, es so ostentativ zu bewundern.»

«Du hast recht. Schlechte Taktik.» Diana stellte die Zuckerdose wieder auf ihren Platz und schloß die Vitrine zu. Mary Jo widmete sich erneut dem Korb mit den Spitzen und stieß von

Zeit zu Zeit einen Schrei der Entrüstung aus, während Diana sich antiquarische Bücher anschaute. Ihr Blick glitt über die Rücken der gebundenen Bücher, als ihr plötzlich ein Name ins Auge stach.

Tatsächlich – das war ein Buch der Schriftstellerin, mit der Miss Musser korrespondiert hatte. Diana schlug die Titelseite auf und las, ganz wie erwartet, Miss Mussers Namen, in verblaßtem Kupferstich, und ein Datum – 17. Juli 1919. Sie entdeckte von dieser Autorin dann noch weitere Titel und wählte aufs Geratewohl sechs solche Bücher für Emily aus. Sie kosteten zwei Dollar das Stück.

Andy hatte sich die Fotoalben angesehen und feilschte mit Pearl. «Ich könnte Ihnen einen besseren Preis machen, wenn Sie auch den Stuhl nehmen würden», sagte Pearl. «Er stammt aus dem Haus, ich hab ihn auf – ich hab ihn von Kusine Mathilde gekauft, bevor sie starb.»

«Nun ja», sagte Andy einlenkend – und das war, wie ihm jeder hätte bestätigen können, ein kapitaler Fehler. Als sie das Geschäft verließen, hatten sie nicht nur die Fotoalben und den Stuhl, sondern auch zwei Bettdecken, die Bücher und das Service erworben – für letzteres hatte Diana einen Preis gezahlt, über den Mary Jo sich gar nicht wieder beruhigen wollte, obwohl er um etliches niedriger lag als Pearls ursprüngliche Forderung.

«Was für ein Glück, daß wir mit meinem Laster und nicht in Ihrem Wagen hergekommen sind», meinte Andy beim Aufladen der Einkäufe voller Selbstzufriedenheit. «Platz hätten wir noch genug – warum suchen wir nicht noch ein paar weitere Antiquitätenhändler auf?»

«Sind die alle solche Gauner wie Pearl?» fragte Mary Jo. «Ihr habt's doch auch bemerkt: Sie wollte sagen, daß sie den Stuhl auf der Auktion gekauft hat, und hat sich dann rasch korrigiert. Den hat sie nicht gekauft, den hat sie gestohlen.»

«Selbst wenn sie ihn gekauft hat, war's Diebstahl», sagte Andy. «Der Stuhl ist ziemlich genau hundertfünfzig Jahre alt und seinen Preis wert. Miss Musser war sein Wert aber vermutlich nicht bekannt.»

«Im letzten Lebensjahr hat sie meist nicht mal mehr gewußt, wie sie heißt», erinnerte sich Mary Jo. «Bei dem Gedanken an Blutsauger wie Pearl, die das ausgenutzt haben, koche ich vor Wut. Wir könnten die Liste der auf der Auktion verkauften Objekte überprüfen. Irgend jemand muß doch eine Kopie davon haben.»

«Miss Mussers Anwalt zum Beispiel», erwiderte Diana. «Aber damit könnten wir Pearl nichts nachweisen, Mary Jo. Pearl könnte dann immer noch, wie vorhin, behaupten, daß sie diese Sachen privat gekauft hat.»

Bei der Ausfahrt vom Parkplatz hielt Andy an. «In welche Richtung? Ich kenne ein Antiquitätenzentrum fünfzehn Kilometer südlich von hier. Wir könnten vorher eine Kleinigkeit essen.»

Mary Jo schüttelte den Kopf. «Es hat Spaß gemacht, aber bitte setzen Sie mich bei der Schule ab. Danach könnt ihr zwei einkaufen, soviel ihr wollt.»

Andy und Diana schauten ihr nach, wie sie in aufrechter Haltung auf dem Bürgersteig zur Bibliothek marschierte. «Mit ein bißchen Make-up und anständiger Kleidung sähe sie gar nicht so übel aus», meinte Andy.

Es war eine Bemerkung, die Diana um so wütender machte, weil sie selbst etwas Ähnliches gedacht hatte. «Sie selbstgefälliger, chauvinistischer ...» legte sie los; da merkte sie, daß er sie nur in eine Falle zu locken versucht hatte. «... Blödmann», schloß sie.

Andy lachte in sich hinein. «Und was machen wir jetzt?»

«Vier Stunden, hat Mary Jo gesagt? Das ist sehr lang, um Zeit totzuschlagen. Da sollten wir vielleicht doch besser heimfahren?»

«Und herumsitzen und warten, bis das Telefon läutet?» fragte Andy.

«Wir könnten doch noch einmal bei Bellows anrufen.»

«Könnten wir auch von einer Telefonzelle aus.» Andy legte den ersten Gang ein und fuhr los.

«Was könnten wir sonst noch tun?»

«Essen», erwiderte Andy prompt. «Wie wär's mit einer Pizza?»

«Gute Idee», sagte Diana und musterte Andy verstohlen. Er hatte sich offenbar Mühe gegeben. Die Hosen waren frisch gebügelt, das Hemd war blütenweiß, und die Brille mußte wohl neu sein; sie hielt nämlich ohne Tesafilm zusammen. Das Gesicht zeigte Sonnenbräune.

Andy lenkte den Wagen geschickt in eine Parklücke vor der Pizzeria. Das Ambiente war angenehm, und sie bestellten beide eine Pizza mit Sardellen und Oliven. Diana hatte ihr erstes Stück aufgegessen und Andy war bereits bei seinem dritten, als Diana ein vertrautes Gesicht erkannte. Jemand winkte ihr zu.

«Wer ist das?» fragte Andy.

«Äh ...» Miriam hatte sie erreicht, bevor Diana eine ungefährliche Antwort einfiel.

«Sie kommen also doch! Ich hab alle Kleider für Sie bereitgelegt.» Miriam blickte erwartungsvoll zu Andy, so daß Diana gar nichts anderes übrigblieb, als die beiden einander vorzustellen. Woher sie Miriam kannte, erwähnte sie nicht. Aber Andy spitzte bereits die Ohren.

«Wie wär's mit einer Tasse Kaffee?» schlug er vor und zog einen Stuhl heraus. «Sie arbeiten hier in der Stadt in einem Kaufhaus, Miriam?»

Die anschließende Erklärung war unvermeidlich. «Das ist ja faszinierend!» meinte Andy und mied demonstrativ Dianas Blick. «Hätten Sie etwas dagegen, wenn ich mitkomme?»

Als Miriam wieder fort war, drehte Andy sich betont langsam herum und fixierte Diana eindringlich.

«Ich werde Mr. Bellows anrufen», sagte Diana und floh.

Als sie zurückkehrte, hatte Andy auch ihre Pizza vertilgt. «Ihre Schuld», sagte er, als sie Einspruch erhob. «Essen Sie den Salat! Ist gesund. War er da?»

«Nein. Ich hab eine Nachricht hinterlassen, daß er zurückrufen soll.»

Danach blieb Andy still und wartete mit einer fast schon provozierenden Geduld, bis sie ihren Salat gegessen hatte. Anschließend gingen sie zu Fuß zum Museum, das nur einen Häuserblock entfernt war.

Die Frau an der Kasse verwies sie zwei Treppen höher, wo sie Miriam beim Sichten einer großen Plastiktüte antrafen. «Das hier ist leider eine typische Spende», sagte sie und hob eine löchrige karierte Kattunschürze hoch. «Was soll ich damit anfangen?»

«Als Staublappen verwenden», schlug Andy mit einem bedeutungsvollen Blick auf den Raum vor. Die Wandregale quollen über mit Schachteln, Pappkartons und Sachen, die in vergilbtes Zeitungspapier eingewickelt waren.

«Ein heilloses Durcheinander, nicht wahr?» seufzte Miriam. «Sie hätten aber mal sehen sollen, wie es hier aussah, als ich angefangen habe. Ich tu, was ich kann. Aber mit dem Stück hier werde ich meine Zeit nicht vergeuden.» Sie stopfte die Schürze wieder in den Sack und warf ihn in eine Ecke. «Ich würd's ja zurückweisen, aber es kam von einer unserer ‹besten Familien›, und die wären beleidigt, wenn man ihre Gaben ablehnt. Hier, das sind Marthas Sachen.»

Miriam hob den Deckel von einer länglichen grauen Schachtel, die penetrant nach Mottenkugeln roch, und nahm das oberste Kleidungsstück heraus.

Unterröcke aus Leinen und wattiertem Satin, mit Spitzen und Rüschen besetzte Baumwollhemden, ein Korsett aus blauer moirierter Seide... Die Weißwäsche war längst nicht mehr weiß; der Stoff hatte sich zu einem cremigen Gelb verfärbt.

«Und Sie sind sicher, daß diese Sachen einer neunzehnjährigen Frau gehört haben?» fragte Andy, der eins von den Hemden hochhielt.

«Die Menschen waren früher kleiner», erläuterte Miriam. Sie

hielt das Korsett hoch. «Schauen Sie, wie winzig ihre Taille gewesen sein muß!»

Das Paradestück war ein Hochzeitskleid, das Miriam aus einem angrenzenden Zimmer holte. Das Kleid lag sorgsam gefaltet in einer Schachtel; dazugelegte Rollen aus Seidenpapier verhinderten Faltenbildung. Miriam hielt es hoch, und Diana staunte: In dem weiten Rock waren mindestens zwölf Meter Satin verarbeitet; der Besatz mit gerüschten Puffen und Fältchen war aus dem gleichen Stoff.

«Ist nie getragen worden. Wird nie getragen werden. Irgendwie traurig, nicht wahr», meinte Miriam fröhlich.

Andy machte ein nachdenkliches Gesicht.

Sie bedankten sich zum Abschied und sahen sich auf dem Weg hinaus noch, wie Miriam ihnen empfohlen hatte, die Exponate des Museums an. Den rosengewebten Stoff entdeckte Andy sofort. «Aha! Marthas Lieblingsblume!»

Diana rümpfte die Nase. «Solche Blumenmotive waren damals sehr beliebt. Und wenn Sie meine Meinung hören wollen – die dort sehen mehr wie Pfingstrosen aus.»

«Es sind hundertblättrige Rosen.»

«Was wissen denn Sie über Damenmoden?»

«Ich werde doch wohl noch eine Rose erkennen!» Er musterte Diana kurz aus den Augenwinkeln. «Ein Gefühl von déjà-vu? Läuft es Ihnen kalt den Rücken hinunter?»

«Überhaupt nicht. Ich bin ganz ruhig.»

«Würden Sie es mir offen sagen, wenn es nicht so wäre? Genug davon. Kommen Sie – ich lade Sie zu einem Kaffee ein. Wir haben noch eine ganze Stunde Zeit totzuschlagen.»

Diana lehnte ab, und so verbrachten sie die Zeit vor der Bibliothek im Wagen sitzend. Sie ging nicht auf seine Versuche zu einem Gespräch über alte Kleider, Rosen und Martha Fairweather ein. Andy begann sich zu langweilen und streckte die Arme nach hinten. «Ein paar gute Bücher gekauft?» wollte er wissen und zog die braune Papiertasche mit Dianas literarischen Einkäufen bei Pearl hoch.

«Das dürfte Sie kaum interessieren. Ich habe sie nur gekauft, weil sie früher Miss Musser gehörten. Sie war mit der Autorin befreundet.»

«Hat sie wirklich so geheißen? Amelie Duprez?» fragte Andy ungläubig.

«Das war ihr Künstlernahme. In Wirklichkeit hieß sie Ida Maude Soundso.»

Andy schlug einen Roman aufs Geratewohl auf und begann zu lachen. «Wenn ich das nächste Mal über die literarische Qualität der Bestseller von heute lästere, sollten Sie mich daran erinnern, daß es früher einmal eine Schriftstellerin gegeben hat, die folgenden Satz schrieb: ‹O Gott im Himmel, das darf nicht sein! Soll er, den sie über alles liebt, sie wegen dieser scheußlichen Tat verachten und verabscheuen, aber o Gott, rette ihn um jeden Preis!› Ich nehme an, daß die Fotoalben nicht gar so peinlich sind.»

Sie mochten vielleicht ästhetisch weniger peinlich sein, hatten jedoch ihr eigenes Pathos. Alle die Gesichter, die einmal namentlich bekannt und geliebt – oder gehaßt – und inzwischen völlig anonym waren, weil sie im Lauf der Zeit ihre Identität verloren hatten! Und all die Kleider, die liebevoll wegen ihres modischen Schnitts ausgesucht worden waren!

«Das da muß aus den späten zwanziger Jahren stammen», meinte Diana. «Die Zeit der Emanzipation. Da hat man solche kurzen, formlosen Kleider getragen.»

«Genau. Und die Leute sitzen in einem Packard Baujahr 1928.» Andy schaute angestrengt auf das verblaßte Foto; sein Gesicht strahlte. «Was für ein Wagen! Und wer ist der alte Sportsmann am Steuer?»

«Er sitzt neben Miss Musser. Es muß also wohl ihr Vater sein.»

«Vielleicht auch ihr Freund. Oder wie hätte *sie* ihn damals genannt – ihren Beau?»

«Dafür ist der Mann zu alt. Er hat ja schlohweiße Haare.»

Als Mary Jo endlich kam, legte Andy das Album auf den

Hintersitz. «Zum Kochen ist es heute abend viel zu heiß», sagte er nach einem flüchtigen Blick auf Mary Jos müdes Gesicht. «Wir kaufen uns etwas zum Mitnehmen. Chinesisch?»

«Diana mag die chinesische Küche nicht.»

Diana lachte. «Und ich hatte mir eingebildet, meine Abneigung gut überspielt zu haben.»

«Ziemlich gut», räumte Mary Jo ein. «Was hieltet ihr von kaltem Braten und Salat? Ich könnte –»

«Sie werden heut abend einmal gar nichts machen.» Andy schleuste sich in den Verkehr ein. «Ich kenne da ein Delika...»

Während der Heimfahrt unterhielt Andy Mary Jo mit einer Schilderung seiner Begegnung mit Dessous aus dem achtzehnten Jahrhundert.

«Ich frage mich», sagte Mary Jo, «ob Emily weiß, daß die Historical Society im Besitz solcher Kleider ist. Die würde sie bestimmt gern erwerben.»

«Gut möglich», sagte Andy. «Es ist ihr bisher noch nicht gelungen, etwas aufzustöbern, das den Fairweathers gehörte. Außer...»

«Den Grabsteinen.» Mary Jo wußte nichts von dem Grund, warum er seinen Satz nicht zu Ende gesprochen hatte. «Habt ihr schon überlegt, was ihr mit ihnen machen wollt?»

Sie unterhielten sich über die Gestaltung des Gartens bis zur Ankunft daheim.

Was Diana dort als erstes auffiel, war die Stille. Kein Motorengebrumm, kein dumpfes Stoßen von Steinen, keine Stimmen. Die Arbeiter waren fort. Nur Walter arbeitete noch; er streute Mulch um die neu gesetzten Pflanzen. Sein nackter Oberkörper glänzte vor Schweiß.

«Um Gottes willen, jetzt aber Schluß mit dem Märtyrerspielen!» sagte Andy schroff. «Wir haben bestimmt über dreißig Grad Hitze!»

«Ich bin gleich fertig.» Walter wischte sich eine nasse braune Locke aus dem Gesicht. «Hab die Jungs heute ein bißchen früher nach Hause geschickt. Hab sie in letzter Zeit ziemlich strapaziert.»

«Sich selber aber auch», meinte Diana. «Machen Sie Schluß für heute, Walter. Vielleicht gibt's heute abend einen guten Film. Sie haben sich wirklich einen freien Abend verdient.»

«Ich will nur noch das Mulchen des Bodens zu Ende bringen. Wie sieht's aus?»

«Wie ein Beweis für Hingabe, Edelmut, harte Arbeit und Dickköpfigkeit deinerseits», erwiderte Andy rasch, bevor Diana auf die Frage antworten konnte.

Er stapfte ins Haus zurück und knallte die Tür hinter sich zu. Walter sah Diana an. Statt des erwarteten Zorns bemerkte sie einen Ausdruck von Belustigung in seinen Augen. «Der arme Andy! So leicht durchschaubar! Sieht doch gut aus, nicht wahr?»

Alles sah gut aus, auch Walter – er hätte für die Statue eines griechischen Athleten Modell stehen können. Diana sprach ihm ihre Bewunderung aus – für den Garten, nicht für den Gärtner – und ließ ihn allein.

Andy trank ein Bier und stierte den Anrufbeantworter an. «Ich hab ihn nicht einschalten wollen, bevor Sie mithören konnten. Dachte, Sie wären eventuell neugierig zu erfahren, ob Ihr lahmer Profi was entdeckt hat.»

Diana hielt es nicht für nötig, sich nach dem Grund seiner schlechten Laune zu erkundigen. Sie zuckte mit den Achseln und schaltete den Anrufbeantworter an.

Es gab zwei Mitteilungen von Bellows: die erste, bevor er ihre Nachricht erhalten hatte, die zweite danach. Die erste war im vorsichtig umschreibenden Berufsjargon formuliert: Das ‹zu beobachtende Subjekt› hatte das fragliche Individuum weder angesprochen, noch war es von ihm angesprochen worden. Das gleiche Individuum war nicht an den Ort zurückgekehrt, der früher entdeckt worden war. Weitere Ermittlungen in verschiedene Richtungen wären im Gange.

Die zweite Mitteilung war wesentlich ermutigender. «Ich

glaube, daß ich eine Spur gefunden haben könnte», hob Bellows an. «Ich hab das nicht früher erwähnen wollen, weil ich Ihnen keine falschen Hoffnungen machen will und weil wir uns noch im Anfangsstadium befinden; aber Sie klangen bei Ihrem Anruf irgendwie verärgert, und deshalb ... Vielleicht weiß ich heute am späten Abend oder morgen in aller Frühe mehr. Ich werde anrufen, sobald ich zusätzliche Informationen habe.»

«Heute am späten Abend oder morgen in aller Frühe», wiederholte Andy, der seine schlechte Laune schon vergessen hatte. «Ich frage mich, was er gefunden hat. Aber seht, es gibt noch zwei weitere Mitteilungen. Ich hab die Blinker gezählt.»

Bei der nächsten Nachricht schwand das Lächeln aus seinem Gesicht. Sie zog sich über eine Weile hin, ließ sich jedoch in drei Wörtern zusammenfassen: «Sie sind gefeuert!» Walter, der auf dem Weg zu seinem Zimmer durch die Küche kam, hörte nur den letzten Teil und grinste Diana zu, war allerdings so klug, nicht stehenzubleiben oder einen Kommentar abzugeben.

«Woher hat er bloß die Nummer?» murmelte Andy. «Zum Teufel! Ich hatte ihm kündigen wollen, bevor er mich feuert. Das Miststück. Für wen hält er sich eigentlich? So zu reden, obwohl eine Dame, nicht zu vergessen meine alte Mama zufällig mithören könnte?»

«Psssch.»

Die nächste Stimme war die von Dianas Vater. «Ich nehme an, daß du Bellows' Mitteilung inzwischen erhalten hast. Er sagte, daß er dich anrufen würde. Ich komme morgen rüber, um die neuesten Entwicklungen mit ihm durchzusprechen. Ich hielte es für nützlich, wenn du Zeit für ein Gespräch mit mir erübrigen könntest. Ich dürfte gegen Mittag eintreffen. Bitte ruf zurück, um mir mitzuteilen, wann es dir recht wäre. Falls du meine Gesellschaft so lang ertragen kannst, würde ich dich gern mittags oder abends zum Essen einladen.»

Klick.

Mary Jo war leise ins Zimmer gekommen, während er sprach. «Er klingt irgendwie traurig.»

«Traurig? Der?» prustete Andy. «Der versucht doch bloß, ihr Mitleid zu wecken. Und er schafft's.»

«Ach, er sagt und tut nie etwas ohne Berechnung», meinte Diana müde. «Aber vielleicht habe ich ihm unrecht getan. Ihr seht doch, welche Mühe er sich jetzt gibt – innerhalb von ein paar Tagen zwei Reisen hierher! Er bemüht sich jedenfalls, da kann ich ihm wenigstens auf halbem Wege entgegenkommen.»

Mary Jo nickte zustimmend. Andy wirkte skeptisch, wartete jedoch, bis sie gewählt und ihre Zustimmung zu dem vorgeschlagenen Treffen auf Band gesprochen hatte, bevor er sich äußerte. «Ehrlich, diese Sache ist noch ermutigender als Bellows' zweite Mitteilung. Ob er sich nun Mühe gibt oder nicht – ohne guten Grund würde er diese Fahrt kein zweites Mal machen. Es wäre übrigens durchaus denkbar, daß Bellows ihm mehr gesagt hat als Ihnen.»

Mary Jo, die beide Nachrichten auf dem Anrufbeantworter nicht mitgehört hatte, mußte extra informiert werden; als Walter nach unten kam, auch er. «Das sind die ersten wirklich guten Nachrichten», sagte Mary Jo und versuchte, dabei nicht allzu hoffnungsvoll auszusehen.

Es wurde am Ende ein angenehmer Abend, weil jeder sich angestrengt von der besten Seite zu zeigen bemühte. Andy stöberte in der Videokassetten-Sammlung seiner Mutter, die hauptsächlich aus Slapstick-Komödien und schönen, alten Filmklassikern bestand; sie schauten nicht einen Film an, sondern zwei, aßen Popcorn und versuchten die Katzen von der Schüssel fernzuhalten.

Als Diana sich anschickte, Mary Jo nach oben zu folgen, zog Andy sie zur Seite. «Haben Sie gestern abend eine Schlaftablette genommen?» wollte er wissen.

«Das geht Sie nichts an.»

«Nehmen Sie keine. Bitte.»

Sie löste den Arm aus seinem Griff. «Mein Gott, Andy, ich habe mich richtig wohl gefühlt, bis Sie mich erinnert haben. Scheren Sie sich zum Teufel oder ins Bett!»

Es war kühler geworden. Die Luft war aber noch immer stickig und unheimlich still. Diana war müde genug, um einzuschlafen ... doch um ganz sicherzugehen ...

In der Finsternis konnte sie sie nicht erkennen, sah nur dunkle Gestalten. Sie kämpften miteinander, es war ein mörderisch wilder Kampf in einer tödlichen Stille, die nur von Keuchen und schmerzvollem Stöhnen und vom schweren, dumpfen Aufprall von Schlägen unterbrochen wurde. Sie wußte, daß es ein Traum war. Sie wollte sich bewegen, doch ihr war, als ob die Füße am Boden festklebten. Sie wollte schreien, ihnen zurufen, daß sie aufhören sollten. Sie konnte keinen Laut von sich geben. Dann wankte eine der gesichtslosen Gestalten rückwärts, stürzte und blieb still am Boden liegen.

Mit der Kraft von Wasser, das einen Damm durchbricht, platzte der Schrei aus ihr heraus. Das Gras unter ihren nackten Füßen war kühl und feucht. Über dem Rasen schwebte ein weißes Nebeltuch. Eine dünne Wolkenschicht ließ die Konturen des Mondes verschwimmen. Sie träumte keineswegs. Sie war hellwach – und sie waren wirklich dort, ein Mann lag bewegungslos auf dem Boden, der andere stand über ihn gebeugt, wie wenn er von neuem zuschlagen wollte.

Er wirbelte herum, als er ihre Stimme hörte, und fing sie auf, nicht wie in einer Umarmung, sondern mit einem fest zupackenden Griff. Im bleichen Licht des Mondes traten seine Züge deutlich hervor, aber sie hatte ihn bereits erkannt, und auch den Mann, den er niedergeschlagen hatte. Keiner von beiden war Larry. Der Mann, der sie in den Armen hielt, war Walter; der Mann, der still im Gras lag, war Andy.

18

Walter drückte ihr die Arme fest gegen die Seite. Diana trat um sich und traf mit der Zehe an ein hartes Schienbein. Sie kämpfte verzweifelt und konnte schließlich einen Arm befreien. Ihre Fingernägel fuhren ihm durchs Gesicht. Das tat weh. Er stieß einen Fluch aus und zog sie eng an sich heran, so daß ihr Arm zwischen beiden eingeklemmt war. Er war schrecklich stark; mit nur einem Arm hielt er sie fest, in einem Griff, den sie nicht zu lösen vermochte. Sie hielt den Atem an. Er mußte es gehört haben und erriet ihre Absicht; bevor sie schreien konnte, hielt er ihr mit seiner freien Hand den Mund zu.

Stell dich ohnmächtig, dachte sie. Laß dich fallen. Und wenn er es nicht erwartet...

Doch bevor sie dies ausführen konnte, hörte sie ihn sprechen, mit einer Stimme, die vor Anspannung tief und harsch klang. «Nicht schreien! Willst du etwa Mary Jo aufwecken?»

Das klang dermaßen unangemessen – aus dem Munde eines Verbrechers, der es auf irgendeine Form von Raubüberfall abgesehen hatte –, daß die Spannung tatsächlich von ihr abfiel – nicht aus Kalkül, sondern vor Überraschung. Er beugte sich über sie, wie wenn er ihre Gesichtszüge, die im Schatten lagen, besser zu erkennen versuchte: «Diana? Nun fall mir bloß nicht in Ohnmacht. Geht's dir besser? Hörst du mich?»

Seine Hand lag noch immer auf ihrem Mund. Als sie überlegte, wie sie ihm die Situation erklären könnte, vernahm sie eine andere Stimme, die dem ganzen Vorfall endgültig eine Aura von Unwirklichkeit verlieh.

«Du hast alles verdorben!» schimpfte Andy. «Ein Wunder, daß sie nicht ohnmächtig geworden ist – oder daß nichts noch Schlimmeres passiert ist. Weißt du denn nicht, wie gefährlich es ist, einen Schlafwandler aufzuwecken?»

Er lispelte. Als er groß hinter Walter auftauchte, sah Diana die dunklen Flecken um seinen Mund und verstand, weshalb seine Stimme so merkwürdig klang. Er entblößte seine Zähne und faßte einen oberen Schneidezahn vorsichtig mit Daumen und Zeigefinger: «Hast du ein Glück», sagte er undeutlich. «Ich hätte dir eine irre Zahnarztrechnung präsentiert, wenn du ihn mir ausgeschlagen hättest. Nimm die Hand von ihrem Mund! Und laß sie los! Du quetschst ihr ja die Luft aus den Lungen.»

Statt auf Andy zu hören, änderte Walter nur den Griff und hob Diana hoch. Ihr wurde schwindelig, sie war ganz verwirrt und klammerte sich an ihn. Die Umrisse der Bäume hinter der Wiese ragten dunkel in den mondhellen Himmel; die Luft war feucht und schwül. Was hatte sie bloß mitten in der Nacht barfuß auf der Wiese zu suchen? Und noch dazu nur mit einem dünnen Nachthemd bekleidet? Sie konnte sich nicht erinnern, wie sie hergekommen war.

«Schlafwandeln!» wiederholte Walter. «Und das soll ich glauben, wie? Und du bist ihr gefolgt, um zu verhindern, daß sie sich weh tut? Wie weit hättest du sie denn noch gehen lassen? Sie ist auf die Scheune zugesteuert –»

«Nein, ist sie nicht.» Andy rieb sich den Mund mit dem Handrücken. «Sie ist in die andere Richtung gegangen – auf den Rosengarten und den Fluß zu. Ich wollte sie gerade wieder in die Gegenrichtung umdrehen, als du mich angesprungen hast.»

«Ich hab dich für jemand anders gehalten.»

«Den Teufel hast du!»

Walter machte wortlos kehrt und begann zum Haus zurückzugehen. Diana, die plötzlich erkannte, wie weit sie, unbewußt und ohne etwas zu spüren, gelaufen war, erfaßte ein unkontrollierbares Zittern. Wirklich, über die obere Terrasse und dann die Treppe hinunter... Die Füße schmerzten.

Die hintere Tür stand offen. Die Küche lag im Dunkeln, doch über den frischgepflanzten Blumenbeeten breitete sich von der Außenbeleuchtung ein schwacher Schein. «Leg sie auf die Couch», sagte Andy, als er die Tür hinter sich schloß und Licht machte. «Ich hol ihr ein Glas Cognac.»

«Ich will aber keinen Cognac», murmelte Diana. Walter hatte sie auf die Couch gebettet. Ohne die Wärme seines Körpers war ihr auf einmal kalt.

«Mach Kaffee!» befahl Walter und legte einen Afghan um sie. «Du meine Güte! Sieh dir mal ihre Füße an! Sie muß auf Glasscherben getreten sein.»

Diana wehrte sich stöhnend, als Walter die Schnittwunden mit den Fingern abtastete. Über sein Gesicht huschte ein Lächeln der Erleichterung. «Quicklebendig!» sagte er zufrieden. «Jetzt alles in Ordnung?»

«Nein.»

Walter setzte sich auf den Rand der Couch. «Ich nehm an, daß du *tatsächlich* im Schlaf gelaufen bist.» Er nahm die Schale mit Wasser und den Lappen, die Andy ihm brachte, und reinigte Dianas Füße. «Du würdest doch sonst nicht mitten in der Nacht barfuß in der Gegend herumlaufen –»

«Sie würde unter keinen Umständen nachts in der Gegend herumlaufen, Punkt», erklärte Andy ungeduldig. «Was muß man denn noch machen, um dich zu überzeugen, du dickköpfiger Esel? Es war schon das zweite Mal. Gestern nacht habe ich sie dabei entdeckt, als sie die Hintertür in der Küche aufschließen wollte. Ich habe sie wieder ins Bett gebracht, ohne sie zu wecken, genau so wie man's machen sollte. Aber heute nacht muß ich wohl eingeschlafen sein. Ich hab sie erst gehört, als sie die Küchentür öffnete. Mein Zimmer liegt genau drüber.»

«Letzte Nacht auch schon?» Diana richtete sich mit großen Augen auf. «Warum hast du mir nichts gesagt?»

«Weil... äh.» Andy rieb sich die Wange. «Weil ich den Macho und Beschützer spielte. Tut mir leid. Ich hätt's dir sagen sollen.»

«Und mir auch.» Walter stand auf und trug die Schüssel zum Spülbecken. «Da hättest du dir ein paar Schmerzen erspart, Kumpel. Ich konnte nicht schlafen und hab in der Bibliothek aus dem Fenster geschaut und den Schein von deiner Taschenlampe gesehen. Da hab ich natürlich gedacht... du weißt schon was.»

Er drehte sich um und stemmte die Hände auf den Tisch. Andy war nicht kampflos zu Boden gegangen; ein Auge Walters begann zu schwellen, und sein Unterkiefer zeigte rote Flecken. Aber die blutigen Kratzer auf der Wange, dachte Diana, die verdankt er mir. «Ich weiß gar nicht, wie ich Mary Jo die Beulen und Schrammen erklären soll», sagte sie.

Die beiden Kämpfer musterten sich nachdenklich. «Wir werden ihr die Wahrheit sagen», erklärte Andy seufzend. «Schluß mit dem Mist, Leute zu schonen! Das ist nur beleidigend und gefährlich obendrein. Von jetzt an werden wir die Wahrheit und nichts als die Wahrheit sagen.»

«Das habe *ich* immer getan», sagte Walter mit zusammengekniffenen Augen. «Was hast du mir denn sonst noch an kleinen Überraschungen verheimlicht, Andy?»

«Also...»

«Ist der Kaffee fertig?» fragte Diana. Sie wußte, was Andy sagen wollte; und sie glaubte nicht, daß Walter darauf vorbereitet war. Sie war selber nicht in der Verfassung, es zu hören; sie war physisch und psychisch total erschöpft.»

Walter merkte es; Andy nicht. «Bist du auch wirklich sicher, daß du einen Kaffee möchtest? Was *du* jetzt brauchst, ist eine Nacht Schlaf.»

«Der Kaffee wird mich bestimmt nicht am Einschlafen hindern», entgegnete Diana ironisch.

«Okay, eine Tasse. Und danach ab ins Bett.» Er setzte sich neben sie und hielt die Tasse. «Ich hab irgendwo mal gelesen, daß es so etwas wie Schlafwandeln gibt. Aber miterlebt hatte ich es bis jetzt noch nie. Kannst du dich an irgend etwas erinnern? Du hast dort draußen nicht zufällig ein Geräusch gehört oder etwas gesehen?»

«Überhaupt nichts.» Sie fing Andys wachsamen Blick auf. Er hatte Grund gehabt, Ehrlichkeit zu empfehlen. Vielleicht könnte sie es riskieren, wenigstens einen Teil der Wahrheit auszusprechen. Es war schließlich nicht abnormal oder übersinnlich, einen bösen Traum zu haben. «Ich hab die ganze Zeit über fest geschlafen. Ich habe von Menschen geträumt, die miteinander kämpften. Wer sie waren, konnte ich aber nicht erkennen. Es war dunkel.»

«Das ist kein Traum gewesen», sagte Walter.

«Zum Teil schon. Angefangen hat alles ganz woanders. Ich kann mich nicht mehr erinnern...»

«Versuch's.» Andy beugte sich über sie. Sein Gesicht war gespannt. «Wo? Du warst auf dem Weg nach –»

«Auch das noch!» Walter nahm Diana die Tasse aus der Hand und stellte sie auf den Tisch. «Eine Traumanalyse! Dabei ist sie so müde, daß sie da auf der Stelle einschlafen könnte.»

Er hob sie mitsamt dem Afghan hoch. Diana protestierte, aber Walter trug sie nach oben wie ein Kind. Sein Körper war so angenehm warm... Sie war schon halb eingeschlafen, als er sie aufs Bett legte und mit großen, zarten Händen die Decken feststeckte.

Die Küchentür stand offen. Beim Näherkommen hörte Diana Stimmen. Walter und Andy mußten auch verschlafen haben, denn Mary Jo hatte offenbar gerade erst mit ihrer Standpauke angefangen.

«Wie zwei unartige kleine Jungs! Sie da im Nachthemd stehen zu lassen, während ihr euch sinnlos rumprügelt! Sie hätte sich den Tod holen können, ganz zu schweigen...»

Sie brach ab, als sie Diana bemerkte, und lief auf sie zu. «Wie geht's dir? Setz dich. Ich mach dir Frühstück. Du hättest mich wecken sollen. Laß mich mal deine Füße sehen. Walter sagt, daß du dich wirklich schlimm geschnitten hast. Ich nehme nicht an, daß er dir die Schnittwunden gewaschen und verbunden hat. Wann hast du deine letzte Tetanus-Impfung bekommen?»

Bevor Diana auch nur ein Wort hervorbringen konnte, hatte Mary Jo sie auf einen Stuhl gedrückt und ihr die Sandalen ausgezogen.

«Er konnte doch gar nicht mehr machen, als mir den Schmutz abwaschen. Ich bin ja sofort eingeschlafen», widersprach Diana gähnend. «Nun mach kein Theater, Mary Jo! Ich bin schließlich in besserer Verfassung als die beiden.»

Walters Auge war leicht geschwollen, ebenso die Unterlippe von Andy. Die schlimmsten Wunden stammten von ihr: Walter hatte breite Kratzer von Wangenknochen bis Unterkiefer.

«Geschieht ihnen ganz recht», meinte Mary Jo. «So sind die Männer! Haben für jedes Problem immer nur eine Lösung: jemand schlagen.»

Sie bestand darauf, Dianas Füße mit einem Antiseptikum zu bepinseln und Hansaplast drüberzukleben. Als sie sich mit der Flasche Walter zuwandte, wich der mit hocherhobenen Armen zurück. «O nein, kommt gar nicht in Frage. Kein Mercurochrome! Das benützt doch heut keiner mehr! Du willst bloß, daß ich ausseh wie ein Volltrottel.»

«Das bist du doch sowieso.» Mary Jo setzte sich plötzlich hin. Sie verzog das Gesicht. «Ich versteh euch nicht. Sich wie kleine Rotznasen prügeln und dann noch Witze drüber machen. Kapiert ihr denn nicht, was ihr hätte zustoßen können?»

«Sie hätte schlimmstenfalls hinfallen oder gegen einen Baum rennen können», entgegnete Andy. «In dieser Gegend kann man ja nicht von Felsklippen in den Abgrund stürzen.»

Der Versuch, Mary Jo zu beruhigen, mißlang. «Was meinst du mit ‹schlimmstenfalls›? Er läuft draußen noch immer frei herum – Larry –»

«Er war aber nicht da.» Walter runzelte die Stirn. «Mein Gott, er kann doch nicht überall gleichzeitig sein. Wenn man dich so hört, müßte man ihn fast für einen übermenschlichen Comic-Bösewicht halten. Das ist er nun wirklich nicht. Er ist nicht mal besonders gescheit. Wir trauen ihm mehr Intelligenz und sehr viel mehr Schneid zu, als er hat. Ich hab diese Sache mit Larry satt. Ich denk gar nicht dran, mir von ihm noch länger Angst einjagen zu lassen.»

Andy machte große Augen. Er starrte Walter an, sagte aber nichts.

«Dreimal hoch!» sagte Mary Jo unbeeindruckt. «Wenn du damit fertig bist, den großen, starken Mann zu spielen, könntest du Diana Toast machen.»

«So sind die Frauen», schimpfte Walter. «Sie haben für alle Probleme immer nur eine Lösung – jemand füttern.» Er warf Andy einen fragenden Blick zu, und bevor Mary Jo etwas sagen konnte, fuhr er auf Andys zustimmendes Nicken hin fort: «Hätte gestern abend nicht der Detektiv anrufen sollen?»

«Gestern abend oder heute gleich in der Früh», sagte Diana. «Ich würde gern wissen, was der unter ‹früh› versteht. Es ist schon nach neun.»

«Ruf ihn an», schlug Andy vor.

«Wozu? Er hat doch versprochen, uns zu benachrichtigen, sobald er eine Neuigkeit hat. Ich fürchte, daß in diesem Fall ‹keine Nachrichten› schlechte Nachrichten bedeuten.»

Sie saßen noch alle am Tisch, als das Telefon läutete. Andy sprang sofort auf, doch Diana war schneller. «Ja? Jawohl, Mr. Bellows. Wir haben schon auf Ihren Anruf gewartet.»

Er sprach so schnell und dringlich, daß sie gar nichts entgegnen konnte, bis sie zum Schluß sagte: «Ich verstehe. Doch, alles. Ja natürlich. Nein. Nein, werde ich nicht. Danke.»

Sie legte den Hörer auf und drehte sich zu den andern um. Der Blick, der sie aus drei Augenpaaren traf, war wie ein Schlag mit dem Hammer.

«Man hat ihn gefunden», sagte Diana. «Mary Jo – er ist ...»

«Tot?»

«Ja. Man spricht von Selbstmord. Man hat einen Brief bei ihm gefunden.»

Mary Jo nickte. Sie war eine Spur blasser geworden, doch ihr Gesicht blieb ruhig.

«Das ist noch nicht alles», sagte Andy mit gespanntem Blick.

«Was noch?»

Erstaunlich, überlegte sie, wie radikal ein einziger kurzer Satz die Wahrnehmung verändern konnte. Sogar die Gesichter wirkten anders – Andy auf einmal verschlagen und berechnend statt gutmütig. Walter hart und feindselig statt stark. Mary Jo...

«Er ist schon eine Weile tot», sagte sie. «Mindestens seit drei Tagen.»

Bellows hatte verlangt, daß Diana das Haus verließ. «Sie begreifen, was das bedeutet?» hatte er gefragt und es ihr dann erklärt. Wenn Larry – und daran gab es kaum mehr Zweifel – seit drei Tagen tot war, dann konnte nicht er es gewesen sein, der Brads Armbanduhr vor das Haus gelegt hatte.

«Für dieses Detail bieten sich verschiedene harmlose Erklärungen an», fuhr Bellows fort. «Es gibt allerdings noch eine andere Möglichkeit, die gar nicht so harmlos ist. Ich halte sie nicht für wahrscheinlich, man kann sie aber zur Zeit nicht gänzlich ausschließen. Und deshalb sollten Sie kein Risiko eingehen. Falls sie unbedingt dort bleiben wollen, dann seien Sie wenigstens vorsichtig und achten Sie auf Ihre Worte.»

Die Warnung war unnötig. Sie erinnerte sich an all die Verdachtsmomente, die ihr in den Sinn gekommen waren, bevor Larry sich als eindeutiger, passender Verdächtiger aufdrängte. Sie mußte innerlich hart dagegen ankämpfen, damit es den anderen verborgen blieb.

Sie war sich nicht sicher, daß es ihr gelang. Denn was das bedeuten konnte, lag, wie sie sich eingestehen mußte, für die andern schließlich nicht weniger offen auf der Hand als für sie und Bellows auch. Andy schaute sie unentwegt mit einem eigenartigen Ausdruck an; Walter mied ihren Blick. Einzig Mary Jo verhielt sich ganz natürlich – soweit das unter Schock möglich war.

«Ich kann es nicht glauben», wiederholte sie immer wieder. «Weiß er es genau? Ist es wirklich wahr?»

Am Ende sagte Walter unverblümt: «Warum kannst du es nicht glauben? Hast du Angst, daß – oder willst du es nicht glauben?»

Die Farbe kehrte in Mary Jos Gesicht zurück. «Ich trauere nicht um ihn, wenn du das meinst. Ich bin nur traurig, weil – weil ich überhaupt kein Gefühl von Trauer spüre.»

Diana hielt ihre Hand und kam sich hilflos und nutzlos vor, weil sie keinen besseren Trost zu bieten vermochte. «Jede andere Reaktion deinerseits wäre töricht, Mary Jo. Der Druck ist weg. Darauf mußt du dich jetzt konzentrieren. Der ganze Spuk ist nun zu Ende.»

Andys Stuhl quietschte. Er änderte seine Stellung. Er sprach so leise, daß Diana ihn kaum hörte. «Wirklich?»

«Selbstmord», sagte der Sheriff rundweg. «Da gibt's keinen Zweifel.»

Der Streifenwagen war kurz nach Bellows' Anruf eingetroffen. Diana reagierte säuerlich amüsiert, daß gewisse Konventionen noch immer eingehalten wurden; der Sheriff wurde von einer nervösen, jungen Polizeibeamtin begleitet, die vermutlich den Hinterbliebenen Trost spenden sollte...

Der Sheriff war sichtlich verärgert, daß er nicht der erste war, der die Nachricht bekanntgab, doch erfreut, daß sie über die nackten Tatsachen hinaus nur wenig wußten. «Jawohl», wiederholte er. «Er hat einen Brief hinterlassen. Sagt, es täte ihm leid, er hätt's nicht mit Absicht getan.»

«Was getan?» fragte Andy.

«Also – ähm – den Jungen umzubringen, was denn sonst?»

«Hätte ja auch sein können, daß ihm leid tat, was er seiner Frau angetan hat», meinte Andy.

«Das wäre aber das erstemal gewesen. Hat ihm vorher nie leid getan.» Der Sheriff warf einen Blick auf Mary Jo, und wandte sich dann Diana zu. «Nicht, daß wir je den Verdacht hatten, er könnte einen Mord begangen haben. Tja, wenn Sie sich an uns gewandt hätten, Ma'm, statt zu –»

«Sie hätten ihr doch nie geglaubt», unterbrach Walter.

«Der Sheriff hat recht», sagte Diana, obwohl sie Walter dankbar war, daß er ihr zu Hilfe gekommen war. «Das hätte ich vielleicht wirklich tun sollen.»

«Na schön, ist ja schließlich alles gutgegangen», erklärte der Sheriff, ohne sich seiner Taktlosigkeit auch nur im geringsten bewußt zu werden. «Und, wenn Sie gestatten, Ma'am – der Privatdetektiv, den Sie angeheuert haben, war einen feuchten Dreck wert. Zu dem Fund ist es nur aufgrund reiner, routinemäßiger Polizeiarbeit gekommen.»

Die Unrichtigkeit dieser Behauptung trat im Verlauf seines weiteren Berichts deutlich zutage. Diana war davon überzeugt, daß Larrys Kumpel die Existenz dieser seit langem leerstehenden Hütte der Polizei nie verraten hätte; es hatte Bellows' Überredungskunst und der Aussicht auf Belohnung bedurft, um ihm die Information zu entlocken. Und nach der Durchsuchung der Hütte hätten die Indizien für einen kürzlichen Aufenthalt Larrys den Sheriff sicher nicht dazu bewogen, die Wälder von einem so starken Polizeitrupp durchkämmen zu lassen, wenn Larry da nicht bereits des Mordes verdächtigt worden wäre.

Mary Jo bestand darauf, sämtliche Details zu erfahren – was der Sheriff mit dem größten Vergnügen tat. «Er lag fünfzehn Meter von der Hütte entfernt unter einem Baum, neben ihm eine leere Flasche Whisky. Er wird die dreiviertel Liter ausgetrunken haben; hätte ich auch getan, wenn ich vorgehabt hätte, mir eine Kugel durch den Kopf zu jagen. Hätte wohl auch ein Unfall gewesen sein können, da gab es dann aber noch den Brief, den er auf dem Tisch der Hütte hinterlassen hatte. Er hat seine eigene Pistole benutzt – aus beiden Läufen, direkt in –»

Es war Diana, die Einspruch erhob, nicht Mary Jo. «Das bedeutet also einen geschlossenen Sarg», erklärte sie. «Wann werden Sie die Leiche freigeben?»

«Eventuell schon morgen, spätestens übermorgen. Die Formalitäten nehmen eine gewisse Zeit in Anspruch. Da ist zum Beispiel die offizielle Identifizierung.»

Dianas entsetzte Einwände nutzten weder beim Sheriff noch bei Mary Jo. «Irgend jemand muß es machen und sich auch um die Beerdigung kümmern. Larrys Tante Bertha ist so geizig, daß sie für die eigenen Kinder nur Sachen im Pfandhaus kauft. Und sie hat Larry noch nie ausstehen können.»

«Ich komm mit», sagte Diana.

«Kannst du doch gar nicht. Dein Vater wird bald eintreffen. Mach dir um mich keine Sorgen. Ich hab schon Schlimmeres erlebt und Schlimmeres gesehen.»

«Mein Vater ist er ja nicht», verkündete Andy. «Ich begleite Mary Jo, wenn niemand was dagegen hat.»

Walter sagte kein Wort. Er ging einfach fort.

Es war ein komisches Gefühl für Diana, allein im Haus zu sein in dem Bewußtsein, daß sie nach draußen gehen konnte, wann immer sie dazu Lust hatte – den Rosengarten aufzusuchen, über die Wiese zu wandern –, ohne befürchten zu müssen, sie könnte jeden Moment angegriffen werden. Doch Diana zögerte, die Geborgenheit des Hauses zu verlassen, obwohl sie vor innerer Unruhe nicht stillzusitzen vermochte und ihr vor Nervosität die Haut juckte. Für Mary Jo war die Qual zu Ende. Für sie nicht.

Bei einem Wettbewerb für besonders große Geschicklichkeit ins Fettnäpfchen zu treten, hätte der Sheriff Chancen auf den ersten Platz gehabt. «Wirklich schade, daß Larry es nicht für nötig hielt zu erwähnen, wo er die Leiche Ihres Bruders verbuddelt hat. Aber keine Sorge, Ma'am, die muß früher oder später auftauchen. Kinder, die im Wald herumsuchen, oder Hunde –»

Bevor er weitersprechen konnte, hatte Andy ihn aus dem Raum geschoben.

«Später» klang wahrscheinlicher als «früher»; aber «nie» war ebensogut möglich. Es hatte ein Jahrhundert plus minus fünfzig Jahre gedauert, bis die Gebeine unter dem Boden der Scheune entdeckt wurden.

Diana saß in der sonnigen Küche, mit Babys Kopf auf ihren Füßen, und mußte der Tatsache ins Auge blicken, daß Larrys Tod keine der Fragen beantwortete, die sie hergeführt hatten. Da blieben zu viele Imponderabilien. Es war durchaus möglich, daß sein Tod auf einen Unfall in trunkenem Zustand zurückging und der Brief eine unvollendete Bitte um Vergebung und Verständnis darstellte. «Hinterher hat es ihm immer leid getan», hatte Mary Jo ihr einmal erzählt. Falls es wirklich so gewesen wäre, daß er den Mord an Brad gestehen und sich anschließend das Leben nehmen wollte – wieso hatte er ihnen dann nicht mitgeteilt, wo Brad begraben lag?

Weil er betrunken und irrational gewesen war und weil er, egal ob betrunken oder nüchtern, nicht der Typ von Mensch war, der sich um die Gefühle anderer kümmert. Das war ein Argument, das Diana akzeptieren konnte; so wie sie auch vernünftige Erklärungen für die übrigen Anomalien zu finden vermochte, die einen Schatten des Verdachts auf Larry warfen. Die Armbanduhr hätte er einem Freund oder einer Geliebten gegeben haben können mit der Erklärung, er hätte sie gefunden. Die Uhr war erst zurückgebracht worden, als schon bekannt war, daß Larry des Mordes an ihrem ursprünglichen Eigentümer verdächtigt wurde – als Larry bereits tot war. Der Person, die die Uhr besaß, war das jedoch möglicherweise nicht bekannt; sie war nur bestrebt gewesen, einen so belastenden Gegenstand loszuwerden. Und irgendein heimlicher Rest von Anstand hatte diese Person dann veranlaßt, das kostbare Stück zurückzugeben, statt es zu vernichten.

An diese Erklärung klammerte Diana sich mit aller Kraft und war doch nicht überzeugt von ihr. Larry eignete sich auf geradezu ideale Weise als Sündenbock; er wäre ja nicht einmal fähig gewesen, sich richtig zu verteidigen, wenn man ihn gefaßt und vor Gericht gestellt hätte. Warum also nicht noch einen Nagel in seinen Sarg hämmern, indem man dieses Beweisstück ablieferte? Larry *konnte* es gar nicht abgeliefert haben – aber das wußte zu dem Zeitpunkt niemand. Wie einfach wäre es für einen im Haus gewesen, die Haustür zu öffnen und die Papiertüte dort abzulegen! Und die Hunde hätten überhaupt nicht gebellt.

Sie saß immer noch am Tisch, als sie einen Wagen näher kommen hörte. Sie schaute erschrocken auf die Uhr. Er kam zu früh; aber nicht viel zu früh. Ihre Gedanken hatten sich nun schon eine ganze Stunde lang endlos im Kreis gedreht!

Sie eilte zur Haustür und konnte sie trotz aller Anstrengungen nicht öffnen – bis ihr plötzlich aufging, daß sie die Tür abgesperrt haben mußte. Aus reiner Gewohnheit? Oder insgeheim aus der Ahnung einer weiterhin bestehenden Gefahr, die sie sich nur nicht bewußt eingestehen wollte?

Das Gesicht ihres Vaters kam einem Lächeln so nah, wie das bei ihm überhaupt denkbar war. Er mußte die Neuigkeit also wohl erfahren haben. Als er Baby bemerkte, die sich eng an Dianas Seite drückte, wurde sein Gesicht sofort ernst.

«Um Himmels willen, was ist denn das?»

«Ach ja, ich hatte vergessen, Baby zu erwähnen.» Diana faßte den Bernhardiner am Halsband, bevor sie die Tür entriegelte. «Sie ist völlig harmlos. Tritt ein. Vielleicht kann ich sie dazu bewegen, nach draußen zu gehen.»

Baby wollte aber nicht ins Freie. Sie war – aus für Diana unerfindlichen Gründen – von dem Neuankömmling fasziniert. John Randall nahm das nasse Schnüffeln und die Ablagerung von unendlich viel Hundehaar auf seiner Hose gutmütiger hin, als Diana erwartet hätte. «Sie scheint eine gute Menschenkennerin zu sein», sagte er ernst. «Wir werden uns Gesellschaft leisten, während du dich umziehst. Ich weiß, ich bin ein wenig zu früh gekommen.»

Diana betrachtete sich in der Diele flüchtig im Spiegel. Die Bluse war sauber und frisch gebügelt, sie trug, statt der sonst üblichen Hose, einen Rock und keine schmutzigen Sportschuhe, sondern Sandalen. Das Haar hatte sie zu einem lockeren Knoten gedreht und mit einer Silberspange gesteckt. Sie hatte sich die Lippen geschminkt. Im Vergleich mit dem Bild, an das sie sich inzwischen gewöhnt hatte, machte sie einen höchst gepflegten Eindruck.

«Ich bin weder barfuß noch oben ohne», meinte sie. «Also, gehen wir.»

Sie fuhren zu einem Restaurant etwa dreißig Kilometer entfernt, das Dianas Vater auf der Anreise aufgefallen war.

«Solange wir nur nicht allzu weit fahren», sagte Diana. «Ich möchte zu Hause sein, wenn Mary Jo zurückkommt. Was sie jetzt durchstehen muß, ist furchtbar.»

«Ich habe den Eindruck, daß sie eine zähe Person ist, Diana. Du darfst nicht annehmen, daß solche Menschen genauso empfindsam sind wie du.»

«Mein Gott, Vater! Sie muß die Leiche ihres Ex-Mannes identifizieren ...»

«Du hast auch keine leichte Zeit gehabt.» Er deutete auf ihr Glas. «Trink etwas Wein und versuch, dich zu entspannen. Ich würde dich heute abend gern mit nach Hause nehmen. Je früher du von diesem Haus und seinen schmerzvollen Erinnerungen loskommst, desto besser.»

Diana schüttelte den Kopf. «Ich kann Mary Jo jetzt nicht im Stich lassen. Sie ist meine Freundin, Vater. Und ich habe Emily – Mrs. Nicholson – fest versprochen, daß ich bis zu ihrer Rückkehr bleibe. Und selbst wenn ich mich in diesem Punkt nicht verpflichtet fühlte – es wäre feige, mich einfach aus dem Staub zu machen, ohne ihr zu erklären, warum ich sie ausgenutzt habe, und ohne sie dafür um Verzeihung zu bitten.»

«Übertreibst du jetzt nicht ein wenig? Das alles ist doch verständlich – in Anbetracht der Belastung, unter der du gestanden hast», fügte er schnell hinzu. «Dein Verhalten mag töricht gewesen sein, strafbar ist es nicht. Außerdem sind die Ergebnisse unserer Nachforschungen dazu angetan, dein Vorgehen zu rechtfertigen. Du kennst diese Leute doch kaum. Warum kümmert es dich, was sie von dir denken?»

«Es sind nette Menschen», murmelte Diana. «Und es geht keineswegs nur darum, was sie von mir denken, Vater. Es geht auch darum, was ich selber von mir halte. Du hast immer gesagt, nichts sei so wichtig wie den eigenen Maßstäben gerecht zu werden.»

Er hob eine Augenbraue, um die Korrektheit des Einwands zu bestätigen.

«Also gut. Wieviel Zeit wirst du brauchen, um mit dir selbst zufrieden zu sein?»

«Ein paar Tage – eine Woche –»

«Das ist völlig absurd, Diana. Du hast auch noch andere Verpflichtungen – beispielsweise eine ausgezeichnete Stelle, die du durch eine längere Abwesenheit aufs Spiel setzen könntest. Ich habe Howard die Situation erläutert; er hat Verständnis gezeigt. Du darfst von ihm aber nicht verlangen, daß er dich auf unbestimmte Zeit vertritt. Es gibt Fälle ...»

Er brach ab. Der Ober brachte die Entrées. Diana hielt es nicht für den geeigneten Moment, ihm mitzuteilen, daß sie möglicherweise nie wieder zu der Kanzlei und ihrer «ausgezeichneten Stellung» zurückkehren würde, die sie vor allem ihm verdankte. Der Ober verließ den Tisch. Der Vater nahm den Blick nicht von dem gegrillten Fisch, während Diana erklärte: «Howard wird weiterhin Verständnis aufbringen müssen. Ich kann hier nicht einfach die Hand zum Gruß heben und der Sonne entgegenziehen.»

«Natürlich nicht, Diana. Aber du mußt dieses unglückliche Intermezzo baldmöglichst vergessen und an dich selbst denken. Es ist vorbei ...»

«Wie kannst du nur so etwas sagen?» Die wachsende Ungeduld in seiner Stimme machte sie wütend. «Wir *wissen* noch immer nichts, Vater! Ich bin auf der Suche nach Brad hergekommen. Ich habe ihn nicht gefunden. Und ich bin kein bißchen weiter als vor drei Wochen!»

«Bitte, sprich leiser. Die Leute schauen schon zu uns herüber.»

Er wartete, bis ihr Atem wieder ruhiger ging, bevor er fortfuhr: «Er ist tot. Kannst du *das* akzeptieren?»

«Ich ... Ja.»

«Damit hast du das Wichtigste herausgefunden. Und was das Finden von ... ihm betrifft – das wird bestimmt einmal geschehen. Ich beabsichtige ... Was ist?»

Früher oder später – Kinder oder Hunde ... Diana mußte sich zwingen, die gräßliche Vorstellung aus ihrem Bewußtsein zu verdrängen. «Nichts. *Was* beabsichtigst du?»

«Eine systematische Suche nach Brads Leiche zu veranlassen. Jetzt muß die Polizei aktiv werden, es liegt genügend Beweismaterial vor, um das zu rechtfertigen. Wir werden für die Suche zusätzlich Kräfte bemühen, wenn es ratsam scheint. Vielleicht wird in der Wohnung des Kerls etwas auftauchen, das uns einen konkreten Hinweis liefert. Möglicherweise hat er ja auch bei einem seiner Freunde große Sprüche geklopft, die uns weiterhelfen.»

Er aß mit großem Appetit. Diana stocherte auf ihrem Teller in den Krevetten herum. «Gut.»

Ihr Vater legte die Gabel hin. «Meine Liebe, ich gebe ja zu, daß das Essen hier scheußlich ist. Du solltest aber trotzdem etwas essen.»

Sein liebenswürdiger Ton war noch demoralisierender als Mißbilligung, und bei den nächsten Worten wurde sie völlig hilflos. «Wenn ich vorhin diktatorisch geklungen habe, dann nur deshalb, weil mir dein Glück am Herzen liegt. Du bist alles, was mir jetzt noch bleibt.»

Sie konnte ihn nur mehr anstarren. Tränen traten ihr in die Augen. Sie erwartete einen milden Vorwurf – es war ihm ein Greuel, in der Öffentlichkeit Gefühle zu zeigen –, doch er lächelte. «Abgedroschene Phrasen, ich weiß, aber in diesem Fall die schlichte Feststellung einer Tatsache. Es gibt in meinem Leben keine andere Frau, Diana. Niemand, der mir persönlich etwas bedeutet. Ich möchte bei dir nicht den gleichen Fehler machen, den ich Brad gegenüber begangen habe. Bleib bei den Nicholsons, solange du willst. Tu, was du für richtig hältst. Ich werde dich unterstützen, ganz gleich wofür du dich entscheidest...» Er hielt inne, dachte nach und fragte dann ängstlich: «Bist du... Du bist doch wohl nicht ernsthaft an dem jungen Mann interessiert, oder?»

«An welchem jungen Mann?» fragte Diana.

Er musterte sie einen Moment; dann lief ein Zucken über seinen Mund. «Das würde mich echt auf die Probe stellen, ob ich's ehrlich meine, nicht wahr? In Ordnung. Du hast gewonnen. Ganz egal, welcher von beiden. Ich werde ihn anstellen, akzeptieren, dich zum Altar führen. Im großen und ganzen wäre mir der kräftigere, schweigsame, mürrische Herr mit den Muskeln wahrscheinlich lieber als der geschwätzige junge Mann mit der Neigung zu auffälliger Herrenkleidung.»

Diana wischte sich lachend die letzten Tränenspuren vom Gesicht. «Du hast gemerkt, daß er sich über dich lustig machte, ja?»

«Natürlich. Ich fand's einigermaßen amüsant. Ich fürchte nur, daß es mir auf die Nerven gehen würde, wenn ich es zwanzig oder dreißig Jahre lang ertragen müßte.»

«Sei unbesorgt. Ich bin an keinem von beiden ernstlich interessiert. Das gleiche gilt auch umgekehrt.»

«Das zu glauben fällt mir schwer. Erzähl mir etwas von ihnen. Nicht, daß ich dir nicht glaube. Ich bin nur immer gern auf alle Eventualitäten vorbereitet.»

Die beiden interessierten ihn nicht wirklich; ihm ging es nur darum, ein unverfängliches Gesprächsthema zu finden. Diana war durchaus bereit, dabei mitzuspielen; es würde sich jedoch nie ganz vermeiden lassen, Brad zu erwähnen. Andys Sammlerleidenschaft für Autos und große Hunde brachte sie auf seine anderen Interessen wie Rosen und Lyrik, und über die Lyrik kamen sie wieder auf Brad. Und wieder lenkte Dianas Vater die Unterhaltung geschickt auf ein weniger emotionsgeladenes Thema.

«Du scheinst dich ja inzwischen für Gartenbau zu interessieren. Ich leite das nicht so sehr von dem Wissen ab, das du dir angeeignet hast – du hast schon immer rasch etwas gründlich lernen können –, sondern eher von dem Dreck unter deinen Fingernägeln.»

Sie hätte schwören können, daß seine Augen funkelten. «Das ist kein Dreck», verbesserte sie ihn mit einem Lächeln. «Das sind Flecken, die der Lehm dieser Region hinterläßt.»

Sie aßen recht entspannt ihr Dessert, tranken Kaffee, plauderten ungezwungen, und die gute Stimmung dauerte an, bis sie das Haus fast erreicht hatten. Die Sonne verschwand hinter einer heraufziehenden Wolkenwand; ein ähnlicher Schatten legte sich über Dianas Gemüt. Sie seufzte. Ihr Vater warf ihr einen verstohlenen Blick zu. «Bist du ganz sicher, daß du heute abend nicht mit mir nach Hause kommen willst? Wir könnten später jemanden herschicken, der deinen Wagen abholt...»

«Nein, das wäre dumm. Warum bleibst du nicht über Nacht? Da scheint ein Unwetter heraufzuziehen, und es ist eine lange Fahrt.»

«Du weißt doch, daß ich gern nachts fahre. Weniger Verkehr. Mach dir meinetwegen keine Sorgen. Falls das Wetter schlimmer wird, halte ich unterwegs irgendwo an.» Er hielt vor dem Haus. «Ich sehe gar keine Autos. Deine Freunde sind anscheinend noch nicht zurück.»

«Sie werden bestimmt bald kommen.»

«Ein stattliches altes Gebäude», sagte ihr Vater anerkennend, als er die Fassade betrachtete. «Wie alt ist es, hast du gesagt?»

Diana lieferte eine Kurzfassung der Geschichte des Hauses, war während des Erzählens aber nicht bei der Sache, weil sie angesichts des kommenden Sturms Angst hatte, in diesem

Haus voller Schatten mit ihren Gedanken allein zu sein. Sie schloß mit den Worten: «Du hast das Haus ja noch gar nicht gesehen. Möchtest du einen Rundgang machen? Ich sollte dich zwar nicht aufhalten ...»

«Ich bin nicht in Eile. Die Fahrt dauert bloß sechs Stunden, und vor morgen Mittag muß ich nicht wieder im Büro sein.»

Er hatte vorher nie Interesse für historische Häuser gezeigt. Echte Verwunderung setzte bei ihr jedoch erst ein, als er darum bat, das obere Stockwerk sehen zu dürfen. Hatte er ihr Unbehagen gespürt? Oder hegte er, wie sie selbst ja auch, irgendeinen Verdacht, den er für sich behalten wollte, um sie nicht zu beunruhigen? Ausgeschlossen, dachte Diana.

Sie führte ihn schließlich in die Bibliothek, wo sie ihm den neuen Kamin zeigte und Andys Erforschung der Geheimtreppe schilderte, die ihn amüsierte, auch wenn er den Kopf darüber schüttelte. «Ebenso tollkühn wie kindisch.» Er wandte sich horchend um. «Das hat wie Donner geklungen. Soll ich die Fenster schließen?»

«Du suchst doch bloß eine Möglichkeit, um von Miss Matilda wegzukommen», sagte Diana und nahm die Katze hoch, die sich über der Couchrückenlehne ihrem Vater näherte.

«Ich habe gar nichts gegen die Katze.» Der Vater stand auf und trat ans Fenster. «Gleichgültigkeit würde es wohl am treffendsten – Entschuldigung. Frosch im Hals. Besser, wenn ich das Fenster hier schließe; wo ist – Ah, da ist es ja. Ich denke, es wird Zeit, daß ich mich verabschiede.»

«Ich begleite dich zur Tür.»

«Nicht nötig. Du sitzt da so schön bequem mit der Katze auf dem Schoß.» Er beugte sich vor, um ihr einen Kuß zu geben. «Alles in Ordnung?»

«Natürlich. Fahr vorsichtig.»

«Tu ich doch immer. Gute Nacht, mein liebes Kind. Schlaf gut.» Er ging aus dem Zimmer; bald darauf hörte sie, wie die Haustür geschlossen wurde.

Schlaf gut – würde sie jetzt, da es «vorbei» war, schlafen

können, ohne von bösen Träumen gequält zu werden? Oder würde sie wieder, ohne daß es ihr bewußt würde, aufstehen, im Schlaf herumwandern und suchen, was sie noch immer nicht gefunden hatte? Einem so skeptischen Verstandesmenschen wie ihrem Vater konnte sie nicht erklären, warum sie so sicher war, daß Brad tot war. Ein Sinn, der die normale Sinneswahrnehmung überstieg, hatte sie führen wollen – aber wohin nur? Nicht zur Scheune, hatte Andy gemeint. Die sterblichen Überreste dort stammten nicht von Brad. Merkwürdig, daß ein anderer, gleichfalls junger Mann ein ähnliches Schicksal erlitten hatte – eines gewaltsamen Todes gestorben und heimlich beerdigt worden war.

Nicht Brad! Daran klammerte sie sich; ihr war, als ob ihr Kopf platzen wollte, nicht vor Schmerz, sondern wegen eines gespenstischen Druckes. Nicht Brad, nicht zur Scheune – nein, zum Rosengarten hin, zum Fluß, zu der Stelle, die sie in einem Traum verschwommen gesehen hatte!

Diana hatte die Augen weit aufgerissen. Ihr Blick wanderte zur Katze, die zusammengerollt auf ihrem Schoß lag. Miss Matilda erhob quiekend Einspruch, als Diana sie hochnahm und absetzte. Sie öffnete das Fenster, schaute kurz hinaus und rannte nach draußen.

Sie war völlig außer Atem, als sie die Lichtung erreichte. Die frühe Dämmerung hüllte die ausgebreiteten Äste und die stummen Steine in ein unwirkliches, graues Licht. Ein Stein lag, wie üblich, mit der Vorderseite nach unten. Daneben war die Erde aufgewühlt – ein Erdhaufen, ein zwei Meter tiefes Loch –, und da stand Andy, mit einem Spaten in der Hand. Sein Atem ging fast so schwer wie Dianas.

Das Schweigen schien eine Ewigkeit zu währen. Dann sagte er – und sie hätte nie gewußt, daß sie *seine* Stimme hörte, wenn sie ihn nicht vor sich gesehen hätte: «Woher hast du es gewußt?»

19

Gewußt hatte sie es nicht, nicht mit letzter Bestimmtheit. Bis zu diesem Moment jedenfalls nicht.

Diana rang nach Luft. Die Luft war schwer von der Hitze und Feuchtigkeit vor dem heraufdräuenden Sturm. Unter den Bäumen war es so dunkel, daß sie Andys Züge nicht genau zu erkennen vermochte. Einen wirren Augenblick lang sah sie noch einen Mann, einen Fremden, der sich ihr mit einem scharfkantigen Spaten entgegenstellte, und unter seinen Füßen lag ihr Bruder.

«Du hättest mich gar nicht sehen können», fuhr Andy im Gesprächston fort. Es war jedenfalls unverkennbar seine Stimme. «Ich habe den Lieferwagen auf der hinteren Weide abgestellt und bin zu Fuß zum Geräteschuppen gelaufen.»

«Ich habe dich auch gar nicht gesehen.»

«Wie konntest du dann aber ... macht nichts. Es spielt keine Rolle», erklärte er mit gespielter Unbekümmertheit. «Diana, geh zurück ins Haus.»

«Warum?»

«Ich möchte nicht, daß du es siehst.»

«Du meinst –» Sie atmete inzwischen fast wieder normal, mußte jetzt aber tief Luft holen, bevor sie weitersprechen konnte. «Du meinst: Du willst es mich nicht sehen lassen.»

«Was –»

«Ich bleibe da! Ich muß Gewißheit haben!»

Gehört hatte sie nichts; der Teppich aus Kiefernadeln erstickte alle Geräusche. Aber Andy bewegte sich plötzlich mit hocherhobenem Spaten, alarmierend schnell, aber er war nicht schnell genug. Der Stock schlug dumpf gegen den gehobenen Spatenstiel, entriß ihn Andys Griff und fuhr ihm gegen die Schläfe. Beim Fallen – er stürzte der Länge nach neben das offene Grab – streifte sein Hinterkopf die Kante des aufgerichteten Grabsteins.

Diana kniete sich neben Andy. Ihre Hand fand die Pulsader an seinem Hals. Der Puls ging langsam, aber regelmäßig. Sie betastete den Kopf, spürte warmes, klebriges Blut. Er regte sich ganz leicht, als sie ihn berührte, und murmelte etwas Unverständliches. Im Rauschen der Kieferkronen war es kaum hörbar.

Da blickte sie hoch – zu ihrem Vater.

«Er ist nicht tot.»

«Dann entfern dich, Diana. Er hat dich umbringen wollen.»

«Du weißt genau, daß ich dir das nicht glaube.»

«Er wollte –»

«Er hat sich nur selbst verteidigen wollen. Er hat gesehen, wie du den Stock hobst. Wenn es ihm nicht gelungen wäre, den Schlag von sich abzulenken, hätte dein Stock ihm vielleicht den Schädel zertrümmert. Der Knauf des Stocks ist aus Gold. Aus Schwermetall.»

Ihr Vater blieb still. Er war in Hemdsärmeln, die Krawatte gelöst – eine Lockerung der Konvention, die er sich sonst nur erlaubte, wenn er angestrengt arbeitete und im Büro allein war. Und sein Gesicht zeigte auch den Ausdruck angespannter Konzentration, wie sie ihn von den wenigen Malen her kannte, als sie ihn zu stören gewagt hatte.

Schließlich fragte er leise: «Ist Brad dort begraben?»

«Ja.»

«Wieso hat er» – der Stock schwang hoch und zeigte auf Andy – «gewußt, daß er hier liegt? Warum hat er nicht die

Behörden von seinem Verdacht verständigt, statt hier wie ein Grabräuber herumzuschleichen?»

Diana setzte sich auf. Er wollte es also mit einem intellektuellen Wortgefecht versuchen – jedenfalls als Auftakt –, das war eine Art Kampf, auf den ihr Vater sich hervorragend verstand.

«Dein erster Punkt ist ein Hinweis, dem die Geschworenen gewiß beträchtliches Gewicht beimessen würden», räumte sie ein. «Aber vielleicht hätte Andy dafür eine nicht minder überzeugende Erklärung – immer vorausgesetzt, daß er dann noch lebt und sie vortragen kann. Die zweite Frage impliziert, daß Andy Angst hatte, das Grab könnte entdeckt werden, und sich deshalb vergewissern wollte, daß er beim Vergraben von Brad keine verräterischen Indizien hinterlassen hatte. Mit genau der gleichen Implikation könnte aber auch mir der Prozeß gemacht werden. Oder dir, Vater. Warum bist *du* zurückgekommen?»

«Ich habe mir deinetwegen Sorgen gemacht. Das Wetter schien gefährlich zu werden.»

Es wirkte wie der ironische Kommentar einer höheren Macht, daß sich in eben diesem Moment ein Sonnenstrahl durch die Zweige kämpfte. Andy murmelte etwas und versuchte sich zu bewegen; Schatten tanzten über sein zuckendes Gesicht.

«Du bist zurückgekommen», warf ihm Diana vor, «weil du beim Schließen des Fensters in der Bibliothek gesehen hast, wie Andy mit einem Spaten in der Hand über die Wiese ging. Möglicherweise wollte er pflanzen; das hätte durchaus sein können; Andy ist verrückt genug, um so etwas auch bei aufkommendem Sturm zu tun. Aber das konntest du nicht wissen; so gut kennst du ihn nicht. Aber etwas anderes hast du gewußt. Du bist ziemlich abrupt aufgebrochen. Ich nehme an, daß du ein kurzes Stück gefahren bist, deinen Wagen abgestellt hast und zu Fuß zurückgekehrt bist – direkt hierher. Wie hättest du diese Stelle überhaupt finden können – wenn du nicht von Anfang an gewußt hättest, wo das Grab ist? Weil du schon einmal an dieser Stelle gewesen bist.»

Andy richtete sich auf. «Hör zu, Diana», sagte er angestrengt, «das ist vielleicht nicht der richtige Zeitpunkt, um –» Er verdrehte die Augen. Sein Kopf fiel nach hinten zurück. Sie konnte ihn gerade noch rechtzeitig auffangen und nahm ihn in die Arme. Dann zog sie seinen Kopf an ihre Brust.

«Er hat recht, weißt du», sagte ihr Vater kühl. «Das alles sind bloße Vermutungen. Ich mag mich ja geirrt haben, was die Intentionen des jungen Mannes betrifft. Es kann mir aber niemand einen Vorwurf daraus machen, sie falsch interpretiert oder versucht zu haben, dich zu beschützen. Wir wissen, wer deinen Bruder getötet hat –»

«Ach ja. Oder auch nicht. Ich habe von Anfang an bezweifelt, daß Larry der Schuldige war. Aber ich wollte der Möglichkeit nicht offen ins Auge sehen, daß es eventuell – jemand anders gewesen war. Es wäre Larry durchaus zuzutrauen gewesen, daß er Brad im Jähzorn getötet und die Leiche versteckt hat. Aber ihn dann seiner Armbanduhr zu berauben – das sah Larry überhaupt nicht ähnlich; das entsprach übrigens auch nicht dem Typus des Verbrechens, von dem wir ausgingen. Doch das allergrößte Problem war die Postkarte aus New York. Es ist mir sehr schwergefallen, Larry für so intelligent zu halten, daß er auf die Idee gekommen wäre, uns eine falsche Spur zu legen.

An dich hab ich nie gedacht, Vater. Dabei hätte ich gleich an dich denken sollen. Du hast nämlich meinen konkreten Verdacht nur bespöttelt und unablässig versucht, mein Augenmerk nach New York zu lenken – bis Larry sich als möglicher Täter präsentierte. Da warst du plötzlich ganz auf meiner Seite. Du hattest gehofft, daß man Brads Leiche nie finden würde; ein gewisses Risiko, daß sie doch noch gefunden würde, blieb jedoch bestehen. Und Larry bot die bessere Lösung des Problems – ein Mann, von dem man wußte, daß er gewalttätig werden konnte und daß er ein Motiv hatte, Brad umzubringen. Du hast natürlich auch gewußt, daß Larry außerstande wäre, seine Unschuld zu beweisen. Daß er ein Alibi beibringen könnte, war äußerst unwahrscheinlich; an das, was sie vor acht Monaten in einer ganz bestimmten Nacht getan haben, können sich nur sehr wenige Menschen erinnern; umgekehrt wäre es unmöglich, nach so langer Zeit den genauen Zeitpunkt von Brads Tod zu bestimmen. Vielleicht hast du sogar erwogen, Larry so lange zuzusetzen und ihn zu verwirren, bis er ein Geständnis ablegte. Auf so was verstehst du dich.»

Sie schwieg und horchte angestrengt. Hatte da eine Stimme ihren Namen gerufen? Mary Jo und Walter müßten bald zurück sein. Durch ihre Bluse war Blut gesickert; es klebte an ihrer Haut, und sie spürte auch den Rhythmus von Andys warmem, regelmäßigem Atem. Er lag ruhig in ihren Armen, doch die Rückenmuskeln fühlten sich an wie gespanntes Gummi. Er sammelte seine Kräfte, wartete auf den richtigen Moment.

«So ähnlich ist es auch beim letzten Mal gekommen, nicht wahr, Vater? Hast du Brad mit dem Stock erschlagen? Es muß nicht unbedingt Totschlag gewesen sein; ein einfacher Schlag oder sogar ein Schubs hätten ausgereicht, wenn er dann mit dem Kopf auf einen von diesen Grabsteinen gefallen wäre. O ja, ich kann mir vorstellen, daß es sich um einen Unfall gehandelt hat. Aber was du anschließend getan hast – das war kein Zufall.

Du hättest ihn in die Wälder tragen können; aber durch verwachsene Wurzeln und steinigen Boden zu graben ist eine schwierige Sache. Hier unter den Kiefern ist der Boden weicher, und du hast gemeint, das hier sei ein alter Friedhof, nicht wahr? Daß diese Steine Gräber markierten. Und wo der Boden bereits einmal ausgehoben worden ist, gräbt sich's leichter. Ich würde außerdem gern glauben, daß sich in dir ein Rest von Pietät regte, so daß Brad auf geweihtem Boden zur Ruhe gebettet werden sollte.»

Sie hatte unnatürlich gefaßt gewirkt; doch nun versagte ihr die Stimme. Andy rührte sich. Diana hielt ihn fest, drückte ihn wieder zu Boden. Ihre Anklage hatte nicht die gewünschte

Wirkung: das Gesicht ihres Vaters blieb ungerührt. Jetzt setzte sie ihre letzte, entscheidende Waffe ein.

«Du bist zur Scheune gelaufen und hast dir einen Spaten geholt, nachdem du – Hinterher hast du Brads Sachen zusammengepackt. Viel war es ja nicht; er war mit wenig Gepäck gereist. Es gab nur einen einzigen Menschen, der dich eventuell bemerken konnte, nämlich die alte Miss Musser, und die war für dich kein Problem; die war zu alt und zu schwach, um dich zu behindern; und falls sie geredet hätte – wer hätte ihr denn geglaubt? Sie galt allgemein als senil. Das war dir auch bekannt; durch Brads Briefe, du hattest sie gelesen, nachdem ich sie an Mutter weitergegeben hatte. Wie habe ich nur annehmen können, daß du sie *nicht* lesen würdest? Du mußt doch immer alles wissen. ‹Wissen ist Macht›, hast du stets gesagt. Es war dir nur nicht möglich, darum zu *bitten*, Brads Briefe zu sehen, damit hättest du zugegeben, wie sehr du an ihm hingst. Dazu warst du zu feige.»

Endlich – das hatte getroffen. Sein Mund zuckte; ob aus Schmerz oder Zorn, vermochte sie nicht zu sagen. Sie sprach weiter, ohne Unterbrechung, um ihn noch stärker unter Druck zu setzen – so wie sie es bei ihm gelernt hatte.

«Mir ist nur eins unklar – warum du ihn besucht hast. Aber ich habe eine Vermutung. In seinem letzten Brief erwähnt Brad den Verdacht, daß Miss Musser von jemand ausgenutzt wurde. Ein weiterer Brief enthielt eine abfällige Bemerkung über ihren Rechtsanwalt. Wen würde Brad wohl zu Rate gezogen haben, wenn sein Verdacht in diese Richtung ging? Ich war für Brad unerreichbar, war auf Urlaub in Europa. Er hat dich angerufen, nicht wahr? Einer hilflosen, senilen alten Frau zu helfen war ihm wichtiger als der eigene Stolz.

Was muß dir das für eine Befriedigung gegeben haben! Du wolltest ihn zurück. Du hattest gehofft, daß er des Herumwanderns und Jobbens irgendwann müde würde, daß er zu dir gekrochen käme und gestünde, daß er unrecht gehabt hatte, und dich um Verzeihung bäte. Das hat er zwar nicht getan, aber er hat immerhin den ersten Schritt getan. Dein Stolz war ungebrochen, dein ungeheuerlicher Mangel an Feingefühl hat dich verleitet zu glauben, was du glauben *wolltest* – daß seine Bitte nur Vorwand war, daß er in Wahrheit eine Annäherung suchte. Du bist in der Hoffnung und mit der Erwartung hergefahren, ihn heimbringen zu können. Wenn du ihn darum gebeten hättest – ihm gesagt hättest, daß du ihn lieb hast, ihn um Verzeihung –»

Sie mußte erneut innehalten, um sich zu räuspern. «Aber das hast du nicht getan, oder? Was *hast* du nur zu ihm gesagt, daß es zu einem solch schrecklichen Ende kam? Hast du ihm gedroht? ‹Komm zurück und sei mein gehorsamer, fügsamer Sohn, sonst werde ich deine Mutter auf den Müllhaufen werfen und mit einer anderen Frau weitere Söhne zeugen›?»

Der Wind brauste durch die Äste. Ihre Schatten jagten über den Boden. Es waren aber nicht Schatten, die das Gesicht ihres Vaters so fürchterlich verzerrten. Es war das Ringen um Selbstbeherrschung, das bewußte Ankämpfen des Willens gegen die Agonie der Seele, das seine Züge entstellte und Diana verriet, daß sie gewonnen hatte.

Andy hob den Kopf. Ganz langsam änderte er seine Stellung, bis er schließlich in der Hocke saß, sprungbereit. «Vorsicht!» murmelte er.

Aber sie konnte sich nicht mehr zurückhalten. Ihr ganzes Leben lang hatte sie auf solch einen Augenblick gewartet – ihn gleichzeitig herbeigesehnt und gefürchtet. «Ich frage mich, wie dir zumute war bei der Entdeckung, daß er die Armbanduhr trug, die du ihm geschenkt hattest», sagte sie. «Ich hatte damals gemeint, er hätte sie nur akzeptiert, um sie zu verpfänden oder zu verkaufen. Das Geld hätte er gut gebrauchen können. Aber er hat sie behalten. Er trug auch ein Foto von dir bei sich – das Foto, das er nach meinem Universitätsexamen von dir, mir und Mutter gemacht hat. Ist es noch in seiner Brieftasche, oder hast du es –»

«Diana!» So gut sie ihn auch kannte – das hätte sie ihm nie

zugetraut. Sein Gesicht glänzte vor Schweiß und war doch die vertraute, rigoros beherrschte Maske, und seine Stimme klang – beinahe – normal. «Du hast in der letzten Zeit unter starker Anspannung gestanden. Ich kann daher verstehen, daß die Phantasie mit dir durchgeht. Nimm dich zusammen und denk einen Augenblick nach. Selbst wenn deine wilden Theorien zuträfen – sie treffen selbstverständlich nicht zu –: wozu sie öffentlich aussprechen? Was für einen Nutzen könnte das haben? Für einen Prozeß gegen mich reicht dein Belastungsmaterial nicht aus. Das weißt du selber. Deinen Bruder kann nichts mehr zum Leben zurückbringen. Wenn du mir weh tun und schaden willst, was offenbar der Fall ist, so mußt du bedenken, daß der Medienrummel, die Schande und das Bloßstellen auch dir selbst schaden werden, und weiß Gott, was sie deiner Mutter antun würden. Ist es das wert?»

«Das hängt ganz davon ab, was du mit ‹es› meinst, Vater.»

In der einsetzenden Stille war eine Zeitlang nur das helle Rauschen der Bäume zu hören. Der Wind hatte sich gelegt. Die Sonne war hervorgekommen, und ein einzelner Strahl fiel auf sein Gesicht. Unglaublich – seine Lippen verzogen sich zu einem Lächeln. «Ach so. Ja. Ich verstehe.»

«Sie sind zurück», sagte Andy plötzlich. «Ich höre Mary Jos Stimme. Sie ruft nach uns.»

«In dem Fall», sagte John Randall, «ist es wohl besser, wenn ich jetzt gehe.»

Andy atmete hörbar auf. Randall warf ihm einen fragenden Blick zu. «Sie haben doch wohl nicht geglaubt, daß ich einen Doppelmord begehen würde? Das ist für mich in keinem Moment eine Alternative gewesen. Die einzige Alternative, die mir noch blieb, hat mir Diana jetzt genommen.» Er schaute sie an. «Du wirst mir hoffentlich gestatten, daß ich dir deinen Wunsch auf meine Weise erfülle. Adieu, meine Liebe.»

Er schritt davon, wie er gekommen war, in der Verborgenheit der Bäume. Seine Schritte gingen im Rascheln des Laubwerks unter.

Andy erhob sich und reichte Diana eine Hand, um ihr aufzuhelfen. Sein Haar war voller Kiefernadeln und blutverklebt. Er breitete wortlos die Arme aus.

Eine Weile war sie sich nur noch seiner Wärme und Kraft bewußt, des Trostes seiner Umarmung und seiner schweigenden tiefen Teilnahme an ihrem Schmerz. Sie spürte das regelmäßige Schlagen seines Herzens an ihrer Wange, fühlte in ihrem Haar seine Lippen. Das war genug, um die Dämonen fürs erste zu bannen – lang genug, um neue Kräfte zu sammeln; um durch ihn die Kraft zu finden, sich offenen Auges zu rüsten für das, was nun getan werden mußte.

Andy umarmte sie fester. «O mein Gott», murmelte er.

Diana hob den Kopf. «Was ist? Bist du –»

Andy war erbleicht. «Das ist gar nicht Mary Jo. Es ist meine Mutter!»

«Das werde ich dir nie verzeihen!» stieß Emily hervor.

Und sie meinte es ernst. Diana hätte nicht geglaubt, daß Emily so furchterregend aussehen könnte. Die Augen sprangen ihr fast aus dem Gesicht. Die Wangen brannten vor Zorn. Diana dankte dem Himmel, daß der Wutausbruch nicht ihr galt.

Andy machte sich klein. «Ma, ich habe doch nur versucht –»

«Diesmal bist du zu weit gegangen, Andrew Davis! Von all den arroganten, selbstsicheren, eingebildeten Männern, die mir je begegnet sind, bist du der schlimmste. Will mich vor der Welt beschützen! Ich bin doppelt so alt wie du und dir in allen entscheidenden Dingen inklusive gesundem Menschenverstand hundertmal überlegen! Verflixt, was hast du dir eigentlich gedacht! Wie hätte ich dich sonst wohl all die Jahre durchbringen und mich – umsonst – bemühen können, dich richtig aufzuziehen, nachdem mich dein nichtsnutziger Vater verlassen hatte und bevor ich Charles kennenlernte? Charles, versuch du bloß nicht, mich zu beschützen!»

Andy blickte unwillkürlich zu seinem Stiefvater hinüber.

Das Gesicht von Charles wahrte Gelassenheit. Andy mußte jedoch etwas gesehen haben, was sonst niemand bemerkt hatte, denn er reckte sich, richtete sich auf und straffte die Schultern. «Hör mal, Ma –»

«Und dieses arme Mädchen!» Emily stürzte zu Diana und nahm sie in die Arme. «Mich von ihr fernzuhalten! Und das in einer Zeit, als sie nichts so sehr brauchte wie das Mitgefühl einer lebenserfahrenen, älteren Frau! Und dies andere arme Mädchen hier –» sie ließ Diana los und lief zu Mary Jo – «hätte mich genauso gebraucht. Mich *und* Charles. Was ist bloß in euch gefahren, daß ihr geglaubt habt, ihr könntet mit so einer furchtbaren Situation allein fertig werden!?»

«Hmmm – Mrs. Nicholson...» setzte Walter an.

«Sie sind kein bißchen besser als Andy!» Emily wirbelte herum und fuchtelte mit dem Zeigefinger unter Walters Nase. «Ruhe allerseits! Ich muß nachdenken. Gott sei Dank, daß ich heute morgen Barbara Williams angerufen habe, um sie zu fragen, ob ich ihr ein paar mehrjährige Pflanzen mitbringen soll. Sie hat mir alles erzählt. Sie war ganz schockiert, als sie erfuhr, daß ihr mir alles verschwiegen hattet. Total schokkiert!»

Diana senkte den Blick auf ihre gefalteten Hände. Emily würde noch viel schockierter sein, wenn sie herausfand, daß sie noch längst nicht alles wußte.

Brads Grab war inzwischen leer. Die Polizei war gekommen und wieder gegangen. Emily war fassungslos gewesen, als sie alles über Brad erfuhr, und ihr ganzes Mitgefühl galt Diana. Diana hatte zwei Stunden gebraucht – teils wegen Emilys ständigen Unterbrechungen und Zornesausbrüchen –, um die Nicholsons über den neuesten Stand der Dinge zu informieren und alle Lücken der Geschichte zu füllen.

Alle, bis auf eine.

Dianas Blick ruhte auf der Uhr. Neun Uhr. Er mußte inzwischen eine ziemliche Strecke zurückgelegt haben. Sie fragte sich, auf welche Weise es wohl geschehen würde – und wann –

und wie sie es hinnehmen würde. Sie war bis jetzt erstaunlich ruhig geblieben. Schockzustand, hatte Emily das genannt und sie mit Nahrung, ekelhaft süßem Tee und verschiedenen alkoholischen Getränken vollzustopfen versucht. Eher Lähmung als Schock, überlegte Diana – ein totales Abblocken der Gefühle.

Andy beobachtete sie. Sie wußte, was in ihm vorging; sie würde immer wissen, was Andy dachte. Er würde ihr die Entscheidung überlassen, ob sie reden wollte oder nicht.

Falls – wenn – ihr Vater die angedeutete Tat wirklich ausführte, so würde gewissermaßen Gerechtigkeit geschehen. Gerechtigkeit oder Vergeltung – wo liegt der Unterschied? Es würde niemandem nutzen, die ganze Sache an die Öffentlichkeit zu zerren; aber zumindest Mary Jo hatte ein Anrecht, die Wahrheit zu erfahren. Diana hatte keine Ahnung, ob es für Mary Jo wichtig wäre; sie wußte nur, daß es ihr möglicherweise Trost bedeutete; und daß sie ihr solchen Trost anbieten mußte.

Aber nicht gleich. Die Lage war schon kompliziert genug. Emily hatte noch Mühe, alle Verwicklungen zu durchschauen. Das Schauspiel einer kleinen, lockigen, zornbebenden Dame, die ihren großen, sich vor ihr duckenden Sohn anschrie, hatte kurz ein willkommenes komisches Intermezzo geboten; es hatte sich dabei allerdings um unfreiwillige Komik gehandelt. Emily war echt verzweifelt. Die Fürsorge und Wärme, die sie Diana schenkte, erinnerte an die Augenblicke in der Lichtung, als Andy sie liebevoll in die Arme genommen hatte. Es lag offenbar in der Familie.

Nach einer improvisierten Mahlzeit – niemand verspürte große Lust zu essen – begaben sich alle in die Bibliothek. Emily setzte sich neben Diana auf die Couch. Ihr Gesicht war erhitzt und verspannt. «Armes Kind. Was könnten wir für Sie tun?»

«Sie könnten mich anbrüllen, wenn Sie wollen», entgegnete Diana mit einem schwachen Lächeln. «Nach allem, was ich Ihnen angetan habe ...»

«Ach das.» Emily tätschelte ihre Hand. «Ich finde, Sie haben sich wundervoll, mutig und klug verhalten. Wenn man bedenkt... Da machen Sie sich nur keine Gedanken. Aber was kann ich tun, um Ihnen zu helfen?»

«Du könntest das Thema wechseln, Ma», meinte Andy. Er lag ausgestreckt mit zwei Katzen auf dem Bauch auf der zweiten Couch. «Was getan werden konnte, ist alles schon... fürs erste erledigt. Vielleicht würde Diana das Ganze aber gern ein Weilchen vergessen. Und du hast uns noch gar keine Komplimente gemacht – zur neuen Einfassung des Kamins, zu den Vorhängen oder sonstwas. Dabei haben wir uns fast zu Tode gearbeitet. Walter vor allem.»

«Es sieht sehr schön aus», sagte Emily. «Ich weiß auch wirklich zu schätzen, was ihr alle miteinander für mich getan habt. Aber ich möchte –»

Der Ablenkungsversuch war fehlgeschlagen, so daß Andy jetzt seine letzte Karte ausspielte. «Ich muß dir noch von der Geheimtreppe berichten.»

Diesesmal klappte es. Andy hatte offenbar damit gerechnet, daß Emily genauso reagieren würde, wie sie es dann tat; die beiden hatten die gleiche übersprudelnde Phantasie. Er mußte außerdem gewußt haben, wie Charles reagieren würde – nicht nur auf die unverantwortliche Zerstörung seines Eigentums, sondern auch auf die begeisterte Reaktion seiner Frau.

«Andy, mein Lieber, wie faszinierend!» rief Emily. «Wir müssen auch den Rest der Trümmer untersuchen. Du könntest ja alles mögliche... Was haben Sie gesagt, Walter?»

«Nichts, Ma'am», erwiderte Walter.

«Haarsträubend!» ereiferte sich Charles. «Wände zu zerschlagen! Türen einzutreten –»

«Bitte, Charles, sei nicht so kleinlich! Wenn du die Treppe entdeckt hättest, hättest du genauso gehandelt.»

«Den Teufel hätt ich!» widersprach Charles. «Sich an einem Seil herunterzulassen und –»

«Das war dumm», gab Emily zu. Sie musterte ihren Sohn von oben bis unten. «Du siehst ein wenig mitgenommen aus,

Andy. Wenn du acht Jahre alt wärst statt deiner achtundzwanzig, würde ich vermuten, daß du dich geprügelt hast.»

«Aber ich doch nicht, Mutter. Du weißt, ich bin ein überzeugter Pazifist.»

Für kurze Zeit blieben alle still, und Charles schaute mißtrauisch von einem zum andern.

Mary Jo räusperte sich. «Ich wollte meine Sachen packen. Es ist spät.»

«Sie gehen nicht auf ihr kleines Mietzimmer zurück, jedenfalls nicht heute nacht», erklärte Emily bestimmt. «Und wenn es nach mir geht, nie wieder! Wann findet die Beerdigung statt?»

«Ich weiß nicht. Aber sonst ist alles arrangiert. Ich habe heute mit Pfarrer Layton gesprochen. Und ich habe einen Sarg ausgesucht.»

«Das war ja ein grauslicher Tag für dich», murmelte Diana und dachte an die Tage, die ihr selber noch bevorstanden.

«Ich wollte es hinter mir haben», erklärte Mary Jo kurz. «Ich hab morgen meine Abschlußprüfung.»

Andy schob die Katze fort, die sich fast auf sein Gesicht gelegt hatte. «Ich habe mit Pfarrer Layton auch über die Gebeine in der Scheune gesprochen. Es ist alles in Ordnung. Wir müssen nur für die Grabstelle zahlen –»

«Das ist doch selbstverständlich. Ich bin froh, daß du daran gedacht hast, Andy. Hoffentlich hast du einen schönen Platz ausgesucht.»

«Die Entscheidung überlasse ich dir. Auf dem Friedhof sind mehrere Grabstellen frei.»

Emily runzelte die Stirn. «Pfarrer Layton gehört der Episkopalkirche an, nicht wahr? Ich hoffe, daß er nichts dagegen hat. Und wenn der Tote nun Katholik, oder Jude, oder Muslim, oder ...»

«Wir haben getan, was wir konnten, Ma. Mehr ist nicht möglich.»

«Da hast du recht. Ich frage mich bloß, ob wir irgendwann

einmal erfahren werden, wer er eigentlich war und was ihm zugestoßen ist.»

Als Diana nach Mitternacht noch immer im Dunkeln wach lag, hörte sie von ferne das Läuten des Telefons. Es war der Anruf, auf den sie gewartet hatte.

Emily hatte insistiert, Diana persönlich zu Bett zu bringen und ihr eine Schlaftablette zu geben; Diana hatte die Tablette höflich akzeptiert und in den Papierkorb fallen lassen, sobald Emily aus dem Zimmer war. Diana hatte vorgehabt, sich wieder nach unten zu schleichen und in der Bibliothek auf den Anruf zu warten, nachdem die anderen schlafen gegangen waren; doch Emily war noch auf. Sie unterhielt sich in der Bibliothek mit Charles. Die beiden hatten ja unendlich viel zu besprechen.

Kurz darauf hörte Diana Schritte auf dem Flur. Sie hatte die Tür angelehnt gelassen; als sie sich öffnete, setzte Diana sich auf und machte Licht. «Treten Sie ein», sagte sie. «Ich bin sowieso wach.»

Emilys Blick wanderte von Dianas Gesicht zu den Koffern, die fertig gepackt neben der Tür standen. «Sie haben damit gerechnet», bemerkte sie ruhig.

«Ja. Es tut mir leid, daß der Anruf Sie gestört hat.»

Emily kam langsam zum Bett, setzte sich und nahm Dianas Hand. Im Türrahmen, wo sie gestanden hatte, erschien Andy. Diana erkannte, daß sie nicht die einzige gewesen war, die hellwach im Bett gelegen und auf diesen Anruf gewartet hatte.

«Sag es ihr, Ma. Versuch gar nicht erst, drumherum zu reden.»

«Selbstverständlich.» Emily warf ihrem Sohn einen tadelnden Blick zu, bevor sie sich Diana zuwandte. «Er war sofort tot, Diana. Davon ist die Polizei fest überzeugt. Er ist gegen den Betonpfeiler einer Brücke gefahren – auf der Straße hinter Wilmington. Laut Augenzeugenberichten ist er sehr schnell gefahren. Die Polizei glaubt, daß er einen Herzinfarkt erlitten hat oder am Steuer eingeschlafen war und der Fuß auf dem Gaspedal –»

«Es war kein Herzinfarkt», widersprach Diana. Direkt gegen einen Betonblock, bei vollem Bewußtsein! Den Beton vor sich aufragen, die Windschutzscheibe zersplittern sehen ... Er hätte sich doch wenigstens eine leichtere Art zu sterben aussuchen können. Hatte es damit zu tun, daß sie ihn einen Feigling genannt hatte?

Emilys feste, kleine Hände umfaßten Dianas. «Ist sonst noch etwas vorgefallen? Möchten Sie darüber sprechen?»

Andy trat zur Seite, um Mary Jo ins Zimmer zu lassen. Sie hatte geschlafen; ihr Haar war zerzaust, und sie rieb sich die Augen. Die Stimmen hatten sie geweckt.

«*Er* hat Brad umgebracht», sagte Diana. «Es war gar nicht Larry, Mary Jo. Als Larry damals erklärte, es täte ihm leid, da hat Larry nur gemeint –»

«Hinterher tat es ihm immer leid.» Es gab gewiß schönere Grabsprüche; aber einen passenderen konnte man sich nicht denken. Der verzweifelte Ausdruck in Mary Jos Gesicht war kein Selbstmitleid. «Bist du dir auch ganz sicher, Diana?»

«Ja. Ich sollte jetzt besser aufstehen.»

«Sie können jetzt nichts für ihn tun», sagte Emily mit den Tränen in den Augen, die Diana nicht kommen wollten. «Warten Sie bis morgen früh.»

«Um diese Zeit wird die Krankenschwester Mutter nicht wecken. Morgen früh wird Mutter es aber erfahren. Da muß ich doch bei ihr sein.»

«O mein Gott», murmelte Emily. «Daran hatte ich gar nicht gedacht ... Aber Sie fahren nicht allein, Diana.»

«Nein», sagte Andy, «sie fährt nicht allein.»

20

Das Banner, das über der Haustür hing, war ein altes Bettlaken, das jemand unbeholfen bemalt hatte: «Willkommen daheim.»

Diana stieg aus dem Wagen und schaute sich um. Walter mußte seine Leute rücksichtslos zur Arbeit angetrieben haben. Emily hätte es nie für möglich gehalten, daß in einem Monat soviel geschafft werden konnte. Der Rasen leuchtete im Licht der Nachmittagssonne wie grüner Samt; über den Blumenbeeten mit ihren prächtig blühenden Pflanzen hoben zwei Magnolienbäume herrschaftlich ihre Zweige.

Dann ging die Haustür auf, und sie strömten heraus. Jeder wollte der erste sein, alle sprachen gleichzeitig. «Du bist spät! Wir haben uns schon Sorgen gemacht. Was hat dich so lange aufgehalten? Wie schön, daß Sie wieder da sind...» und all die Dinge, die man einem geliebten, lang erwarteten Gast zuruft.

Charles erreichte Diana als erster, seine freundlichen blauen Augen leuchteten zur Begrüßung, und er ergriff ihre Hand – eine gefühlvolle Umarmung war für ihn undenkbar –, doch Emily, die ihm unmittelbar folgte, kannte bei Umarmungen und Küssen keinerlei Hemmungen. Andy wartete, bis seine Mutter zurücktrat, um Diana einen Arm um die Schulter zu legen und ihr einen keuschen Kuß auf die Stirn zu drücken.

«Wo sind Walter und Mary Jo?» fragte Diana, als Emily sie zum Haus zog. Andy kam mit den Koffern hinterher.

«Sie sind nur rasch zum Haushaltswarengeschäft gefahren. Die Eismaschine hat plötzlich versagt – ich hätte mir denken sollen, daß so etwas gerade dann geschieht, wenn man ein Fest gibt.» Emily bemerkte den Ausdruck auf Dianas Gesicht und fügte freundlich hinzu: «Wir werden ganz unter uns sein, Diana.»

Diana wurde feierlich in die Bibliothek geführt. Sie mußte sich hinsetzen und es sich bequem machen. «Etwas zu trinken?» fragte Emily. «Was darf ich Ihnen anbieten? Eistee –»

«Wie wär's mit einem Cognac?» fragte Andy mit einem freundlichen Lächeln, das Diana erwiderte.

Sie mußte an die furchtbare Zeit zurückdenken, als seine Anwesenheit in einer ins Schwanken geratenen Welt für sie der einzige Halt gewesen war; und wenn die Spannung schier unerträglich geworden war, dann hatte er sie mit seinen albernen Scherzen gelöst. Gegenüber den Reportern war er besonders hilfreich gewesen. Wie Insekten waren sie angeschwärmt, angelockt von dem sensationellen Drama – die mutige junge Frau, die sich auf die Suche nach der Wahrheit gemacht hatte, und die trauernde, gebrochene Mutter, nach dem Verlust des Bruders und Sohnes vereint durch den tragischen Tod des Vaters und Ehemannes. Am Tod John Randalls war das Leid um seinen Sohn schuld. («Die Tränen machten ihn blind», wie eine Boulevardzeitung schrieb.) Glücklicherweise war die Journalistenmeute nach ein paar Tagen abgelenkt worden – in Cleveland waren in einem Hinterhof siebzehn verstümmelte Leichen entdeckt worden.

Diana hatte jene Tage mit einer Ruhe durchlebt, wie wenn sie in einer Muschel aus durchsichtigem Glas geschützt wäre; sie war sich Andys an ihrer Seite bewußt gewesen als Quelle der Kraft und des Trostes. Sie hatte durchgehalten; der Zusammenbruch kam erst am Tag der Beerdigung ihres Vaters; in dem Augenblick, als sie auf ein dezidiertes Klopfen die Tür öffnete und neben einem hochaufgeschossenen Sicherheitsmann eine kleinere, schlanke Gestalt stand.

«Sie hat keine Ruhe gegeben, bis ich sie durchließ», erklärte der Wächter leicht verwirrt. «Sie ließ sich nicht abweisen. Tut mir leid, wenn ich was falsch gemacht habe, aber sie wollte einfach nicht...»

Mary Jo umfaßte den Handgriff ihres schäbigen Koffers fester. «Emily hat mich geschickt. Nicht, daß ich nicht gewollt hätte. Ich meinte nur...»

«Ich habe mich nicht zu fragen getraut», unterbrach Diana. «Wie ist dein Examen ausgegangen?»

«Nicht gerade eine Glanzleistung. Aber ich hab's geschafft.»

Sie war schwarz gekleidet – in einem neuen Jerseykostüm, mit einem schimmernden schwarzen, breitkrempigen Strohhut. Mary Jo mit Hut... Aber so gehörte es sich nun einmal. Auf einer Beerdigung trug man einen Hut. Diana spürte, wie auf einmal in ihrem Inneren etwas zersprang.

«Sie hat behauptet, eine Freundin von Ihnen zu sein», sagte der Sicherheitsmann besorgt.

«So ist es.» Die Muschelhülle, die sie geschützt hatte, zerbarst; die Tränen, die bisher nicht hatten kommen wollen, brachen hervor.

Laute Stimmen rissen Diana aus ihren Erinnerungen. Mary Jo und Walter waren zurückgekommen und stritten sich, wie gewöhnlich. «Warum hast du es auch aus der Tüte herausnehmen müssen? Es ist ja tropfnaß. Los, raus hier. Bring's in die Küche.»

«Das wollte ich ja! Warum mußt du immer –»

«Halt den Mund und tu's.»

Walter schimpfte aber weiter, bis er die Küchentür hinter sich zuknallte. Da saß Mary Jo bereits neben Diana auf der Couch.

«Du hast's geschafft! Wir hatten uns schon Sorgen um dich gemacht. Ich hätte bei dir bleiben und dich herfahren sollen, auch wenn du's nicht wolltest.»

«Du hast genug anderes zu tun gehabt – und Andy auch.»

«Der?» Mary Jo warf einen abschätzigen Blick auf Andy. «Was denn? Er hat doch keinen Handschlag getan, seit –»

«Jetzt fang nicht auch noch mit mir an», murmelte Andy. «Tob dich bei Walter aus, der ist dran gewöhnt.»

«Ich sollte mal nachsehen, was für 'n Unfug er schon wieder anstellt», sagte Mary Jo und sprang auf. «Wir bringen dir Eiswürfel und etwas zu trinken. Du bleibst sitzen! Du mußt dich ausruhen, Sie auch, Emily! Wir haben alles im Griff.»

«Sie ist schon den ganzen Tag so gewesen», sagte Emily mißbilligend, als Mary Jo aus der Bibliothek eilte. «Hat geputzt, gekocht, herumgefuhrwerkt. Ich hab ihr ununterbrochen erklärt, daß es doch *ihr* Fest ist, aber sie kann's nicht lassen und einfach nur Ehrengast sein.»

Mary Jo tauchte wieder in der Tür auf. «Ich hab ganz vergessen. Der Grill, Andy – du mußt gleich damit anfangen, sonst wird die Kohle nicht rechtzeitig glühen.»

«Das mache ich.» Charles stand hastig auf. «Andy würde doch nur das Haus in Brand setzen.»

«Eine üble Nachrede!» bemerkte Andy und streckte sich auf der Couch aus. Prompt sprang eine Katze hoch und setzte sich ihm auf die Brust.

Eine Zeitlang wurde die Stille nur vom Schnurren der Katze unterbrochen. Schließlich fragte Emily freundlich: «Und wie geht es Ihrer Mutter, Diana?»

«Besser. Soweit das meines Erachtens je möglich ist – nicht gut, aber besser. Eine alte Freundin, die sie seit Collegetagen kennt, hat vor kurzem den Mann verloren. Die beiden wollen zusammenziehen und einen gemeinsamen Haushalt führen.»

«Das wäre wunderbar. Und Sie selbst? Geht es Ihnen jetzt wieder besser?»

«Ja», meinte Diana. «Mit jedem Tag besser. Die Träume quälen mich nicht mehr. Davon hat Andy Ihnen doch erzählt, oder?»

«Er hat mir alles erzählt. Ich hoffe, es macht Ihnen nichts aus.»

«Ich hatte erwartet, daß Sie es aus ihm herausbekommen.»

«Ich habe es selber gespürt», gestand Emily. «Nicht so stark wie Sie, nur von Zeit zu Zeit als schwache Präsenz. Ich habe die Musik nie klar und deutlich vernommen – nur die Andeutung eines Klangs außerhalb des Hörbaren.»

Diana rutschte verlegen auf der Couch. «Wissen Sie, ich glaube nicht daran. Die ganzen Vorfälle ließen sich durchaus im Sinne von Autosuggestion und kollektiver Wahnvorstellung erklären. Ich befand mich damals nicht in meiner normalen geistigen Verfassung –»

«... und waren daher empfänglich», unterbrach Emily. «Zu mir wäre sie nicht gekommen; dazu bestand kein Anlaß. Doch Ihre Ankunft hat das Fünkchen gezündet, das Zeit und Raum übersprang, weil die Grundmuster der Befindlichkeit gleich waren – Verlust, Trauer, Unsicherheit. Sie konnte nicht mit Worten kommunizieren oder auch nur die Gefühle und Wahrnehmungen steuern, die sie projizierte. Das ist meiner Meinung nach auch der Grund, weshalb Sie so verwirrende und widersprüchliche Eindrücke empfangen haben – Zärtlichkeit und Entsetzen, Sehnsucht und Angst und Zweifel. Besonders Zweifel. Sie ist gestorben, ohne zu wissen, was *ihm* zugestoßen war. Ihre Eltern haben ihr wahrscheinlich erklärt, er sei fortgegangen – hätte sie verlassen.»

«*Ihm* zugestoßen?» sagte Diana. «Aha, Sie denken an die Gebeine in der Scheune, ja? Ich möchte zwar kein kaltes Wasser auf Ihre Theorie schütten –»

«Sie meinen: auf meine wilde Phantasie», verbesserte Emily sie ruhig. «Vielleicht ist es wirklich nicht mehr. Sie müssen aber zugeben, daß das Ganze eine schöne, in sich stimmige Geschichte ergibt. Dort konnte – und hätte – ihn nur ein Bewohner des Hauses begraben. Er hat einem Menschen – einer Frau – etwas bedeutet, die hier wohnte. Er gehörte nicht zur Familie; sonst hätte er ein richtiges Grab samt Grabstein bekommen. Und jetzt hat er beides erhalten. Ich bin fest davon überzeugt, daß sie sich darüber freut.»

«‹Auf dem alten Friedhof hab'n wir ihn begraben›», sang Andy gefühlvoll.

«‹Und neben ihm sie zur Ruhe gelegt›», sang Emily mit lieblicher Stimme. «Nur war es natürlich anders herum.»

«Was redest du da, Ma?» Andy schob den Schwanz der Katze aus seinem Gesicht. «Wir wissen doch überhaupt nicht, wo sie begraben liegt. Du hast ihn neben –»

«Aber selbstverständlich», unterbrach ihn Emily. «Warum habe ich wohl auf genau dieser Stelle bestanden? Sie war die letzte der Familie, da gab es reichlich Platz. Ihr Vater hatte sicherlich angenommen, daß sie einmal heiraten würde und viele –»

«Ma!» Andy setzte sich auf. «Wovon sprichst du? Wir reden jetzt von Marthas verlorengeglaubtem Liebhaber. Zumindest reden wir beide, du und ich, von ihm ... Oder nicht?»

«Ich hatte gehofft, daß du klug genug wärest, um von selber draufzukommen.» Emily blickte ihren Sohn vorwurfsvoll an. «Martha Fairweather ist vor fast zweihundert Jahren gestorben. Wie Professor Handson dir erklärt hat, hat der Tote seit einem Jahrhundert plus minus fünfzig Jahre unter der Scheune gelegen. Das hast du nur nicht akzeptieren wollen, weil du total auf deine eigene Phantasievorstellung von einer Liebesgeschichte fixiert warst.»

«Ein Mohr schimpft einen Neger schwarz», murmelte Andy und blickte seine Mutter aus großen Augen an.

«Meine Phantasie widerspricht wenigstens nicht den Tatsachen. Ich darf dir deine Dummheit nicht zum Vorwurf machen, ihr jungen Leute von heute könnt euch einfach nicht vorstellen, daß jeder einmal jung gewesen ist. *Jeder.*»

Andy starrte sie unentwegt weiterhin an. Seine Mutter lief verärgert zum Tisch. «Dabei ist doch im Grunde alles so klar! Es hat so viele Hinweise gegeben. Ich kann es gar nicht fassen, wie ihr sie übersehen konntet. Aber keiner von euch hat sich die Mühe gemacht, *Das Rosenknospen-Mädchen* zu lesen, nicht wahr?»

«Den kitschigen Roman, den Miss Mussers Freundin geschrieben hat?» Diana war sprachlos. «Nein. Sie meinen doch nicht etwa –»

«Der Roman ist ihr gewidmet.» Emily schlug das Buch auf. «‹Für Miss Matilda Musser, das echte Rosenknospen-Mädchen›. Miss Matilda hat Rosen geliebt. Es war ihr Garten. Es ist schon richtig, daß Rosen erstaunlich widerstandsfähig sind; aber die Rosen in diesem Garten sind augenscheinlich noch vor kurzem gepflegt worden.» Emily legte den Roman auf den Tisch und nahm einen zweiten, in lila Plüsch eingebundenen Band heraus. «Ihr habt euch die Fotos hier angeschaut. Jedenfalls ein paar. Dies eine habt ihr aber offenbar nicht gesehen.»

Es war das Gesicht eines jungen Mädchens mit glatten Wangen und einem entzückenden Lächeln, bei dem die kleinen weißen Zähne sichtbar wurden. Der Kopf war von üppigem dunklen Haar gekrönt; in der gekräuselten Spitze um den schlanken Hals steckte eine Rose.

«Als dies Foto gemacht wurde, im Jahr 1917, war sie siebzehn», sagte Emily. «Also: vor einem Jahrhundert, plus minus zwanzig Jahre.»

Diana kam ein anderes Bild wieder in den Sinn – das Foto einer steifen alten Frau mit hartem Gesichtsausdruck, die sich auf einen Stock stützte. Das Leben konnte manchmal viel grausamer sein als der Tod.

Emily blätterte um. «Man verwendete damals, vor dem Ersten Weltkrieg, vor allem in ländlichen Gegenden noch immer Pferde und Pferdefuhrwerke – vierräderige Kutschen. Matildas Vater war ein konservativer Mensch. Er hat sich das erste Auto nicht vor 1929 gekauft.»

Andy wollte es nicht glauben. «Woher weißt du, daß es das erste war?»

Emily löste das Foto geschickt aus den altmodischen Papierecken, die es im Album hielten. «Vom Vermerk auf der Rückseite. ‹Papas erstes Automobil›.» Sie legte das Foto wieder zurück und blätterte weiter. «Hier – das wollte ich euch zeigen.»

Sie kamen zu ihr an den Tisch.

«Ich hab's schon einmal gesehen», sagte Andy. «Es ist eine recht gute Aufnahme von der Scheune.»

«Das Bild wurde zur Feier der Fertigstellung der Scheune gemacht», sagte Emily.

«Steht wohl ebenfalls auf der Rückseite des Fotos, nehm ich an», murmelte Andy.

«Mmmm-hmmm. Zusammen mit den Namen der Personen auf dem Foto.» Emilys Zeigefinger deutete auf den Mann in der Mitte der Leute, die im Vordergrund eine Gruppe bildeten. «Das ist der Papa – Hauseigentümer. Neben ihm seine Frau – natürlich einen Schritt weiter hinten, so wie es sich damals gehörte – und auf der anderen Seite Matilda. Der kleine Junge war Matildas Bruder. Er ist später an der spanischen Grippe gestorben, während der schrecklichen Epidemie, die nach dem Ersten Weltkrieg im ganzen Land um sich griff. Und hier – das sind die Bediensteten und die Lohnarbeiter.»

Ihr Finger lief längs einer Reihe von steif posierenden Gestalten – Koch und Dienstmädchen und Landarbeiter – und hielt plötzlich inne. «Sein Name war Tadeus Waranowski.»

«Auf der Rückseite», sagte Andy.

«Auf der Rückseite erfährt man alles. Sein Name wurde unterstrichen und mit einem Sternchen versehen. Da!»

Sie reichte Diana eine Lupe.

Unter der Lupe trat das Gesicht hervor, ein wenig verschwommen durch die Vergrößerung, aber trotzdem ganz deutlich erkennbar. Das Gesicht zeigte nicht die Befangenheit, welche die übrigen Gesichter ausstrahlten; die weißen Zähne blitzten unter dem herabhängenden schwarzen Schnurrbart. Es wirkte sehr jung. Der Schnurrbart sollte das möglicherweise verbergen – ohne Erfolg.

«Er war Zimmermannsgehilfe», berichtete Emily. «Auch das steht auf der Rückseite – ich glaube allerdings, daß Matilda mit dieser Berufsangabe ein bißchen übertrieben hat. Er war ein Faktotum, ein Knecht – eventuell ein Wanderarbeiter; in den Urkundenbüchern unseres County läßt sich für jene Zeit nämlich kein Eintrag mit solchem Familiennamen finden. Nur eines stand fest: Er war nicht die richtige Partie für die Tochter des Hauses.»

Andy erhob einen letzten, schwachen Einwand. «Wie ist er aber unter dem Boden der Scheune gelandet, die er bauen geholfen hat? He – es könnte doch sein, daß ihn einer von den andern Arbeitern um die Ecke gebracht hat. Und die Leiche dann versteckt –»

«Schon möglich», meinte Emily. «Ich glaub's aber nicht. Wenn Dianas Visionen und Eindrücke stimmen, ist Miss Musser nachts zum Rendezvous mit ihm nach draußen geschlichen. Und falls es nicht schon längst geschehen war, dann wäre es früher oder später dazu gekommen – daß er sich die zarte Blume des Wertvollsten, was ein Mädchen besitzt, genommen hätte. So ähnlich hätte sich wohl ihr Papa ausgedrückt; und wie, glaubst du, hätte Papa wohl reagiert, wenn er diese, *seine* Blüte der Frauen des Südens in den Armen eines schmutzigen Arbeiters entdeckt hätte?»

Diana rückte die Lupe weiter. Papa blickte sie böse an; er hatte sich nicht einmal die Mühe gemacht, in die Kamera zu lächeln. Die Arroganz und das stolze Bewußtsein der Macht, die sein Gesicht prägten, waren offenbar niemals in Frage gestellt worden, und schon gar nicht von den Frauen, über deren Leben er wie ein orientalischer Despot herrschte.

Andy wurde steif. «Hört!»

Es war leise und ganz langsam, viel zu langsam, um danach zu tanzen. Kristallin wie Wassertropfen, die weich und traurig in einen Teich fallen.

«Endlich», sagte Walter laut, der mit einem Tablett eintrat. «Tut mir leid, daß es so lang gedauert hat, aber Mary Jo hat ständig herumgemeckert, ich sollte –» Er brach ab. In der Stille verklang die letzte Phrase der Musik. Schweigen. «Eine hübsche Melodie», meinte Walter. «Von einer dieser Spieldosen, oder? Verflixt! Was will die Frau denn jetzt schon wieder? Bin gleich wieder da.»

«Er hat sie gehört!» flüsterte Diana. «Er hat sie auch gehört!»

«Musik!» sagte Andy mit erstickter Stimme. «Spieldose ...? Großer Gott! Warum habe ich nicht... Wo ist sie? Wo hast du sie hingetan, Ma? In dieser Schublade hier hat sie gelegen.»

«Nein. Sie hat in der untersten Schublade gelegen, und da liegt sie immer noch», erklärte seine Mutter ganz aufgeregt. «Nun wirf doch nicht alles auf den Boden. Also wirklich, Andy!»

Dem Inhalt der oberen folgte der Inhalt der untersten Schublade. Andy nahm eine braune Papiertüte heraus und leerte sie auf den Tisch. Der Kopf einer Puppe rollte heraus und blieb mit dem Gesicht nach unten liegen. Die Bruchstücke vom Körper warf Andy auf die Seite. Er griff nach einem Teilchen aus verrostetem Metall.

«Spieldose», sagte er wieder. «Genau. Ich hab's. Schaut. Das ist, bevor er zerschlagen und plattgedrückt wurde, ein Zylinder gewesen. Diese kleinen Knöpfe erzeugten die Töne, während der Zylinder sich über einem Resonanzboden drehte. Zupftöne, hab ich damals gesagt, Cembalo, vielleicht sogar eine Gitarre. Wo ist der Rest?»

«Dieses Teilchen aus bemaltem Porzellan könnte dazugehört haben.» Emily fischte das Stückchen aus dem Abfall heraus. «Bayerisch oder österreichisch, dem Aussehen nach. Sie muß es von ihm geschenkt bekommen haben. Ein Familienerbstück? Was du gefunden hast, Andy, ist Matilda Mussers kleine Schatzkiste gewesen. Sie hat vor uns als letzte hier im Haus gewohnt. Sie hatte jahrelang Zeit, um alles zu finden, das versteckt sein konnte – viele Jahre, um über seinen Verrat nachzugrübeln; denn als Verrat muß sie es ja betrachtet haben; um zynisch, verbittert und alt zu werden. Hat die Narreteien aus ihrer Jugend versteckt und zugemalt – ein weiterer

Hinweis, der dir entgangen ist», sagte Emily selbstgefällig. «Und jetzt leg alles wieder in die Schublade zurück.»

Diana hob das zerbrochene Stückchen Porzellan auf. Die verblaßte Form, die drüber gemalt war, schien eine Rose zu sein.

Der Sommer war in jenem Jahr früh angebrochen. Die Rosen standen in voller Blüte – die marmorierten rosa-weißen Blüten der Rosa Mundi, der Rose der Welt; die weißen Blütenblätter der Rose of York, die ein goldenes Herz umschlossen; die opulente, dichtgekräuselte Rose der Herbst-Damaszener im ersten Frühling, die die Luft mit ihrem Duft erfüllte. Staunend ging Diana von Strauch zu Strauch. Sie fühlte sich, als begegnete sie alten Freunden, oder vielmehr, als begegnete sie Menschen zum erstenmal, deren Namen und Geschichten ihr seit langem vertraut waren.

«Das muß Baron Girod de l'Ain sein, die Rose kenne sogar ich, den weißen Rand um die karminroten Blütenblätter gibt es nur bei ihr.»

«Eine Rose, die erst 1928 eingeführt wurde!» Andy verzog das Gesicht. «Es hätte mir auffallen müssen, nehm ich an. Verflixt, ich wußte doch, daß der Garten all die Jahre hindurch kontinuierlich gepflegt wurde und daß hier neue Pflanzen eingeführt worden sein mußten.»

«Du bist also bekehrt worden.»

«Ich gebe es ungern zu. Ma wird sich monatelang diebisch drüber freuen. Und du? Willst du es noch immer nicht glauben?»

Diana wandte ihm ihr Gesicht zu. «Spielt das denn eine Rolle? Ich bin skeptisch und empfänglich zugleich – laß mir doch die Freude.»

Die Buchsbaumhecken waren gestutzt und gelichtet worden. In der Ferne, vom Swimmingpool auf der Terrasse her, waren schwach Stimmen zu hören – eine weitere Leistung, die Walter jüngst zuwege gebracht hatte. Eine Frauenstimme hob sich eindringlich und beschwörend heraus. Andy lächelte. «Glaubst du, daß die beiden zusammenfinden werden?»

«Das bezweifle ich.»

«Er ist ganz verrückt nach ihr, weißt du.»

«Sie wird sich nicht noch einmal durch einen Mann von ihren Lebenswünschen und Plänen abbringen lassen – und wenn er noch so verrückt nach ihr ist. Das hoffe ich wenigstens. Kann denn ein Happy-End nur so aussehen, daß zwei Menschen einander in die Arme sinken?»

«Das ist immerhin eine bestimmte Art von Happy-End. Soll das etwa heißen, daß du mir den Laufpaß geben willst?»

«Wo hast du denn solche vorsintflutlichen Ideen her? Ich habe nicht gesagt –»

«Du hast mich als deinen Verlobten vorgestellt.»

«Wie hätte ich dich denn sonst bezeichnen sollen? Es hat so schon genügend Tuscheln und versteckte Andeutungen gegeben. Leute wie meine Mutter – und deine Mutter – sind in solchen Dingen altmodisch.»

«Daraus muß ich wohl schließen, daß der Ausdruck ‹Freund› seine Bedeutung verloren hat», meinte Andy ruhig.

«Nicht für mich, Andy, ich habe dir noch gar nicht richtig gedankt...»

«Du versuchst jetzt nur, das Thema zu wechseln. Heißt das, daß du es ablehnst, mit mir zusammenzuleben als Geliebte oder meine bessere Hälfte, Ehefrau oder was immer und mich für die Dauer meines Jurastudiums zu unterstützen?»

Diana blieb die Luft weg. «Einen so unromantischen Heiratsantrag hat bestimmt noch keine Frau ... Ist das dein Ernst? Das mit dem Jurastudium, meine ich.»

«Es wird Zeit, daß ich mich für etwas im Leben entscheide.»

«Aber wieso Jura?»

«Damit ich die Reichen ausrauben und selber reich werden kann. Warum sonst? Du willst mir bei diesem ehrenwerten Unterfangen also nicht beistehen?»

«Bestimmt nicht.»

«Da kann ich ja von Glück reden, daß ich etwas Geld gespart habe.» Das unverschämte Grinsen verschwand. «Das war keineswegs der einzige Beweggrund für meinen Vorschlag.»

«Nein?»

«Du hast vielleicht bemerkt, daß ich nie auch nur den Schatten eines unsittlichen Annäherungsversuchs gemacht habe.»

«Ich habe es bemerkt.»

«Hast du auch gehört, wie ich stundenlang geduscht habe? Oder sind dir vielleicht meine vielen langen Märsche aufgefallen?»

«Andy, laß das Witzeln. Die Sache ist gar nicht komisch.»

«Verdammt richtig», erklärte Andy mit Nachdruck. «Es ist alles Mas Schuld. Sie wurde zwar in Nebraska geboren, ist aber im Herzen eine Frau des amerikanischen Südens geblieben. Und sie hat mir von klein auf eingebläut: ‹Ein Gentleman nutzt es nicht aus, wenn eine Frau verletzlich ist.› Du bist sehr verletzlich gewesen, Diana.»

«Hör auf, Andy.» Sie ergriff die ausgestreckte Hand nicht, sondern wandte sich von ihm ab. «Nicht in diesem Moment. Und hier schon gar nicht. Ich habe nichts gegen Liebe und Romantik, aber ein Rosengarten bei Dämmerung – das ist einfach zuviel.»

«Das hab ich Ma auch gesagt, aber du kennst sie ja. Bist du bereit, Diana?»

Er hielt ihr noch immer die ausgestreckte Hand hin, die sie wortlos ergriff. Sie ließ sich von ihm auf dem Rückweg führen.

Das versinkende Tageslicht füllte die Lichtung mit einem letzten, leuchtenden Glanz. Den Erdboden schmückte ein Blumenteppich. Die Veilchen waren verblüht, doch die herzförmigen Blätter verhießen einen zweiten Frühling. Die Stelle, wo Dianas Bruder begraben gelegen hatte, war von winzigen, himmelblauen Vergißmeinnichtblüten überdeckt.

Sie setzte sich auf die schlichte Holzbank, die inzwischen unter den Bäumen aufgestellt worden war. Die Grabsteine waren zusammengerückt und durch Pfähle abgestützt worden.

«Ma hat beschlossen, sie hier zu lassen.» Andy war stehengeblieben. «Wir werden einen einfachen Schutz errichten und sie dauerhafter abstützen, damit sie nicht mehr umfallen.» Und er fuhr im gleichen leisen Ton fort: «Bist du deshalb draufgekommen?»

«Wegen Georges Grabstein, meinst du? Zum Teil schon. Ich kann mich noch erinnern, wie mir damals, es liegt Wochen zurück, der Gedanke kam, daß der Boden unter den Steinen von Tieren mit Gängen ausgehöhlt sein müßte oder ...» Sie war innerlich noch nicht soweit; vielleicht würde sie es in diesem Punkt nie sein. «Ich war mir nicht völlig sicher. Ich bin nicht durch ein einzelnes Moment draufgekommen, sondern durch eine allmähliche Häufung von Hinweisen. Das hier war die Stelle, die ich im Traum gesehen hatte – nicht die Dunkelheit eines geschlossenen Raumes, sondern eine nächtliche Atmosphäre unter Bäumen und die Umrisse der Grabsteine. Ich habe gehört, wie sein Kopf gegen einen Stein schlug. Und nun sag mir bloß nicht, daß ich inkonsequent bin, wenn ich die Gültigkeit solcher Erfahrungen in Zweifel ziehe und sie im gleichen Atemzug als Beweismaterial verwende!»

«Ich bestimmt nicht», sagte Andy. «Ich bin immer dafür, daß man inkonsequent ist.»

«Nach Vaters Abreise bin ich in der Bibliothek gesessen», berichtete Diana weiter. «Dachte darüber nach, wie stark er sich verändert hatte. Er war so freundlich gewesen, so mitfühlend; er hatte sogar kleine Witze gemacht. Und auf einmal – o mein Gott, ich weiß nicht, ich weiß überhaupt nicht, wie ich das erklären könnte – meldete sich in der hintersten Ecke meines Bewußtseins eine leise Stimme, und sie hat geflüstert: ‹So hat er sich bisher noch nie verhalten. Er tut aber nie etwas ohne Grund. Aus welchem Grund könnte er also wünschen, daß du ihn liebst, daß du loyal zu ihm hältst – gerade jetzt?› Und auf einmal schien alles zusammenzupassen – meine Zweifel an Larrys Schuld, Brads Armbanduhr, Vaters plötzlich verändertes Verhalten. Er wußte, wo Mutter die Briefe von

Brad aufbewahrte. Mir fiel mein Traum wieder ein, und ich mußte an den umgestürzten Grabstein denken und ... Ich kann auch nicht erklären, warum mir auf einmal alles klar war. Vielleicht war es ja so, daß Miss Matilda alles gesehen hatte und mir ihr Wissen aufzwang. Das ergibt nicht weniger Sinn als jede andere Theorie. Ich bin einfach aufgestanden und blindlings losgerannt.»

«Das war mein Glück.»

«Ich weiß nicht, was er getan hätte, wenn ich nicht gekommen wäre», sagte Diana langsam. «Ich will es auch gar nicht wissen. Aber schließlich lag ja bis dahin nichts Belastendes gegen ihn vor, oder?»

«Nein. Aber das konnte er nicht mit Bestimmtheit wissen. Er – sogar er – kann sich nicht in der Gewalt gehabt haben, als er seinen einzigen Sohn begrub.»

«Warum bist du nachschauen gegangen? Du hast doch nicht gewußt, was ich wußte.»

«Ich war mir eben auch nicht sicher. Aus dem Grund bin ich ganz allein heimlich zu der Stelle geschlichen. Ich wollte dich nicht grundlos beunruhigen. Pfarrer Layton hatte mir etwas mitgeteilt, was mich nachdenklich machte. Ich hatte Mary Jo zu ihm begleitet, und nachdem sie alles geklärt hatte, fiel mir ein, daß ich die Gelegenheit nutzen könnte, um mit ihm die Bestattung der Gebeine von der Scheune zu besprechen. Er hat natürlich sofort eingewilligt und mir erklärt, was für ein netter, frommer junger Mann ich wäre, und mich herumgeführt und die verfügbaren Grabplätze gezeigt – und um ganz nebenbei seine Domäne vorzuführen. Den besonderen Stolz des Friedhofs bildet das Grabmal der Mussers – so etwas Scheußliches habe ich noch nirgends gesehen, nur trauernde Cherubine und weinende Engel und ähnliches Zeug –, und während ich angemessene Worte der Bewunderung von mir gebe, beginnt er von der alten Dame zu erzählen: Die Tragik hohen Alters, der Verfall eines einst wunderbaren Verstands – so in der Richtung. Und als ein Beispiel dafür, wie senil sie geworden war, hat er etwas erzählt, daß mir die Haare zu Berge standen. Miss Musser hat ihn anscheinend im vergangenen Herbst einmal zu sich rufen lassen. Sie befand sich in großer innerer Not, konnte sich jedoch zunächst nicht mehr erinnern, weshalb oder warum sie ihn hatte kommen lassen. Am Ende hat sie ihm eine ziemlich zusammenhanglose Geschichte erzählt – sie hätte eine Leiche gesehen und einen Mann beim Ausheben eines Grabes beobachtet. Die Stelle hat sie genau beschrieben. Alles Weitere war konfus. Einen Moment schien sie ein Ereignis der jüngsten Vergangenheit zu schildern, im nächsten Augenblick sprach sie von George Fairweather und dann von irgendeinem Mann, der vom Pferd ins Wasser fiel ... Man kann Pfarrer Layton keinen Vorwurf machen, daß er Miss Musser nicht ernst genommen hat. Mir hat zum Schluß seines Berichts allerdings die Kopfhaut gekribbelt. Ich habe Walter gebeten, Mary Jo auf einen Drink auszuführen, und bin hierher zurückgekommen.»

Diana nickte. Die Schatten wurden dichter. Nach einer Weile fragte Andy: «Bist du in der Stimmung, zu den anderen zurückzukehren? Es wird dunkel.»

«Du gibst ziemlich rasch auf, was?» Sie stand auf.

«O nein.» Er wich zurück. «So etwas darfst du mit mir nicht machen. Außer du meinst es ehrlich.» Er streckte einen Arm aus, um sie fernzuhalten. Diana ergriff ihn und drückte ihn sich an die Brust. Andy atmete schwer. «Ich bin ein empfindsamer Mensch. Ich kann Wechselschauer nicht ertragen. Oje. Was hat dich bewogen, deine Meinung zu ändern?»

«Hab ich gar nicht. Es gab immer nur dich.»

«Warum ich?» Er legte ihr die andere Hand zärtlich um die Taille.

«Du bringst mich zum Lachen.»

«Das tut Charlie Chaplin auch.»

«Du stützt mich, wenn ich falle.»

«Das tut Walter auch. Der mit seinen verdammt schönen Augen.» Andys Hand glitt langsam an ihrem Rücken herunter, drückte fester und zog sie an sich.

«Er hebt mich auf, wenn ich gefallen bin. Ich will aber nicht aufgehoben werden. Ich brauch bloß manchmal einen kleinen Schubs . . .»

Ihr Mund öffnete sich lachend und wartete sehnlich, bis beider Lippen sich fanden.